KAMPF MIT DEM ENDERDRACHEN

Der ehemalige Mathematik- und Physiklehrer Mark Cheverton begann mit dem Schreiben, um seinem Sohn die Gefahren von Cyberbullying anhand seines Lieblingsthemas zu erklären: Minecraft. Mittlerweile umfasst die Gameknight999-Serie 18 Titel und ein Ende ist noch nicht in Sicht.

MARK CHEVERTON

KAMPF MIT DEM ENDERDRACHEN

BAND 3 DER
GAMEKNIGHT999-SERIE

AUS DEM AMERIKANISCHEN VON
KERSTIN FRICKE

h.f.ullmann

Titel der Originalausgabe: CONFRONTING THE DRAGON
ISBN der Originalausgabe: 978-1-63450-046-3

This book is published in agreement with the author, c/o BAROR INTERNATIONAL, INC., Armonk, New York, U.S.A.

Technische Beratung: Gameknight999

Übersetzung aus dem Englischen: Kerstin Fricke
Lektorat: Maxi Lange und Claudia Hahn
Redaktion: Franziska Funcke

Coverdesign: Owen Corrigan
Coverillustration: Thomas Frick

Gesamtherstellung: Ullmann Medien GmbH, Potsdam

Printed in Germany, 2017
ISBN 978-3-7415-2178-2

10 9 8 7 6 5 4 3 2 1
X IX VIII VII VI V IV III II I

www.ullmannmedien.com
info@ullmannmedien.com
facebook.com/ullmannmedien
twitter.com/ullmannmedien

FSC www.fsc.org
MIX
Papier aus verantwortungsvollen Quellen
FSC® C129466

Für jene, die lautlos leiden

WAS IST MINECRAFT?

Minecraft ist ein ausgesprochen kreatives Spiel, das entweder online mit Menschen aus der ganzen Welt, mit Freunden oder allein gespielt werden kann. Dieses Sandbox-Spiel ermöglicht es, erstaunliche Dinge aus texturierten Blöcken aus unterschiedlichen Materialien wie Stein, Erde, Sand, Sandstein usw. zu bauen. Die normalen physikalischen Regeln kommen dabei nicht zum Tragen, da man im Kreativmodus Bauwerke errichten kann, die der Schwerkraft trotzen und keine sichtbaren Stützen besitzen.

Die kreativen Möglichkeiten, die dieses Programm den Benutzern bietet, sind schlichtweg unglaublich, und es werden ganze Städte, komplette Zivilisationen und sogar Wolkenstädte errichtet, doch das eigentliche Spiel wird im Überlebensmodus gespielt. Bei dieser Einstellung werden die Benutzer in eine blockartige Welt hineingeworfen und besitzen nichts als die Kleidung, die sie am Leib tragen. In der Gewissheit, dass irgendwann die Nacht anbrechen wird, sammeln sie Ressourcen: Holz, Stein, Eisen usw., um Werkzeuge und Waffen herzustellen und sich damit gegen die Monster zu verteidigen, die mit Einbruch der Dunkelheit hervorkommen.

Um Ressourcen zu erlangen, muss der Spieler Minen graben und tief in die Welt von Minecraft vordringen, in der Hoffnung, Kohle und Eisen zu finden, die für die überlebensnotwendigen Metallwaffen und -rüstungen benötigt werden. Beim Graben stoßen sie auf Höhlen, mit Lava gefüllte Kammern und möglicherweise auch auf eine der wenigen verlassenen Minen oder Verliese, in denen sich Schätze finden lassen. Doch viele der Wege und Kammern sind von Monstern (Zombies, Skeletten und Spinnen) bevölkert, die nur darauf warten, sich auf Unachtsame zu stürzen.

Das Land mag voller Monster sein, aber der Benutzer ist nicht allein. Es gibt riesige Server mit Hunderten von Spielern, die sich alle den Platz und die Ressourcen mit anderen Kreaturen in Minecraft teilen. Die Oberwelt ist voller Dörfer, die von NPCs (non-player characters) bevölkert sind. Diese laufen in ihrer Siedlung herum und machen, was immer Dorfbewohner so treiben, und sie haben Schatztruhen, manche groß, andere unbedeutend, in ihren Behausungen versteckt. Benutzer können mit diesen NPCs reden und Gegenstände tauschen, um an seltene Edelsteine oder Material für Tränke zu gelangen. Manchmal lässt sich auf diese Weise sogar ein Bogen oder ein Schwert finden.

Dieses Spiel ist eine beeindruckende Plattform für kreative Menschen, die gern bauen und erschaffen, aber sie sind dabei nicht auf Gebäude beschränkt. Mit einem Material, das Redstone genannt wird, können die Benutzer elektrische Schaltkreise innerhalb des Spiels erschaffen und so beispielsweise Kolben und andere Geräte antreiben und komplexe Maschinen aufbauen. Auf diese Weise wurden bereits Musikanlagen, funktionsfähige 8-Bit-Computer und raffinierte Minispiele innerhalb von Minecraft geschaffen, die alle mithilfe von Redstone realisiert wurden. Seit der Einführung der Befehlsblöcke in Version 1.4.2 können zudem Skripte genutzt und Spielmechaniken gesteuert werden. Dadurch wurde in den Minecraft-Programmen auf der ganzen Welt eine völlig neue kreative Möglichkeit geschaffen, die noch ausgeklügeltere Mechaniken innerhalb des Spiels ermöglicht. Das Schöne und Brillante daran ist, dass es sich nicht nur um ein Spiel handelt, sondern um ein Betriebssystem, das es den Benutzern gestattet, ihre eigenen Spiele zu programmieren und sich auf bisher neue, nie in Minecraft da gewesene Art zu entfalten. Kinder jeden Alters und Geschlechts entwerfen nun einzigartige Spiele, eigene Karten und PvP-Arenen, in denen Spieler gegeneinander antreten können. Minecraft ist ein Spiel voller aufregender kreativer Möglichkeiten, spannender Kämpfe und furchterregender Kreaturen. Im Grunde genommen entspricht es einer nackten Leinwand, auf der man seiner Fantasie freien Lauf lassen kann.

Was wirst du erschaffen?

ÜBER DEN AUTOR

Viele von euch kennen die Geschichte, wie ich zum Schreiben dieser Bücher gekommen bin. Falls nicht, seht euch den Anfang von *Kampf um die Oberwelt* und *Kampf um den Nether* an. Ich war sehr gerührt von all den mitfühlenden E-Mails, die ich über meine Website www.markcheverton.com erhalten habe, und möchte meinen Lesern für die Ermutigung danken. Aus euren Nachrichten habe ich außerdem geschlossen, dass viele von euch bereits mit Griefern und Cybertrollen konfrontiert worden sind, und das macht mich sehr traurig. Ich kann nur hoffen, dass meine Bücher euch ein bisschen dabei helfen, mit diesen Spielern und der Angst und Nervosität, die sie bei euch hervorrufen, fertig zu werden.

Ich habe es im Laufe meines Lebens auch schon mit Mobbing zu tun bekommen und werde am Ende des Buches etwas näher darauf eingehen. Hoffentlich können *Kampf mit dem Enderdrachen* und meine Erfahrungen jenen von euch helfen, die dasselbe erleben, was ich als Kind durchgemacht habe.

Ich danke allen, die mir E-Mails geschickt haben, und ich freue mich gleichermaßen über Nachrichten von Kindern wie von Erwachsenen. Eigentlich versuche ich, jede Mail zu beantworten, und falls ich eine übersehen habe, bedauere ich das sehr, aber es waren einfach sehr viele. Ich werde meine Website im Laufe der Zeit erweitern, damit die Fans von Gameknight999 sich untereinander austauschen und Screenshots aus Minecraft hochladen können. Wenn ihr Lust habt, dann baut doch eine der Szenen aus den Büchern nach und ladet sie auf der Website hoch, damit ich sie allen zeigen kann.

Haltet auf den Servern Ausschau nach *Gameknight999* und *Monkeypants271*. Lest viel, seid nett und nehmt euch vor Creepern in Acht.

Mark Cheverton

KAPITEL 1
DER LETZTE KAMPF

Gameknight999 schwebte durch einen silbrigen Nebel, und ein unheimliches Gefühl machte sich in ihm breit. Etwas würde geschehen … etwas Böses, und irgendwie wusste er, dass er den tödlichen Konsequenzen nicht entrinnen würde.

Nach und nach löste sich die Wolke auf, und er stellte fest, dass er auf einem großen Plateau über einem riesigen Berg aus Grundgestein stand. Als sich der silbrige Nebel langsam senkte, schälten sich Gestalten daraus hervor … NPCs, alle in Rüstungen und bewaffnet – das waren die noch lebenden Verteidiger von Minecraft.

Er spürte jemanden neben sich, drehte sich um und sah, dass Crafter und Mason zu ihm getreten waren. Sie unterhielten sich leise, und ihre Mienen wirkten grimmig und entschlossen. Sie schauten vom Plateau auf die gewaltige Ebene am Fuß des Berges hinab. Etwas schien sich in dem schimmernden Dunst zu bewegen, der über dem Boden hing … wütende Kreaturen … die anderen wehtun wollten.

Bedeutet das, dass dies ein Traum ist? *Er ging davon aus.* Dieser schimmernde Nebel scheint in letzter Zeit in all meinen Träumen vorzukommen.

Gameknight konnte es nicht erklären, aber etwas in seinem Inneren sagte ihm, dass er die Zukunft voraussah … dass er seine eigene *Zukunft erblickte. Irgendwie hatte er ein ungutes Gefühl, das ihn vor Angst erzittern ließ, als ihm bewusst wurde, was gleich passieren würde.*

Gleich würde er seinen eigenen Tod und das Ende von Minecraft mit ansehen.

Erschaudernd drehte er sich zu seinen Freunden um. Neben ihm stand Hunter, stocksteif und stark, ihren verzauberten Bogen in der Hand, und nun wusste er mit Sicherheit, dass dies ein Traum war. Sie wirkte ausgezehrt und erschöpft, beinahe durchsichtig, doch in ihren Augen loderte tödliche Wut.

Wie kann das die Zukunft sein, wo Hunter doch auf dem letzten Server von Malacoda und Erebus entführt wurde?, *dachte Gameknight.* Wie ist das möglich?

Gameknight blickte über das Plateau hinweg und stellte fest, dass es mit etwas bedeckt war, das ihn an Leuchtfeuer erinnerte; es waren durchsichtige Glaswürfel, in denen ein Licht gefangen zu sein schien. Er konnte ein ganzes Feld dieser Leuchtfeuer sehen, Hunderte, vielleicht sogar Tausende. Aber das Seltsamste war, dass bis auf zwei alle aus waren. Eines schimmerte hell und schickte einen grellen Strahl aus weißem Licht direkt in den Himmel. Es war größer als die anderen, fast schon gewaltig, überragte sämtliche NPCs, und ruhte auf Diamantblöcken, die ebenfalls eisblaue Lichtstrahlen gen Himmel sandten. Das Licht war so heiß, dass jeder, der den leuchtenden Strahl berührt hätte, sofort pulverisiert worden wäre. Alle anderen Leuchtfeuer waren von normaler Größe, sahen im Vergleich zu diesem einen jedoch winzig aus. Nur eines dieser kleineren Leuchtfeuer loderte, und sein Strahl fühlte sich ebenso heiß und tödlich an wie der seines größeren Gegenstücks.

Was geht hier vor sich?, *fragte sich Gameknight.* Was mache ich hier? Wozu dient dieses Leuchtfeuer? Ist dies der letzte Kampf um Minecraft?

Gameknight konnte erkennen, dass alle, die mit ihm auf dem Berg standen, genauso ängstlich und unsicher waren. Vor ihnen befand sich eine steile Treppe, die von der Ebene hinauf auf die flache Bergspitze führte, auf der sie sich befanden. Dies war der einzige Weg, um auf das Plateau mit den Leuchtfeuern zu gelangen, da die Felswand steil und unbegehbar war.

Mason blickte den Abhang hinunter und betrachtete die Gegend. Danach drehte er sich um und sah Gameknight mit seinen grünen Augen an.

„Sie kommen", stellte er grimmig fest. „Es müssen fünfhundert Monster sein, wenn nicht gar tausend, die Erebus folgen." Er hob eine kantige Hand und strich sich über den ordentlich gestutzten Bart, während er die Gesichter seiner

Krieger musterte. „Ich fürchte, dass wir diese Horde nicht aufhalten können. Minecraft ist verloren."

Verloren?!, *dachte Gameknight.* Wenn dies die Zukunft ist, bedeutet das dann, dass wir die Schlacht um Minecraft verlieren werden?!

Er hätte am liebsten laut geschrien, sie aufgefordert, nicht aufzugeben, doch es hatte ihm die Sprache verschlagen. Ihm war, als wäre er in seinem eigenen Körper gefangen und unfähig, etwas anderes zu tun, als das Geschehen hilflos mit anzusehen.

„Verzweifle nicht, Benutzer-der-kein-Benutzer-ist", sagte Crafter, dessen Stimme über den Berg hallte. „Du hast getan, was du tun konntest. Es ist keine Schande, zu versagen, nachdem man sein Bestes gegeben hat."

„Was redet ihr denn da?", fauchte Hunter, deren Stimme für Gameknight traumartig und surreal klang. Sie sah irgendwie durchsichtig aus, als wäre sie nicht ganz da und als wäre ihr Schicksal noch ungewiss. „Wenn wir verlieren, dann verlieren wir. Das ist nichts, worauf man stolz sein kann."

Gameknight drehte sich um und schaute Crafter an. Der Junge mit den alten Augen blickte traurig zu ihm auf.

„Es tut mir leid, dass wir nicht mehr tun konnten", murmelte Crafter, dessen Worte nur für Gameknight bestimmt waren. „Du hast die Horde da unten gesehen und

weißt, dass wir Erebus und die Monster der Nacht dieses Mal nicht besiegen können. Wir haben nicht einmal mehr einhundert Soldaten. Sie können die nahende Woge der Zerstörung nicht aufhalten."

Crafter drehte sich zu dem riesigen Leuchtfeuer, der Quelle, um und seufzte.

„Uns bleibt wohl nichts anderes übrig, als zu kämpfen und zu sterben", stellte er dann fest und zog seine Klinge.

Als Gameknight sich umschaute, überkam ihn eine überwältigende Traurigkeit. Kann ich denn gar nichts tun? Warum fühlt sich mein Körper, mein ganzes Wesen so ... so ... besiegt an? *Er ertrug es nicht, den Untergang seiner Freunde mit anzusehen ... und den von Minecraft. Am liebsten hätte er sich abgewandt, doch das gelang ihm nicht; er hatte keine Kontrolle mehr über seinen Körper.*

Ich muss etwas tun ... Ich muss Ihnen helfen!, *dachte er.*

Inzwischen konnte Gameknight das Stöhnen der Monster hören, die den Fuß der Treppe erreicht hatten, über die man zur Bergspitze gelangte. Das Klackern der Spinnen, das Keuchen der Lohen und das Jammern der Ghasts hallte über die seltsame Landschaft und ließ die Verteidiger auf dem Plateau zusammenzucken.

„Da gibt es noch etwas, das ich tun kann", sagte Gameknight an alle NPCs gewandt.

NEIN! Das sind doch nicht meine Worte!, *schrie er innerlich, doch sein Körper reagierte nicht.*

Wie aus eigenem Antrieb steckte sein Arm das Schwert weg, und sein Körper trat neben das Leuchtfeuer, sodass der Lichtstrahl nur wenige Zentimeter von seinem Gesicht entfernt war. Gameknight spürte die unglaubliche Hitze, die sich anfühlte, als wäre die ganze Glut des Nether in diesem leuchtenden Strahl vereint worden.

„Was machst du denn, Gameknight?“, schrie Crafter.

Ja, was mache ich?!, *dachte Gameknight panisch.* Werde ich in diesen Strahl springen? Warum versuche ich nicht, alle zu retten?

„So was machen nur Feiglinge“, brüllte Hunter. „Gib nicht auf, kämpfe mit uns … mit mir.“ Ihre Stimme klang jetzt unfassbar traurig, und sie sah ihn flehentlich an, um ihn von seinem Weg abzubringen.

„Nein, ich muss das tun“, entgegnete Gameknights Körper laut.

Als Gameknight seine Freunde ansah, musterten ihn diese ungläubig, während er näher an den grellen, tödlichen Lichtstrahl herantrat. Dann entfernte sich Mason von den anderen NPCs und kam mit einem seltsamen, wissenden Lächeln zu Gameknight.

„Nein, nicht du auch noch!“, kreischte Hunter ungläubig.

„Du wirst es zur rechten Zeit verstehen", erwiderte Mason.

Danach trat Mason auf die andere Seite des Leuchtfeuers, hob sein Schwert hoch in die Luft und packte den Griff mit beiden Händen. Er ließ es mit all seiner Kraft nach unten sausen und rammte es in den Boden. Es hörte sich an wie ein Donnerschlag, als die Klinge das Grundgestein durchbohrte und die ganze Gegend zu beben begann. Während er den Griff mit einer Hand festhielt, streckte er die andere zum Benutzer-der-kein-Benutzer-ist aus und sah ihn an.

„Für Minecraft", sagte der große NPC mit überraschend sanfter und beruhigender Stimme.

„Für Minecraft", hörte Gameknight sich erwidern und trat in den grellen, heißen Lichtstrahl.

Ist das das Ende?!, *dachte er.* So kann das alles nicht enden. Wenn dies die Zukunft ist, gibt es dann noch Hoffnung …? Kann man die Zukunft ändern? Was ist mit …

Auf einmal wurde um ihn herum alles strahlend weiß, Schmerz durchzuckte seinen Körper, und alles verblasste. Doch bevor er komplett von Schwärze umgeben war, bildete er sich ein, etwas zu hören … Stimmen … Aberhunderte, und eine ganz bestimmte, die er schon seit einer Ewigkeit nicht mehr gehört hatte. Es war die vertraute Stimme eines

Freundes, den er so sehr vermisste, und als diese Stimme immer lauter wurde, hätte Gameknight999 beinahe gelächelt. Dann umfing ihn Dunkelheit.

KAPITEL 2

DEM BÖSEN AUF DER SPUR

Gameknight wachte abrupt auf. Völlig verwirrt versuchte er zu verstehen, was er gerade gesehen hatte.

War das nur ein Traum oder doch etwas anderes? Es fühlte sich real an und dennoch anders … wie ein Blick in die Zukunft.

Er konnte sich noch immer an die resignierten Mienen der NPCs erinnern, mit denen sie der nahenden Monsterhorde entgegengeblickt hatten. Es war schlichtweg unmöglich, dass diese wenigen Verteidiger die Quelle vor der nahenden Armee beschützen konnten. Sie würden garantiert verlieren, und es gab nichts, was Gameknight999, der Benutzer-der-kein-Benutzer-ist, dagegen tun konnte.

Er schüttelte den Kopf und versuchte, die Bilder zu verdrängen. Doch sie tauchten immer wieder auf und schmälerten seinen Mut. Seufzend setzte er sich auf und schaute sich im Lager um, wobei er nach Hinweisen auf die Monsterhorde Ausschau hielt. Glücklicherweise entdeckte er nur NPCs: Bäcker, Tischler, Farmer, Schneider, Minenarbeiter, Maurer … Sie alle trugen jetzt Rüstungen und hatten ihre Waffen griffbereit in der Nähe liegen. Sie waren seinetwegen hier, weil er in ihnen Schuldgefühle geweckt hatte und sie ihm deshalb zur Quelle gefolgt waren. Es war ihnen nicht gelungen, Erebus und Malacoda auf dem letzten Server aufzuhalten, und aus diesem Grund waren sie der riesigen Monsterhorde auf diesen Server gefolgt. Allerdings waren sie deutlich in der Unterzahl und wussten nicht, wo sie hingehen oder was sie tun sollten. Anstatt einen Plan zu schmieden oder etwas Sinnvolles zu tun, liefen sie einfach den geschwärzten, verbrannten Weg entlang, den die Monsterhorde hinterlassen hatte, in der Hoffnung darauf, zu erfahren, was die schrecklichen Kreaturen vorhatten.

Gameknight stand auf und reckte sich; er streckte die Arme gen Himmel und drückte den Rücken durch. Nach der Nacht auf dem harten, unebenen Boden fühlte er sich völlig verspannt. Als er zum Himmel hinaufschaute, konnte er den eckigen Mond sehen, der gerade hinter der Baumlinie verschwand. Schon bald würde der Tag anbrechen. Ein schwaches rotes Licht ging von dem Himmelskörper aus, das ihnen allen sofort aufgefallen war, sobald sie dieses bedrohte Land betreten hatten. Es hatte damit zu tun, dass die vielen Monster hier eingefallen waren und die Grundfesten von Minecraft mit ihrer gewalttätigen und hasserfüllten Präsenz befleckten.

Ob die Sonne und der Mond je wieder ihre ursprüngliche Farbe annehmen?, fragte sich Gameknight.

Im Lager hatten sich die Soldaten auf allen halbwegs geraden Flächen hingelegt. Die Armee lagerte in einem kleinen Tal inmitten eines Kiefernwaldes. Überall entdeckte er kleine Ansammlungen aus rüstungsbewehrten Körpern oder zugedeckten NPCs, die sich im ganzen Talkessel verteilt hatten. Rings um das Lager standen Fackeln, die nicht nur verhinderten, dass Monster in der Nähe spawnten, sondern auch die NPCs beruhigten. Die Dunkelheit schien jene aus der Oberwelt nervös zu machen, die schon vor langer Zeit als unschuldige Kinder gelernt hatten, dass nachts die Monster hervorkamen.

Gameknight ging vorsichtig um die Schlafenden herum und traf am Rand des Lagers auf Mason, den eigentlichen Anführer der Armee, der die Umgebung überprüfte.

„Benutzer-der-kein-Benutzer-ist", sagte der große NPC, blieb stehen und drückte zum Gruß eine Faust an die Brust, „du solltest dich lieber ausruhen."

„Ich kann nicht schlafen", erwiderte er, „daher wollte ich mal nach dem Rechten sehen."

„Du bist ein weiser Anführer“, sagte Mason, „und immer so vorsichtig.“

Anführer … Was für ein Witz, dachte Gameknight.

Die Armee blickte zu Gameknight999 auf, dem Benutzer-der-kein-Benutzer-ist, aber er war nicht ihr General. Das war Mason. Der wirkte von Natur aus so befehlsgewohnt, dass jeder einfach tun *wollte,* was er sagte. Seine Sorge um seine Soldaten war ebenso groß wie seine Sorge um Minecraft. Mason war der wahre Kommandant dieser NPC-Armee, und Gameknight wusste das. Ob es ihm nun gefiel oder nicht, der Benutzer-der-kein-Benutzer-ist kam sich eher vor wie ein Symbol, eine Galionsfigur, von der erwartet wurde, dass sie den Tag rettete und alles in Ordnung brachte. Das Problem war nur … dass er nicht wusste, was er tun oder auch nur sagen sollte.

„Es gab keinerlei Aktivitäten“, berichtete Mason und schaute sich um. „Nirgendwo Monster zu sehen.“

„Ist das nicht merkwürdig?“, wollte Gameknight wissen.

„Möglicherweise sammeln Malacoda und Erebus alle ein, die sie finden, nehmen sie mit und vergrößern ihre Armee so noch weiter.“

Gameknight nickte. „Das ergibt Sinn“, erwiderte er.

Natürlich ergibt das Sinn, dachte er verbittert. *Alles, was Mason sagt, ergibt Sinn!*

„Warum bist du zu dieser Uhrzeit noch auf, Mason?"

„Ein guter Anführer bleibt bei seinen Männern und tut, was er auch von ihnen verlangt", antwortete der große NPC, dessen grüne Augen im Mondlicht funkelten. „Würde ich das nicht tun, wäre ich nur ein arroganter, nutzloser General, für den die Soldaten nicht kämpfen würden. Sie müssen wissen, dass auch ich bereit bin, alles zu geben."

„Aber wonach hältst du Ausschau?", fragte Gameknight und trat neben den NPC. „Malacoda und seine Monster sind weit weg. Sie werden uns nicht angreifen."

„Greife deinen Feind dann an, wenn er es nicht erwartet, und tauche auf, wenn er nicht damit rechnet", erklärte Mason und klang, als hätte er diese Worte auswendig gelernt.

Komischerweise kamen sie Gameknight irgendwie bekannt vor.

„So würde ich es jedenfalls machen", sagte der große NPC. „Daher bin ich auch darauf vorbereitet." Er hielt kurz inne und blickte zur Baumlinie hinüber. „Komm, geh ein Stück mit mir."

Gameknight lief neben ihm her und versuchte, ebenso gerade zu gehen wie der große NPC, was ihm schon bei gleicher Größe schwer genug gefallen wäre. Doch wie groß er auch war, neben Mason kam sich Gameknight immer klein vor.

Während sie unterwegs waren, verschwand der blasse purpurfarbene Mond hinter den Bäumen und der östliche Horizont leuchtete tiefrot. Es würde bald dämmern. Im Lager wachten langsam alle auf. Müde Gestalten erhoben sich im ersten Tageslicht, legten ihre Rüstungen an und griffen nach ihren Waffen. Als sie Gameknight erblickten, jubelten die Soldaten, nahmen Haltung an und pressten eine Faust an die Brust.

„Der Benutzer-der-kein-Benutzer-ist wird die Monster besiegen!“, rief jemand.

„Gameknight999, der tapferste Minecraft-Krieger aller Zeiten“, sagte ein anderer.

Immer mehr Soldaten stimmten Lobeshymnen auf ihn an, während sie durch das Lager gingen. So etwas passierte ständig, seitdem sie auf diesem Server angekommen waren … der Quelle. Aus irgendeinem Grund waren die Soldaten ihrer Armee zu dem Schluss gekommen, dass Gameknight999 ein großer Held wäre, tapfer, mutig und furchtlos. Sie alle glaubten, er würde sie retten, die Monster in Minecraft besiegen und alles zum Besseren wenden.

Von wegen, dachte er. *Sie wissen ja nicht, dass ich auf der Stelle wegrennen würde, wenn es nur einen Ort gäbe, an dem ich mich verstecken könnte.*

Gameknight wusste, dass er nicht so mutig war, wie alle glaubten. Er konnte es nicht ausstehen, Angst zu haben, doch Minecraft hatte seinen Mut und seine Entschlossenheit immer weiter geschmälert. Wann immer sie auf ein einsames Monster oder einen Spähtrupp trafen und die Gefahr bestand, dass sie gegen diese Kreaturen kämpfen mussten, fürchtete er sich. Auf dem letzten Server hatte er viel darüber gelernt, wie er sich seinen Ängsten stellen konnte, doch leicht fiel es ihm nicht.

Bei Mason sah die Sache völlig anders aus. Er war derjenige, der sich als Erster in den Kampf stürzte. Wenn jemand um Hilfe rief, eilte Mason sofort zu ihm. Wurden Monster entdeckt, stellte er sich ihnen auch schon in den Weg. Mason schreckte vor keiner Konfrontation zurück. Vielmehr stürmte er direkt auf jede Gefahr zu, um die Krieger seiner Armee zu schützen, als wären es seine Kinder … sehr merkwürdig.

Plötzlich wurde Alarm geschlagen. Jemand schlug mit der flachen Schwertseite auf eine eiserne Brustplatte und schrie laut.

„Spinnenreiter … Spinnenreiter!", brüllte er.

Mason sprintete auf den Soldaten zu, und Gameknight blieb zögernd vier Schritte hinter ihm. Sie gelangten zu einem Wachposten am Lagerrand, der die von den Schlägen klirrende Brustplatte noch immer in der Hand hielt.

„Was ist los?", verlangte Mason zu erfahren.

„Ich habe da drüben einen Spinnenreiter gesehen", berichtete der Wachmann und deutete zu den grasbedeckten Hügeln hinüber.

Bei Spinnenreitern handelte es sich um Skelette, die auf Riesenspinnen ritten. Sie waren schnell, konnten an einem Tag weite Strecken zurücklegen, wenn das Skelett einen Helm trug, und konnten klettern; es waren furchterregende Gegner. Malacoda hatte die Monster vermutlich losgeschickt, um sie aufzuspüren und Meldung über ihre Position zu erstatten. Gameknight wusste, dass dieser Spinnenreiter nicht zu seinen Herren zurückkehren durfte … Das wäre verheerend. Doch seine Unsicherheit nagte an seinem Selbstvertrauen.

Was soll ich tun?, fragte sich Gameknight. *Soll ich losreiten und kämpfen … Ich habe schon einmal gegen einen Spinnenreiter gekämpft, damals, als Minecraft nur ein Spiel gewesen ist. Aber jetzt … Ich weiß nicht, was passiert, wenn ich sterbe. Es gibt keine weiteren Server mehr, auf die ich aufsteigen kann; dies ist die höchste Serverebene der Pyramide … Werde ich wieder auferstehen oder dieses Mal wirklich sterben?*

Seine Unsicherheit und Angst machten ihm zu schaffen, und er konnte nicht mehr klar denken. Er blickte zu Boden … und fürchtete sich.

Ich will gegen keinen Spinnenreiter kämpfen … Nicht jetzt. Was soll ich tun … Was soll ich nur tun?

Mason drehte sich zu Gameknight um und wartete auf einen Befehl oder darauf, dass er das Kommando übernahm, aber er hatte gelernt, nicht allzu lange zu warten. Gameknight hob den Kopf und sah Mason in die strahlend grünen Augen. Er wusste, dass man ihm ansehen konnte, was er fühlte. Doch glücklicherweise gab Mason bereits Befehle, bevor Gameknight etwas sagen konnte.

„Ihr vier steigt auf eure Pferde und schnappt euch den Spinnenreiter", befahl Mason einigen Kriegern mit selbstsicherer Stimme. „Sorgt dafür, dass er nicht entkommt."

„Ja, Sir", erwiderten die NPCs.

„Bogenschützen", murmelte Gameknight.

„Wie bitte?", hakte Mason nach.

„Bogenschützen … Du brauchst Bogenschützen,

damit sie auf Distanz bleiben können", erklärte der Benutzer-der-kein-Benutzer-ist unsicher.

Die meisten Skelette waren mit Pfeil und Bogen bewaffnet.

„Ja, natürlich", rief Mason. „Nehmt einige Bogenschützen mit. Umzingelt ihn mit den Bogenschützen, und geht erst zum Nahkampf über, wenn eure Pfeile ihn verfehlen. Wir müssen keine unnötigen Risiken eingehen. Und jetzt los mit euch!"

Die Soldaten rannten durch das Lager und sammelten ihre Waffen und Rüstungen ein. Wenige Sekunden später machte sich ein Trupp aus Männern und Frauen auf den Weg und verfolgte das gesichtete Monster.

„Sie werden ihn schon kriegen", erklärte Mason zuversichtlich.

Dann wandte er sich ab, legte einem anderen Soldaten einen Arm um die Schulter und flüsterte ihm etwas ins Ohr. Der Soldat stürzte von dannen, sammelte zwanzig andere Krieger zusammen, von denen einige die Schwerter wegsteckten und eine Schaufel aus dem Inventar holten. Gameknight sah ihnen nach, als sie vom Lager zu einem großen Hügel in der Nähe liefen. Auf der Hügelspitze legten sie Erdblöcke aufeinander und erschufen Formen, die Menschen und Pferden glichen. Einer von ihnen platzierte einen Block Netherstein, den sie nach dem Kampf gegen Malacoda auf dem letzten Server aus dem Nether mitgebracht hatten. Er entzündete ihn, und der Block fing sofort Feuer und sorgte dafür, dass die Gestalten auf dem Hügel besser zu sehen waren, vor allem bei Nacht.

„Was machen die da?", erkundigte sich Gameknight.

„Sie sorgen für eine kleine Ablenkung", antwortete Mason.

Er trat neben Gameknight und bewunderte das Werk der Soldaten. Es sah aus, als stünden Gestalten rings um ein Lagerfeuer, und da waren pferde- und soldatenartige Formen zwischen den Bäumen und andere auf dem Boden.

„Kriegsführung basiert auf Täuschung", erklärte Mason, als würde er einen klugen Lehrmeister zitieren.

Gameknight wollte gerade etwas erwidern, als er auf einmal merkte, dass ihm diese Worte bekannt vorkamen … sehr bekannt sogar.

Das hab ich doch schon einmal gehört, dachte Gameknight. *Das weiß ich ganz genau! Aber wie kann das sein? Wir sind in Minecraft und nicht in der realen Welt.*

Gameknight kramte in seinem Gedächtnis und versuchte, sich daran zu erinnern, wann er das schon einmal gehört hatte, doch es wollte ihm einfach nicht einfallen.

„Es muss so aussehen, als würden wir uns alle an einem Ort aufhalten, an dem wir gar nicht sind, um den Feind zu verwirren", fügte Mason hinzu.

„Das ist eine gute Idee", warf eine junge Stimme ein, die auf einmal rechts neben Gameknight zu hören war.

Er drehte sich um und stellte fest, dass Crafter neben ihm stand, auf dessen kindlichem Gesicht ein hoffnungsvolles Lächeln zu sehen war. Gameknight hatte Crafter auf dem ersten Server kennengelernt, nachdem er durch eine Erfindung seines Vaters, den Digitalisierer, in das Spiel hineingezogen worden war. Dort war Crafter ein alter Mann gewesen, grauhaarig und vom Alter gebeugt. Nachdem er diesen Server vor Erebus, dem König der Endermen, und dessen Monsterarmee gerettet hatte, war Crafter auf dem nächsten Server als Junge wieder auferstanden. Er empfand es noch immer als überraschend und ein wenig irritierend, diese alten blauen Augen, in denen jahrelange Erfahrung schimmerte, in diesem jungen Gesicht zu sehen. Doch nach den Nether-Schlachten auf dem letzten Server hatte Gameknight endlich akzeptiert, dass sein Freund jetzt so aussah – dass ein weiser alter Crafter im Körper dieses Jungen steckte. Er war vermutlich der beste Freund, den er jemals gehabt hatte … Na ja, mit Ausnahme von Shawny, seinem Freund aus der physikalischen Welt.

Ich wünschte, Shawny wäre jetzt hier und könnte uns helfen.

„Hilfe!", schrie jemand.

Ohne nachzudenken rannte Mason los, mit gezogenem Schwert und kampfbereit. Gameknight zog ebenfalls seine Klinge und lief zusammen mit Crafter dem großen NPC hinterher. Mehrere Krieger folgten ihnen auf den Fersen. Gameknight konnte hören, wie sie sich hinter ihm ebenfalls auf den Kampf vorbereiteten. Angst und Unsicherheit wandten sich wie eine mächtige Schlange um Gameknights Mut, und er malte sich alle möglichen Schreckensszenarien aus. Während er Mason widerstrebend folgte, spürte er, dass diese Schlange sich immer enger zog und seine Tapferkeit zu erdrücken drohte. Aber da er wusste, dass er keine Wahl hatte, umklammerte er sein Diamantschwert und rannte der neuen Gefahr entgegen.

KAPITEL 3
DIE MOBBER

„Hilfe!“, schrie die Stimme erneut.

Sie waren nicht mehr weit von ihr entfernt.

Gameknight konnte hören, dass sich der Rufende hinter dem nächsten Hügel aufhielt. Er sprintete weiter, achtete jedoch darauf, Mason nicht zu überholen, gleichzeitig aber auch schnell genug zu laufen, um nicht ängstlich zu wirken. Als sie die Hügelspitze erreichten, trafen sie dort auf Stitcher, die bereits ihren Bogen in der Hand hielt und einen Pfeil angelegt hatte. Der sanfte Wind zerzauste das strahlend rote Haar des jungen Mädchens, das sich um ihren Hals und ihr Gesicht bauschte. Sie drehte den Kopf, lächelte Gameknight an und deutete in Richtung Wald, wobei sie den Bogen leicht senkte.

„Bei den Bäumen“, sagte das Mädchen, entspannte sich und steckte die Waffe weg.

Am Fuß des Hügels stand ein junger, schlaksiger NPC neben einer hohen Birke. Die weiße Borke des Baumes leuchtete rötlich, als sich das warme Licht der Sonne über die Landschaft ergoss. Gameknight hielt

Ausschau nach angreifenden Monstern, entdeckte jedoch nur einen einsamen Wolf in der Nähe, der ein rotes Halsband trug; er war gezähmt worden. Mason stellte ebenfalls fest, dass keine Gefahr drohte, und rannte den Hügel hinunter zu dem jungen Mann, während er sein Schwert wegsteckte.

„Was geht hier vor sich?", verlangte Mason zu erfahren, und seine Stimme hallte durch den Birkenwald.

„Na ja … Äh … Sie haben gesagt, e… es wäre ein Spiel", stammelte der Junge.

„Wie heißt du, Kleiner?", fragte Crafter, der jetzt neben Gameknight auftauchte.

„Mein Name ist Her… Herder", antwortete der Junge und schaute Gameknight999 an. „Benutzer-der-kein-Benutzer-ist, du bist mein H… Held. Ich kann es kaum erwarten, zu se… sehen, wie du die Monster vernichtest und Minecraft ret… rettest. Ich möchte genauso sein w… wie du."

Der Junge trat vor und legte eine Hand leicht auf Gameknights Arm, wobei er ihn ehrfürchtig anstarrte. Peinlich berührt machte der Benutzer-der-kein-Benutzer-ist einen Schritt nach hinten und schaute zu Boden.

Wie lächerlich … Ich bin nur ein verängstigtes Kind, dachte er. *Ich bin kein Held.*

„Herder kümmert sich um die Tiere", erläuterte Stitcher und kam zu ihnen. „Er passt nachts auf sie auf und sorgt dafür, dass sie zusammenbleiben. Einige Krieger haben ihn gehänselt, weil er kleiner ist, jünger und … anders."

„Meine Werkzeuge", sagte Herder und klang auf einmal beschämt … nein, gedemütigt. „Sie sind i… im Baum."

Alle blickten nach oben. Da waren mehrere Werkzeuge, die auf Höhe des Baumwipfels auf und ab schwebten, als würden sie auf einem unsichtbaren Ozean schwimmen. Am Fuß des Baumes befand sich ein eckiger Fleck, auf dem kein Gras mehr wuchs. Offensichtlich hatten die Fieslinge eine Erdsäule errichtet, um an den Baumwipfel zu gelangen, die Werkzeuge dort platziert, waren wieder heruntergekommen und hatten die meisten Spuren beseitigt.

Mithilfe einiger braungefleckter Blöcke aus Netherstein baute Gameknight eine Treppe bis zum Baumwipfel. Er schleppte diese Blöcke schon seit ihrem letzten Kampf im Nether mit sich herum. Bilder der schrecklichen Schlacht tauchten vor seinem inneren Auge auf, als er die Blöcke platzierte. Die NPC-Armee war in den Nether gegangen, um Crafter aus der Gewalt von Malacoda, dem Netherkönig, zu befreien und seine Monsterarmee aufzuhalten. Doch sie hatten versagt. Zwar war es ihnen gelungen, Crafter zu retten, aber Hunter, Gameknights Freundin und Stitchers Schwester, war in Gefangenschaft geraten. Er konnte sich noch genau daran erinnern, wie sie ihn angesehen hatte, während sie – fest umklammert von Malacodas Tentakeln – langsam in das Portal sank, das auf diesen Server führte. Die schreckliche Traurigkeit in ihren Augen hatte ihn förmlich angefleht, seinen Bogen zu ziehen und sie zu töten; sie hätte den Tod der Gefangenschaft vorgezogen. Aber Gameknight war nicht mutig genug gewesen … Und so hatte er zugelassen, dass der gemeine König des Nether seine Freundin mitnahm, und seine Feigheit setzte ihm noch immer zu.

Auch wenn sie den Kampf gewonnen hatten, war es den Monstern dennoch gelungen, durch das Portal, das Malacoda gebaut hatte, zu entfliehen. Gameknight und Stitcher waren der Armee gefolgt, da sie Hunter nicht aufgeben wollten. Glücklicherweise war auch die NPC-Armee durch das Portal gegangen. Und so hielten sie sich jetzt in diesem fremden Land auf und suchten nach Malacoda und Erebus, den beiden Königen, in der Hoffnung, ihren Angriff auf die Quelle zu vereiteln.

Gameknight blickte auf den Netherstein in seiner Hand herab und erinnerte sich an die Schreie aus dieser letzten Schlacht, an all den Schmerz, all die Schrecken. Familien waren zerbrochen, NPCs gestorben … und … Hunter … Die Erinnerungen ließen Gameknight erschaudern. Er verdrängte diese Gedanken, platzierte den letzten Block und vollendete die Treppe. Dann bedeutete er Herder, seinen Besitz einzusammeln.

Der junge NPC sprintete die Stufen hinauf, sammelte sein Werkzeug ein, lief wieder herunter und strahlte Gameknight999 an.

„Dan… Danke, Benutzer-der-kein-Benutzer-ist!"

Gameknight knurrte nur, zog seine Spitzhacke und baute die Blöcke, die er eben platziert hatte, wieder ab.

„Was ist hier passiert, Herder?", wollte Crafter wissen.

„Na ja, die an… anderen wollten ein Spiel m… mit mir spielen", erklärte Herder. „Sie haben gesagt, dann wäre ich ei… einer von ihnen. Ich wäre so g… gern wie sie ein Krieger." Der dünne Junge drehte sich zu Gameknight um. „Ich kann gegen die Monster kämpfen."

„Du bist viel zu jung zum Kämpfen", knurrte Mason. „Außerdem ist es deine Aufgabe, auf die Herde aufzupassen. Du wirst nicht kämpfen, du bist zu klein dafür."

„Aber …"

„Keine Diskussion!", fiel ihm Mason ins Wort.

Crafter legte Mason beruhigend eine Hand auf die Schulter und wandte sich an Herder.

„Bitte erzähl weiter, Herder."

„Na ja … Die Krieger haben gesagt, ich soll m… mein Inventar leeren. Der Test müsse oh… ohne Werkzeuge gemacht werden. Daher habe ich all… alles fallen gelassen, die Augen ge… geschlossen und gewartet. Ich war so aufgeregt, dass sie mich end… endlich akzeptieren wollten. Ich dachte, j… jetzt hätte ich Freunde und wäre ei… einer von ihnen. Aber kurz darauf habe ich sie lachen gehört." Herders Stimme wurde leiser, als würde er die Erniedrigung noch einmal durchleben. „Als ich d… die Augen geöffnet habe, waren die Soldaten weg. All mei… meine Sachen waren oben i… im Baum. Ich konnte die Krieger auf dem Hügel sehen, und s… sie lachten mich aus."

Herder drehte sich zu Gameknight um. Zum ersten Mal bemerkte er die Augen des Jungen; eines war hellgrün, das andere stahlblau. Sie fielen unter seinem zerzausten schwarzen Haar deutlich auf und schienen Gameknight direkt in die Seele zu blicken. Es war, als könnte Herder in Gameknight hineinschauen und wüsste, dass der Benutzer-der-kein-Benutzer-ist schon oft Ähnliches erlebt hatte: Seine Bücher waren auf einen Basketballkorb gelegt worden, sein Mittagessen auf die Spinde, seine Schuhe oben auf die Tür … Gameknight hatte all diese Schikanen schon unzählige Male in seiner Schule erlebt, und jetzt passierte es auch hier in Minecraft.

Das machte ihn wütend … und traurig.

Warum können die mich … uns nicht einfach in Ruhe lassen? Was sind das für kranke Menschen, die Spaß am Leid anderer haben?

Doch eigentlich kannte er die Antwort auf seine Frage bereits: Erebus hatte Freude daran, Gameknight leiden zu sehen, und auch Hunter quälte er bestimmt nur zu gern … Falls sie noch am Leben war. Erebus war Gameknights Peiniger in Minecraft, so wie es die Krieger für Herder waren.

Inzwischen hatte sich eine ganze Gruppe aus Kriegern auf der Hügelspitze eingefunden, und viele von ihnen kicherten und deuteten auf Herder. Gameknight konnte ihre Kommentare hören, da die kalte Morgenluft die Worte herübertrug.

„Warum redet er so?", flüsterte einer der Soldaten nicht besonders leise.

„Ich glaube, er hat was am Kopf", antwortete ein anderer. „Du weißt schon …"

„Das ist der Schweinejunge", meinte ein dritter und deutete mit seinem Schwert auf Herder. „Er kümmert sich um die Tiere und schläft bei ihnen. Angeblich ist er verrückt … oder dumm … oder beides."

„Hey!", brüllte Stitcher, die ihre Wut nicht mehr im Zaum halten konnte. „Sein Name ist Herder, und er ist nicht dumm. Er ist nur anders als ihr, das ist alles."

Die Soldaten lachten.

Stitcher trat neben Gameknight und stupste ihn leicht an, als wollte sie ihn auffordern, etwas zu sagen.

„Was ist denn?", fragte er.

„Willst du ihnen denn nicht die Meinung geigen?", knurrte das Mädchen.

Gameknight schaute zu den Kriegern hinauf, die den schlaksigen Jungen auslachten. Das rief so viele Erinnerungen hervor … wie er gemobbt worden war, an die Gangs, das beiläufige Schubsen, wie man ihm auf die Füße getreten hatte … Als Gameknight daran dachte, wie man ihn in der Schule schikaniert hatte, kehrten seine Zweifel und seine Unsicherheit auf einen Schlag zurück. Am liebsten wäre er einfach im Erdboden versunken. Plötzlich spürte er einen Ellbogen in den Rippen und kehrte in die Gegenwart zurück.

„Und?“, flüsterte Stitcher.

„Oh … Richtig“, stammelte Gameknight. „Äh … Überprüft, ob sich von irgendwo Monster nähern.“

Die Soldaten lachten erneut, bedachten den Jungen mit einigen abfälligen Bemerkungen und verschwanden dann, um zu tun, was der Benutzer-der-kein-Benutzer-ist von ihnen verlangt hatte.

Herder ließ den Kopf hängen, während Mason auf ihn herabblickte. In der Nähe muhte eine Kuh, und Herder drehte sich zu ihr um. Langsam ging er zu dem Tier hinüber und streichelte beruhigend seinen großen, eckigen Kopf. Dann verschwand er im Schatten, und das Tier folgte ihm gehorsam.

„Ich muss die Tie… Tiere hüten“, murmelte Herder im Weggehen. Er schien sich von dem Zwischenfall erholt zu haben.

Doch Gameknight999 kämpfte noch immer gegen seine schrecklichen Erinnerungen an. Er dachte an die zahllosen Male, die man ihn geärgert hatte. Man hatte ihn in einen Spind gesperrt, in eine Mülltonne gestopft oder in die Mädchenumkleide geschubst … Es war ein immerwährender Albtraum gewesen. Er hatte die Mobber in der Schule gehasst. Nur weil Gameknight kleiner war als die anderen Kinder, und vielleicht ein wenig anders, schien es in Ordnung zu sein, dass ihn diese Jungs malträtierten. Wie er sie dafür verabscheut hatte!

Warum habe ich nicht verhindert, dass sich diese Soldaten über Herder lustig machen?, dachte Gameknight.

Er schaute erst zu Crafter und dann zu Stitcher hinüber, konnte ihnen jedoch nicht in die Augen sehen. Seufzend und beschämt blickte er zu Boden. Herders Stimme war noch immer zu hören; der Junge sprach mit den Tieren, die er zusammentrieb und in die Mitte des Lagers führte.

„Na los", meinte Crafter. „Sorgen wir dafür, dass sich die Armee in Bewegung setzt. Die Soldaten müssen sehen, dass der Benutzer-der-kein-Benutzer-ist an vorderster Front marschiert."

An vorderster Front … Ha, was für ein Witz!, dachte er, aber er wusste, dass er diese Rolle spielen musste. Er seufzte und lief Stitcher hinterher, deren flammend rotes Haar hinter ihr herflog und Gameknight an ihre ältere Schwester Hunter erinnerte.

Ich kann nur hoffen, dass du noch am Leben bist, Hunter, dachte er und erschauderte, weil er sich schuldig fühlte. Wieso hatte er nicht geschossen und sie gerettet, als sich die Gelegenheit ergeben hatte?

KAPITEL 4
MALACODA

Erebus begutachtete die wunderschöne Landschaft, die hohen grünen Bäume, die riesigen grasbewachsenen Ebenen und die fernen majestätischen Berge … Das alles machte ihn krank. Seiner Meinung nach sollte man unter der Erde leben, in den Schatten, Höhlen und Tunneln, und nicht in diesem widerlich farbenfrohen Gebiet. Bei dem Anblick drehte sich ihm der Magen um.

Der König der Endermen wandte den Blick von der Landschaft ab und musterte die gewaltige Monsterarmee, die ihm folgte. Sie marschierten über diesen Server und suchten nach Verbündeten, die ihnen bei der Zerstörung der Quelle helfen konnten. Erebus lächelte, als er die gigantische Anzahl an Kreaturen sah. Schon bald würde er sie alle befehligen … Doch noch war es nicht so weit. Neben ihm schwebte der riesige Ghast Malacoda, der Netherkönig und Kommandant dieser Armee … bis auf Weiteres zumindest. Sein blasser, kalkweißer Körper schimmerte im Licht der aufgehenden Sonne rötlich. Erebus konnte deutlich die

Narben erkennen, die die Haut des Monsters überzogen, doch die unter den wütenden roten Augen traten am deutlichsten hervor. „Was gaffst du so?", verlangte Malacoda zu erfahren, in dessen laute, dröhnende Stimme sich schrille, katzenartige Klänge mischten.

„Nichts", erwiderte Erebus so ehrerbietend, wie er nur konnte. „Ich bewundere nur deine Herrlichkeit … Hoheit."

Der König des Nether knurrte und wandte den Blick von dem dunkelroten Enderman ab.

Neben Malacoda stand sein General, eines der Witherskelette. Die dunkle, knorrige Kreatur ritt auf einer Riesenspinne und war somit ein Spinnenreiter, wie man sie in Minecraft nannte. Sie ähnelte ihren Vettern aus der Oberwelt und bestand ebenso nur aus Knochen, doch die Witherskelette waren pechschwarz, als hätte man sie gerade aus der Asche eines vor langer Zeit verloschenen Feuers gezogen, und nicht blassweiß wie die Skelette der Oberwelt. Die meisten Witherskelette kämpften mit Schwertern, dieses besaß jedoch einen verzauberten Bogen, den es seiner Gefangenen abgenommen hatte. Das Monster drehte sich um und schaute seine NPC-Gefangene an.

„Noch einmal vielen Dank für den schönen Bogen, Dorfbewohnerin", sagte das Witherskelett mit kratziger Stimme, die klang, als würden mehrere Knochen gegeneinander klappern und irgendwie Töne erzeugen, die Worte ergaben. „Es ist wirklich nett, dass du mir erlaubst, ihn zu benutzen. Ich glaube, ich habe noch keinen NPC mit einer so schönen Waffe getötet. Ich freue mich schon darauf, deinen geheiligten Benutzer-der-kein-Benutzer-ist mit einem Pfeil zu durchbohren. Er ist unbedeutend. Es wäre durchaus passend, wenn er von einer Waffe getötet wird, die von seiner eigenen Freundin geschaffen und verzaubert wurde. Welch herrliche Ironie."

„Hör auf zu plappern", fauchte Erebus. „Ich kann dein sinnloses Gerede nicht mehr ertragen."

Auf einmal verschwand Erebus und teleportierte sich direkt neben den General. Die Spinne, auf der dieser ritt, erschrak und brach zur Seite aus. Durch die abrupte Bewegung fiel das Witherskelett beinahe vom haarigen schwarzen Rücken herunter.

„Schau sie dir an", befahl Erebus dem Skelett.

Dann streckte er einen seiner dünnen Arme aus, und seine dunkelrote Haut hob sich deutlich von den schwarzen Knochen des Skeletts ab. Er packte den Kopf des Generals und drehte ihn so, dass dieser die gefangene Hunter direkt anschaute. Sie wurde von einem von Malacodas Ghasts festgehalten, der seine neun schlangenartigen Tentakel um ihren Körper gewickelt hatte. Der blasse, eckige Torso des Monsters schwebte in der Luft, und es hatte sein kindliches Gesicht nach vorn gerichtet. Wie bei allen Ghasts war auch sein Körper von tiefen grauen Narben übersät, und die auffälligsten befanden sich unter seinen Augen. Die tränenartigen Narben verunstalteten das junge, schaurige Gesicht und stellten die dauerhaften Hinterlassenschaften einer längst vergangenen Traurigkeit und Schande dar. Als Erebus diese Narben sah, musste er kichern, was ihm einen bösen Blick von Malacoda einbrachte. Malacodas finstere Miene bewirkte, dass alle Monster in der Nähe aufrechter liefen und noch finsterer und entschlossener wirkten. Dies war Malacodas Armee, und das waren seine Krieger … im Moment zumindest.

Erebus drückte den Kopf des Skeletts noch etwas fester und fuhr fort: „Sieh dir die Augen dieses NPCs an. Es gelingt dir nicht, ihr Angst einzujagen, sie einzuschüchtern oder ihren Lebenswillen zu brechen. Du bewirkst mit deinem nutzlosen Spott nur, dass sie dich noch mehr hasst."

Dann ließ er das Skelett los und teleportierte sich neben Hunter, wobei er von einem Nebel aus lilafarbenen Partikeln umgeben war. Er strich ihr über das lange, lockige rote Haar und streichelte ihr mit einer klammen schwarzen Hand die Wange. Hunter versuchte, sich ihm zu entziehen, da seine Berührung sie anwiderte, und starrte ihn angeekelt an.

Erebus lachte, und sein charakteristisches Enderman-Kichern hallte durch die Luft. Hunter zuckte zusammen.

„Wie du siehst, kannst du diesen NPC weder durch Drohungen noch durch Schmerz oder Tod einschüchtern." Erebus drehte sich zu dem General um. „Ich kenne diese Kreatur, und ich weiß, was sie fürchtet. Das sind nicht Schmerz, Qualen oder Drohungen."

„Du weißt überhaupt nichts, Enderman", fauchte Hunter, die vor Zorn bebte.

„Ich weiß alles, was es über dich zu wissen gibt", entgegnete Erebus, „zumindest das Wichtige. Und vor allem weiß ich, wovor du dich wirklich fürchtest."

„Ach ja, und was soll das sein, Enderman?", wollte Hunter wissen.

„Vor einem Käfig."

Hunter klappte vor Schreck die Kinnlade herunter, und ihr lief eine einzelne Träne über die Wange.

Kichernd wandte sich Erebus von ihr ab und schaute das Witherskelett an.

„Siehst du, Skelett, wenn du den Geist eines anderen vernichten möchtest, musst du wissen, wovor er sich am meisten fürchtet. Dieser NPC hier fürchtet nichts mehr als ein nutzloses Leben und einen bedeutungslosen Tod. Sie hat Angst davor, dass die Zeit nach ihrem Tod weiterläuft und sie keinen bleibenden Eindruck in Minecraft hinterlassen hat. Wir haben ihr Dorf zerstört, ihre Familie, jeden, den sie kannte, und nun wird sie in unserer Mitte sterben, ohne irgendetwas bewirkt zu haben. Es wird sein, als hätte sie nie existiert." Wieder kicherte er und grinste Hunter breit an. „Dieser NPC fürchtet das Vergessen."

Hunter erschauderte, und eine weitere eckige Träne rann ihr langsam über die schmutzige Wange. Sie wandte den Blick von dem dunklen Monster ab.

„Und jetzt hör auf mit dem Gerede und sieh nach den Spähern", befahl Erebus.

„Noch nicht", schaltete sich Malacoda von der Spitze der Armee aus ein. „Ich habe hier das Kommando, und ich sage meinem General, was er zu tun hat."

Ja, vorerst hast du noch das Kommando, dachte Erebus.

„Natürlich, Eure Königlichkeit", sagte er.

Der König des Nether starrte den Enderman an, und seine Tentakel zuckten. „General, sorge dafür, dass die Umgebung gesichert ist, und lass die Gefangene in Ruhe."

„Ja, Herr", erwiderte der General, drehte die Spinne und ritt an den Rand des Trosses.

Erebus grinste Hunter noch einmal an, teleportierte sich dann an die Spitze und tauchte im nächsten Augenblick neben Malacoda auf, wodurch er den Netherkönig kurz erschreckte.

„Teleportiere dich nicht direkt neben mich", schimpfte Malacoda gereizt. „Das kann ich nicht leiden."

„Entschuldige, Hochherrlichkeit, das wusste ich nicht", erwiderte Erebus mit schiefem Grinsen. Dann drehte er sich zu dem Ghast um. „Kannst du ihn spüren?"

Malacoda schloss kurz die blutroten Augen und schlug sie dann wieder auf.

„Nein, ich spüre überhaupt nichts. Und du?"

„Ja, ich kann den Benutzer-der-kein-Benutzer-ist noch immer spüren, allerdings nur schwach", antwortete Erebus leise, da seine Worte nur für Malacoda bestimmt waren. „Dieser neue Server ist seltsam. Hier gehen Dinge vor sich, mit denen wir nicht gerechnet haben, angefangen damit." Erebus deutete auf die blassrote Sonne, die am Horizont aufgegangen war. „Ich habe gesehen, wie sich ihre normale gelbe Farbe in dieses Rot verwandelt hat, sobald wir durch das

Portal aus dem Nether gekommen waren. Einige meiner Zombies und Skelette sind verbrannt, als sie ins Sonnenlicht traten, doch sobald die Sonne rot wurde, verschwanden die Flammen. Was hat das deiner Meinung nach bewirkt?"

„Wir", erwiderte Malacoda stolz, als würde er das alles verstehen. „Unsere Anwesenheit hat dafür gesorgt, dass sich dieser Server verändert hat, und die Farbveränderung der Sonne herbeigeführt. Und schon bald, wenn wir die Quelle gefunden haben, werden wir sie zerstören und dadurch alle Serverebenen verändern."

„Wir werden alle Serverebenen vernichten, meinst du wohl."

„Natürlich", sagte Malacoda. „Wäre das nicht perfekt? Dann gehen wir durch das Tor des Lichts in die physikalische Welt und zeigen diesen erbärmlichen Benutzern, wie sich wahre Angst anfühlt, indem wir ihre Welt zerstören und für uns beanspruchen. Eine physikalische Welt, die von den Minecraft-Monstern beherrscht wird ... Welch poetische Vorstellung."

Es wird sogar noch poetischer, wenn ich dich zerstört habe und all das hier übernehme, dachte Erebus, und sein Grinsen kehrte zurück.

„Was grinst du so?", wollte Malacoda wissen.

„Ach, nichts, ich stelle mir nur vor, wie es sein wird“, log Erebus.

Er hielt kurz inne und schaute nach vorn. Vor ihnen breitete sich das Taigabiom aus, mit Kiefern, die sich hoch in den Himmel erstreckten, üppigen Wiesen zwischen den Bäumen und sanften Hügeln, auf denen rote und gelbe Blumen wuchsen. Hin und wieder steckte ein weißer Wolf den Kopf hinter einem Baum oder Busch hervor, und verspieltes Bellen und Jaulen hallte durch die Luft. Was für ein schrecklicher Anblick.

Wie können es diese NPCs nur ertragen, ständig diesen furchtbaren Ort zu sehen und noch dazu darin zu leben?, dachte Erebus. *Ich würde eine schöne Höhle, dunkel und feucht und vielleicht mit einem Lavafluss darin all dem hier vorziehen.*

Er drehte sich um und betrachtete ihre Armee, die den beiden Herrschern folgte: eine wilde Mischung aus Monstern aus der Oberwelt und dem Nether, die alle nur eines im Sinn hatten – die Zerstörung von Minecraft. Eine schwarze, krankhaft aussehende Spur erstreckte sich bis in die Ferne und markierte den Weg, den die wütende Horde genommen hatte, während ihre Abscheu auf alles Lebende das Land im wahrsten Sinne des Wortes vernarbte. Erebus konnte erkennen, dass der schwarze Pfad zunehmend abgeschwächt wurde, da sich das Land nach und nach an die Bosheit und den Hass, die von diesen Monstern ausgingen, gewöhnte. Je weiter sie durch Minecraft wanderten, desto grauer wurde der Weg, sodass sie im Laufe der Zeit immer schwerer zu finden sein würden.

Gut, dachte Erebus.

Er wollte nicht, dass der Benutzer-der-kein-Benutzer-ist ihrer Armee folgen konnte. Erebus schaute wieder nach vorn und sah zu dem Wald hinüber, an den sich ein Bergbiom anschloss.

„Dann weißt du, wo sie sind?", wollte Erebus von Malacoda wissen und sprach betont leise.

Der Netherkönig blickte wütend auf den Enderman herab, und seine Tentakel zuckten, als würde er auf etwas warten.

„Ach ja … Dann weißt du, wo wir diese Kreaturen finden können, die sich Schatten-Crafter nennen, *Hoheit*?"

„Wenn wir in ihrer Nähe sind, werde ich es wissen", antwortete Malacoda, aber seine Zuversicht klang erzwungen.

„Mit anderen Worten: Nein, du weißt eigentlich nicht, wohin wir gehen."

Der Ghast stieß gereizt ein katzenartiges Geräusch aus, seine Augen leuchteten rot, und die tränenförmigen Narben darunter schienen vor lauter Wut zu glühen.

„Die Schatten-Crafter sind zu mir gekommen, als ich im Land der Träume war“, erklärte Malacoda. „Sie sagten, sie würden uns bei der Zerstörung von Minecraft helfen, und ich habe ihnen geglaubt. Ich werde unsere neuen Verbündeten finden, wenn ich bereit dazu bin.“

„Ich kann diese Schatten-Crafter mit meinen Endermen schneller finden, als wenn wir einfach nur ziellos herumwandern“, prahlte Erebus. „Es wäre wenigstens ein Plan, der halbwegs nützlich erscheint, anders als dieser sinnlose Marsch. Außerdem wäre diese Reise dann kürzer und wir kämen schneller in die physikalische Welt.“

Ein Feuerball flackerte an Malacodas Tentakeln auf, und seine Augen glichen jetzt zwei rubinroten Lasern. Erebus wusste, dass er dieses Mal zu weit gegangen war.

„Hoheit“, fügte er daher schnell hinzu und hoffte, Malacoda noch zu besänftigen, „es wäre uns eine Freude, dem großen Netherkönig bei diesem Unterfangen behilflich zu sein, und es war eine großartige Idee, die der herrliche Malacoda ausgesprochen hat. Wir werden diese Schatten-Crafter finden und dir

Bericht erstatten, wenn das dein Wille ist. Die Schatten-Crafter wissen, wie man die Quelle findet, und es wäre uns eine Ehre, sie für dich zu suchen."

Erebus schaute kleinlaut zu Boden und konnte sehen, wie der Feuerball innerhalb der zuckenden Tentakel langsam kleiner wurde, bis das orangerote Leuchten schließlich ganz erlosch.

Malacoda hielt inne und schwebte weiter nach oben, bis er außer Reichweite war. Dann blickte er wütend auf den Enderman herab. Seine Augen waren leuchtend rot und loderten vor Zorn.

„Du gehst viele Risiken ein, Enderman", erklärte Malacoda so laut, dass seine Stimme über die Landschaft hallte. Er musterte zuerst seine gewaltige Armee und dann erneut Erebus.

„Ich habe beschlossen, dass die Endermen die Schatten-Crafter suchen werden", verkündete Malacoda. „Endermen … *Meine* Endermen", er sah Erebus mit breitem Grinsen an, „zieht los, findet die Schatten-Crafter und erstattet MIR dann Bericht." Die letzten Worte untermalte er mit einem jaulenden, katzenartigen Geräusch. „Kehrt erst zurück, wenn ihr sie gefunden habt … Und nun geht!"

Erebus sah zu der Armee aus großen Kreaturen hinüber, die den Rest der Monsterhorde überragte, und nickte *seinen* Endermen zu. Im nächsten Augenblick waren die dunklen Kreaturen verschwunden und hinterließen nichts als einen lilafarbenen Nebel, der sich rasch auflöste.

„Dürfte ich vorschlagen", sagte Erebus betont unterwürfig, „dass du dem Benutzer-der-kein-Benutzer-ist eine kleine Überraschung schickst. Zeig ihm, dass er hier nichts zu sagen hat."

Malacoda knurrte, starrte seinen Spinnenreiter-General an und nickte ihm zu. Danach wandte er sich erneut in Richtung der fernen Berge. Der General ritt zu einigen Spinnenreitern und sprach leise mit ihnen. Kurz darauf entfernten sich die gigantischen haarigen Spinnen von der Kolonne und liefen den Weg zurück, den sie gekommen waren. Die blassweißen Skelette wackelten auf und ab, während sie mit gezogenen Bögen und angelegten Pfeilen auf den Spinnen ritten. Das Witherskelett sah seinen Vettern aus der Oberwelt hinterher, die ihrer Beute entgegenstrebten, und kehrte dann an Malacodas Seite zurück.

„Sie werden erst zurückkehren, wenn sie den Benutzer-der-kein-Benutzer-ist gefangen genommen oder vernichtet haben", meldete der Withergeneral.

Der Netherkönig knurrte und sah den entbehrlichen Kriegern nach, bis sie hinter einem Hügel verschwunden waren. Dann wandte sich der große Ghast Erebus zu und grinste ihn breit und selbstzufrieden an, als hätte er sich diesen Plan selbst ausgedacht.

Wie lange muss ich diesen Idioten noch ertragen?, dachte Erebus und blickte zu Malacoda auf. Er wollte sich schon wegteleportieren, um ebenfalls nach diesen dummen Schatten-Craftern zu suchen – was immer das auch für Kreaturen sein mochten –, als sich einer seiner Endermen direkt neben ihm materialisierte.

„Warum bist du zurückgekehrt?", verlangte Malacoda zu erfahren. „Du hast den Befehl, unsere Verbündeten zu finden und erst bei Erfolg wieder hier zu erscheinen. Was hast du hier zu suchen?"

Ein Feuerball erschien in dem Gewirr aus Tentakeln, das unter dem Netherkönig baumelte.

„Sie wurden gefunden, Herr", meldete der Enderman mit kratziger Stimme.

Erebus kicherte, was ihm einen wütenden Blick von Malacoda einbrachte, der den Feuerball verschwinden ließ.

„Wo sind sie?", donnerte der Ghast.

„Vor uns", erwiderte das dunkle Monster. „Am Fuß des Berges vor uns."

Der Enderman deutete mit einem seiner langen, schwarzen Arme auf den Berg, der vor ihnen aufragte, so hoch, dass die Bäume davor winzig aussahen. Irgendwie wirkte der Berg seltsam, fast schon krank, und nichts Lebendiges schien darauf zu wachsen. Da waren weder Gras noch Blumen … rein gar nichts. Das Einzige, was ins Auge stach, waren die blattlosen Bäume, die verdorben und verdorrt aussahen und ihre leeren Äste krumm in die Luft streckten.

„Dieses Berges?“, hakte Malacoda nach.

Der Enderman nickte. „Der seltsame Schatten-Crafter sagte, du sollst zum Berg gehen und den langen Tunnel betreten, der in seinen Fuß gegraben wurde.“

„Hab ich's mir doch gedacht“, meinte der König des Nether.

Dummkopf, dachte Erebus und amüsierte sich innerlich über den Ghast.

„Wo sind die anderen?“, verlangte Malacoda zu erfahren.

„Sie haben sich dorthin teleportiert, um das Gebiet zu sichern.“

„Hervorragend“, erklärte Malacoda. „Wenigstens einer der Endermen hier hat Verstand.“

Erebus lächelte nur.

Malacoda flog hoch in die Luft und wandte sich seiner Armee zu.

„Unser Ziel liegt vor uns“, verkündete er, und seine Stimme hallte wie Donner über die Landschaft. „Schon bald werden unsere geheimen Verbündeten sich uns anschließen, bis diese Armee die größte Streitmacht ist, die Minecraft je gesehen hat.“ Die Monster jubelten, während sie weitermarschierten, und viele reckten ihre Waffen in die Luft. „Und wenn wir bereit sind, werden wir auf die Bewohner dieses Servers herabfahren und sie zerstören, bis die Quelle ungeschützt ist. Schon bald werden die Monster von Minecraft die Quelle zerstören, meine Brüder und Schwestern, und dann übernehmen wir die physikalische Welt. Das Zeitalter der Monster bricht in Kürze an, und wehe jenen, die sich uns widersetzen.“

Wieder jubelten alle.

Der König des Nether schwebte wieder nach unten, bis er auf Erebus‘ Höhe war.

„Sobald wir von den Spinnenreitern gehört haben, möchte ich, dass du, Erebus, einige deiner Oberweltmonster losschickst und dem Benutzer-der-kein-Benutzer-ist auf den Hals hetzt. Einige meiner Schweinezombies sollen sie begleiten, damit wenigstens ein paar echte Krieger dabei sind. Er darf nicht vergessen, dass wir immer noch hier sind … Hast du verstanden?“

Erebus nickte.

„Wo steckt mein Schweinezombie-General?", brüllte Malacoda.

Ein Schweinezombie in goldener Rüstung und mit einem rasiermesserscharfen Schwert in der ausgestreckten Hand trat vor. Sowohl die Klinge als auch die Rüstung schimmerten bläulich, da sie verzaubert waren. Erebus bemerkte, dass dieses Monster größer und kräftiger war als die anderen Netherkreaturen. Es bewegte sich für einen Zombie ungewohnt anmutig und erinnerte an eine Raubkatze, da es Vorsicht, Zurückhaltung und Gefahr ausstrahlte.

Diese Kreatur muss ich im Auge behalten, dachte Erebus. *Sie könnte eine Gefahr darstellen.*

„General", sagte Malacoda. „Finde meinen Feind, und überbringe ihm mit deinem goldenen Schwert eine Nachricht, die er nie wieder vergessen wird."

Der Zombie schenkte seinem Kommandanten ein unheimliches Grinsen, grunzte und ging zu seinen Soldaten zurück.

Erebus teleportierte sich zu seinen eigenen Witherkommandanten. Rasch erklärte er ihnen, was Malacoda verlangte, und kehrte dann an die Seite des Netherkönigs zurück.

„Meine Krieger werden tun, was du verlangst", meldete Erebus und blickte den Monstern aus der

Oberwelt hinterher, die sich langsam vom Rest der Armee entfernten.

„Sehr schön", murmelte Malacoda leise, um die Stimme dann wieder zu erheben. „Und jetzt vorwärts, meine Freunde, und zwar zack, zack! Unser Schicksal wartet!"

Die Armee stürmte dem Berg entgegen, und Malacodas katzenartiges, boshaftes Kreischen hallte durch die Luft.

KAPITEL 5
HERDER

Die Armee marschierte langsam über die sanften, grasbedeckten Hügel wie ein gewaltiger Wurm, und die Schwächsten und Ältesten bestimmten das Tempo der NPCs. Gameknight wurde immer frustrierter, da es ihm nicht schnell genug ging, aber er wusste, dass sie keine andere Wahl hatten. Als sie sich Malacoda zuletzt in seinem brennenden Reich gestellt und um den Nether gekämpft hatten, waren sie nur dank Geschwindigkeit und Unauffälligkeit in der Lage gewesen, diesen Kampf zu gewinnen. Doch jetzt, mit dieser sich langsam fortbewegenden Ansammlung aus Kriegern und Zivilisten, waren sie weder schnell noch unauffällig. Das Einzige, was ihm half, seine Frustration im Zaum zu halten, war etwas, das er hier in Minecraft gelernt hatte: Lass niemanden zurück. Genau deshalb waren sie hier, nicht nur um die Monster der Oberwelt und des Nether aufzuhalten, sondern auch, um ihre Freundin zu retten, die von ihren Feinden Malacoda und Erebus gefangen genommen worden war. Er konnte nur hoffen, dass Hunter noch lebte.

Als Gameknight den Kopf senkte, sah er Stitcher, Hunters Schwester, in der Nähe. Sie unterhielt sich mit einer älteren Frau, deren graues Haar einen starken Kontrast zu Stitchers roten Locken bildete. Ihre Kleidung ließ vermuten, dass die alte Frau früher Weberin gewesen war, da die blassblaue Robe mit dem grünen Streifen für diesen Beruf stand. In der Armee wurde sie jetzt vermutlich als Köchin oder Näherin eingesetzt. Jeder leistete seinen Beitrag zur Rettung von Minecraft.

Während Gameknight die beiden beobachtete, blickte Stitcher auf. Sie schenkte ihm ein warmes Lächeln und kam auf ihn zu. Als er auf sie herabschaute, fühlte er sich schlecht, weil er allein auf seinem Pferd saß, während die anderen Reiter wenigstens eine weitere Person hatten aufsitzen lassen. Aber Mason und Crafter hatten darauf bestanden, dass der Benutzer-der-kein-Benutzer-ist allein reiten müsse.

„Es wäre nicht angemessen, wenn jemand, der so wichtig ist wie Gameknight999, sein Pferd teilt", hatte Crafter gesagt. „Alle müssen dich als Anführer ansehen, der unserem Feind zuversichtlich entgegenreitet. Dadurch schöpfen die anderen Mut … und Hoffnung."

Gameknight hatte widersprechen wollen, aber Crafter war ebenso weise wie dickköpfig.

„Du siehst nachdenklich aus", stellte Stitcher fest, als sie näher kam.

Ihre Worte holten Gameknight in die Gegenwart zurück.

„Ich habe tatsächlich nachgedacht", erwiderte er.

Sie lächelte erneut und erinnerte ihn dabei an seine Schwester. Er vermisste sie. Gameknight schaute sich um und bewunderte die farbenfrohe Landschaft. Die grünen Hügel unter dem blauen Himmel. Die bunten Blumen auf den Hügeln, die aussahen wie bunte Zuckerstreusel auf smaragdgrünen Eiskugeln. Riesige eckige Wolken schwebten am Himmel von Ost nach West, und daher wusste Gameknight auch, in welche Richtung sie reisten. Obwohl die blassrote Sonne alles in einen pinkfarbenen Schimmer tauchte, sah es noch immer wunderschön aus. Die weißen Wolken und der tiefblaue Himmel wirkten wie die Garnierung dieses farbenfrohen Kuchens, und all die Farbtöne und Schattierungen ergaben ein Bild, das jeder Mensch bewundert hätte. Seiner Schwester hätte dieser Anblick gefallen. Sie liebte Kunst, Farben und Kreativität und hätte sich hier sehr wohl gefühlt … und vermutlich schnell Freundschaft mit Stitcher geschlossen.

Aber ich bin froh, dass du nicht hier bist, Schwesterherz, dachte er.

Er hätte nicht gewollt, dass sie ein Schwert in die Hand nahm und gegen Monster kämpfte. Gameknight würde so etwas nie zulassen … niemals!

Als er sich umdrehte und den Blick über seine Armee schweifen ließ, entdeckte er Herder. Der seltsame kleine Junge schien ständig von den Kriegern gehänselt und geärgert zu werden. Im Augenblick half er gerade einem älteren Mann mit einem Holzbündel, hob die Blöcke auf, die dieser fallen gelassen hatte, und legte sie in sein eigenes Inventar, um die Last des alten Mannes zu verringern. Gameknight sah Herder lächeln, als der alte Mann ihn dankbar umarmte. Danach ging der Junge zu einem anderen NPC, einem Krieger, der sich mit zu vielen Wollblöcken abmühte. Sofort bot Herder auch ihm Hilfe an und nahm einen ganzen Berg Wolle in sein Inventar, damit der Krieger es leichter hatte.

Stitcher schaute zu Gameknight999 auf, bemerkte, wohin er sah, und blickte lächelnd ebenfalls zu dem Jungen hinüber. Nachdem sich der Krieger bei ihm bedankt hatte, wandte sich Herder dem nächsten zu, der Hilfe benötigte. Während er den Fremden ansprach, konnte man seine durchdringende Stimme über das Geräusch der zahlreichen marschierenden Füße hinweg hören.

„Gameknight wird uns ret… retten", sagte der Junge.

Gameknight wandte sich schnell ab, als er hörte, wie Herder herüberkam.

„Hier drüben, Herder!", rief Stitcher.

„Pssst! Was machst du denn?", raunte Gameknight ihr zu und hoffte, dass ihn niemand anderes hören konnte. „Er wird dich noch hören und herkommen."

„Stit… Stitcher", sagte der Junge aufgeregt.

Gameknight seufzte.

„Benutzer-der-kein-Benutzer-ist", rief Herder. „Ich hab dich ge… gefunden."

„Hurra", entgegnete Gameknight sarkastisch.

Stitcher knuffte ihm gegen das Bein und sah ihn mit finsterer Miene an.

Ja, genau wie meine kleine Schwester.

„Sei nett zu ihm", zischte sie leise.

Auch wenn sich Gameknight wünschte, der Junge würde ihm nicht folgen, war er doch irgendwie von ihm fasziniert. Herder hatte einen guten Draht zu Tieren und war für diese Aufgabe wie geboren; und sein Name spiegelte seinen Beruf in Minecraft wider. Anscheinend konnte er jede Kreatur zähmen, der er begegnete, und sie dazu bringen, auf ihn zu hören, aber das Hüten der Herde einer ganzen Armee war ein gewaltiges Unterfangen. Ein Junge allein konnte das nicht bewältigen, daher hatte sich Herder Hilfe gesucht. Er wanderte bei jeder sich bietenden Gelegenheit herum, freundete sich mit Wolfsrudeln an und zähmte sie mit Skelettknochen. Sein Rudel half ihm dabei, die Herde zu hüten und nachts zu beschützen, und alle Wölfe waren dem Jungen treu ergeben. Inzwischen bestand das Rudel aus zwölf Tieren und wuchs jeden Tag weiter.

Nachts schlief Herder bei den Tieren; es schien sie zu beruhigen und hielt sie davon ab, sich von der Herde zu entfernen. Aus diesem Grund nannten ihn einige Krieger jetzt „Schweinejunge", andere „Hundejunge" wegen der Wölfe, die ständig in seiner Nähe waren. Herder versuchte, sie zu ignorieren, aber je öfter die Krieger ihn hänselten, desto schlimmer schien sein Stottern zu werden.

„Was macht die Herde?", fragte Stitcher.

„Der Herde geht es g… gut", antwortete er.

Dann schaute er zu Gameknight auf und lächelte den Benutzer-der-kein-Benutzer-ist breit an. Einige der Soldaten in der Nähe bemerkten das und bedachten ihn mit gehässigen Kommentaren. Stitcher drehte sich um und starrte die NPCs wütend an, aber sie kicherten weiter. Gameknight sagte nichts.

„Herder", sagte sie so leise zu dem Jungen, dass die anderen es nicht hören konnten, „ist so etwas wie gestern, als die Soldaten deine Sachen im Baum deponiert hatten, schon öfter passiert?"

Herder warf den Soldaten in der Nähe einen verstohlenen Blick zu. Einer winkte und hatte ein gemeines, bedrohliches Grinsen auf den Lippen. Er war offensichtlich, dass sie einander kannten.

„Kennst du ihn?", wollte Gameknight wissen.

„Woodcutter stammt aus mei… meinem Dorf", antwortete Herder, wandte sich von dem NPC ab und erneut Stitcher zu.

Gameknight seufzte und kämpfte gegen seine eigenen schmerzhaften Erinnerungen an.

„Ja", fuhr Herder leise fort, „so et… etwas ist schon häufiger pas… passiert."

„Möchtest du uns davon erzählen?", bat sie ihn.

„Na ja … Äh … Einige Jungs aus unserem Dorf wollten Spleef spie… spielen. Du weißt schon, das Spiel, bei dem m… man Schneeblöcke unter einem anderen Spie… Spieler wegnimmt. Wer als Letzter auf seinem Block st… steht, hat gewonnen. Und … Na ja… Sie haben mich zum ersten Mal gefragt, ob ich mitspielen möchte." Er klang ganz aufgeregt, als er sich daran erinnerte. „Ich war so f… froh, dass ich mitmachen durfte. Die anderen hatten mich sonst n… nie mitmachen lassen. Ich konnte es kaum erwarten, endlich dazuzuge… gehören und endlich Freunde zu fin… finden. Sobald wir angefangen hat… hatten, habe ich sofort ein anderes Kind rausgeworfen."

Als er zu Gameknight aufsah, wirkte der Junge sogar ein wenig stolz. „Er ist in den Schnee ge… gefallen und runter auf den Boden drei Blöcke tiefer, aber dann haben sich die an… anderen Kinder zusammengetan und alle gegen m… mich gespielt."

Wieder warf Herder den Soldaten einen Blick zu, unter denen sich auch Woodcutter befand, bevor er sich erneut an Gameknight und Stitcher wandte. Seine Stimme klang belegt, als wäre die Erinnerung noch immer schmerzhaft. „Sie haben mich in eine E… Ecke der Spleef-Arena gejagt, die sie gebaut hatten, und d… dann haben sie mich eingeschlossen. Ich habe noch zwei erwischt, bevor s… sie mir den Schneeblock unter den Füßen geklaut haben. I… ich fiel in ein zwei Blöcke tiefes Loch, das mit Bruchstein verkleidet war. Ich saß f… fest und konnte mich mit der Holzschaufel nicht ausgraben. Es war eine Fal… Falle. Diese Kinder haben ge… gelacht und mich verspottet."

Herder runzelte die Stirn über der Monobraue und wurde immer zorniger. „Da haben sie mich das erste Mal Schweinejunge genannt und noch auf an… andere Weise beschimpft. Sie haben mich die gan… ganze Nacht dort gelassen und Schneeblöcke rings um meinen Kopf herum gebaut, damit mich niemand sehen konnte. Ich stand die ganze Nacht da und habe die Mon… Monster gehört, die in der Dunkelheit herumschlichen. Es waren Spinnen und Zombies in der Nä… Nähe, aber sie konnten mich nicht sehen. Ich hatte sol… solche Angst. Am nächsten Morgen hat mich mein Vater geholt. Jemand m… muss ihm gesagt haben, wo ich w… war. Sein enttäuschtes Ge… Gesicht war noch viel schlimmer a… als diese schreckliche Nacht."

Nun hörte er sich sehr verletzt an. Er schniefte und wischte sich eine Träne aus dem Augenwinkel, bevor er wütend fortfuhr.

„‚Ich habe dir doch gesagt, dass du nicht mit den anderen Kindern spielen sollst, Herder', hat er gesagt, als er mich aus dem L… Loch gezogen hat. ‚Weil du anders bist, tun sie dir so was an. Halte dich an die Tiere Ihnen kannst du vertrauen. Aber geh nicht mehr zu den anderen Kindern.'

Ich war so wü… wütend auf ihn, nicht weil er so enttäuscht w… war, denn das war er eigentlich immer. Nein, ich war wütend auf ih… ihn, weil ich wusste, dass er recht hatte. Aber das war nicht f… nicht fair. Ich sollte auch Freunde haben, doch stattdessen blieben mir nur mei… meine Tiere, meine Schweine und Kühe. Daher habe ich meinen Vater bestraft und nicht mehr mit i… ihm geredet. Ich schwieg ihn die nächsten beiden Ta… Tage an, versuchte aber, zu Hause möglichst viel Krach zu machen. Ich ließ Dinge fallen und knallte die Türen zu. Ich ließ meine W… Wut an ihm aus, dabei war ich eigentlich wütend auf mich s… selbst, weil ich dazugehören wollte. Er hat mir immer gesagt, dass ich an… anders bin, aber ich wollte Freunde haben und einfach nor… normal sein. Und so habe ich meinen Vater bestraft und ihn ignoriert. Doch ich konnte mich nie mehr dafür entschuldigen. Die Mobs ka… kamen am dritten Tag in unser Dorf. Er wurde von ei… einer Lohe ge… getötet, und ich wurde zum Ar… Arbeiten in den Nether verschleppt."

Herder schniefte, als ihm erneut Tränen über die eckigen Wangen liefen. Er wandte den Kopf ab, damit der Benutzer-der-kein-Benutzer-ist es nicht sehen würde. Gameknight schaute ebenfalls zur Seite, um es dem Jungen einfacher zu machen.

„Was ist los, Schweinejunge, hast du was im Auge?", rief einer der Krieger in der Nähe.

Daraufhin blickten einige der Umstehenden zu ihnen herüber. Gameknight konnte das Kichern und Flüstern hören und sah, wie der Junge angestarrt wurde.

Unwillkürlich knurrte er leise. Er konnte sich noch genau daran erinnern, wie er unter all dem gelitten hatte, dem Spott, den peinlichen Kommentaren der anderen Kinder, dem Schubsen und Beinstellen. Es machte ihn wütend, gleichzeitig wollte er sich aber auch verstecken, genau wie damals, als ihm das alles passiert war.

Warum merken diese Leute denn nicht, was sie dadurch bei anderen bewirken?, dachte Gameknight, doch dann fiel ihm ein, wie er damals als Griefer andere Benutzer in Minecraft behandelt hatte. Er war nicht besser gewesen als diese Mobber, sondern auch nur ein Fiesling, der sich auf Kosten anderer besser fühlen wollte.

Er hörte noch immer das Kichern und die Kommentare. Es schien diesen Leuten nichts auszumachen, dass man sie verstehen konnte, und das machte Gameknight nur noch wütender. Er konnte es nicht ausstehen, wenn andere unfair behandelt wurden … Er verabscheute Leute, die andere mobbten und schikanierten. Dann dachte er an etwas, das Crafter ihm auf dem letzten Server beigebracht hatte. *„Freunde dich* *mit dem Gedanken an, dass der Erfolg tatsächlich möglich ist, selbst wenn er schwer zu erreichen sein sollte, denn das ist der erste Schritt in Richtung Sieg.*" Die Möglichkeit akzeptieren, das war der Schlüssel. Vielleicht konnte er es schaffen und mutig genug sein, um sich gegen diese Mobber zu behaupten; vielleicht konnte er Herder helfen und damit auch sich selbst. Er musste nur akzeptieren, dass es überhaupt möglich war. Da kam ihm eine Idee.

„Herder", sagte Gameknight leise, und man konnte ihm seine Wut anhören. „Lass sie nicht sehen, dass du traurig bist. Gönn ihnen diese Befriedigung nicht … denn genau das ist es, was sie wollen." Er hielt kurz inne und flüsterte dem Jungen dann zu: „Wir werden ihnen schon zeigen, wie wichtig du wirklich bist."

Herder sah Gameknight verwirrt an. „Komm her zu mir, Herder", sagte Gameknight dann mit lauter, befehlsgewohnter Stimme.

Er streckte einen Arm aus und wollte den Jungen zu sich aufs Pferd ziehen.

„W… Was?", stammelte Herder und starrte die Hand mit den Stummelfingern und danach Gameknight irritiert an.

„Ich sagte, du reitest ab jetzt mit mir, also nimm meine Hand."

Gameknight blickte leicht genervt auf den dünnen Jungen herab.

„Der Benutzer-der-kein-Benutzer-ist befiehlt es!"

Wieder starrte Herder erst die ausgestreckte Hand und dann Gameknight an.

„Aber ich muss nach der Herde sehen … Ich muss …"

„Wir werden zusammen nach der Herde sehen", unterbrach ihn Gameknight entschlossen. „Und jetzt steig auf."

Herder musterte ihn noch einmal misstrauisch, lächelte dann und ergriff Gameknights Hand. Sobald er hinter Gameknight saß, legte er ihm die dünnen Arme um die Brust, allerdings nicht, um sich festzuhalten, sondern um sich emotionale Unterstützung zu holen. Augenblicklich verstummten die Soldaten, die nicht fassen konnten, was da gerade passierte.

„Der Benutzer-der-kein-Benutzer-ist …", murmelte einer von ihnen.

„Der Junge … Er reitet mit ihm …"

„Was macht er da?"

Die Krieger wollten ihren Augen nicht trauen, und irgendwie spürte Gameknight999, dass sein Gefährte hinter ihm lächelte, und tat es ebenfalls.

Vielleicht ist es ja doch möglich.

„Die Herde ... Die Herde ... Ich muss nach der Herde sehen", sagte der Junge.

„Okay", erwiderte Gameknight und blickte auf Stitcher hinab.

Sie schenkte ihm ein so breites Lächeln, dass ihr ganzes Gesicht zu strahlen schien. Dann tätschelte sie sein Bein und war offensichtlich stolz auf den Benutzer-der-kein-Benutzer-ist.

Ja, sie ist wirklich wie meine kleine Schwester.

Gameknight grinste sie an und drehte sich dann nach hinten zu Herder um.

„Dann kümmern wir uns jetzt mal um die Herde", meinte er und führte sein Pferd in die Mitte der Kolonne. Im Wegreiten hörte er, wie Stitcher etwas zu der alten Frau sagte, die zu ihr getreten war.

„Der Benutzer-der-kein-Benutzer-ist kann alles überwinden, selbst etwas, das in unserem Inneren ist."

Als sich Gameknight zu dem Mädchen umdrehte, lächelte sie noch immer und drückte ehrerbietend eine Hand an die Brust.

KAPITEL 6
HINTERHALT

Die Herde der Armee war riesig. Sie hatten Kühe, Schweine und natürlich Hühner. Gameknight grinste, als er an den YouTuber denken musste, der sie immer als „evil" bezeichnet hatte. Herder hatten sie alle während ihrer Reise durch dieses Land angelockt, so wie er auch weiterhin durch seine beruhigende Art neue Kreaturen anzog. Seine Wölfe bewachten die Herde und sorgten dafür, dass keines der Tiere abhandenkam.

Herder schritt mit ausgestreckten Armen durch die Herde und versuchte, jedes einzelne Tier zu berühren. Schon ein sanftes Streicheln mit den Fingerspitzen reichte aus, um nervöse oder ängstliche Tiere zu beruhigen. Als er damit fertig war, ging er zu den Wölfen, streichelte sie und gab jedem ein Stück Fleisch, um ihren Hunger zu stillen und ihre Freundschaft zu erneuern. Gameknight sah, wie rote Herzen über jedem Wolf erschienen, sobald er den Leckerbissen verschlungen hatte, und Herders Lächeln wurde immer breiter. Der Junge war wahrlich für diese Aufgabe geschaffen.

Als Herder gerade den letzten Wolf fütterte, wurde Alarm geschlagen. Gameknight drehte auf dem Absatz um, rannte zu seinem Pferd und sprang mit einer flüssigen Bewegung in den Sattel. Als er schon losreiten wollte, stellte er fest, dass Herder auf ihn zugelaufen kam.

„Nein, bleib bei den Tieren", sagte Gameknight.

„A… aber ich kann helfen", stammelte Herder.

„Ich brauche dich hier, du musst die Herde beschützen. Das ist wichtig … Also bleib hier und erledige deine Aufgabe."

Herder blickte zu Boden, als hätte er etwas falsch gemacht.

„Herder", sagte Gameknight so laut, dass ihn die anderen hören konnten. „Ich verlasse mich auf dich. Es ist für uns alle sehr wichtig, dass du dich um die Tiere kümmerst. Niemand kann das besser als du."

Schon hob Herder den Kopf und wirkte auf einmal selbstsicher und stolz.

„Pass auf sie auf. Ich weiß, dass du nicht versagen wirst."

Dann drehte sich der Benutzer-der-kein-Benutzer-ist um und ritt los. Er drückte dem Pferd die Fersen in die Seite, drängte es aber nicht zu sehr, denn so eilig hatte er es gar nicht, erneut zu kämpfen. Der Alarm kam von einer Seite ihres Trosses, auf der sich nur wenige Soldaten befanden. Die meisten Bewaffneten ritten ganz vorn oder ganz hinten, jedoch nur selten an den Seiten. Als er auf das Geräusch zuritt, traf er Stitcher. Sie reichte ihm ihre freie Hand, Gameknight ergriff sie und schwang sie vor sich auf den Sattel.

„Dann mal los", rief sie. „Wir werden im Kampf gebraucht."

„Ich weiß nicht, ob sie wirklich unsere Hilfe brauchen … Äh … Mason hat doch bestimmt schon …"

„Hör auf zu zaudern", fiel sie ihm ins Wort. „Und jetzt setz dieses Pferd in Bewegung!"

Gameknight war irritiert über ihre Wildheit und presste seinem Pferd die Fersen in die Seiten.

„Du bist genau wie deine Schwester, weißt du das?", sagte Gameknight und war sich nicht sicher, ob das ein Kompliment war.

„Halt einfach den Mund und reite", entgegnete Stitcher, drehte sich zu ihm um und grinste breit.

Während sie unterwegs waren, sahen sie Krieger, die mit gezogenen Schwertern in alle Richtungen davonliefen und nicht wussten, wohin sie gehen sollten. Ein Teil der Kavallerie war ebenfalls in Bewegung, allerdings nicht in dieselbe Richtung. Wieder ertönte der Alarm, als jemand mit einem Schwert gegen eine

Brustplatte hämmerte. Nun hatten die Soldaten ein Ziel, allerdings wirkten sie noch immer unorganisiert.

Doch dann rief jemand laut und deutlich: „Da ist der Benutzer-der-kein-Benutzer-ist!"

„Folgt Gameknight999!", schrie ein anderer.

„Die Monster werden es noch bereuen, wenn er erst einmal bei ihnen ist", meinte ein Schwertkämpfer in der Nähe und drückte eine Faust an die Brust.

Jubel brandete auf, als sich die Krieger hinter Gameknight versammelten und allein durch seine Gegenwart neuen Mut schöpften. Stitcher drehte sich um und lächelte Gameknight an, und ihr wildes rotes Haar flatterte durch die Luft und in Gameknights Gesicht.

„Hey … Das hast du mit Absicht gemacht", beschwerte er sich grinsend.

„Was, ich?", entgegnete sie.

Plötzlich lief es Gameknight eiskalt den Rücken herunter, als er auf der anderen Seite der Anhöhe Kampfeslärm hörte. Die allzu vertraute Angst stieg in ihm auf, während er sich die schrecklichen Dinge ausmalte, die dort gerade geschahen. Mit welchen Monstern würden sie es zu tun bekommen? Mit Lohen, Spinnen oder Zombies …? Seine Fantasie beschwor die wildesten Bilder herauf, ließ seinen Mut dahinschmelzen, und er hätte am liebsten die Flucht ergriffen. Aber das konnte er nicht tun, immerhin saß Stitcher direkt vor ihm. Sie war seine Freundin, und er durfte sie nicht enttäuschen. Daher unterdrückte er seine Instinkte und trieb sein Pferd weiter an.

Als sie auf der Hügelspitze ankamen, sah er den Kampf, und ihm wurde eiskalt. Spinnenreiter! Es mussten wenigstens fünfzig sein. Die haarigen dunklen Spinnen huschten mit den weißen Skeletten auf dem Rücken herum, schlugen mit ihren gefährlichen schwarzen Krallen zu, zerkratzten Rüstungen und zerfetzten Fleisch. Die Skelette feuerten einen Pfeil nach dem anderen auf die kleine Gruppe aus NPCs ab, die bereits umzingelt war. Gameknight konnte Crafter und Mason in der Mitte erkennen, die beide ihre Bögen in der Hand hielten.

Auch Stitchers Bogen begann zu summen, während sie immer näher kamen. Ohne nachzudenken zog Gameknight sein verzaubertes Diamantschwert und ließ sein Pferd sprinten.

Schneller … Sie mussten schneller werden. Vielleicht würde ihn dann keiner der Skelettreiter angreifen.

Sirr … Ein Pfeil sauste genau durch die schmale Lücke zwischen ihm und Stitcher.

„Stitcher … nach links“, rief Gameknight.

Er deutete auf das Skelett, das den Schuss abgegeben hatte. Aber die Soldaten hinter ihm hatten seine Geste bereits als Befehl aufgefasst und griffen das Skelett an. Sie schleuderten die knochige Kreatur von der Spinne und hatten Reiter und Reittier kurz darauf besiegt.

Danach bildeten die NPCs einen Keil mit der Kavallerie außen und den Schwertkämpfern und Bogenschützen in der Mitte, wie Mason es ihnen beigebracht hatte. So durchbrachen sie den Kreis der Monster. Die berittenen Krieger hatten ihre Schwerter gezogen und setzten den knochigen Kreaturen zu, während die Bogenschützen auf die Spinnen feuerten. Sobald er eine Lücke in den feindlichen Linien entdeckte, nutzte Gameknight die Gelegenheit und sprang mit seinem Pferd über eine reiterlose Spinne, während Stitcher dieser drei Pfeile in den dicken Körper jagte. Die dunkle Kreatur verschwand und hinterließ einige Spinnenfäden und Erfahrungskugeln.

Er trieb sein Pferd weiter an und ritt durch die NPCs, die überlebt hatten, zu Mason und Crafter.

„Geht es euch beiden gut?“, erkundigte er sich mit zittriger Stimme.

„Ja, aber wir müssen …", antwortete Mason, wurde jedoch unterbrochen, als ein Pfeil von seiner Rüstung abprallte.

Stitcher schoss sofort dreimal, und ihre Bewegungen verschwammen, während sie die Pfeile aus dem Inventar holte, anlegte und auf ihr Ziel abfeuerte. Sie schoss nicht daneben; sie war eindeutig Hunters Schwester.

„Wir müssen in Deckung gehen", rief Mason über den Lärm der Schlacht hinweg. „Die Skelette reißen uns in Fetzen."

Klonk. Ein weiterer Pfeil prallte von seinem Rücken ab.

Sirr … Sirr … Sirr … Stitcher schaltete den nächsten Angreifer aus.

Die chaotische Schlacht machte Gameknight immer nervöser.

Was machen wir nur …? Was sollen wir nur tun?, dachte er. *Ich habe solche Angst. Am liebsten würde ich im Erdboden versinken.*

„Was sollen wir jetzt machen, Gameknight?", fragte Crafter fast schon flehentlich.

Ich möchte im Erdboden versinken … Genau das ist es!

„Wir graben Löcher!", antwortete Gameknight und musste an einen Kriegsfilm mit John Wayne denken, in dem sich die Männer aus Löchern heraus verteidigt hatten. „Grabt einen Block nach unten und kämpft von dort. Hockt euch hin, wenn ihr gerade nicht feuert."

Er wendete sein Pferd, bevor die anderen noch etwas erwidern konnten.

„Bogenschützen in die Mitte!", rief Gameknight. „Schwertkämpfer, grabt einen Block nach unten und legt einen Graben rings um unsere Position an. Dann wartet, bis die Spinnen in eurer Nähe sind, und zielt auf ihre Beine. Kavallerie, ihr folgt mir … FÜR MINECRAFT!"

Geschwindigkeit … Sie mussten schnell sein, genau wie zuletzt im Nether.

Gameknight führte die Reiter an und schuf eine Lücke in den feindlichen Linien, durch die er die Kavallerie um die Spinnenreiter herumführte. Sobald sie das Kampfgetümmel verlassen hatten, drehte er sich um. Er konnte sehen, wie ihre Männer von den Spinnenreitern umzingelt waren. Crafter und Mason standen im Zentrum der Schlacht, aber dann verschwanden die NPCs aus seinem Blickfeld, als sie die Löcher gruben. In diesem Augenblick ertönten Schreie von der Hügelspitze: Der Rest ihrer NPC-Armee war eingetroffen … die Nachhut. Nun waren sie den Angreifern zahlenmäßig überlegen, doch diese flohen nicht.

Die Skelette feuerten weiter ihre tödlichen Geschosse ab, während die Spinnen mit ihren Krallen auf ihre Gegner einschlugen.

Es war ein heilloses Chaos, furchterregend und real.

Klonk ... Ein Pfeil prallte von seiner Diamantrüstung ab.

Das war knapp, dachte er.

Sirr ... Sirr ... Sirr ...

Seine Panik und Angst wurden immer größer.

Ich kann das nicht, ich kann sie nicht in die Schlacht führen ... Ich bin doch nur ein Kind.

Ein weiterer Pfeil sauste an seinem Kopf vorbei. Er musste an den Tag in der Cafeteria denken, an dem eine Milchpackung dicht neben seinem Kopf vorbeigesegelt war. Diese Spinnen waren wie die fiesen Kinder aus der Schule – sie hatten es auf ihn abgesehen.

Ich muss hier weg.

Gameknight trieb sein Pferd an und ritt einfach los. Dummerweise bemerkte er in seiner Panik nicht, dass er auf den Rand der Monsterhorde zuhielt.

„Folgt dem Benutzer-der-kein-Benutzer-ist", rief Stitcher und hielt ihren Bogen hoch.

Gameknight ignorierte das Jubeln hinter sich. Er wollte nur noch weg und sich verstecken. Als er an dem Kreis der Spinnen vorbei auf die offene Ebene reiten wollte, packte Stitcher einen der Zügel und zog daran, um das Pferd in Richtung der Spinnen zu lenken.

„Kavallerie, umzingelt die Spinnen!", ordnete Stitcher an. „Folgt dem Benutzer-der-kein-Benutzer-ist!" Dann senkte sie die Stimme und sagte nur an Gameknight gewandt: „Reite einfach im Kreis um sie herum ... Mir wird schon nichts passieren."

Da er vor Angst wie betäubt war, tat Gameknight einfach, was sie vorgeschlagen hatte. Ihm war, als würde er den Kampf aus dem Inneren eines Tornados heraus betrachten, aber er versuchte, den Strom aus Angst und Panik ebenso zu bekämpfen wie die Kreaturen, die seine Freunde bedrohten.

Vielleicht ist es ja möglich ...

„Zieht die Schwerter und greift die Spinnen an!", befahl Gameknight und zog sein Diamantschwert, obwohl ihm seine Angst immer noch zu schaffen machte.

Im Vorbeireiten hieb er auf die Spinnen ein. In dem Augenblick machte eine der riesigen Kreaturen einen Satz und wollte Stitcher mit ihren dunklen, geschwungenen Klauen angreifen. Aber Gameknight schirmte sie mit seinem Körper ab und spürte, wie seine Rüstung Dellen bekam.

Niemand wird ihr wehtun, beschloss er.

„Keine Sorge, kleine Schwester, ich lasse nicht zu, dass sie dich verletzen“, sagte Gameknight zornentbrannt. *Niemand wird meiner kleinen Schwester etwas tun.*

Er trieb sein Pferd noch mehr an und attackierte die Spinnen wütend. Gameknights Schwert glich einem blauen Wirbel, während er die Monster mit seiner Diamantklinge angriff. Sie waren derart überrascht von seiner Wildheit, dass sie kurz zögerten.

„Seht nur, sie haben Angst vor dem Benutzer-der-kein-Benutzer-ist!“, riefen die Krieger.

Nun strengten sich die NPCs noch mehr an. Die Kavallerie kämpfte gegen die Spinnenreiter, während die Schwertkämpfer aus ihrem Graben sprangen und auf die Monster zustürmten. Die Bogenschützen schossen auf die Skelette, und die Kavallerie und die Schwertkämpfer schalteten die Spinnen aus. Schon wendete sich das Blatt. Die Spinnenreiter wurden von Jägern zu Gejagten, da sie von allen Seiten gleichzeitig angegriffen wurden. Die Krieger vergaßen ihre Angst und rannten los, um sich den gewaltigen Kreaturen in den Weg zu stellen. Allein Gameknights Anwesenheit schien ihnen Kraft und Mut zu verleihen. Nur wenige Minuten später war der Kampf vorüber und auf dem Boden türmten sich Spinnenfäden und Skelettknochen.

Die Krieger jubelten, Männer und Frauen schlugen einander auf den Rücken, aber Gameknight konnte sich nicht freuen. Er sah hier und da Rüstungen und Waffen, Überreste aus dem Inventar der NPCs, die die Schlacht nicht überlebt hatten.

Seufzend ritt der Benutzer-der-kein-Benutzer-ist wieder zu Mason und Crafter. Bevor sie ihm oder einander gratulieren konnten, hob Gameknight eine Hand mit ausgestreckten Fingern hoch in die Luft. Stitcher sah erst ihn und dann die Gegenstände am Boden an, um es ihm dann nachzumachen. Schließlich ballten Gameknight und Stitcher die Faust so fest, dass ihnen die Finger wehtaten, und erwiesen den Toten so die letzte Ehre.

Sobald die anderen Krieger das sahen, hörten sie auf zu jubeln. Immer mehr Arme wurden gen Himmel gereckt, bis schließlich keiner mehr fröhlich war und alle die Fäuste erhoben hatten.

„Lasst uns nicht zu laut jubeln, denn es gibt viele, die es nicht geschafft haben“, sagte Gameknight. „Erinnern wir uns stattdessen lieber an jene, die heute gefallen sind, um ihre Freunde und Nachbarn zu beschützen … und Minecraft.“

Dann senkte Gameknight den Kopf ebenso wie die geballte Faust, und der Rest der Armee machte es genauso.

Er stieg von seinem Pferd und ging zu Mason und Crafter hinüber.

„Geht es euch beiden gut?", erkundigte er sich.

Die beiden nickten.

„Glaubt ihr, das war Malacodas Armee?", fragte Gameknight.

„Nein", antwortete Mason. „Er wollte uns nur ein bisschen ärgern. Vermutlich sollten diese Spinnenreiter nach uns Ausschau halten und erst zurückkehren, wenn sie uns vernichtet haben."

„Aber wie kann er so etwas machen? Das waren vielleicht fünfzig Spinnenreiter, die konnten doch nicht unsere ganze Armee vernichten", merkte Gameknight an.

„Das stimmt, aber das verrät uns so einiges", erkannte Mason und ging zu einem Haufen aus Skelettknochen und Spinnenfäden hinüber. „Erstens scheint er nicht zu wissen, wie viele wir sind, sonst hätte er mehr Soldaten losgeschickt. Vermutlich glaubt er, nur der Benutzer-der-kein-Benutzer-ist wäre durch das Portal gegangen. Es war sein Fehler, anzunehmen, die NPCs würden ihrer Programmierung entsprechend handeln und dir nicht folgen. Aber er hat uns unterschätzt … und dich."

„Und was ist die zweite Erkenntnis, die du daraus ziehst?", fragte Gameknight mit spöttischem Unterton.

„Etwas Wichtiges, dass wir uns merken müssen, wenn wir siegreich sein wollen“, antwortete Mason, der so klang, als würde er eine universelle Wahrheit verkünden. Die Soldaten um sie herum wurden mucksmäuschenstill und lauschten gespannt. „Diese Spinnenreiter hatten keine Vorräte dabei und sollten gar nicht zu ihrer Armee zurückkehren. Das war ein Selbstmordkommando.“ Er machte eine kurze Pause, um seine Worte wirken zu lassen. „Er hat ihnen befohlen, den Benutzer-der-kein-Benutzer-ist zu suchen und bis zu ihrem Tod zu jagen. Sie sollten bis zum letzten Atemzug kämpfen. Das ist eine sehr wichtige Information.“

„Warum ist das wichtig?“, verlangte Gameknight zu erfahren.

„Kenne deinen Feind und kenne dich selbst, und in hundert Schlachten wirst du nie in Gefahr geraten“, proklamierte Mason.

Die NPCs, die Soldaten, Väter, Mütter und Kinder, nickten und dachten über seine Worte nach … Alle bis auf Gameknight999.

Das habe ich doch schon einmal gehört!, dachte er. *Warum sagt er ständig Dinge, die ich kenne … aus der Schule? Ja, das muss mein Geschichtslehrer Mr. Planck gesagt haben. Aber wie kann Mason …?*

Plötzlich tauchte einer ihrer Späher auf einem Hügel auf und rief ihnen etwas zu. Gameknight konnte ihn noch nicht verstehen, aber als der Reiter näher kam, wurden alle um ihn herum immer aufgeregter. Schließlich hatte der Späher sie erreicht, stieg von seinem Pferd ab und trat vor Gameknight und Mason. Er sah zwischen den beiden hin und her und schien nicht zu wissen, wen er ansprechen sollte.

„Und?", drängte Gameknight ihn. „Was gibt's?"

„Komm erst einmal zu Atem", sagte Mason, „und dann erzähl uns, was du gesehen hast."

Der NPC beugte sich vor, stemmte die Hände gegen die eckigen Oberschenkel und rang nach Luft. „Ich habe da drüben ein Dorf entdeckt." Er deutete in die Richtung, in die der letzte Spinnenreiter geflohen war. „Wir haben einen Spinnenreiter gejagt und ihn schließlich erwischt. Roofer hat ihn aus großer Entfernung mit einem Pfeil erledigt. Es war ein wunderbarer Schuss, die Art, wie der Pfeil durch die Luft sauste und …"

„Das Dorf", fiel ihm Gameknight aufgeregt ins Wort. „Erzähl uns von dem Dorf."

„Ach ja", meinte der Mann. „Als wir auf der Hügelspitze ankamen, auf der das Monster gestorben war, und sein Inventar und die XP einsammeln wollten, sahen wir in der Ferne am Ufer eines Flusses weit im Norden das, wonach wir gesucht haben … ein Dorf."

„Wo ist der Rest deiner Männer?", fragte Mason. „Geht es ihnen gut?"

„Ich habe sie zum Dorf geschickt, um es im Auge zu behalten, aber sie sollten nicht hineinreiten, sondern sich nur vergewissern, dass sich dort keine Monster aufhalten. Sie kommen zurück, wenn sie etwas Gefährliches entdecken."

Mason tätschelte dem Mann die Schulter, und seine grünen Augen strahlten. Sein charakteristisches breites Lächeln erschien wieder auf dem kantigen Gesicht.

„Das hast du großartig gemacht, wirklich großartig", sagte Mason so laut, dass es alle hören konnten.

Der NPC sah sehr stolz aus.

„Worauf warten wir noch?", fragte Gameknight. „Sehen wir uns dieses Dorf an."

„Augenblick noch", meinte Mason und wandte sich dann an einige NPCs. „Schickt Späher in alle Richtungen. Stellt die Truppen kreisförmig auf, außen die Kavallerie, dann ein Ring aus Schwertkämpfern, danach die Bogenschützen. In der Mitte halten sich die Alten, die Kinder und die Verwundeten auf." Er hörte sich an, als hätte er das auswendig gelernt. „Seid vorbereitet, dann werdet ihr niemals besiegt."

Das habe ich doch auch schon mal gehört!, dachte Gameknight. *Was geht hier vor sich?!*

„Das ist eine gute Idee", erklärte Crafter, der bereits dafür sorgte, dass Masons Befehle ausgeführt wurden.

Die Armee setzte sich in Bewegung, und die Reiter passten sich an das Tempo derjenigen an, die zu Fuß unterwegs waren. Gameknight musterte Mason misstrauisch, während er langsam in Richtung Norden auf das ferne Dorf zuritt.

KAPITEL 7
DAS DORF

Die Armee sammelte sich am Rand des Fichtenwaldes auf einem hohen Hügel und blickte auf das Dorf hinab. Es lag auf einem sandigen Wüstenstreifen an einem breiten Fluss, der sich durch das trockene Land schnitt, als hätte ein Riese mit einer schweren Axt hineingehauen. Von so weit oben sah es für Gameknight beinahe so aus, als würde der blaue Fluss die in Minecraft verbotene Form einer Kurve haben. Eigentlich war alles in Minecraft kantig und eckig, doch von hier aus wirkte es, als würde sich der Fluss durch das Wüstenbiom schlängeln.

An einem Flussufer befand sich das Dorf, das die Späher entdeckt hatten. Es sah genauso aus wie alle anderen Dörfer in Minecraft und bestand aus mehreren Stein- und Holzgebäuden, die um den Brunnen und einen hohen Bruchsteinturm herumstanden. Allerdings konnte Gameknight erkennen, dass hier kein NPC auf dem Turm Wache hielt.

„Seht ihr das?", fragte Gameknight. „Da steht kein Wachmann auf dem Turm."

„Merkwürdig", meinte Crafter.

Normalerweise stand auf jedem Dorfturm ein Wächter. Der Dorfbewohner mit den besten Augen wurde dort postiert und hieß dementsprechend Watcher. Watcher blickten auf das Land hinaus und hielten Ausschau nach Monstern. Sobald ein Watcher welche entdeckte, schlug er Alarm und warnte die NPCs, damit sie in ihre Häuser laufen konnten, denn ein Dorfbewohner, den die Monster im Freien erwischten, hatte keine Chance. Doch hier schien es seltsamerweise keinen Watcher zu geben.

„Sehen wir mal nach, was dort unten vor sich geht", schlug Gameknight vor, aber Mason legte ihm eine Hand auf die Schulter.

„Noch nicht", meinte der große NPC.

Dann wandte er sich an einen seiner Generäle. „Schickt mehrere Reiter los, falls irgendwo Monster sind. Sie sollen nicht angreifen, sondern uns nur Bericht erstatten. Stellt außerdem Bogenschützen hier im Wald auf. Sobald sie etwas sehen, sollen sie Pfeile hoch in die Luft schießen, sodass sie neben dem Dorf landen. Auf diese Weise kann uns der Feind nicht mit dem Rücken zum Fluss überraschen. Verstanden?"

Der Krieger nickte und zog los, um die Befehle auszuführen.

„Sind wir jetzt bereit?", fragte Gameknight leicht entnervt.

Als er sich umdrehte, nickten Mason und Crafter. Da kam Stitcher zusammen mit Herder angelaufen.

„Wir begleiten dich, Gameknight", sagte sie.

Einige der Krieger murmelten „Schweinejunge", sobald sie Herder sahen, und das so laut, dass Herder sie hören, aber nicht herausfinden konnte, von wem das gekommen war. Stitcher wirbelte herum und starrte die Krieger wütend an, die zwar die Köpfe senkten, aber kicherten. Zornig drehte sich Stitcher zu Gameknight um. Sie wollte, dass er für Herder einstand, aber der Benutzer-der-kein-Benutzer-ist blieb still und war erleichtert, dass sich die Kommentare nicht gegen ihn richteten.

Warum muss es überall Mobber geben? Ich kann sie nicht ausstehen.

Als er gerade etwas sagen wollte, hallte ein Jaulen durch den Wald.

„Wölfe", erkannte jemand, und Angst griff um sich.

Normalerweise ließ ein Wolfsrudel einsame NPCs in Ruhe, aber wurde einer von ihnen angegriffen oder auch nur zufällig getroffen, stürzte sich das ganze Rudel auf den Angreifer. Ein Individuum hatte gegen ein Wolfsrudel keine Chance, aus diesem Grund fürchteten die Dorfbewohner diese Tiere und gingen ihnen aus dem Weg – alle bis auf Herder. Als er das Jaulen hörte, drehte sich der schlaksige Junge um und blickte in den dunklen Wald.

„Da sind Wöl... Wölfe in der Nähe."

„Ja, es klingt ganz danach", bestätigte Crafter.

Herder wartete kurz, bis das traurige Heulen aus dem tiefen Wald erneut zu hören war. Er holte einen Skelettknochen aus seinem Inventar (nach dem letzten Kampf hatte er seinen Vorrat aufgestockt) und sprintete in den Wald. Mehrere Krieger lachten laut, aber Herder ignorierte sie und konzentrierte sich allein auf die Wölfe. Während er sich seinen Weg durch die Armee bahnte, rempelte er mehrere andere NPCs an, achtete jedoch nur auf die Geräusche aus dem Wald und nicht auf die gemeinen Kommentare, die gegen ihn gerichtet waren.

Stitcher seufzte und bedachte Gameknight mit einem weiteren bösen Blick. Dann sprang sie auf sein Pferd, sodass sie mit dem Bogen in der Hand und angelegtem Pfeil vor ihm saß.

„Okay, ich bin bereit", verkündete das Mädchen. „Los gehts."

Gameknight nickte und setzte sein Pferd in Bewegung. Der Rest der Armee folgte ihm. Er konnte die Kommentare der Soldaten genau verstehen.

„Der Benutzer-der-kein-Benutzer-ist führt uns in das seltsame Dorf …“

„Er hat keine Angst vor einem Dorf auf dem Quellen-Server …“

„Gameknight999 kennt keine Furcht …“

Die Verherrlichung ging ihm langsam auf die Nerven. Es war fast so, als würden sie ihn für einen märchenhaften Helden halten, der loszog, um den Riesen zu erschlagen oder den Drachen zu töten. Aber er war kein Held, er war nur ein Kind … ein verängstigtes Kind, das nur Stitcher zuliebe nicht weglief. Sie verließ sich darauf, dass er ihre Schwester retten würde, und er konnte sie nicht enttäuschen. Etwas, das Crafter einmal gesagt hatte, fiel ihm wieder ein: *„Taten machen keinen Helden aus … sondern die Angst, die sie überwinden müssen.“* Er wusste, dass er sich seiner Angst stellen musste, doch das fiel ihm sehr schwer. Als er sah, wie Stitchers Haar durch die Luft flog, musste er an seine Schwester denken … seine kleine Schwester. Als sich Stitcher noch einmal umdrehte und ihn anlächelte, wusste er, dass er nicht versagen durfte.

Vorsichtig näherte sich die Armee dem Dorf. Gameknight ritt an vorderster Front. Falls etwas passierte, falls eine Monstergruppe aus einem der Häuser kam, würden es Gameknight und Stitcher als Erste wissen. Das war sehr beängstigend. Während sie weiterritten, sah Gameknight links und rechts Bewegungen. Zahlreiche Soldaten hatten sich an den Flanken aufgestellt. Mason hatte die Streitmacht in drei Gruppen aufgeteilt, sodass sie sich dem Dorf jetzt von mehreren Seiten näherten.

Während sie den grasbewachsenen Hügel hinunterritten, spürte Gameknight, dass es langsam wärmer wurde. Kaum waren sie vom grünen Gras der Taiga auf die sandige Wüstenebene übergewechselt, stieg die Temperatur deutlich an, sodass sich bald kleine eckige Schweißtropfen auf seiner Stirn bildeten und ihm über die Wangen rannen.

Vor ihm erstreckte sich die Wüste bis zum Dorf, und auf der anderen Seite des kühlen blauen Flusses reichten die sandbedeckten Hügel bis zum Horizont. Hohe Kaktussäulen ragten aus dem Sand auf, und ihre scharfen Stacheln sahen nur zu real aus. Gameknight hielt lieber Abstand zu den Pflanzen, da er wusste, dass eine Berührung Schmerzen und Gesundheitsverlust mit sich bringen würde. Als sie sich dem Dorf näherten, konnte er darin Dorfbewohner erkennen, allerdings gingen diese nicht wie erwartet ihren Aufgaben nach, sondern knieten auf dem Boden, standen neben einem Gebäude oder streichelten zärtlich einen Kaktus … Ein seltsames Benehmen für Dorfbewohner.

Gameknight ritt auf den nächsten NPC zu, der neben einem Haus stand und so aussah, als würde er sich mit ihm unterhalten. Er stieg ab, und Stitcher sprang vom Pferd, legte einen Pfeil an und sah sich in den schmalen Straßen des Dorfes nach Gefahren um. Auch Gameknight war unsicher, daher zog er sein schimmerndes Schwert, dessen Leuchten den Dorfbewohner und die Holzwand in ein lilafarbenes Licht tauchte.

Crafter und Mason traten ebenfalls näher. Mason ging vorsichtig auf den Dorfbewohner zu, streckte eine Hand aus und zupfte an dessen Robe. Erschrocken wirbelte der Mann herum und sah sich unverhofft dem großen NPC, einem Jungen und fünfhundert Kriegern in Rüstungen und mit im Sonnenlicht glitzernden Waffen gegenüber.

„Entschuldige, ich wollte dich nicht erschrecken", sagte Mason und schaute den Mann an.

Der NPC war von durchschnittlicher Größe, nicht sehr groß, aber auch nicht besonders klein, hatte bräunliche Haut und helles Haar. Für Gameknight sah es so aus, als hätte er viel Zeit in der Sonne verbracht, da seine Haut fast schon lederartig wirkte. Sein hellblondes Haar glühte beinahe im Sonnenlicht, aber am bemerkenswertesten war seine Robe: Sie war schwarz mit einem breiten grauen Streifen in der Mitte.

„Ein Crafter“, erkannte jemand.

„Sie sind alle Crafter“, murmelte ein anderer.

Gameknight drehte sich um, betrachtete die anderen Dorfbewohner und stellte fest, dass sie alle die traditionelle Kleidung eines Dorfcrafters trugen. Er machte einige Schritte und blickte die Straße entlang, wo er weitere NPCs entdeckte, die eine identische Robe trugen. Das war ja merkwürdig.

„Was geht hier vor sich?“, fragte Mason laut. „Warum steht auf eurem Turm kein Wächter? Und wo sind eure Farmer und Baumeister?“

Der NPC musterte Mason, danach die Gesichter der Krieger und schaute schließlich Crafter an, dessen Kleidung er sofort erkannte.

„Ah, du bist einer von uns“, stellte er aufgeregt fest. „Ein Neuer? Was ist dein Fachgebiet?“

„Ich weiß nicht, was du damit meinst“, entgegnete Crafter. „Mein Name ist natürlich Crafter. Wir sind hier, um gegen die Monster zu kämpfen, die Minecraft bedrohen. Wie heißt du, was ist das hier für ein Ort?“

„Mein Name ist Holzbrin, und ich arbeite selbstverständlich mit Holz“, antwortete Holzbrin so abgehackt, als kämen die Worte aus einem Maschinengewehr. „Das da drüben sind Kaktusbrin und Sandbrin.“ Der NPC deutete auf zwei Dorfbewohner, die ebenfalls beide helles Haar und dunkle Roben hatten. Einer der beiden kniete auf dem Sand und bewegte die Hände, als würde er etwas herstellen, während der andere vor einem hohen Kaktus stand und etwas Ähnliches machte. „Wir bearbeiten das Wüstenbiom und natürlich auch die Dorfbewohner."

Crafter schaute Mason verwirrt an. Der große NPC wollte gerade etwas sagen, und Gameknight vermutete anhand seines frustrierten Gesichtsausdrucks, dass es nichts besonders Nettes sein würde. Rasch trat er vor und legte Mason beruhigend eine Hand auf die Schulter. Nun sah Holzbrin die Buchstaben, die über seinem Kopf schwebten.

„Ein Benutzer", stammelte der Dorfbewohner. „Hier dürfen sich keine Benutzer aufhalten … Das ist verboten."

„Sieh dir seinen Serverfaden an", schlug Crafter vor.

Holzbrin legte den Kopf in den Nacken und sah suchend gen Himmel, runzelte die Stirn, doch dann schien er zu begreifen, wer vor ihm stand. Ihm klappte die Kinnlade herunter, und er starrte Gameknight999 verblüfft an. Crafter nickte lächelnd.

„Ganz genau … Die Prophezeiung … Der Benutzer-der-kein-Benutzer-ist ist gekommen, ebenso die

Zeit der letzten Schlacht“, sagte Crafter ehrfürchtig. „Die letzte Schlacht um Minecraft steht bevor, und das Leben aller ist in Gefahr.“

Holzbrin blickte zur Sonne hinauf, deren rötliches Antlitz aussah, als wäre sie verwundet. Er holte tief Luft.

„Dann ist der Krieg endlich da und das Ende nahe“, meinte er traurig. „Ich kann nur hoffen, dass du der bist, den wir brauchen, sonst ist alles verloren.“

Bei seinen Worten fing Gameknight999 an zu zittern.

KAPITEL 8
LICHT-CRAFTER

„Wir sind hier, um die Monster davon abzuhalten, zur Quelle zu gelangen", sagte der Benutzer-der-kein-Benutzer-ist und versuchte dabei, selbstsicher und stark zu klingen, so wie Mason … was ihm allerdings nicht besonders gut gelang.

„Die Monster sind hier?", fragte Holzbrin und schaute sich entsetzt nach Gefahren um. „Monster aus der Oberwelt?"

„Und dem Nether", fügte Crafter hinzu.

„Auch aus dem Nether?"

Crafter nickte.

„Wir sind ihnen durch ein Portal gefolgt, das dank diamantener Werkbänke geöffnet wurde und uns zu diesem Server geführt hat, und jetzt wollen wir sie davon abhalten, die Quelle zu zerstören." Crafter hielt inne und trat neben Gameknight999. „Der Benutzer-der-kein-Benutzer-ist wird die Monsterhorde aufhalten und Minecraft retten."

Die Krieger, die nähergetreten waren, jubelten. Viele riefen Gameknights Namen und bezeichneten ihn als Retter von Minecraft … als den Unbesiegbaren … als denjenigen, der ihr Heim und ihre Familien retten würde. Diese Aufregung und das Lob waren ihm zuwider.

Ich bin nur ein Kind … ein Niemand.

Crafter hob die Hände, um die Menge zum Schweigen zu bringen.

„Wir brauchen Hilfe, um die Quelle zu finden, damit wir uns auf den letzten Kampf vorbereiten können“, sagte Crafter zu Holzbrin. „Wir benötigen Informationen und Unterstützung, da wir diesen Server nicht verstehen. Kannst du uns weiterhelfen?“

„Aber natürlich“, erwiderte Holzbrin in seiner eigenartigen Sprechweise. „Dieser Server ist anders. Er unterscheidet sich von den anderen Serverebenen. Hier gibt es keine Dorfbewohner, sondern nur Code-Crafter wie mich.“

„Code-Crafter?“, hakte Mason nach und schaute Holzbrin mit seinen grünen Augen an, in denen sich das rote Licht der Sonne spiegelte.

„Ja … Code-Crafter. Wie ihr an unserer Kleidung seht, sind wir alle Crafter“, erläuterte Holzbrin stakkatoartig. „Wir erschaffen keine Gegenstände, sondern modifizieren den Code, der Minecraft zugrunde liegt.“ Er hielt kurz inne, damit sie die Informationen verarbeiten konnten, bevor er weitersprach. „Es ist meine Aufgabe, den Code zu bearbeiten, der für die Holzblöcke und –bretter verantwortlich ist. Ich versuche, die Mechaniken zu verbessern, die Textur, wie das Holz aussieht, sich anfühlt, klingt … einfach alles. Es soll für die Benutzer noch realistischer sein. Das ist mein Job. Wie alle NPCs habe auch ich meinen Namen entsprechend meiner Tätigkeit erhalten: Holzbrin."

„Aber was bedeutet ‚brin'?", fragte Crafter.

„Brin ist ein Wort aus der uralten Sprache unserer Ahnen. Es stammt von den ursprünglichen ‚Testifikaten' der Prä-Alpha. Brin bedeutet Licht. Ich bin ein Licht-Crafter, ebenso wie all meine Kameraden in diesem Dorf."

Gameknight sah aus dem Augenwinkel Bewegungen und wirbelte mit gezogenem Schwert herum. Er stellte fest, dass Stitcher ihren Bogen ebenfalls dorthin richtete, dann jedoch senkte, als sie erkannte, dass es nur weitere Code-Crafter waren. Sie hatten alle dieselbe Haarfarbe und trugen die traditionelle schwarze Robe, aber jeder sah doch ein klein wenig anders aus, wie es bei allen Dorfbewohnern in Minecraft der Fall war. Ihre Augen waren blau, grün, hell- oder dunkelbraun … und auf ihren gebräunten Gesichtern spiegelte sich Optimismus wider.

„Ich bin Sandbrin", sagte einer mit dunkelblondem Haar.

„Und ich Kuhbrin", stellte sich ein anderer mit schwarzen Flecken im weißen Haar vor.

„Und ich Steinbrin ..."

„Ich bin Wasserbrin ..."

„Und ich ..." Immer mehr Namen hallten durch die Luft, als weitere Code-Crafter vortraten, die alle entsprechend der Blöcke, die sie bearbeiteten, benannt worden waren, und alle Namen endeten mit „brin".

„Wir sind die Code-Crafter von Minecraft", erklärte Holzbrin stolz. „Aber ihr müsst euch in Acht nehmen. Wir haben auch dunkle Gegenstücke, die versuchen, alles, was wir tun, rückgängig zu machen."

„Wie meinst du das?", fragte Mason, der Holzbrin misstrauisch beäugte.

„Wir sind die Licht-Crafter des Wüstenbioms. Aber es gibt auch Schatten-Crafter für die Dinge, die im Schatten existieren."

„Du meinst ..." Gameknight wollte die Frage nicht ganz aussprechen, da er die Antwort eigentlich längst kannte.

Holzbrin nickte.

„Ja ... Monster. Es gibt auch Code-Crafter für die Monster."

„Code-Crafter für die Monster“, wiederholte Crafter. „Das verstehe ich nicht.“

„Wir haben einen Kuhbrin, einen Schafbrin und einen Pferdbrin. Dafür haben sie einen Creeperbrine, einen Zombiebrine und einen Lohenbrine“, erklärte Holzbrin leise. Eine unruhige Stille senkte sich über die Armee, während die NPCs versuchten, Holzbrins Worte zu verstehen, die sie doch eigentlich gar nicht hören wollten. „Es ist die Aufgabe der Schatten-Crafter, die Dinge, die in den Schatten existieren, zu verbessern.“

„Die Monster von Minecraft“, erkannte Gameknight, dessen Stimme vor Angst zitterte, als er sich diese schrecklichen Crafter bildlich vorstellte.

„Ganz genau“, bestätigte Holzbrin und sah Gameknight in die Augen. „Die Schatten-Crafter arbeiten genau wie wir für Minecraft. Sie verbessern die Monster, um das Spielerlebnis der Benutzer zu verbessern.“

„Aber diese Monster töten“, fauchte Gameknight. „Wie kann das etwas Gutes sein?“

„Würden die NPCs nur geboren, aber niemals sterben, dann wären die Server irgendwann überfüllt und würden abstürzen“, belehrte Holzbrin sie. „Daher muss ein Gleichgewicht geschaffen werden.“

„Aber es existiert nicht“, warf Stitcher ein und deutete auf die Sonne. „Das ist doch der beste Beweis dafür. Diese Schatten-Crafter bringen die Dinge aus dem Gleichgewicht, indem sie die Monster noch grausamer machen … noch stärker und wütender." Energisch wischte sie sich eine Träne von der Wange. „Sie haben … meine Schwester entführt!"

Gameknight trat neben Stitcher und legte ihr einen Arm um die schmalen Schultern.

„Keine Sorge, wir werden sie retten", versicherte er ihr.

Sie blickte zu ihm auf und sah mit ihrem lockigen roten Haar genauso aus wie ihre Schwester. Gameknight bildete sich sogar kurz ein, tatsächlich Hunter vor sich zu haben.

„Versprichst du es?"

„Was?", fragte Gameknight.

„Versprichst du mir, dass wir Hunter retten werden?", entgegnete sie mit tränenerstickter Stimme.

Gameknight steckte sein Schwert weg und umarmte das Mädchen fest.

„Ich verspreche dir, dass ich dich nicht enttäuschen werde, kleine Schwester. Wir werden sie zurückholen."

Da weinte Stitcher zum ersten Mal, seitdem sie in dieses Land gekommen waren. Das Mädchen hatte die Gefühle in sich aufgestaut, nachdem sie die Entführung ihrer Schwester mit angesehen hatte, und nun kam alles mit Gewalt an die Oberfläche. Gameknight hielt sie in den Armen, während sie schluchzte und zitterte, und ließ sie nicht los …

Endlich hörte Stitcher auf zu weinen und schaute zu Gameknight auf. Ihre Augen waren gerötet und geschwollen, sodass sie beinahe die Farbe ihrer Haare hatten, aber sie wirkte jetzt friedlicher. Die ständig vorhandene Angst schien ein wenig nachgelassen zu haben. Sie wischte sich die Tränen weg.

„Keine Sorge", flüsterte Gameknight ihr ins Ohr. „Wir finden sie."

Sie nickte und löste sich aus seinen Armen.

„Warum tun die Schatten-Crafter das?", wollte Mason wissen.

„Das wissen wir nicht", antwortete Holzbrin. „Seit Tausenden von CPU-Zyklen halten die Licht-Crafter und die Schatten-Crafter Minecraft im Gleichgewicht. Aber vor Kurzem ist ein neuer Schatten-Crafter eingetroffen. Er ist stark und böse. Dieser neue Crafter drängt alle anderen dazu, das System aus dem Gleichgewicht zu bringen. Wir wissen nicht, warum er das tut, aber wir können ihn spüren."

„Wie heißt er … Und wofür ist er zuständig?", fragte Crafter.

„Auch das wissen wir nicht. Aber was immer er tut, es ist nicht gut für Minecraft."

„Kannst du uns helfen, die Quelle zu finden?“, erkundigte sich Mason, der langsam ungeduldig wurde.

„Wir können euch nicht sagen, wo sich die Quelle befindet, aber wir wissen, dass ihr die zwei Schlüssel benötigt“, sagte Holzbrin.

„Die zwei Schlüssel?“, wiederholte Gameknight und trat an Crafters Seite.

„Ja, es gibt zwei Schlüssel“, bestätigte Holzbrin. „Sie werden euch zur Quelle führen. Wir wissen nur, wo sich der erste Schlüssel befindet, aber er wird euch zum zweiten führen. Über diesen gelangt ihr dann zur Quelle. Der erste Schlüssel ist die Eisenrose, und er wird gut bewacht. Über den zweiten können wir euch nichts sagen. Ihr müsst sie nacheinander beschaffen, um die Quelle zu erreichen.“

„Kannst du uns sagen, wo wir die Eisenrose finden?“, bat Gameknight, der ebenfalls langsam die Geduld verlor.

„Ich werde es euch nicht sagen, ich werde es euch zeigen“, erwiderte Holzbrin. „Einige von uns werden euch auf eurer Reise begleiten. Und wir müssen uns beeilen. Wenn die Schatten-Crafter vor uns dort ankommen, ist alles verloren.“ Er hielt kurz inne und sah die Umstehenden mit seinen dunkelbraunen Augen an. „Wir dürfen nicht trödeln … Wir müssen sofort aufbrechen.“

Gameknight nickte und schaute auf Crafter herab, dessen blaue Augen beinahe die Farbe des Himmels hatten. Da fiel ihm etwas ein, das dieser ihm auf dem letzten Server gesagt hatte, und er hatte eine Idee.

„Könnt ihr Gegenstände für uns herstellen, bevor wir aufbrechen?“, erkundigte er sich.

„Wir können nur die Dinge herstellen, die wir verbessern“, meinte Holzbrin. „Ich kann also nur etwas aus Holz machen, Sandbrin nur etwas aus Sand, Steinbrin …“

„Ja, ich hab's verstanden“, unterbrach Gameknight ihn. „Habt ihr einen Schwarzpulverbrin?“

Ein Crafter mit blondem Haar und blonder Monobraue trat vor. Seine Robe war mit grauem Pulver bedeckt, und er sah aus, als käme er geradewegs aus einem Mülleimer. Als er sich schüttelte, fiel der Staub zu Boden und bildete dort kleine graue Häufchen.

„Ich bin Schwarzpulverbrin“, sagte er mit rauer Stimme.

„Was hast du vor, Benutzer-der-kein-Benutzer-ist?“, fragte Crafter.

„Wir brauchen Sand und Schwarzpulver, so viel wir tragen können.“

„Warum?“, wollte Mason wissen.

Gameknight sah Crafter lächelnd an.

„Mir ist etwas eingefallen, das dein Großonkel Weaver mal gesagt hat: ‚Die meisten Monsterprobleme lassen sich mit etwas Kreativität lösen und …‘ Du weißt schon.“

Crafter nickte und grinste breit.

KAPITEL 9
HUNTER

Der seltsame silbrige Nebel umgab Gameknight, als hätte sich eine Riesenschlange um seinen Leib gewickelt. Er stand einfach nur da und sah zu, wie die Wolke immer näher kam, als wollte die Schlange ihn zerquetschen. Auf einmal war er gänzlich in der Wolke versunken, und der schimmernde Nebel fühlte sich feucht an und ließ seine Haut kribbeln.

Ein Wald tauchte aus dem Nebel auf und manifestierte sich, als würde er rasend schnell wachsen. Hohe Kiefern standen mit einem Mal vor ihm, deren Äste bis auf den Waldboden reichten. Aber einige Bäume waren auch gänzlich blattlos, und ihre Äste sahen nackt und tot aus. Gameknight starrte diese kahlen Bäume an und fragte sich, warum in Minecraft etwas so Trauriges und Krankes gespawnt war.

Als er sich umdrehte, wirkte die Landschaft, als wäre sie mit Wasserfarben gemalt worden, und Formen verschmolzen miteinander. Da kam ihm die Erkenntnis: Er hielt sich im Land der Träume auf. Er erinnerte sich daran, mit Crafter darüber gesprochen zu haben, doch das schien eine Ewigkeit her zu sein. Seitdem hatten sie so viel erlebt. Wie hatte er sie damals bezeichnet? Da fiel ihm das Wort wieder ein:

Traumwandler – Menschen, die sich durch das Land der Träume bewegen konnten. Gameknight war auch einer dieser Traumwandler.

Das Letzte, woran er sich erinnerte, bevor er hier aufgetaucht war, war die Armee, die sich in Bewegung setzte. Sie hatten das Dorf verlassen und waren auf dem Weg zum ersten Schlüssel, der Eisenrose. Nachdem sie den ganzen Nachmittag marschiert waren, um die Stelle zu erreichen, an der sich Holzbrins Worten zufolge die Brücke ins Nichts befand, hatten sie am Flussufer ihr Lager aufgeschlagen. Er wusste noch, dass Crafter Holzbrin gefragt hatte, warum jemand eine Brücke ins Nichts bauen sollte, was doch sinnlos war, aber Holzbrin hatte erwidert, dass sie es schon verstehen würden, wenn sie erst einmal da wären.

Gameknight war beinahe sofort eingeschlafen, sobald sie lagerten, da ihn der harte Tag ermüdet hatte.

Und jetzt war er hier, im Land der Träume.

Er war sich nicht sicher, was das alles zu bedeuten hatte, aber er wusste, dass er schon früher mit Erebus und Malacoda hier gewesen war … und dass er Schmerzen erlitten hatte. Dank Crafter und Hunter war er aus den anderen Träumen entkommen, aber er war sich nicht sicher, was hier, auf diesem Server, passieren würde.

Anstatt einfach nur herumzustehen und darauf zu warten, dass ihn ein Monster entdeckte und angriff, tat Game-

knight das, was er am besten konnte: Er versteckte sich. Er hockte sich hinter einen großen Busch und hielt Ausschau nach Gefahren. Der silbrige Nebel verschleierte weiterhin seine Sicht, und das machte ihn nervös. Am liebsten sah er seine Feinde schon aus der Ferne, sodass er sie mit seiner Lieblingswaffe, dem Bogen, angreifen konnte. Damals auf Crafters Server hatte er einen großartigen Bogen mit Schlag II, Stärke IV *und* Unendlich *besessen. Das war der beste Bogen gewesen, den er jemals hergestellt und verzaubert hatte, und er hatte ihn geliebt. Wie gern hätte er ihn jetzt bei sich gehabt.*

Plötzlich materialisierte sich der Bogen in seiner Hand und tauchte den silbrigen Nebel in ein bläuliches Licht. Er griff in sein Inventar, holte einen Pfeil heraus und legte ihn an. Dann zielte er auf ein imaginäres Ziel. Die Federn am Pfeilende kitzelten ihn an der Wange, als er an dem tödlichen Geschoss entlangblickte. Gameknight hörte das vertraute Summen, das immer von der Waffe ausging, als würde die Verzauberung darin ein Geräusch von sich geben. Das hier war ganz bestimmt sein Bogen.

Er lächelte. Aber wie war das möglich?

Indem er nur an den Bogen gedacht hatte, war dieser auf einmal in seiner Hand erschienen. Nein, er hatte nicht nur daran gedacht, er hatte ihn sich von ganzem Herzen herbeigewünscht, und da er die Waffe so genau kannte, hatte er sie auch deutlich vor seinem inneren Auge gesehen.

Gameknight fühlte sich jetzt sehr viel zuversichtlicher. Er stand auf und ging von Baum zu Baum, um sich diesen seltsamen Wald genauer anzuschauen. Dabei hielt er die Bogensehne locker. Als er sich umdrehte, sah er auf einmal einen riesigen Berg vor sich, der ihm vorher seltsamerweise nicht aufgefallen war.

Doch das war kein normaler Berg, wie er ihn aus Minecraft kannte. Nein, er wirkte unheilvoll mit seinen zackigen Gipfeln und blattlosen Bäumen an den steilen Abhängen. Irgendwie erweckte dieser Berg den Anschein, als wäre er in einen furchtbaren Unfall verwickelt gewesen, der ihn entstellt und beschädigt hatte. Nichts Lebendiges schien darauf zu existieren, und auch nichts, was nur im Entferntesten als schön bezeichnet werden konnte. Alles sah tot aus; da waren kein Gras, keine Blumen, keine Büsche auf den Erdblöcken – überall nur Stein, kalter, lebloser Stein.

Gameknight erschauderte. Dieser Berg jagte ihm unglaubliche Angst ein.

Er sah sich im Wald um und musste an seine Schwester denken. Sie spielte ebenfalls gern Minecraft und baute immer farbenfrohe Dinge, die ihre innere Fröhlichkeit und Liebe zur Kunst widerspiegelten. Und da war sie auch schon. Er konnte ihren Minecraft-Namen „Monet113“ über ihrem Kopf sehen, den sie in Anlehnung an ihren Lieblingskünstler gewählt hatte. Sie sah aus, als würde sie etwas bauen, und stapelte beschwingt bunte Wollblöcke. Doch etwas an ihr wirkte nicht real. Sie schien irgendwie durchsichtig und silbern zu sein, als wäre sie nicht ganz im Land der Träume angekommen, sondern eher Teil der Landschaft.

Hinter ihr konnte Gameknight eine andere Gestalt erkennen ... aber er wusste nicht, ob es sich um einen Benutzer oder einen NPC handelte. Allerdings wirkte diese Person nicht so fröhlich wie seine Schwester. Nein, sie sah eher hasserfüllt und wütend aus, als wäre ganz Minecraft ihr Feind. Gameknight999 wollte den Blick von dieser gemeinen Kreatur abwenden, aber da war irgendetwas in ihren Augen ... Sie leuchteten strahlend weiß und brachten den silbrigen Nebel rings um dieses Wesen ebenfalls zum Glühen. Aber darin leuchtete nicht nur ein Licht, sondern auch die erbitterte Abscheu gegen alles, das sich um diese Kreatur herum befand.

Was konnte Augen derart zum Leuchten bringen?

Mit einem Mal war sie verschwunden, tauchte im Nebel unter, bis zuletzt auch ihre Augen nicht mehr zu sehen waren. Doch dann tauchte jemand anderes neben ihm auf. Gameknight wirbelte herum und zielte mit dem Pfeil auf den Neuankömmling.

„Würdest du das bitte lassen?", sagte eine vertraute Stimme. „Du benimmst dich ja mal wieder wie ein Idiot."

Es war Hunter ... ES WAR HUNTER!

„HUNTER!“, rief Gameknight, ließ den Bogen fallen und umarmte sie fest.

„Nicht so laut“, flüsterte Hunter und stieß ihn von sich weg, „und heb deinen Bogen auf, du Hirni. Ohne Waffe sollte man hier nirgendwo hingehen … Auch im Land der Träume gibt es überall Monster.“

Sie zog ihren verzauberten Bogen und legte einen Pfeil an.

„Aber du brauchst doch keinen Bogen. Du bist nur Teil meines Traums“, erwiderte Gameknight verwirrt.

Sie musterte ihn kurz genervt, und ihre dunkelbraunen Augen wirkten fast schon zornig.

„Du verstehst überhaupt nichts“, fauchte sie. „Es ist wirklich ein Wunder, dass ihr Benutzer in Minecraft überhaupt irgendwas gebacken kriegt.“

Etwas knackte im Wald, als wäre jemand auf einen Stock getreten. Rasch hockte sich Hunter hinter einen Baumstamm und zog den Pfeil schussbereit zurück. Ein weiteres Knacken … dieses Mal etwas näher.

„Geh in Deckung, du Dummkopf“, schalt sie ihn und deutete auf einen Baum in der Nähe.

Gameknight begriff überhaupt nicht, was gerade passierte, kam ihrer Aufforderung jedoch nach.

Aber das ist doch nur ein Traum … Es ist nicht real, *dachte er. Doch dann erinnerte er sich daran, wie Erebus ihn gewürgt und wie Malacoda ihn geschlagen hatte … Das hatte sich echt angefühlt, dann passierte das hier vielleicht auch wirklich. Er hockte sich hin, legte einen Pfeil an und wartete.*

Lautes Atmen hallte durch den Wald, ein tierisches Keuchen, das von Schritten begleitet war … Was auch immer das war, es kam näher. Ein Knacken auf der linken Seite … Da war noch jemand, und ein Dritter weiter hinten. Gameknight wusste nicht, wohin er zielen sollte. Rasch sprintete er zu Hunter hinüber.

„Was kommt da … Zombies?", fragte er.

„Ich bin mir nicht sicher", flüsterte sie, „aber wir werden es gleich herausfinden."

Hinter ihnen knackte es, und das gleich mehrmals. Sie waren umzingelt. Gameknight und Hunter standen Rücken an Rücken und blieben wachsam.

Die Geräusche kamen näher. Gameknight hörte ein kratzendes, kehliges Keuchen, das ihn an einen Zombie in einer Rüstung erinnerte … oder vielleicht eine Spinne. Er zog den Pfeil zurück und zielte auf die Stelle, an der die Geräusche am lautesten waren.

Da tauchte langsam etwas aus dem Nebel auf. Es war klein und gelb … Nein, es waren zwei kleine gelbe Dinge. Sie sahen aus, als würden sie in der Luft schweben, und sie glänzten im silbrigen Licht des Traumlandes. Zwei weitere gelbe Punkte schimmerten durch den Nebel, und dann wurden es immer mehr. Wo Gameknight auch hinsah, waren diese leuchtenden Dinger zu erkennen. Er zielte auf das nächste Augenpaar und wartete gespannt.

Endlich trat eines dieser Wesen vor. Ein weißer, haariger Kopf tauchte aus dem Nebel auf, und zwei hundeartige gelbe Augen starrten ihn an: Es war ein Wolf. Immer mehr Wölfe näherten sich mit gebleckten Zähnen und gesträubtem Fell. Gameknight wusste, dass Wölfe wie Schweinezombies waren – wenn man einen angriff, bekam man es mit allen zu tun. Er entschied sich für den größten und zielte auf den Kopf der Kreatur, stellte dann jedoch überrascht fest, dass sich Hunter neben ihm entspannte.

„Steck die Waffe weg, Gameknight", raunte ihm Hunter zu und ließ Pfeil und Bogen ebenfalls sinken.

Sobald die Wölfe das sahen, entspannten sie sich ein wenig und legten das weiße Fell an. Hunter trat mit gesenktem Bogen vor und hielt dem größten Wolf eine Hand mit der Handfläche nach unten entgegen. Die gebleckten Zähne waren mit einem Mal nicht mehr zu sehen, als die Wölfe Hunter erkannten und mit wedelnden Schwänzen nähertraten. Die Tiere gingen an Gameknight vorbei zu Hunter, rieben ihr schneeweißes Fell an ihren Beinen und drückten die feuchten Nasen gegen ihre Hand.

„So sehen wir uns wieder, meine Freunde", sagte sie zu den Wölfen und streichelte deren dichtes Fell.

„Was hat das zu bedeuten, Hunter?", wollte Gameknight wissen und trat mit dem Bogen in der Hand vor.

Augenblicklich drehten sich die Wölfe um und knurrten; ihre gelben Augen wurden rot, als sie die Pfeilspitze anstarrten.

„Steck die Waffe weg", bat Hunter ihn leise.

Gameknight tat, was sie verlangt hatte, und sofort entspannten sich die Tiere wieder. Ihre Augen sahen normal aus, aber sie wandten den Blick nicht von ihm ab. Er konnte erkennen, dass sie sprungbereit waren, mit gebeugten Beinen und gekrümmtem Rücken. Sie wirkten wie angespannte Sprungfedern, die sich bei der kleinsten falschen Bewegung auf ihn stürzen würden.

„Wolffreunde", meinte Hunter leise, „das ist mein Freund Gameknight999."

Sie trat vor und legte ihm eine Hand auf die Schulter. Dann nahm sie seine rechte Hand und ließ die Wölfe daran schnuppern. Der größte Wolf trat vorsichtig näher, starrte Gameknight mit seinen gelben Augen an und schnüffelte an seiner Hand. Nachdem das große Tier ihn eine Minute lang begutachtet hatte, leckte es seine Hand ab. Danach trat der Rudelanführer beiseite und ließ die anderen Tiere zu dem Benutzer-der-kein-Benutzer-ist kommen, die ebenfalls vorsichtig Gameknights Geruch aufnahmen. Nachdem die Wölfe an ihm gerochen hatten, sahen sie ihm überrascht in die Augen, gingen einige Schritte zurück und standen dann einfach nur da und starrten ihn an. Es war, als hätten sie so etwas wie ihn noch nie gerochen und wüssten nicht, was sie zu tun hatten … Oder vielleicht doch?

„Was ist?", fragte Gameknight. „Warum stehen sie einfach nur da?"

„Es sieht so aus, als wären sie verwirrt", antwortete Hunter.

„Vielleicht haben sie noch nie an einem Benutzer gerochen", überlegte Gameknight.

„Oder sie wissen nicht, wie ein Benutzer riecht, der kein Benutzer ist", erwiderte sie grinsend.

Gameknight knurrte nur und ließ die restlichen Wölfe an seiner Hand schnüffeln.

„Dann erzähl mir doch mal, was mit dir passiert ist", bat Gameknight sie und sah sich im Land der Träume um. „Bist du tot?"

„Du bist so ein Idiot", schimpfte Hunter. „Das ist das Land der Träume, der Ort, den man aufsuchen kann, wenn man nicht wach, aber auch nicht fest eingeschlafen ist. Du bist ein Traumwandler."

„Das heißt also, du bist nicht tot und das hier ist immer noch ein Traum?"

„Idiot …", knurrte sie. „Ich bin auch eine Traumwandlerin."

„Dann bist du nicht tot?“

„Natürlich nicht“, antwortete sie. „Ich bin noch immer Malacodas Gefangene.“

„Du bist nicht tot? Ah … Ich meine … Du bist nicht tot … Du bist nicht tot! Ich kann es kaum abwarten, Stitcher davon zu erzählen.“

„Stitcher, meine Schwester … Sie ist hier?“

„Ja, sie ist dir durch das Portal gefolgt, ebenso wie der Rest der Armee“, berichtete Gameknight. „Wir wollen die Monster aufhalten und die Quelle retten … und dich natürlich.“

„Geht es ihr gut?“

„Natürlich geht es ihr gut“, versicherte Gameknight ihr. „Crafter und ich passen auf sie auf. Sie ist in Sicherheit.“

Er konnte erkennen, wie sie sich bei dieser Nachricht ein wenig entspannte; ihre Schwester war in Sicherheit! Hunter seufzte und lächelte, während ihr eine eckige Trüne über die Wange lief.

„Erzähl mir, wie es dir geht und was das hier für ein Ort ist.“

„Ich bin noch immer Malacodas Gefangene. Sie lagern hier am Fuß des schroffen, tot aussehenden Bergs.“ Sie schaute hinter sich zum Gipfel, der aus dem Nebel herausragte. Der Berg musste mindestens einhundert Blöcke hoch sein, bestand aus nacktem Stein, und blattlose Bäume waren

auf den Abhängen zu sehen. „Sobald sie hier angekommen waren, wurden sie von mehreren NPCs in Empfang genommen, die alle wie Crafter gekleidet waren. Aber irgendetwas stimmt mit diesen NPCs nicht. Sie sehen böse aus, gemein und finster … Ich weiß es nicht genau. Aber ich habe gehört, wie sie sagten, sie wären …"

„Schatten-Crafter", unterbrach Gameknight sie.

„Ganz genau, Schatten-Crafter, was auch immer das sein mag."

„Konntest du ihre Namen verstehen?", fragte Gameknight.

„Der, der uns begrüßt hat, wurde Ghastbrine genannt", erklärte Hunter.

„Das bedeutet, dass er an Ghasts arbeitet und sie stärker macht, schneller und besser", erläuterte Gameknight. „So haben es uns die Licht-Crafter erklärt. Diese Schatten-Crafter arbeiten an Dingen, die im Schatten existieren. Das kann Stein sein, Lava … oder Monster."

„Und diese Schatten-Crafter helfen Malacoda und Erebus", fügte Hunter hinzu. „Das ist nicht gut."

Gameknight ging gedankenverloren auf und ab. Er marschierte an den Wölfen vorbei auf die Lichtung, während Hunter hinter den Büschen und Bäumen verborgen blieb.

„Das ist noch nicht alles, Gameknight", sagte sie.

Er blieb stehen und drehte sich zu ihr um.

„Ich habe gesehen, wie groß die Monsterarmee ist … Sie ist gewaltig … besteht aus bestimmt fünfhundert Kreaturen, wenn nicht mehr," berichtete Hunter mit verängstigter Stimme. „Und sie wird jeden Tag größer. Die Mobs dieses Landes schließen sich Malacoda und Erebus an, sodass ihre Armee immer riesiger wird." Sie hielt kurz inne und sah plötzlich traurig aus. „Ich bin mir nicht sicher, ob du genug Krieger hast, um sie aufzuhalten."

Gameknight nickte. Dieser Gedanke ging ihm bereits durch den Kopf, seitdem sie Malacodas Festung im Nether verlassen hatten.

„Ich weiß, dass dir auf Crafters Server Benutzer geholfen haben", meinte Hunter, „aber das ist hier anders. Ich glaube nicht mal, dass Benutzer auf diesen Server kommen können. Du bist auf dich allein gestellt."

„Ich bin ganz allein", murmelte er und versuchte, die Puzzleteile zusammenzufügen, die vor ihm lagen. Als sich gerade eine Idee herauskristallisierte, hörte er auf einmal ein Keckern, das sein Blut zu Eis gefrieren ließ.

„Wen haben wir denn hier? Meinen alten Freund Gameknight999", sagte Erebus mit seiner hohen, schrillen Stimme und trat gefolgt von mehreren Creepern auf die Lichtung. „Du bist zu mir gekommen, um dich zu ergeben … wie nett."

Gameknight warf Hunter einen Blick zu. Sie versteckte sich hinter einem Baumstamm und schaute ängstlich zu ihm herüber. Ihm war, als würde sie etwas sagen, doch er konnte *sie nicht verstehen. Dann begriff er, dass sie das Wort lautlos aussprach. Nach einigen Versuchen begriff er endlich, was sie ihm mitteilen wollte.*

LAUF!

Schon war sie verschwunden, und auch die Wölfe tauchten im Nebel unter, die sich auf ihren weichen Pfoten lautlos durch den Wald bewegen konnten.

Gameknight wandte sich seinem Feind zu, zog seinen Bogen und legte einen Pfeil an.

„Glaubst du wirklich, du könntest mir damit schaden, du Narr?", spottete Erebus. „Wenn du schießt, teleportiere ich mich direkt neben dich und zerquetsche dich. Außerdem bin ich nicht hier, um dich zu töten, Benutzer-der-kein-Benutzer-ist. Ich will dich nur ein bisschen quälen. Es ist sehr schön, dass ich dich immer hier im Land der Träume antreffen kann, wenn mir langweilig ist."

„Ich habe keine Angst vor dir, Enderman", behauptete Gameknight und versuchte, so selbstsicher wie nur möglich zu klingen.

Erebus grinste nur.

„Ich durchschaue dich, Gameknight999. Ich weiß, wovor du dich fürchtest, daher kenne ich deine Schwächen. Es ist nur eine Frage der Zeit, bis ich dich gefunden habe und endgültig vernichten kann. Und jetzt steck die Waffe weg und komm her, um dir deine Bestrafung abzuholen."

Gameknight zog den Pfeil noch etwas weiter zurück und zielte direkt auf Erebus' Kopf. Er spürte seine Angst bei jedem Atemzug, aber er wusste auch, dass er sich diesem Dämon stellen musste … vielleicht war es ja möglich.

„Dein Pfeil kann mir nicht schaden, du Narr."

„Wer sagt denn, dass ich auf dich ziele?", erwiderte Gameknight feixend.

Er ließ den Pfeil los, der durch die Luft sauste, an dem dunkelroten Enderman vorbei, und einen Creeper traf. Sofort glühte die schwarz-grün gefleckte Kreatur, da ihr Explosionsvorgang begonnen hatte.

„Nein … Ich befehle dir … nicht zu explodieren", schrie Erebus, dessen Stimme immer schriller wurde.

Ein weiterer Pfeil flog am König der Endermen vorbei und bohrte sich in die Seite des Creepers, gefolgt von zwei weiteren. Gameknights Bogen summte, während er noch einige andere Creeper beschoss, damit sie explodierten. Die Kreaturen zischten und glühten, als ein grellweißes Licht von ihren anschwellenden Körpern ausging.

„ICH BEFEHLE EUCH …", kreischte Erebus erneut und teleportierte sich schnell weg, als der erste Creeper explodierte.

In rascher Abfolge gingen auch die nächsten drei in die Luft. Es klang wie Kanonenfeuer, als das Geräusch der Explosionen durch das Land der Träume hallte, und es wurde taghell. Sobald der Rauch verflogen war, tauchte Erebus an der Stelle wieder auf, an der er zuvor gestanden hatte, und seine weißen Augen schienen vor Zorn zu lodern.

„Du hast dich zum letzten Mal in meine Pläne eingemischt", kreischte er.

Dann verschwand der König der Endermen in einer Wolke aus lilafarbenen Partikeln und tauchte direkt neben Gameknight wieder auf.

Da er nicht wusste, was er sonst tun sollte, schrie er: „Wach auf! Wach auf! Wach auf!"

Während der silbrige Nebel langsam der Dunkelheit wich, konnte Gameknight noch immer hören, wie Erebus frustriert schrie: „ICH KOMME DICH HOLEN, BENUTZER-DER-KEIN-BENUTZER-IST! ICH KRIEGE DICH SCHON NOCH …"

Gameknight wachte schreiend auf. Stitcher saß neben ihm und legte ihm die Hände auf die Brust.

„Ganz ruhig … Es ist alles gut, Gameknight", beruhigte sie ihn. „Du bist unter Freunden."

Herder kam gefolgt von einem seiner Wölfe angelaufen.

„Gameknight g… geht es dir gut", stammelte er, während der Wolf zu Gameknight trat und an seiner rechten Hand schnüffelte. Er schien seinen Geruch wiederzuerkennen und leckte ihn an genau derselben Stelle ab, wie es der Wolf im Traumland getan hatte. Danach rieb er mit dem Kopf daran, um den Benutzer-der-kein-Benutzer-ist zu beruhigen.

Crafter und Mason stürmten mit gezogenen Waffen und fragender Miene zu ihnen herüber.

„Was ist los?", fragte Mason. „Werden wir angegriffen?"

„Ist alles okay, Gameknight?", erkundigte sich Crafter.

Gameknight sah sich um, und sobald er sah, wo er sich befand, beruhigte er sich. Dann zog er Stitcher an sich, ignorierte die anderen und flüsterte ihr ins Ohr: „Sie ist am Leben."

KAPITEL 10
ÜBERRASCHUNGSANGRIFF

Stitcher saß neben Gameknight999 auf dem grünen Gras und weinte. Jedes Mal, wenn er die Worte auf ihre Bitte hin wiederholte, wurde ihr Lächeln breiter.

„Sie ist am Leben."

Stitcher lächelte.

„Sag das noch mal."

„Sie ist am Leben."

Weitere Freudentränen strömten ihr über die eckigen Wangen. Gameknight versuchte, sich seine Freude nicht anmerken zu lassen, aber ihr Lächeln war ansteckend.

„Was geht hier vor sich?", wollte Crafter wissen und musterte sie irritiert.

„Ach … nichts", antwortete Stitcher und kicherte.

„Gameknight?", fragte Crafter.

„Ich erkläre es euch später", versprach er. „Zuerst soll Stitcher diesen Augenblick genießen."

Auf einmal trat Holzbrin zu ihnen. Er musterte Gameknight, und seine braunen Augen und seine braune Haut leuchteten im Morgenlicht, doch er hatte die Stirn über seiner Monobraue besorgt gerunzelt.

„Wir müssen weiter", sagte er in der für ihn typischen abgehackten Sprechweise.

„Was ist los?", erkundigte sich Crafter.

„Sie ziehen weiter", erläuterte Holzbrin.

In diesem Moment kamen zwei andere Licht-Crafter, Grasbrin und Erdbrin, auf sie zu.

„Grasbrin spürt es ebenfalls, nicht wahr?", meinte Holzbrin.

Alle sahen den stämmigen Grasbrin an und warteten auf seine Antwort. Seine grünen Augen wirkten verklärt, und seine Miene sah aus, als hätte er Schmerzen. Gameknight konnte kleine Schweißtropfen auf seiner Stirn erkennen, von denen einige von seinem kantigen Kinn auf den Boden tropften.

„Jaaa, ich spüre sieeee auch", antwortete Grasbrin mit seiner melodischen Stimme.

Gameknight mochte Grasbrins Stimme. Alles, was er sagte, klang beinahe wie ein Lied, er zog die Worte in die Länge, sodass sie ineinander übergingen. Aber heute hörte er sich traurig und bedrückt an.

„Sieee tun dem Gras weeeh, und sieee bewegen sich schneeell."

Nervös schaute Gameknight zu Crafter hinüber und sah sich dann nach Mason um.

„Wir müssen etwas unternehmen", stellte Crafter fest.

„Mason … Wo steckt Mason?", wollte Gameknight wissen.

„Wir brauchen Mason nicht", entgegnete Stitcher zuversichtlich. „Wir brauchen den Benutzer-der-kein-Benutzer-ist … Wir brauchen dich."

Gameknight stand auf und sah sich nervös um. Die Last der Verantwortung lag schwer auf seinen Schultern. Die Monster waren im Anmarsch, und sie brauchten einen Plan. Doch er war so unentschlossen, wenn er nur an den bevorstehenden Kampf dachte. Daher sah er sich jetzt panisch nach Mason um. Und da war der große NPC und bahnte sich mit grimmigem Gesicht einen Weg durch die Soldaten. Sein schmaler Bart sah im rötlichen Morgenlicht fast schon schwarz aus, und seine grünen Augen leuchteten.

„Was gibt's?", knurrte Mason.

„Die Monster ziehen weiter", teilte Holzbrin ihm mit.

„Wo sind sie jetzt?", fragte Mason.

„Seeehr naaaheee", trällerte Grasbrin.

Der große NPC schaute Gameknight an und schien zu erwarten, dass dieser das Kommando übernahm, doch der Benutzer-der-kein-Benutzer-ist blickte zu Boden.

Ich kann das nicht, dachte er panisch. *Ich kann dieses Puzzle nicht lösen und die Verantwortung für all diese Leute übernehmen … Ich bin kein Held. Ich bin nur ein Kind.*

Er fühlte sich genauso wie damals in der Schule, wenn er die fiesen Kinder auf sich zukommen sah. Die Tatsache, dass er wusste, was passieren würde, machte die Sache nur noch schlimmer.

„Ein Ereignis wirkt im Vorhinein oftmals schlimmer, als es dann tatsächlich ist.“ Das hatte sein Vater vor langer Zeit mal zu ihm gesagt, und nun musste er wieder daran denken. Aber er hatte schon wieder dieses vertraute Gefühl, diese Vorahnung, dass etwas Schlimmes geschehen würde, nur dass die Monster dieses Mal die Rolle seiner Peiniger übernahmen … möglicherweise war es aber auch nur die Angst zu versagen. Er wusste nur, dass er nicht schuld daran sein wollte, wenn seine Freunde verletzt wurden. Er war nicht stark genug, um sich eine solche Verantwortung aufzubürden. Anstatt also dieses Puzzle zu lösen und zu versuchen, sich eine brillante Verteidigungsstrategie auszudenken, versank er lieber in sich und starrte die Mauer an, die die Angst rings um seinen Mut errichtet hatte und deren einzelne Steine aus den Monstern be-

standen, die er bereits gesehen hatte. Beschämt senkte er den Kopf und starrte seine Füße an.

Stitcher seufzte, legte ihm eine Hand auf die Schulter und sah Mason an. Sofort machte sich der große NPC daran, Befehle zu erteilen.

„Späher, zieht los und findet heraus, wo sich diese Monster aufhalten. Ich möchte zwei Ringe aus Spähern um die Armee sehen. Sobald ihr die Monster entdeckt, schießt einen Pfeil in Richtung Lager." Während die Späher auf ihre Pferde stiegen und losritten, wandte sich Mason an die anderen. „Bringt die Alten und Verwundeten in die Lagermitte. Stellt Schwertkämpfer rings um sie auf, dahinter die Bogenschützen. Sobald wir wissen, wo die Monster sind, richten wir unsere Verteidigung entsprechend aus."

„Ich kann hel… helfen", warf eine junge Stimme ein.

Es war Herder.

Gameknight blickte auf und wollte schon etwas sagen, doch Mason kam ihm zuvor.

„Wir brauchen jetzt Krieger, keine Kinder", fauchte Mason. „Du musst dich um deine Tiere kümmern, das ist alles. Und jetzt geh und mach deine Arbeit."

Der große NPC deutete auf die Herde, die in der Nähe einiger Bäume stand und von einem Ring aus weißen Wölfen umgeben war, die auf sie aufpassten.

„Aber ich kann … ich kann …"

„Nein. Geh zu deinen Tieren."

Herder wirkte sehr geknickt. Gameknight konnte deutlich erkennen, dass der Junge helfen wollte … akzeptiert werden wollte, aber man schickte ihn stattdessen wieder zu den Tieren. Mit gesenktem Kopf trabte der Junge zur Herde zurück. Gameknight hörte einige gehässige Kommentare der Soldaten.

„Genau, Schweinejunge, geh zu deinen kleinen Tieren zurück und lass die wahren Männer die Arbeit machen …"

„Wir wollen doch nicht, dass dich deine stinkenden Tiere vermissen …"

„Du riechst sowieso schon wie ein Schwein, und kein Creeper würde dich als NPC erkennen …"

Die Worte taten Gameknight in der Seele weh … Wieder sah er die Schulhoftyrannen auf sich zukommen … Er spürte, wie er in die Mülltonne gesteckt wurde … Wie die Wände des Spinds ihm die Haut aufscheuerten, als man ihn hineinschob …

Seine Wut drohte überzukochen, aber aus irgendeinem Grund hielt er den Mund. Er sah, wie Herder zu seiner Herde zurückkehrte und von den Wölfen begrüßt wurde. Herder kniete sich hin und sprach zu den Tieren – zumindest sah es für Gameknight so aus –, aber als er Crafter gerade darauf hinweisen wollte, liefen die Wölfe plötzlich in alle Richtungen davon. Wie weiße Blitze rannten sie aus dem Lager. Anscheinend hatte Herder ihnen etwas aufgetragen. Was auch immer das sein mochte …

Mit einem Mal spürte Gameknight eine kleine Hand auf seinem Arm. Er senkte den Kopf und schaute in Stitchers braune Augen.

„Komm, die Leute müssen dich sehen“, sagte sie und zog ihn mit sich.

Sie führte ihn zu seinem Pferd und sprang in den Sattel. Als Gameknight nicht sofort aufstieg, bedachte sie ihn mit einem genervten Blick. Seufzend setzte er sich hinter sie und griff nach den Zügeln. Auf einmal tauchte Crafter mit gezogenem Schwert auf seinem Pferd neben ihnen auf und wirkte grimmig und entschlossen.

„Bist du bereit?“, fragte er.

Gameknight zuckte bloß mit den Achseln.

Er sah sich um und suchte nach einem Ort, an dem er sich verstecken konnte, aber sie befanden sich in einem Wald, und die nächste Wüste war in der Ferne bereits zu erkennen. Links standen einige hohe Kiefern, und als er sie sah, hatte er irgendwie das Gefühl, dass sie ihm weiterhelfen konnten, aber er kam nicht darauf, was ein paar Bäume gegen eine Monsterarmee ausrichten konnten.

Na, wenigstens hätte man dort ein wenig Deckung, dachte er.

Er ritt in die entgegengesetzte Richtung über die grasbedeckte Landschaft, auf der hier und da Bäume wuchsen.

„Wo willst du hin?“, erkundigte sich Stitcher.

Gameknight antwortete nicht und konzentrierte sich nur auf das Reiten, wobei er dem Pferd alles an Schnelligkeit abverlangte.

„Wir wissen doch gar nicht, wo die Monster sind, Gameknight“, beschwerte sich Stitcher. „Du kannst nicht einfach losreiten, sonst entfernst du dich möglicherweise noch vom Kampf!“

Noch immer erwiderte Gameknight nichts und ritt weiter. Sie waren inzwischen mehr als vierzig Blöcke von der Armee entfernt und blieben nicht stehen. Da hallte ein Jaulen durch die Luft. Gameknight brachte sein Pferd zum Stehen und lauschte. Das Heulen klang traurig, aber auch kraftvoll und stolz, und es endete abrupt nach einem schmerzerfüllten Winseln.

Das war einer von Herders Wölfen, dachte er. *Warum hat er gejault?*

Plötzlich fiel ein Pfeil vom Himmel und landete direkt vor ihnen.

„PFEIL ... HIER DRÜBEN!", brüllte Stitcher.

Gameknight konnte hören, wie sich die Armee hinter ihm in Bewegung setzte und sich ausrichtete. Seufzend blickte er auf den Pfeil hinab. In seinem Rücken erteilte Mason Befehle und beorderte die Bogenschützen hierhin und die Schwertkämpfer dorthin.

„Schnell, auf eure Positionen", rief der große NPC. „Schnelligkeit ist die Essenz des Krieges."

Wo habe ich das schon einmal gehört ... In der Schule, in Mr. Plancks Klasse ... Wie kann das sein?

Gameknight schüttelte den Kopf. Er hatte jetzt keine Zeit, darüber nachzudenken, warum ihm Masons Worte bekannt vorkamen. Im Augenblick musste er herausfinden, wie er es anstellen konnte, nicht getötet zu werden und gleichzeitig Stitcher zu beschützen.

Auf einmal fiel ihm etwas ein, das Mason gesagt hatte. Er drehte sich wieder zur Armee um. Sie hatte die Standardformation eingenommen: Bogenschützen ganz vorn, Schwertkämpfer dahinter, die Kavallerie angriffsbereit ... vorschriftsmäßig. Aber irgendwie spürte Gameknight, dass das nicht richtig war, und die Puzzleteile wirbelten durch seinen Kopf.

Sein Blick fiel auf die Licht-Crafter, insbesondere auf Grasbrin und den großen Baumbrin, der im Laufe der Nacht zu ihnen gestoßen war.

„Wir müssen hier weg, Gameknight … auf der Stelle“, drängte ihn Stitcher. „Ich kann sie bereits hören!“

Gameknight schaute zu den Bäumen zu seiner Linken hinüber und musste daran denken, wie er Hunter zum ersten Mal begegnet war. Damals hatten Crafter und er es mit mehreren Zombies zu tun bekommen, und sie hatten sich in eine enge Gasse zurückgezogen, um nicht umzingelt zu werden. Zu schade, dass sie diese Möglichkeit nicht auch hier hatten.

„Gameknight, wir müssen …“

Stitchers Stimme ging unter, da die Puzzleteile nach und nach an die richtige Stelle rückten.

Schon jetzt hörte er ein vielfaches Stöhnen und das Klappern von Knochen. Die Monster kamen … und zwar schnell.

„GAMEKNIGHT!!!“, schrie Stitcher, und nun hatte sie seine Aufmerksamkeit.

„Was ist?“, fragte er und fühlte sich, als würde er aus einem tiefen Schlaf erwachen.

„Wir sollten hier verschwinden, wenn wir nicht von der Monsterhorde plattgewalzt werden wollen."

Er blickte auf und sah die Monsterarmee auf sich zukommen. Zombies, Spinnen, Skelette und Endermen, die Monster der Oberwelt, waren im Anmarsch. Er ließ den Blick über ihre Reihen wandern, konnte seinen Erzfeind Erebus jedoch nirgends entdecken, auch wenn er davon überzeugt war, dass der König der Endermen sich irgendwo da draußen aufhielt.

Rasch wendete er sein Pferd und ritt zurück zu seinen Leuten, die ihn jubelnd empfingen.

Endlich hatte der Plan in seinem Kopf Gestalt angenommen, und er hätte beinahe laut gelacht. Er sprang von seinem Pferd und rannte zu Mason, wobei er den Licht-Craftern bedeutete, sie mögen zu ihnen kommen.

„Ich weiß, was wir tun müssen", verkündete Gameknight, „aber wir haben nicht viel Zeit."

„Wir können helfen", sagte eine raue Stimme hinter ihm.

Als er sich umdrehte, stellte er fest, dass Holzbrin den Benutzer-der-kein-Benutzer-ist mit seinen braunen Augen ansah. Derweil kamen die Monster immer näher … und es waren viele.

„Wir müssen Folgendes tun."

Dann erklärte Gameknight ihnen seinen riskanten Plan. Während er die Worte aussprach, zitterte er vor Furcht, da ihm bewusst wurde, wie gefährlich das Ganze war. Die Sache stand auf Messers Schneide, und jeder Fehler würde ihren Untergang bedeuten … oder Schlimmeres.

KAPITEL 11
DIE SCHLACHT

Die Spinnen griffen als Erste an. Ihre haarigen schwarzen Körper schwankten hin und her, als sie über die grasbedeckte Ebene rannten. Da sie immer wieder in den Schatten der Bäume in der Nähe verschwanden, waren sie oft nur schwer zu sehen. Die Bogenschützen zielten und feuerten, aber die großen Monster konnten zur Seite springen und den Projektilen ausweichen. Auf diesem Server waren die Spinnen stärker und wendiger, als hätten sie ein Upgrade bekommen.

„Sie sind zu schnell, wir können sie nicht treffen", rief einer der Bogenschützen frustriert.

„Schießt weiter", erwiderte Gameknight. „Schießt einfach weiter."

Der Benutzer-der-kein-Benutzer-ist drehte den Kopf und schaute zu den Licht-Craftern hinüber. Sie sahen völlig verängstigt aus. Da sie noch nie einen Kampf oder herannahende wütende Monster gesehen hatten, waren sie verständlicherweise entsetzt.

„Grasbrin", sagte Gameknight, „jetzt."

„Jaaa", entgegnete der Licht-Crafter und trat zu den Bogenschützen.

„Lasst ihn durch", befahl Mason. „Bogenschützen an die Flanken und weiterfeuern."

Grasbrin legte eine Hand auf die Grasblöcke zu seinen Füßen. Der NPC schloss die Augen, atmete tief durch und ließ seine Crafting-Kräfte auf das Gras einwirken.

Nichts geschah.

„Sie kommen näher!", schrie jemand.

„Schießt schneller, Bogenschützen!", ordnete Mason an. „Schwertkämpfer, bereitet euch vor."

„Nein ... Noch nicht", verlangte Gameknight. Dann kniete er sich neben Grasbrin und flüsterte ihm ins Ohr: „Du schaffst das."

Der Licht-Crafter nickte und holte noch tiefer Luft, um ganz langsam wieder auszuatmen. Dieses Mal bemerkte Gameknight, dass Grasbrins Hände in einem sanften Smaragdton glühten. Das Leuchten ging auf die Erde über und breitete sich in den Grasblöcken aus. Wo immer die grüne Woge erschien, wuchsen neue Grashalme.

„Die Spinnen kommen immer näher, Gameknight", teilte ihm Stitcher mit. „Wir müssen uns zurückziehen."

„Noch nicht!“

Dann wuchs das Gras.

Lange grüne Halme erschienen auf den Blöcken auf dem ganzen Feld und wurden immer länger. Die Spinnen versuchten, sich durch die grünen Grashalme zu bewegen, doch sie blieben immer öfter mit ihren haarigen schwarzen Beinen daran hängen. Zwar stürmten die Monster dennoch weiter, aber je höher die Halme wuchsen, desto mehr behinderten sie die Kreaturen, bis diese sich schließlich gar nicht mehr bewegen konnten.

Die Spinnen blieben stehen.

„Jetzt!“, befahl Gameknight.

Die Schwertkämpfer stürmten mit gezückten Klingen vor, und die ganze Armee jubelte. Kurz darauf waren die hilflosen Spinnen auch schon besiegt und ließen nichts als Spinnenfäden und leuchtende Erfahrungskugeln zurück.

„Bäume ... Jetzt!“, rief Gameknight.

Mehrere Soldaten ritten vorwärts. Sie trugen Rüstungen, waren jedoch nicht bewaffnet. Auf ihrem Weg platzierten sie Setzlinge auf dem Boden, kleine Bäume, die in Zweierreihen gepflanzt wurden. Die Krieger wagten sich so weit vor, dass bereits erste Pfeile der Skelette durch die Luft flogen und in ihrer Nähe landeten. Dann kehrten sie um und setzten dabei noch weitere kleine Bäumchen.

Kaum waren die Reiter zurückgekehrt, hörte Gameknight ein heiseres Keckern, das ihn erschaudern ließ.

Erebus war da.

Gameknight musterte die Monsterhorde und entdeckte die große Kreatur auf der rechten Seite. Mit ihrer dunkelroten Haut, die an getrocknetes Blut erinnerte, war sie vor den weißen Skeletten und den gefleckten grünen Creepern gut zu erkennen. Der König der Endermen starrte Gameknight quer über das Schlachtfeld mit seinen leuchtenden weißen Augen an.

„Wie ich sehe, ist unser Freund auch da."

Crafter war neben Gameknight getreten, und Stitcher erschien mit dem Bogen in der Hand und angelegtem Pfeil neben ihm.

„Wer ist das?", wollte sie wissen und deutete mit der Pfeilspitze auf die blutrote Kreatur.

„Das ist eines der Monster, die deine Schwester entführt haben", antwortete Gameknight mit vor Angst zittriger Stimme.

Sie knurrte leise. Gameknight konnte den Zorn und den Hass spüren, die von dem Mädchen ausgingen. Sie wäre am liebsten losgelaufen und hätte die Kreatur getötet, aber sie wusste, dass es töricht war, einen Enderman im Freien allein anzugreifen. Es wäre ihr sicherer Tod. Daher warf sie sich nur in die Brust und sah der Monsterhorde entgegen, die sich auf den Angriff vorbereitete.

„Baumbrin ... Jetzt!", schrie Gameknight.

Der große, schlanke Licht-Crafter kam näher, und seine langen Arme wackelten an seinen Seiten, als würden sie in einer sanften Brise schwanken. Er kniete sich hin und bohrte eine Hand tief in die Erde. Nachdem er die Wurzeln eines Setzlings umfangen hatte, holte er tief Luft und stieß sie langsam wieder aus. Der Boden rings um sein Handgelenk glühte dunkelbraun, als er seine Code-Crafter-Kräfte in die Wurzeln schickte, wo sie zur nächsten Pflanze weitergeleitet wurden. Augenblicklich wuchsen die Bäume und bildeten einen Tunnel, in dem sich die Monster eng zusammendrängen mussten. Dann holten mehrere Soldaten schnell Erdblöcke hervor und bauten mehrere Stufen, die zum Blätterdach führten, sodass sie auf die Bäume gelangen konnten.

„Habt ihr alle ein kleines Geschenk für die Monster?", fragte Gameknight. Rings um ihn herum nickten die NPCs. „Dann geht, aber passt auf euch auf."

Etwa dreißig Soldaten rannten los. Sie trugen alle Diamantrüstungen und hatten rot-weiß gestreifte Blöcke in den Händen. Nachdem sie die Stufen zu den Baumwipfeln hinaufgelaufen waren, rannten sie über die Bäume, während die Monsterhorde angestürmt kam.

„Rasch … Bringt die Blöcke da raus", rief Mason. „Bogenschützen … Gebt ihnen Deckung … JETZT!"

Ein Pfeilhagel sauste durch die Luft, während die Krieger über die Baumwipfel rannten. Da die Bäume so dicht nebeneinanderstanden, konnten die Soldaten von einem zum anderen laufen, ohne Angst haben zu müssen, herunterzufallen. Gameknight beobachtete, wie sie vom Baum zu Baum hüpften, während die Monsterarmee in die Lücke zwischen den Baumreihen stürmte. Das Stöhnen der Zombies hallte durch die Luft, und das Klappern der Skelettknochen ergänzte die Geräuschkulisse. Einige Skelette schossen auf die Krieger in den Bäumen, aber die Blätter schützten sie vor den spitzen Geschossen.

Im Laufen warfen sie die TNT-Blöcke auf den Boden vor die Füße der Monster. Die gestreiften Blöcke waren auf dem dichten grünen Gras gut zu erkennen.

„MEHR!", rief Gameknight in die Baumwipfel.

Immer mehr Pfeile flogen durch die Luft; einige trafen die NPC-Krieger, andere jedoch die Monsterhorde. Schmerzensschreie waren zu hören, wenn einer der NPCs getroffen wurde. Gameknight wusste, dass hinter ihm Leute starben, aber er musste warten, bis alle Monster in die Falle getappt waren.

„Reizt die Monster!", verlangte Gameknight.

Sofort reagierten die Soldaten und riefen der Horde spöttische und abfällige Bemerkungen entgegen. Daraufhin knurrten die Monster und liefen noch schneller. Die Schleime hüpften noch höher, während die wenigen noch lebenden Spinnen vorwärts stürmten und den Angriff anführten. Im hinteren Teil der Menge waren die Schweinezombies zu sehen, deren goldene Schwerter im Licht der rubinroten Sonne glänzten. Einer der Schweinezombies war fast einen Kopf größer als die anderen und trug eine glänzende goldene Rüstung. Dieses Monster wirkte gemein und hasserfüllt, und Gameknight wusste sofort, dass es sehr gefährlich war.

Ein Pfeil sauste an Gameknights Ohr vorbei und traf den NPC hinter ihm. Dessen Schmerzensschrei hallte durch die Luft, doch schon flogen zwei weitere Pfeile vorbei – und der Schrei verstummte.

Wieder musste jemand meinetwegen sterben, dachte er und wurde immer wütender.

„Gleich geschafft", rief der Benutzer-der-kein-Benutzer-ist. „Schwertkämpfer, haltet euch bereit."

„Gameknight ... Gameknight, ich will hel... helfen“, stammelte jemand hinter ihm.

Es war Herder.

„Nicht jetzt“, schimpfte Mason. „Du sollst doch auf die Tiere aufpassen. Das hier ist ein Ort für Männer, nicht für Tierhirten. Und jetzt geh!“

„Gleich geschafft ...“

Immer mehr Monster rannten in die Gasse zwischen den Bäumen. Es mussten wenigstens einhundert sein ... zu viele. Wenn sie die Front durchbrachen, dann würden sie ihre Streitmacht dezimieren und Hunderte töten.

Hoffentlich funktioniert es, dachte Gameknight999, der vor Angst kaum noch klar denken konnte.

Wieder kamen Pfeile angeflogen und bohrten sich in Arme und Torsos, und erneute Schmerzensschreie ertönten.

Gameknight malte sich schon aus, was passieren würde, wenn sein Plan tatsächlich scheiterte, und musste an all die Unschuldigen denken, die darunter zu leiden hätten.

Konzentrier dich! Wichtig ist nur das, was jetzt passiert, und nicht das, was sein könnte!

Endlich waren auch die letzten Monster zwischen die Bäume gelaufen.

„JETZT … HINTEN DICHTMACHEN!“, schrie Gameknight.

Die Krieger liefen weiter über die Baumwipfel und platzierten TNT-Blöcke am Eingang des baumgesäumten Feldes. Gameknight sah, wie einer von ihnen vom Baum stürzte und inmitten von Zombies landete. Der NPC verschwand in einem Wirbel aus Zombieklauen und ward nicht mehr gesehen. Die anderen Krieger ignorierten ihren gefallenen Kameraden und warfen die Blöcke am Eingang des Baumtunnels ab. Erst dann zog Gameknight seinen verzauberten Bogen und legte einen Pfeil an.

Er zielte hoch in die Luft und schoss.

Das brennende Projektil sauste wie ein Meteor über den Himmel, und alle NPCs schauten ihm hinterher. Magische Flammen schlangen sich im Flug um die Pfeilspitze, da der verzauberte Bogen jedes Geschoss in Brand steckte. Einige der Monster im vorderen Teil der Horde wurden langsamer und sahen nach oben. Es sah fast schon schön aus, wie die magischen blauen Flammen die dornenbewehrte Spitze umgaben.

Bis der Pfeil mitten zwischen den zwanzig TNT-Blöcken hinter den Monstern landete.

Während die Blöcke bereits blinkten, feuerte Gameknight noch weitere Pfeile ab und zielte auf die gestreiften Blöcke, die sich vor der nahenden Armee befanden.

Die Monster an der Spitze begriffen sofort, was passierte, und wollten umkehren, aber das ging nicht. Die nachrückenden Kreaturen drängten sie immer weiter auf die blinkenden tödlichen Blöcke zu. Viele der verwesten Zombies und knochigen Skelette sahen regelrecht panisch aus. Doch es gab nichts, was sie tun konnten, um ihrem Schicksal zu entgehen.

Der Boden bebte, als die Blöcke schließlich explodierten.

Erdblöcke wurden in die Luft gewirbelt, und eine Kettenreaktion ließ immer weitere TNT-Blöcke detonieren. Creeper wurden durch die Explosionen ebenfalls entzündet und vergrößerten das Chaos noch weiter. Die Monster im hinteren Teil der Horde versuchten noch immer, weiter nach vorn zu gelangen, als das TNT vor ihnen explodierte. Feuerbälle loderten auf, und die Monsterhorde wurde von den Explosionen erschüttert. Nun kam es zu feurigen Kettenreaktionen auf beiden Seiten der Monsterarmee, die sich langsam in ihre Mitte fortsetzten, während die Explosionen gleichzeitig eine tiefe Wunde in die Oberfläche von Minecraft rissen.

Skelettknochen und Schwarzpulver regneten vom Himmel herab, während die letzten Explosionen die

Landschaft erhellten. Winzige Schleime stürzten zu Boden, nachdem das TNT die größeren zerfetzt hatte, nur um sich erneut zu teilen, bis die kleinsten Bruchstücke übrig geblieben waren.

„Schwertkämpfer vorrücken!“, ordnete Gameknight an, reichte Stitcher seinen verzauberten Bogen und zog sein Schwert.

„FÜR MINECRAFT!“, schrie er dann.

Der Benutzer-der-kein-Benutzer-ist sprang in den gewaltigen Krater, der sich jetzt zwischen den beiden Baumreihen auftat. In seinem Kopf ging vor lauter Wut und Rachsucht alles durcheinander. Er hatte an diesem Tag so viele sterben sehen, Unschuldige, die sich lieber um ihre Felder kümmern oder ein Haus bauen wollten, doch stattdessen hier auf dem Schlachtfeld ihr Leben verloren. Wie auf Autopilot wirbelte Gameknight seine tödliche Diamantklinge herum. Er schaltete einen Zombie aus, erstach ein Skelett und zerhackte eine Spinne. Schon wirbelte er herum, wich einem Pfeil aus und sprintete auf das Skelett zu, das bereits den nächsten anlegte. Bevor er es jedoch erreichte, war ein anderer Krieger bei dem Monster und hieb mit seinem Eisenschwert darauf ein. Kurz darauf war nur noch ein Knochenhaufen übrig.

„FÜR MINECRAFT!“, hallte ein ohrenbetäubender Schrei über das Schlachtfeld, und der Boden unter seinen Füßen bebte.

Als er sich umdrehte, sah er, dass nun die ganze NPC-Armee angriff. Mit wütenden Gesichtern rannten die Soldaten heran und hatten nur Augen für die noch lebenden Monster, die sich im Krater befanden. Sie rannten an Gameknight vorbei wie eine unaufhaltsame Woge und stürzten sich auf die Monster. Zwar hatten einige die Explosionen überlebt, aber jetzt waren die NPCs in der Überzahl.

Dann hallte das Stöhnen der Schweinezombies über das Schlachtfeld. Gameknight blickte auf und sah, wie die Gruppe aus halb lebendigen, halb toten Kreaturen in den Krater gerannt kam und die rasiermesserscharfen goldenen Schwerter vor sich ausstreckte. An vorderster Front befand sich der große Schweinezombie-Kommandant. Er schwang sein glänzendes Schwert in einem großen Bogen und schnitt damit durch Rüstungen, als wären sie gar nicht vorhanden. Gameknight sah das lilafarbene Schimmern der Waffe und wusste sofort, dass sie verzaubert war. Bogenschützen schossen auf die Kreatur, doch die Pfeile prallten von der ebenfalls schimmernden Rüstung ab.

Das goldene Monster setzte ihrer Armee heftig zu und vernichtete jeden, der vor ihm auftauchte. Es glich einer unaufhaltsamen Naturgewalt.

Ich muss etwas unternehmen, dachte Gameknight und duckte sich unter einem Pfeil hinweg. *Das Monster wird sonst zahllose NPCs töten. Aber was … Was soll ich nur tun?*

Auf einmal war Mason da. Der große NPC stürmte in die Monsterhorde, bahnte sich den Weg durch eine Gruppe aus Skeletten und schleuderte Zombies beiseite. Er lief direkt auf das riesige Monster zu, und zahlreiche seiner Soldaten folgten ihm auf dem Fuß.

Gameknight sah, dass viele Bogenschützen hinter den Schweinezombies, die ihrem Anführer folgten, am Kraterrand auftauchten. Sie hatten das Monster umzingelt!

Dann trafen der riesige Schweinezombie-General und Mason aufeinander. Ihre Schwerter klirrten laut. Gameknight vernichtete den letzten Gegner in seiner Nähe und ging langsam auf die beiden kämpfenden Giganten zu. Der Schweinezombie schwang sein mächtiges goldenes Schwert und wollte Mason am Kopf treffen, doch der große NPC sprang gerade noch rechtzeitig zur Seite. Der General war jedoch ebenfalls schnell und nicht so träge und behäbig wie die anderen Zombies. Er sprang in die Luft, wirbelte herum und schlug mit seinem Schwert zu, das er Mason über die Brust zog.

Der große NPC blinkte rot.

Gameknight konnte erkennen, dass der Zombie ein erfahrener Kämpfer war, der sich geschickt bewegte. Eigentlich hätte er Mason zu Hilfe eilen müssen, aber seine Füße wollten sich einfach nicht bewegen.

Mason machte einige Schritte nach hinten und ging erneut zum Angriff über.

„Mehr hast du nicht drauf, Schweinezombie?", spottete Mason. „Ich habe schon gegen einige deiner Vettern aus der Oberwelt gekämpft, die besser waren."

Das Monster stöhnte laut und zornig, stürzte vor und schwang wild sein Schwert. Mason parierte den Angriff mit seinem Schwert, drehte sich und traf seinen Gegner am Bein, der nun auch rot aufblinkte. Mit einem erneuten Stöhnen sprang die Kreatur vor und reckte die Klinge in die Luft, um sie dann in Masons gepanzerte Schulter zu stoßen, sodass der NPC ein weiteres Mal rot blinkte.

Mason rollte sich zur Seite ab und stellte sich der verwesenden Kreatur erneut.

„Ich dachte immer, ihr Schweinezombies wärt gefährlich", sagte er und grinste das Monster an, „aber nun weiß ich, dass sogar die Babyschleime der Oberwelt bessere Kämpfer sind."

Mason lachte den Schweinezombie-General aus, drehte sich um und schaute zu seinen Truppen hinüber, die gerade die letzten Monster auf dem Schlachtfeld erledigten.

„Nur noch einer, dann ist das Land von diesen Versagern befreit", rief der große NPC und hob sein Schwert hoch. Seine Soldaten jubelten.

Der Schweinezombie jaulte und stürzte vor. Sofort drehte sich Mason um und wich zur Seite aus, sodass ihn die goldene Klinge nur noch am Arm streifte. Im nächsten Augenblick wirbelte Mason auch schon herum und attackierte seinen Gegner, der seinen Schlag jedoch problemlos abwehrte. Als der Zombie wieder zustach, erwischte er den NPC an der Seite.

Wieder flackerte Mason rot.

Der Schweinezombie stürzte vor und schwang sein Schwert, um gnadenlos auf Mason einzudreschen, der wieder rot blinkte.

Das Schwert des Schweinezombies war kaum noch zu sehen, als dieser mit einer Geschwindigkeit angriff, die niemand für möglich gehalten hätte. Sein goldenes Schwert fuhr wieder und wieder auf Mason herab, und der große NPC wurde immer weiter nach hinten getrieben. Einige der Krieger wollten ihm zu Hilfe eilen, aber Mason befahl ihnen, ihre Position zu halten.

„Das ist mein Kampf“, erklärte Mason lächelnd. „Ihr bleibt schön sitzen und genießt die Show.“

„Du bist dem Tode nahe und redest dennoch so, als könntest du gewinnen“, sagte der Schweinezombie, dessen Stimme an ein Stöhnen erinnerte. „Ich mag diesen Tag vielleicht nicht überleben, aber dich werde ich auf jeden Fall vorher umbringen.“

Mason sah dem Zombie in das halb verweste Gesicht und die toten Augen und lächelte.

„Dein Tod wird bedeutungslos und unwichtig sein, genau wie deine ganze Rasse“, spottete Mason. „Ihr habt diese Welt lange genug infiziert. Der Schöpfer hat euch nach der Vereinigung in den Nether verbannt, weil ihr armselig und nutzlos seid. Du hast mein Schwert gar nicht verdient.“

Bei diesen Worten tat Mason das Undenkbare und warf sein Schwert zu Boden.

Der Schweinezombie stieß einen zornigen Schrei aus und rannte auf ihn zu, da er nun offensichtlich von seiner Wut übermannt worden war. Während er sein goldenes Schwert schwang, holte der große NPC ein verzaubertes Diamantschwert hervor und parierte den Angriff. Nun war es Mason, der sich schneller bewegte, als es möglich zu sein schien. Sein schimmerndes Diamantschwert verletzte die Kreatur an der Seite, zerteilte seine Brustplatte und zerlegte seine Hose. Mason wirbelte herum, traf den Schwertarm des Monsters und stach ihm in die Seite.

Schließlich war die goldene Rüstung dahin und verschwand. Darunter waren an einer Seite die freigelegten Rippen und auf der anderen rosafarbenes Fleisch zu sehen. Mason stürzte vor und stach mit einer Wildheit auf die Rippen ein, die das Monster verblüffte. Der Schweinezombie wollte noch auf Abstand gehen, aber Mason war schneller und traf ihn immer wieder, bis er unaufhörlich rot blinkte.

Die Selbstsicherheit und der überwältigende Hass des Monsters hatten sich in Furcht verwandelt, während Mason seine Gesundheit schwinden ließ. Während der Zombie ein letztes Mal traurig, zornig und verzweifelt stöhnte, gab ihm Mason den Rest, und das Monster verschwand mit lautem Ploppen.

Der Kampf war vorüber.

KAPITEL 12
NACHWIRKUNGEN

Die Krieger jubelten und riefen Masons Namen. Gameknight lief zu dem großen NPC herüber.

„Was hast du mit diesem Monster gemacht?", wollte er wissen. „Es sah beinahe so aus, als würdest du mit ihm spielen."

„Wirke schwach, wenn du stark bist, und stark, wenn du schwach bist", zitierte Mason etwas, das klang, als wäre es eine uralte Weisheit. „Spiele Unterlegenheit vor, um den Gegner noch arroganter zu machen."

Auch das habe ich schon einmal gehört … Ich kenne diese Worte, dachte Gameknight. *Wie macht er das nur?*

„Das Monster war ein geübter Kämpfer und gefährlicher Gegner", fuhr Mason fort. „Wäre ich nur hingestürmt und hätte wie üblich gegen den Zombie gekämpft, hätte er mich möglicherweise besiegt. Daher habe ich ihn stattdessen verspottet und ihn glauben lassen, er würde gewinnen. Ein Feind, der sich seines Sieges gewiss ist, begeht Fehler. Meine Worte haben ihn immer wütender gemacht. Sobald er sich von seinen Gefühlen anstatt seiner Vernunft leiten ließ, wusste ich, dass ich so gut wie gewonnen hatte. Ein wütender Gegner verliert sich im Kampf und denkt nicht mehr klar. Manchmal ist es erforderlich, sich verletzen zu lassen, um den Gegner dazu zu bringen, Fehler zu machen."

„Das war sehr gefährlich", stellte Gameknight fest.

„Krieg ist immer gefährlich", erwiderte Mason. „Außerdem wusste ich, dass der Benutzer-der-kein-Benutzer-ist mir zu Hilfe eilen würde, falls es nötig wäre … Oder etwa nicht?"

„Ja … natürlich." Gameknight wandte den Kopf schuldbewusst ab.

Immer mehr Krieger strömten in den riesigen Krater und schlugen Gameknight999 und Mason auf die Schulter.

„Das war glorreich", rief einer.

„Der größte Kampf aller Zeiten", meinte ein anderer.

Die Soldaten traten jubelnd gegen die Haufen aus Skelettknochen und Schwarzpulver. Aber als ein trauriges Wehklagen ertönte, verstummten alle. Es begann als Wimmern, wurde jedoch immer lauter, bis es lautstark durch die Luft hallte und die Feierstimmung durchbrach. Gameknight ging rasch darauf zu und kam zu einer alten Frau, die auf dem Boden kniete, während mehrere Gegenstände vor ihr schwebten … das Inventar eines NPCs.

„Mein Sohn … Er ist tot", jammerte sie.

Gameknight kannte ihren Namen nicht. Sie war nur einer der vielen NPCs, die in diesen Krieg mit hineingezogen worden waren.

„Er war mein einziges Kind … und nun … nun ist er fort."

Sie schluchzte derart bitterlich, dass die Umstehenden ebenfalls weinen mussten.

Gameknight lief aus dem Krater und zu der trauernden Frau. Er kniete sich neben sie, legte ihr einen Arm um die bebenden Schultern und drückte sie an sich. Dann weinte er mit ihr. Dabei hatte er ihren Sohn nicht gekannt … und auch sie zuvor nie gesehen … Doch er wusste, welchen Schmerz sie empfand, daher umarmte er sie fest, bis ihre Tränen versiegt waren.

Schließlich erhob er sich, half der alten Frau auf die Beine und wandte sich der Armee zu. Viele Soldaten beglückwünschten sich noch und lächelten breit … Da konnte Gameknight nicht mehr an sich halten.

„Hier gibt es nichts Gutes … nur Traurigkeit", rief er.

Er drehte sich wieder zu der alten Frau um. Sie sammelte gerade die Habseligkeiten ihres Sohnes ein und schaute den Benutzer-der-kein-Benutzer-ist danach mit tränenüberströmten Wangen an. Immer noch schluchzend verließ sie das Schlachtfeld.

„Der Krieg ist nicht glorreich, er ist schrecklich", fuhr Gameknight fort. „Kriege machen einen nicht groß, sie tun nur anderen weh. Gewalt ist nie eine gute Lösung, denn sie bringt nur Schmerz und Verlust mit sich. Daher sollten wir jetzt auch nicht feiern, sondern trauern, denn wir haben heute alle Freunde oder Angehörige verloren."

„Aber wir haben gewonnen", rief jemand.

„NEIN!" Gameknight deutete auf die alte Frau. „Wir haben verloren."

Dann reckte er eine Hand mit gespreizten Fingern in die Luft.

Wir sollten uns nicht gut fühlen, weil wir einander vernichten, auch dann nicht, wenn es sich um unsere Feinde handelt, dachte er und sah mit an, wie immer mehr NPCs eine Hand hoben.

Er dachte an die gemeinen Kinder an seiner Schule … Dass sie sich gut gefühlt hatten, weil sie ihn und andere tyrannisierten. Und daran, wie er sich früher in Minecraft verhalten hatte. Er war selbst gemein zu anderen gewesen und hatte seine Frustration an Schwächeren ausgelassen … und sich gut dabei gefühlt. Das war falsch.

Warum habe ich den jüngeren und schwächeren Spielern nicht geholfen und mich deswegen gut gefühlt? Warum musste ich anderen damals schaden? Hätte ich ihnen geholfen, wäre das doch ebenfalls ein gutes Gefühl gewesen.

Langsam ballte er die Hand zur Faust und drückte sie ganz fest. Er legte seine ganze Frustration in diese Geste, seinen ganzen Zorn auf die Monster, seine Trauer um die Gefallenen und vielleicht auch seine Schuldgefühle, weil er früher so gehandelt hatte ... Er war ein Griefer gewesen, der König der Griefer.

Hätte ich geholfen, anstatt ihnen zu schaden, wäre das doch ebenfalls ein gutes Gefühl gewesen.

Langsam ließ er die Hand sinken und schaute sich auf dem Schlachtfeld um. Alle starrten den Benutzer-der-kein-Benutzer-ist an.

„Sammelt alles ein, was ihr finden könnt", sagte Gameknight ruhig. Er wischte sich die Tränen von den Wangen. „Hebt die Skelettknochen auf und gebt sie Herder. Sammelt auch alle Pfeile ein. Wir müssen hier weg, bevor die Monster erneut angreifen."

„Bevor sie erneut angreifen?", fragte Crafter, der jetzt neben seinem Freund aufgetaucht war.

„Ja, denn das wird passieren. Das war nur ein kleiner Teil der Armee, mit der wir es zu tun bekommen werden. Sie ist riesig und uns zahlenmäßig weit überlegen. Dieser Angriff ist nur erfolgt, weil Erebus frustriert ist und uns ... mir schaden wollte. Wir werden es noch mit fünfzig Mal so vielen zu tun bekommen, bevor dieser Krieg zu Ende ist." Er blickte zu Mason hinab, der auf dem Grund des Kraters stand. Der große NPC war von Kriegern umringt und hielt noch immer sein Diamantschwert in der Hand. „Wir müssen die Schlüssel schnellstmöglich beschaffen, bevor Malacoda und Erebus uns erwischen. Dazu müssen wir schnell sein und jeden Vorteil ausnutzen."

„Die in der Kriegskunst Geübten bringen den Feind aufs Schlachtfeld und werden nicht von ihm dorthin gelockt", rezitierte Mason.

Auch das habe ich schon einmal gehört, stellte Gameknight fest und musterte den großen NPC neugierig. *Irgendetwas kommt mir bei ihm seltsam vor.*

Bevor er jedoch nachhaken konnte, erteilte Mason seinen Soldaten bereits Befehle, schickte Späher los und teilte die Männer für Aufgaben ein. Während sich die Armee wieder auf den Weg zur Eisenrose machte, bildete sich Gameknight ein, eine dunkle Gestalt auf einem Hügel zu sehen. Sie sah aus wie ein NPC, klein und gedrungen, aber ihr Haar war pechschwarz, und das war ungewöhnlich. Und erst die Augen … die Augen … Sie schienen vor ungezügeltem Hass zu glühen, sodass es ihm eiskalt den Rücken herunterlief.

KAPITEL 13

DIE SCHATTEN-CRAFTER

Malacodas Monsterarmee näherte sich zögerlich dem zerklüfteten, unheimlichen Berg. Sie musterten den grässlichen Gipfel, der über ihnen aufragte, mit ihren kalten dunklen Augen. Jedes Monster spürte die Gefahr, die von diesem Ort ausging, und wäre am liebsten geflohen, aber alle wussten, dass das ihren Tod bedeuten würde. Daher marschierten sie weiter hinter ihren Anführern Malacoda und Erebus her.

„Das gefällt mir nicht", sagte Malacoda ungewöhnlich leise.

Erebus knurrte zustimmend. Der Enderman war darauf vorbereitet, sich sofort wegzuteleportieren, sobald etwas Unerwartetes passierte.

„Schick unsere Lohen voraus", schlug Erebus mit seiner schrillen Stimme vor. „Und lass die Witherskelette die Flanken decken."

„Ja, das ist eine gute Idee", bestätigte Malacoda.

Der König des Nether drehte sich zu seinem Witherskelett-General um.

„Du hast ihn gehört", sagte der Ghast.

Das Witherskelett, das noch immer auf der Riesenspinne saß, machte kehrt, um die Befehle auszuführen.

Erebus schaute zu seinen Withern hinüber. Die dreiköpfigen Skeletttorsos schwebten in der Nähe. Diese bösartigen Kreaturen besaßen keine Beine, nur einen Rückgratstummel, der dicht über dem Boden schwebte. Dunkle, geschwungene Rippen umgaben ihre schattenhaften Körper und waren mit dem Rückgrat verbunden. Ihre drei aschefarbenen Köpfe wirbelten über ihren breiten, knochigen Schultern herum, sodass sie in alle Richtungen gleichzeitig schauen konnten. Wenn sie eine Gefahr entdeckten, konnten sie giftige brennende Schädel abfeuern, die beim Aufprall explodierten und ihr tödliches Gift auch noch auf die Umstehenden verteilten. Sie waren hervorragende Kämpfer und dienten Erebus als Generäle.

Er erteilte seinen Withern lautlos mit den dunklen Fingern Befehle und ließ sie ausschwärmen, um nach Ungewöhnlichem Ausschau zu halten. Die dunklen Albträume schwebten lautlos von dannen und verschwanden zwischen den Bäumen.

Als sie sich dem Fuß des Berges näherten, bemerkte Erebus, dass keine Blätter an den Bäumen hingen. Es war, als hätte jemand die Äste leer gefegt, damit die Bäume leblos und krank aussahen und die ganze Gegend unheimlich wirkte.

Erebus erschauderte innerlich ... *Was kann das bewirkt haben?*

Kurz darauf konnte der Enderman den Fuß des Berges erkennen. Das Gebiet war bar jeglicher Pflanzen, und die karge Erde wirkte tot. Erebus sah seine Endermen, die einen Ring vor dem Berg bildeten und deren lilafarbene Augen leuchteten. Als sie ihren König sahen, stellten sie sich alle noch etwas aufrechter hin und waren von einem Nebel aus lilafarbenen Partikeln umgeben. Er teleportierte sich in ihren schützenden Ring. Dann schaute er sich auf der Lichtung um und betrachtete den Berg, der vor ihm aufragte. Am Boden war eine gewaltige dunkle Öffnung geschaffen worden, über der ein Felsausläufer aus dem Berg herausragte.

„Alles gesichert, mein König", meldete einer der Endermen.

Erebus nickte ihm zu.

„Das habt ihr gut gemacht", sagte er. „Wo sind sie?"

„Sie sind in diesen Tunnel gegangen, nachdem sie uns eine Nachricht für dich und Malacoda übergeben haben."

„Wie lautet sie?"

„Man hat uns aufgetragen, sie euch beiden gleichzeitig zu überbringen."

Erebus drehte sich zu dem Idioten Malacoda um, der hoch über den Baumwipfeln auf die Lichtung zuschwebte.

„Sagt es mir jetzt", befahl Erebus.

„Aber wir sollen …"

„JETZT!"

Der Enderman verbeugte sich. „Ihr beide sollt in den Berg gehen und euch mit ihnen tief in den Tunneln treffen. Er sagte, ihr sollt einfach weitergehen, bis ihr zur Lava gelangt. Dort wird er auf euch warten."

Erebus nickte und teleportierte sich zurück zu Malacoda. Als er sich neben dem riesigen schwebenden Ghast materialisierte, bemerkte er, dass aus einem Riss an der Bergseite Wasser hervorquoll. Die Wassersäule stürzte aus einer Höhe von etwa zwanzig Blöcken in einen großen Teich am Boden. Das würde er sich merken müssen, denn Wasser war für Endermen tödlich.

Vorsichtig näherten sie sich dem breiten Tunneleingang und blieben vor der riesigen Öffnung stehen. Obwohl die Endermen hier alles gesichert hatten, fühlte sich Erebus unwohl. Die Öffnung erinnerte ihn an das klaffende Maul einer gigantischen Bestie, die nur darauf wartete, ihr nächstes ahnungsloses Opfer zu verschlingen. Malacoda wies seine Truppen an, sich in einem schützenden Ring aufzustellen, damit der Benutzer-der-kein-Benutzer-ist sie nicht überraschen konnte. Außen wurden die Zombieskelette postiert, direkt am Tunneleingang ein Ring aus Lohen aufgestellt. Danach schickte er seine Ghasts hoch in die Luft, damit sie nahende Gefahren schon von Weitem sehen konnten. Sobald er sich sicher fühlte, drehte er sich zu Erebus um.

„Die Schatten-Crafter weisen uns an, den Tunnel zu betreten", teilte Erebus ihm mit.

Misstrauisch näherte sich Malacoda dem Tunneleingang.

„Postiere deine Oberweltmonster hier", ordnete er an. „Meine Wither und ein Trupp Lohen wird uns in die Höhle begleiten."

„Was ist mit der Gefangenen?", wollte Erebus wissen und deutete auf Hunter.

„Sie bleibt hier. Meine Ghasts werden ihr Gesellschaft leisten." Er wandte sich an den Ghast, der seine klammen Tentakel noch immer um Hunter geschlungen hatte. „Sorge dafür, dass ihr bis zu meiner Rückkehr nichts geschieht."

„Wie du befiehlst", erwiderte der Ghast und schwebte zusammen mit Hunter noch weiter nach oben.

„Nun betreten wir die Höhle unserer Freunde“, sagte Malacoda und klang leicht besorgt. „Geh voraus, Enderman.“

Bei diesen Worten kicherte der Ghast katzenartig.

Erebus betrat mit einem mürrischen Knurren den Tunnel und war bereit, sich sofort wegzuteleportieren. Er konnte hören, dass Malacoda ihm folgte, dessen lange Tentakel wie erschlaffte Schlangen über den Boden schleiften. Als Erebus über die Schulter schaute, stellte er fest, dass der Netherkönig nervös wirkte. Ghasts konnten enge Räume nicht leiden, da sie sich Gefahren nicht durch Fliegen entziehen konnten.

Erebus gelang es nicht ganz, sein Lachen zu unterdrücken.

„Was ist denn so witzig, Enderman?“, verlangte Malacoda zu erfahren.

„Ach … Nichts … Hoheit“, erwiderte Erebus.

Der Tunnel führte immer weiter nach unten in die felsigen Tiefen. Zuerst spürte Erebus, dass es kälter wurde, aber als sie immer tiefer unter die Erde gelangten, stieg die Temperatur wieder, da sie sich der Lava näherten. Der König der Endermen fühlte sich fast wie zu Hause. Die verrauchten, mit Lava gefüllten unterirdischen Kammern der Oberwelt waren sein Reich, das er besser kannte als jede andere Kreatur. Dann ging der Weg gerade weiter, und sie gelangten in eine gewaltige Kammer, die größer war als alles, was Erebus bisher gesehen hatte. Der Eingang wurde von Fackeln erhellt.

Der Anblick, der sich ihnen bot, schockierte sie. Überall waren Dorfbewohner – zumindest sahen sie wie Dorfbewohner aus –, auf den Vorsprüngen, in Felsspalten, in Lavaseen, sie hingen von der Decke … Sie sahen aus, als würden sie alle etwas anderes herstellen, auch wenn keine Werkbänke vor ihnen standen.

Erebus musterte die seltsamen Dorfbewohner, während er weiter in die Kammer hineinging. Er spürte weder den üblichen Hass noch das Verlangen zu töten – dabei stellten sich diese Gefühle in der Gegenwart von NPCs doch sonst immer ein. Diese Kreaturen waren irgendwie anders … Sie waren nicht der Feind, sondern Freunde, auch wenn das keinen Sinn ergab. Als er Malacoda gerade darauf ansprechen wollte, kam einer der dunklen Dorfbewohner auf sie zu.

„Endlich seid ihr da", begrüßte sie der dunkelhaarige NPC.

Erebus beäugte den Neuankömmling misstrauisch. Der Mann besaß die normale Knollennase der

Dorfbewohner und eine dunkle Monobraue, und doch hatte er etwas an sich, das ihn von jedem anderen Dorfbewohner unterschied, den Erebus je vernichtet hatte – seine Augen … Sie glühten ganz leicht, als würde darin ein Feuer brennen.

„Bist du derjenige, mit dem ich im Land der Träume gesprochen habe?“, fragte Malacoda.

Der Dorfbewohner nickte und trat ins Fackellicht. Sein Gesicht war blass und kränklich grün, ebenso wie seine Arme. Erebus fand, dass diese Kreatur beinahe aussah wie ein Zombie, abgesehen davon, dass ihr die verwesten Körperteile und die ausgestreckten Arme fehlten. Erst da bemerkte er die schwarze Robe, über die ein grauer Streifen vom Hals bis zum Saum verlief. Er war ein Crafter! Als sich Erebus umschaute, fiel ihm auf, dass alle NPCs dieselbe Kleidung trugen … Sie waren alle Crafter. Aber keine typischen Crafter … Irgendetwas war anders an ihnen.

„Ja, ich wurde losgeschickt, um dich im Land der Träume aufzusuchen“, bestätigte der NPC, dessen Stimme an ein trauriges Stöhnen erinnerte. „Mein Name ist Zombiebrine. Ich bearbeite die Zombies.“

„Du machst was?“, hakte Malacoda nach.

„Wir sind die Schatten-Crafter von Minecraft“, erklärte Zombiebrine. „Wir kümmern uns um die Upgrades und Verbesserungen der Dinge, die im Schatten existieren. Mein Fachgebiet sind Zombies. Da drüben", er deutete auf einen Schatten-Crafter, der an einem Creeper arbeitete, „steht Creeperbrine." Der Genannte besaß ähnlich gefleckte Haut, und sein Gesicht und seine Arme waren leicht grünlich angelaufen. „Über uns steht Fledermausbrine, unter uns Lavabrine. Wir alle sind dafür zuständig, dass die Kreaturen aus dem Schatten stärker, schneller und tödlicher werden. Es ist unser Ziel, das Gleichgewicht in Minecraft zu unseren Gunsten zu beeinflussen."

„Warum?", wollte Erebus wissen.

„Äh … Was?", erwiderte Zombiebrine und stöhnte.

„Warum wollt ihr das Gleichgewicht zugunsten der Kreaturen der Nacht verändern?"

Zombiebrine schaute ihn verwirrt an und drehte sich dann zu einem Schatten-Crafter um, der sie von einem Balkon hoch oben an der Höhlenwand beobachtete. Erebus, dessen Augen an die Dunkelheit unter der Erde gewöhnt waren, entdeckte den Schatten-Crafter sofort. Das war auch nicht weiter schwer, denn dessen Augen glühten hellweiß wie böse kleine Leuchtfeuer, heller als alles andere in der Kammer, sogar heller als die Lava oder die Fackeln. Erebus konnte erkennen, dass diese Kreatur etwas zu sagen hatte; anscheinend war sie hier der Befehlshaber. Zombiebrine schaute nervös zu dem Beobachter hinauf und starrte dann wieder Erebus an.

„Das ist unsere Aufgabe, und wir erledigen sie, weil wir darauf programmiert wurden", antwortete er und hatte auf einmal Schweißperlen auf der Stirn.

„Und jetzt", fuhr er fort, „besagt unsere Programmierung, dass wir euch bei eurem Unterfangen helfen. Wir werden euch bei der Zerstörung der Quelle unterstützen."

„Das wollten wir hören", verkündete Malacoda und schwebte näher an Zombiebrine heran.

Erebus warf noch einen Blick zu dem Balkon hinauf und stellte fest, dass der Schatten-Crafter mit den leuchtenden Augen verschwunden war.

Der da oben ist gefährlich, sehr gefährlich, dachte er.

Zombiebrine bewegte sich inzwischen, als würde er etwas in der Ferne hören, und trat noch weiter ins Fackellicht.

„Ich werde euch zeigen, wie ihr die Quelle finden könnt", teilte der Schatten-Crafter ihnen mit, „aber vorher müssen wir den ersten Schlüssel finden."

„Den ersten Schlüssel?", wiederholte Malacoda, der sich mit seinen blutroten Augen umschaute.

„Ja", entgegnete Zombiebrine, dessen stöhnende Stimme durch die Kammer hallte. „Der erste Schlüssel zur Quelle … die Eisenrose. Dort beginnt euer Weg. Danach benötigt ihr den zweiten Schlüssel, und erst dann könnt ihr zur Quelle gelangen."

„Wo finden wir diesen zweiten Schlüssel?", fragte Erebus.

„Das weiß niemand", antwortete Zombiebrine. „Der erste Schlüssel wird euch zum zweiten führen und danach zur Quelle. Aber wir dürfen keine Zeit verlieren. Folgt mir."

Zombiebrine ging an Malacoda und seinen Witherwachen vorbei und in den Tunnel, der zur Oberfläche führte. Erebus blickte zu Malacoda hinauf, zuckte mit den Achseln und folgte dem Schatten-Crafter, ohne auf den Netherkönig zu warten.

„Ihr findet die Eisenrose in dieser Richtung", teilte Zombiebrine ihnen mit, als sie wenige Minuten später am Eingang angekommen waren, und zeigte gen Norden. „Kommt."

Erebus hatte gerade mal zwei Schritte aus dem Tunnel gemacht, als es anfing zu regnen. Die Tropfen landeten auf seinem Gesicht, und sein Fleisch zischte sofort, während kleine Rauchwölkchen von den frischen Wunden aufstiegen.

Wasser … Ich hasse Wasser, dachte Erebus, und seine Haut schmerzte.

Er verschwand in einem Nebel aus lilafarbenen Partikeln und tauchte im Tunnel wieder auf, während seine Haut noch immer rauchte. Malacoda verließ gemächlich den Eingang, schwebte in die Luft und ließ die Regentropfen von seiner knochenweißen Haut abtropfen. Der Netherkönig wandte sich dem König der Endermen zu und grinste breit, um dann laut loszulachen.

„Was ist los, Enderman, magst du etwa keinen Regen?", spottete Malacoda.

Erebus sagte nichts und starrte den Ghast einfach nur an.

Zombiebrine drängte sich an den Monstern vorbei und trat in den Regen hinaus. Der Schatten-Crafter hob den Kopf und verzog das Gesicht.

„Regen", stieß er stöhnend aus. „Ich hasse Regen!"

Sein Gesicht wurde vor Wut noch grüner, und er schrie: „Und ich hasse dich, Regenbrin!" Dann lief er los in Richtung Norden.

„General", sagte Malacoda zu seinem Witherskelett-Kommandanten.

Das dunkle Skelett lenkte seine Spinne neben den Ghast und schaute ihm in die roten Augen.

„Zieh mit einem Teil meiner Armee los und besorg mir diese Eisenrose." Malacoda drehte sich zu Erebus um und grinste schief. „Wir lassen unsere Brüder aus der Oberwelt diesen Angriff anführen und schicken ihnen nur einige meiner Lohen und Schweinezombies mit, um sicherzustellen, dass sie ihre Entschlossenheit nicht verlieren."

Der Netherkönig musterte seine Armee, während die Regentropfen harmlos von seinem Kopf abprallten. Die Endermen standen noch immer in der Tunnelöffnung, und als Malacoda das sah, lachte er schallend.

„Geh, Bruder! Bring mir die Eisenrose, und vernichte diesen nervigen Benutzer-der-kein-Benutzer-ist. GEH!"

Das Witherskelett folgte dem Schatten-Crafter und trieb seine Spinne an, um den NPC einzuholen. Die riesige Ansammlung von Oberweltmonstern folgte dem dunklen Spinnenreiter und hielt mit wütenden, hasserfüllten Augen Ausschau nach allem, was sie zerstören konnte.

Malacoda schwebte langsam wieder nach unten und wandte sich an seine Gefangene Hunter.

„Du, meine Liebe, wirst für eine Weile bei mir bleiben."

Der Ghast schnippte mit einem Tentakel und deutete auf einen der Schatten-Crafter, die gerade aus dem Tunnel getreten waren.

„Ich habe ein kleines Geschenk für dich, etwas, das speziell für dich angefertigt wurde."

„Du machst mir keine Angst, Ghast", fauchte Hunter.

„Ja, das habe ich gemerkt." Er drehte sich zu dem Schatten-Crafter um. „Bring es her, Eisenbrine."

Der Schatten-Crafter trat näher und holte etwas Großes aus seinem Inventar. Es war ein Käfig aus Eisenstangen, der oben noch offen war.

„Wirf sie hinein", befahl Malacoda.

Der Ghast, der Hunter festhielt, schwebte über den Käfig und ließ sie plötzlich los. Sie stürzte in den Käfig und flackerte rot auf, als sie bei dem Aufprall Schaden nahm. Bevor sie wieder herauskrabbeln konnte, versiegelte Eisenbrine den Käfig mit weiteren Eisenstangen, sodass sie darin gefangen war. Hunter packte die Gitterstäbe und rüttelte fest daran, als könnte sie sie auseinanderbiegen.

Malacoda lachte, während sie immer panischer wurde.

„Viel Spaß in deinem neuen Zuhause, NPC", sagte er. „Du wirst dich eine Weile darin aufhalten."

Der Netherkönig musterte erst seine Gefangene und dann Erebus, und ein gemeines, vielsagendes Lächeln erhellte sein eckiges, kindliches Gesicht.

Hat er Verdacht geschöpft?, fragte sich Erebus und wandte schnell den Blick ab.

Endlich hörte es auf zu regnen und die Endermen konnten den schützenden Tunnel verlassen. Malacoda lachte erneut.

„Geht mit euren Brüdern, Endermen, und kehrt erst zurück, wenn ihr siegreich gewesen seid", befahl Malacoda ihnen.

Die dunklen Kreaturen blickten zwischen dem Ghast und Erebus hin und her und wussten nicht, was sie tun sollten. Der blutrote Enderman nickte und signalisierte ihnen, dass sie den Befehl befolgen sollten. Lilafarbener Nebel stieg auf, als sie sich zum Rest der Monsterhorde teleportierten.

„Nun?", meinte Malacoda an Erebus gewandt. „Tu, was dir dein König befiehlt."

Erebus starrte den Netherkönig finster an.

Ich werde tun, was du befiehlst … vorerst zumindest, dachte Erebus. *Aber schon bald wird deine Zeit vorüber sein und der König der Endermen wird wieder herrschen.*

Erebus teleportierte sich ebenfalls, hörte aber noch das donnernde Lachen des Netherkönigs.

KAPITEL 14
HERDERS GEFÄNGNIS

Das Lager der NPCs befand sich inmitten der hohen Bäume des hügeligen Birkenwalds. Sie folgten nun schon zwei Tage lang dem Fluss am Rand der Wüste, und die Soldaten waren müde. Gameknight hatte vorgeschlagen, dass sie sich erst einmal ausruhten, da sie am nächsten Tag den ersten Schlüssel erreichen würden. Holzbrin hatte eine Brücke ins Nichts erwähnt, doch keiner wusste, wovon er eigentlich sprach.

„Warum sollte jemand eine Brücke ins Nichts bauen?", hatte Stitcher den Licht-Crafter gefragt. „Das wäre doch völlige Verschwendung."

„So heißt die Brücke aber nun mal", hatte Holzbrin erwidert, der wie immer schnell und stakkatoartig sprach. „Sie führt ja jetzt irgendwohin … zur Eisenrose. Aber das ist der Name, den wir der Brücke gegeben haben."

Alle konnten es kaum erwarten, endlich zum ersten Schlüssel zu gelangen, aber sie fürchteten sich auch ein wenig. Holzbrin hatte sie gewarnt, dass die Eisenrose bewacht wurde und dass diese Wächter sie nicht kampflos hergeben würden. Es könnte gefährlich werden … und das beunruhigte Gameknight999.

Erschaudernd verdrängte der Benutzer-der-kein-Benutzer-ist diesen Gedanken, während er durch das Lager schritt. Die hohen Birken boten eine hervorragende Deckung und sorgten dafür, dass man die Armee nicht sofort entdeckte. Er schaute in den Wald hinaus und bewunderte die majestätische Schönheit dieses Bioms. Die Birken waren zehn, wenn nicht zwölf Blöcke hoch, und die gefleckte weiße Borke reichte hinauf bis zu den dunkelgrünen Blättern. Aus irgendeinem Grund empfand er ihre Größe als beruhigend, als könnten die hölzernen Riesen ihn beschützen, falls eine Monsterhorde angriff … Was unwahrscheinlich war, aber er stand dennoch gern unter diesen Bäumen.

Der Wald erstreckte sich, so weit das Auge reichte, und in der Ferne waren steile Hügel und schmale Täler zu erkennen. Er hätte diese spektakuläre Landschaft nur zu gern erkundet … hätte nicht die Gefahr bestanden, von schrecklichen Monstern angegriffen zu werden. Die Nacht gehörte weiterhin ihnen, auch hier in diesem friedlichen Land. Er legte den Kopf in den Nacken und konnte einige der Wächter in den Baumwipfeln sehen, die nach Gefahren Ausschau hielten. Es war nicht gerade leicht gewesen, sie dorthin zu befördern. Baumeister hatten Holzblöcke rings um einen der Bäume aufgestellt und so eine Wendeltreppe um den Stamm geschaffen, die bis zu den Blättern hinaufreichte. Sobald sie oben angekommen waren, hatten sie problemlos von Baum zu Baum springen können, um so den ganzen Wald zu überblicken.

Während er durch das Lager wanderte, konnte er das Schnarchen der schlafenden Männer und Frauen hören. Viele der Soldaten waren zu müde gewesen, um ihre Rüstung auszuziehen, und lagen erschöpft in ihren eisernen Kokons auf dem Boden.

Als Gameknight gerade zum Fluss gehen wollte, hörte er ein Geräusch, als würde jemand durch den Wald laufen. Es klang, als würden Blättern rascheln und Äste unter dicken Stiefeln knacken.

Werden wir angegriffen?, fragte er sich. *Nein, das klingt eher, als würde da jemand rennen, aber Zombies und Skelette* können *sich nicht schnell bewegen. Das müssen Soldaten sein.*

Vorsichtig ging er in diese Richtung, und sein verzaubertes Diamantschwert tauchte die weiße Borke der Bäume in bläulich schimmerndes Licht. Als er näher kam, hörte er jemanden wimmern … nein … weinen. Dann wurde mit etwas Hölzernem auf Stein geschlagen. Gameknight ging weiter und hörte, wie das Holzwerkzeug knarrte, als würde es gleich zerbrechen … Schließlich hallte ein lautes Knacken durch den Wald, als das Werkzeug endgültig versagte.

Daraufhin war zu hören, wie Fäuste auf Stein schlugen. Jemand versuchte, einen Steinblock mit den Händen zu zerbrechen.

Steckt da jemand in Schwierigkeiten?

Er ging schneller und bewegte sich lautlos durch den Wald auf das Geräusch zu. Dann hörte er ebenso links und hinter sich Schritte. Er presste den Rücken an einen Baum, hockte sich hin und sah sich um.

Ist das eine Falle? Sind hier draußen noch andere Kreaturen?

Er wurde immer nervöser, während er in den dunklen Wald blickte und nach den Umrissen suchte, die eigentlich da sein mussten. Ein dunkler Schatten war in der Nähe eines Baumstamms zu sehen. Derjenige schien etwas in der Hand zu halten, aber Gameknight konnte nicht genau erkennen, was es war … eine Waffe? Dann bewegte sich eine zweite Gestalt, die größer war als die erste, durch einen Busch, aber das Mondlicht, das durch die Blätter hindurchdrang, war nicht hell genug, als dass er die Kreatur erkennen konnte.

Was geht hier vor sich? Ist das Erebus?

Dann hallte eine Stimme durch den Wald. „Hilfe."

Zuerst war sie leise und schwach, fast so, als wollte derjenige gar nicht gehört werden, doch dann wurde sie lauter … und klang traurig.

„HILFE!"

Es war Herder.

Auf einmal hörte Gameknight das Geräusch vieler Füße hinter sich. Er drehte sich um und sah kleine weiße Wesen wie winzige Schneegeschosse durch den Wald sausen. Sie rannten rasend schnell um die Bäume herum und schienen alle direkt auf Herder zuzuhalten. Da wusste Gameknight plötzlich, was er sah … Wölfe … Herders Wölfe. Er lief den schnellen Tieren hinterher.

Nach zwanzig Schritten erreichte er eine kleine Lichtung. In der Mitte befand sich ein drei Blöcke hohes Gebäude aus Bruchstein, um das sich die Halsbänder tragenden Wölfe aufgestellt hatten, die die Zähne bleckten. Mason, Crafter und drei andere Soldaten standen den Wölfen mit gezogenen Waffen gegenüber. Aus dem Inneren des Gebäudes waren noch immer Herders Schreie zu hören. Als Gameknight auf die Lichtung trat, drehten sich alle zu ihm um.

„Herder, ich bin's, Gameknight. Ich bin hier, und alles wird wieder gut."

Die Hilferufe verstummten, aber jetzt war das Knurren der Wölfe zu hören.

„Wie bekommen wir ihn da raus?“, fragte Crafter. „Die Wölfe lassen uns nicht an das Gebäude heran.“

Mason machte einen Schritt nach vorn, was sofort mit noch lauterem Knurren quittiert wurde.

Da ertönten noch mehr Schritte hinter ihnen. Immer mehr Soldaten kamen her, um zu helfen … oder zuzusehen. Gameknight hörte, wie einige der Soldaten kicherten, sobald sie die Lichtung betreten hatten.

Auf einmal stand Stitcher neben ihm.

„Was ist passiert?“, wollte sie wissen.

„Ich bin mir nicht sicher“, antwortete Gameknight. „Wir kommen nicht nah genug heran, um ihn zu befreien.“

„Lass es mich mal versuchen.“

Stitcher steckte ihren Bogen weg und ging langsam weiter. Doch auch sie wurde von den Wölfen angeknurrt und musste sich wieder zurückziehen.

„Bringt die Viecher um!“, rief jemand.

„Ja … Tötet sie. Das wird dem Schweinejungen eine Lehre sein.“

Gameknight ignorierte sie alle und steckte sein Schwert weg. Er streckte eine Hand aus – die rechte, an der der Wolf im Land der Träume geleckt hatte – und ging langsam vorwärts. Auch ihn knurrten die Wölfe an.

„Komm zurück, Gameknight", flehte Crafter. „Das ist zu gefährlich. Die Wölfe könnten dir etwas antun."

Aber Gameknight hörte gar nicht hin und ging weiter. Er hörte, wie Bögen aus Inventaren gezogen wurden, deren Holzrahmen knackten, als Pfeile angelegt und Sehnen zurückgezogen wurden. Doch er hob nur die linke Hand in der Hoffnung, die anderen vom Schießen abzuhalten, und ging langsam mit ausgestreckter rechter Hand weiter.

Als er bis auf wenige Schritte heran war, sah er dem nächsten Wolf in die roten Augen. Es war nicht der Rudelanführer, aber dennoch ein großes Tier. Wenn es ihn angriff, hätte er nicht mal mehr Zeit, seine Waffe zu ziehen ... Er wäre hilflos. Aber er sah dem Wolf direkt in die Augen und machte noch einen Schritt.

„Es ist alles gut. Niemand wird euch wehtun", murmelte Gameknight beruhigend.

Der Wolf knurrte.

„Ich bin ein Freund."

Erneutes wütendes Knurren, und der Wolf legte die Ohren an.

Gameknight hielt dem Wolf seine Hand unter die Nase. Das Tier schnappte danach und knurrte, doch dann hielt es inne und schnüffelte. Der Wolf schnupperte zuerst in der Nähe von Gameknights Hand, kam dann näher und drückte die Nase auf seinen Handrücken. Er stand ganz still, und es kam Gameknight wie eine Ewigkeit vor, aber dann richtete der Wolf die Ohren auf, leckte dem Benutzer-der-kein-Benutzer-ist die Hand ab, und seine Augen nahmen wieder die normale gelbe Farbe an. Als die anderen Wölfe das sahen, kamen sie ebenfalls zu Gameknight, schnupperten an seiner Hand und leckten sie freundschaftlich ab. Gameknight sah im Augenwinkel, wie hinter ihm die Bögen und Schwerter weggesteckt wurden.

„Holt Herder schnell da raus", ordnete er an und tätschelte dem größten Wolf den Kopf.

Drei Soldaten traten mit Eisenspitzhacken vor, und nur wenige Sekunden später war der Bruchstein entfernt und der peinlich berührte Herder war wieder frei.

„Was ist hier passiert?", verlangte Mason mit ernster Miene zu erfahren. Er senkte die Stimme. „Wir versuchen, uns vor den Monstern in diesem Land zu verstecken, da können wir es nicht gebrauchen, dass jemand lauthals um Hilfe ruft. Warum hast du dich dort eingesperrt?"

„Na ja … Äh … Ich war das nicht … Ich habe nicht … Äh …“

„Herder, hat dich jemand darin eingeschlossen?“, fragte Crafter.

Der Junge nickte und schien sich sehr zu schämen.

„Wer war das?“, wollte Mason wissen.

Crafter trat zu ihm, legte ihm beruhigend eine Hand auf die Schulter und drehte sich dann wieder zu Herder um.

„Würdest du uns erzählen, was passiert ist?“

Herder sah zuerst die Krieger auf der Lichtung und dann Gameknight999 an. Auf seinen Wangen waren noch Tränenspuren zu erkennen, und seine Augen sahen gerötet und aufgequollen aus. Gameknight trat vor und nickte ihm beruhigend zu. Herder blickte zu seinem Idol auf und holte langsam Luft, bevor er den Mund aufmachte.

„Na gut … Es ist nämlich so, dass einige der Krieger gesagt haben, ich kön… könnte einer von ihnen sein. I… ihr wisst schon … ein Krieger. Aber dafür müsste ich ei… einen Test bestehen. Sie sagten, ich dürfe nur ei… ein Holzschwert mitnehmen. Ich habe meine Werkzeuge abgegeben und das Schwert ge… genommen, aber dann haben sie die Blöcke um mich herum aufgeschichtet." Während er redete, schaute Herder zu einer Kuh hinüber, die in der Nähe auf der Lichtung graste.

„Wer war das?", knurrte Mason.

„Es ist meine Schuld … meine Schuld", erwiderte der Junge. „Mein Vater hat… hatte recht. Es ist meine Schuld."

„Was redet er da?", fragte einer der Krieger.

„Ich glaube, er ist nicht ganz richtig im Kopf", meinte ein anderer.

Gameknight konnte hören, dass Stitcher wie einer der Wölfe knurrte. Sie wirbelte herum und starrte die Krieger an.

Jemand lachte.

„Wir haben keine Zeit für so etwas", erklärte eine raue Stimme in Gameknights Rücken.

Als er über die Schulter schaute, stellte er fest, dass Holzbrin direkt hinter ihm stand und die ganze Situation ungeduldig zur Kenntnis nahm.

„Es war meine Schuld. Ich hätte ein… einfach bei der Herde bleiben sollen. Mein Vater hatte recht", stammelte Herder, trat vor und legte dem größten Wolf, dem Rudelanführer, einen Arm um den Hals. Er kniete sich neben das Tier, tätschelte es und schaute zu Gameknight999 auf. „Das ist mein Platz, bei den

Tie… Tieren. Es ist meine Schuld, dass i… ich anders bin."

„NEIN!", protestierte Stitcher. „Wir sind alle anders. Genau das macht eine Gemeinschaft doch zu etwas Besonderem. Jeder von uns besitzt eine andere Gabe, die uns allen weiterhilft. Meine ist dieser Bogen. Mason ist der geborene Anführer. Deine Gabe ist … äh …"

„Was sie damit sagen will", unterbrach Crafter sie, „ist, dass wir alle etwas Besonderes sind und anders als die anderen. So soll es auch sein." Er sprach lauter, damit ihn auch alle auf der Lichtung verstehen konnten. „Und die, die Herder diesen schlimmen Streich gespielt haben, sollten begreifen, dass sie damit der Gemeinschaft geschadet haben. Wenn wir uns alle gegenseitig helfen und einander akzeptieren, dann können wir zusammen Großes erreichen. Aber wenn das hier weitergeht, dann werdet ihr euch letzten Endes von den anderen isolieren und niemand wird euch mehr trauen."

Jemand lachte.

Gameknight drehte sich um und stellte fest, dass Woodcutter Herder anschaute und dabei fies grinste. Er machte instinktiv einen Schritt nach hinten, da er nach allem, was er in der Schule erlebt hatte, beim Anblick solcher Fieslinge nur noch verschwinden wollte. Doch dann stand Stitcher mit dem Bogen in der Hand neben ihm. Er konnte spüren, wie wütend sie war, als sie Woodcutter rachsüchtig anstarrte. Ihr Zorn und ihre Kraft bewirkten, dass sich Gameknight wie ein Feigling vorkam.

Ich habe Angst vor diesen Mobbern, dabei haben sie mir überhaupt nichts getan, dachte er. *Nimm dir ein Beispiel an Stitcher. Sie fürchtet sich vor nichts und niemandem … genau wie Hunter.*

Er wünschte sich, auch nur einen Bruchteil ihres Muts zu besitzen. Aber mit einem Mal ergab alles einen Sinn.

„Herder, du musst einfach nur du selbst sein und aufhören, jemand anderes sein zu wollen", sagte Gameknight leise und drehte sich zu dem Jungen um. „Versuch nicht, dich für diese Idioten zu verändern … Sie sind zu blind, um dich als der zu schätzen, der du bist." Er trat vor und legte dem Jungen eine Hand auf die Schulter. „Glaube an dich, und akzeptiere, dass du der beste Herder bist, der du sein kannst. Lass dich nicht von anderen kleinmachen!"

Herder nickte.

„Wir können uns später um dieses Problem kümmern", verkündete Mason laut und sah sich wütend auf der Lichtung um. „Jetzt müssen wir jedoch das Lager abbrechen und zur Brücke ins Nichts reisen. Sammelt alle eure Sachen zusammen … Abmarsch!"

Gehorsam setzten sich die Soldaten in Bewegung. Das spöttische Gelächter und die Hänseleien waren vergessen, da die Krieger eine Aufgabe zu erledigen hatten.

Gameknight zerzauste Herder das Haar und beugte sich dann zu dem Jungen hinunter.

„Kümmere dich um deine Tiere, Herder. Das kann niemand besser als du."

Herder wischte sich die Tränen von den Wangen und blickte mit halbherzigem Lächeln zu seinem Idol auf.

„Wirklich?"

Der Benutzer-der-kein-Benutzer-ist nickte und klopfte dem Jungen auf den Rücken.

„Und jetzt geh. Ich sehe später wieder nach dir", versprach Gameknight und drehte sich um, wobei er feststellte, dass Stitcher sich dort aufgebaut hatte.

„Du musst sie davon abhalten, so was mit ihm zu machen!", forderte sie.

„Was kann ich denn tun?", fragte Gameknight.

„Du kannst ein Machtwort sprechen! Du kannst dafür sorgen, dass er nicht mehr allein leiden muss. Du kannst ihm Hoffnung schenken, ebenso wie du es mit den Kriegern im Kampf machst." Sie runzelte die

Stirn und musste sich sichtlich zusammenreißen. „Sei einfach für ihn da, mehr verlange ich gar nicht.“

Dann wirbelte sie herum und ging ins Lager, um ihre Sachen zu packen.

Gameknight999 seufzte und sah ihr hinterher, bevor er zu seinem Pferd ging. Er wusste, dass sie recht hatte, aber wenn er sah, wie die Soldaten auf Herder herumhackten, stiegen die schlimmen Erinnerungen an die Schule wieder in ihm auf. Er wollte ja tapfer sein und Herder helfen, aber wenn er daran dachte, wie er im wirklichen Leben gemobbt worden war, wollte er sich nur noch verstecken und unsichtbar machen. Daher wusste er nicht, wie er mit ihnen umgehen sollte. Seufzend stieg er auf sein Pferd. Sobald alle bereit waren, verließen sie den Wald und kehrten ans Ufer des Flusses zurück, der sich am Rand der Wüste entlangschlängelte.

Während sie die sandigen Dünen überquerten, tauchte am Horizont eine Struktur auf. Es war ein raffiniertes Bauwerk aus Stein, das in einem hohen Bogen in den Himmel reichte und in den eckigen Wolken verschwand, wo es anscheinend ins Nichts führte … Genau dort mussten sie jetzt hingehen. Gameknight erschauderte. Welche Gefahren würden auf der anderen Seite der Brücke ins Nichts auf sie warten?

KAPITEL 15
BRÜCKE INS NICHTS

Die Armee marschierte über den heißen Wüstensand und näherte sich vorsichtig der Brücke. Sie reichte hoch in die Luft und beschrieb einen anmutigen Bogen, bevor sie in den Wolken verschwand, sodass man das andere Ende nicht mehr sehen konnte. Es war das größte Bauwerk, das Gameknight jemals gesehen hatte … mit Ausnahme von Malacodas Netherfestung. Die Brücke war unten wenigstens zwanzig Blöcke breit, und mehrere verzierte Stufen führten auf den Wüstenboden. Der elegante Bogen führte über das gekräuselte Wasser des Flusses, der durch die Wüste floss. Hohe Steinsäulen auf beiden Seiten der Brücke stützten das erhabene gewölbte Dach. Die Säulen waren mit blauen Lapislazuli- und grünen Smaragdblöcken verziert, die im Sonnenlicht strahlten. Auf dem Dach waren helle Redstoneblöcke zu erkennen, doch sie wirkten im Licht der befleckten Sonne irgendwie unheilvoll und unheimlich und erinnerten Gameknight an Blut.

Er fröstelte.

Nachdem er vom Pferd abgestiegen war, erklomm er langsam die Stufen, die zur Brücke führten. An der Stelle, an der die Stufen endeten, war ein Holzschild an der ersten Säule angebracht worden. Es war ein Rahmen. Gameknight ging näher heran und stellte fest, dass sich darauf das Bild einer Blume befand, einer Rose. Doch sie hatte nicht die normale tiefrote Farbe, sondern wirkte eher farblos, als wären die Grün- und Rottöne im Laufe der Zeit verblasst. Er beugte sich vor und bemerkte, dass die Blütenblätter merkwürdig schimmerten, als bestünden sie aus poliertem Metall.

Die Eisenrose, wir haben sie gefunden!

Er streckte eine Hand aus und betastete die Metallblume. Doch anstatt auf einen Widerstand zu treffen, ging seine Hand einfach durch das Bild hindurch.

„Kannst du sie an dich nehmen?“, wollte einer der NPCs wissen.

Gameknight999 versuchte es erneut, aber es passierte genau dasselbe. Seine Hand ging durch die Blume hindurch, als wäre sie Luft.

„Nein“, antwortete er und machte einen Schritt nach hinten.

Einer der anderen NPCs trat vor und probierte es, aber auch seine eckigen Finger gingen hindurch.

„Was hat das zu bedeuten?“, fragte einer.

„Das ist nur ein Schild“, meinte Crafter. „Ein Hinweis, um zu bestätigen, dass wir auf dem richtigen Weg sind, aber es ist nicht die Eisenrose, die wir suchen. Wir müssen über die Brücke. Die Rose befindet sich bestimmt auf der anderen Seite.“

„Aber wir wissen nicht, wohin diese Brücke führt“, gab Gameknight mit leicht zittriger Stimme zu bedenken.

„Sie wird zur Eisenrose führen“, erklärte Holzbrin, der hinter dem Benutzer-der-kein-Benutzer-ist erschienen war.

Der Licht-Crafter besaß die unheimliche Fähigkeit, ständig hinter ihm aufzutauchen, ohne dass man ihn hörte oder sah. Das ging Gameknight langsam auf die Nerven.

„Wir wissen nur, dass die Eisenrose auf der anderen Seite sein wird“, meinte Mason zuversichtlich. „Und wir müssen diesen Schlüssel an uns bringen, bevor uns die Monster zuvorkommen.“

Er drehte sich um und blickte über die Armee hinweg, die am Fuß der Brücke stand. Die gewaltige Menge an NPCs erstreckte sich weit bis in die sandige Wüste, die sie gerade durchquert hatte. Alle schauten erwartungsvoll zu Mason hinüber.

„Einige von uns werden über die Brücke gehen und die Eisenrose holen“, erläuterte Mason. „Jene, die zurückbleiben, müssen diesen Teil der Brücke befestigen und sich auf den Feind vorbereiten, falls er uns hier angreifen will."

Er hielt kurz inne, als müsste er über seine nächsten Worte nachdenken.

„Wer schlau ist und einen Feind erwartet, der selbst nicht so vorausschauend ist, wird siegreich sein", sagte Mason und klang, als würde er jemand Wichtigen zitierten.

Gameknight musterte den großen NPC, und sie schauten sich kurz in die Augen. Es sah beinahe so aus, als würde Mason schuldbewusst das Gesicht verziehen, als hätte man ihn auf frischer Tat ertappt. Dann wandte der NPC den Blick ab.

Das kenne ich, dachte Gameknight. *Dieser Spruch hing bei Mr Planck neben dem Anspitzer an der Wand. Er stammt von diesem japanischen General … Wie hieß er doch gleich? Ach ja, Sun Tzu. Das steht in seinem Buch* Die Kunst des Krieges … *Woher kennt Mason diese Worte?*

„Bereitet überlappende Feuerbereiche für die Bogenschützen vor und Stellen, an denen die Kavallerie dem Feind entgegenreiten kann", fuhr Mason fort, der Gameknight nicht mehr ansah. „Baut Hindernisse, hinter denen ihr in Deckung gehen könnt. Achtet darauf …"

Gameknight hörte nicht mehr zu und dachte an den Kampf in Crafters Dorf zurück, bei dem Shawny und er Erebus zum ersten Mal gegenübergetreten waren. Das schien eine Ewigkeit her zu sein. Jetzt hätten sie Shawnys taktisches Know-how gut gebrauchen können ... Doch dann fiel ihm noch etwas anderes ein.

„Eine Flutwelle kommt auf uns zu, Freunde“, hatte Shawny gesagt. „Wir können uns dieser Welle nicht mit aller Macht entgegenstemmen, denn dann würde sie uns mitreißen. Stattdessen werden wir sie so umlenken, wie es uns gefällt, damit sie zu den Stellen gelangt, an denen wir auf sie vorbereitet sind. Alles ist so, wie es sein sollte. Wir sind bereit.“

Eine Flutwelle kommt auf uns zu ... sie umleiten ... Diese Worte gingen ihm durch den Kopf, und es war, als müsste er die Puzzleteile nur an die richtige Stelle legen. Dann hatte er es.

„Leite die Flut um und bereite eine kleine Überraschung für sie vor“, sagte er laut und fing an zu lachen.

Mason stutzte und drehte sich verwirrt zu Gameknight um.

„Was hast du gesagt?“, fragte er.

Gameknight schaute ihm in die eckigen grünen Augen und legte ihm lächelnd eine Hand auf die Schulter.

„Ich weiß, was wir tun müssen … Etwas, das mich Shawny auf Crafters Server gelehrt hat“, erklärte der Benutzer-der-kein-Benutzer-ist.

„Die Flutwelle umleiten?“, wiederholte Mason irritiert.

„Ganz genau … Die Flutwelle umleiten.“

Gameknight ging die Stufen wieder herunter, kniete sich hin und erklärte seinen Plan, indem er Formationen in den Sand zeichnete. Die Krieger nickten und murmelten zustimmend, da sie Gameknights Plan für sehr weise hielten.

Mason lächelte breit, als er dem Benutzer-der-kein-Benutzer-ist zuhörte.

Als dieser fertig war, stand Mason auf und sagte mit seiner kräftigen, befehlsgewohnten Stimme: „Während einige bauen, fangen andere an zu graben. Wir brauchen Ressourcen, und dieser Ort ist so gut wie jeder andere.“ Danach musterte Mason gedankenverloren Holzbrin. „Ihr Licht-Crafter werdet mit uns über die Brücke gehen, falls wir dort eure Hilfe brauchen.“

„Wir können euch dort nicht helfen“, erwiderte Holzbrin mit angespannter Stimme, die beinahe so klang wie ein Brett, das sich unter einer schweren Last durchbog. „Die Licht-Crafter werden hierbleiben und bei den Kampfvorbereitungen helfen.“

„Auch gut", meinte Mason. „Wir holen die Rose, während ihr anderen die Brücke haltet." Er zog sein Schwert und reckte es in die Luft. „Die Monster von Minecraft wird eine unangenehme Überraschung erwarten, falls sie uns hier angreifen wollen. FÜR MINECRAFT!"

„FÜR MINECRAFT!", schrien die Krieger und hoben ebenfalls ihre Waffen hoch.

Doch während alle jubelten, hatte Gameknight das ungute Gefühl, dass die Monster von Minecraft sie hier tatsächlich herausfordern würden und dass am Fuß dieser Brücke eine große Schlacht stattfinden würde. Er konnte fast schon Erebus' Keckern hören und sehen, wie die Monster gegen ihre Verteidigungsmaßnahmen anstürmten. Das, was passieren *könnte*, machte Gameknight ganz nervös und ließ ihn vor Angst zittern.

Wird mein Plan funktionieren oder ist er unser Untergang? Was ist, wenn Erebus herausfindet, was wir vorhaben, und unsere Fallen umgeht? Was ist …

Doch dann fiel ihm etwas ein, das sein Vater mal gesagt hatte. Die Worte wurden in seinem Kopf immer lauter, verdrängten die schlimmen Bilder und erfüllten ihn mit Zuversicht.

Konzentrier dich nicht auf das, was passieren könnte,

hatte sein Vater gesagt. *Lass all das links liegen und konzentriere dich auf das Jetzt!*

Das Jetzt ... Das Hier und Jetzt ... Darauf werde ich mich konzentrieren. Alles andere ist unwichtig.

Er dachte nicht länger über Ereignisse nach, die noch gar nicht stattgefunden hatten, drehte sich um und betrat die sanft ansteigende Brücke. Dann zog er sein Schwert, verdrängte seine Ängste und ging entschlossen auf das Jetzt zu.

„Wie ihr seht, macht sich der Benutzer-der-kein-Benutzer-ist bereits auf den Weg zur Eisenrose", rief Mason. „Nichts kann uns aufhalten, wenn wir Gameknight999 an unserer Spitze haben. Sein Mut ist uns allen ein leuchtendes Beispiel!"

Die Soldaten jubelten.

Konzentrier dich auf das Jetzt.

Er hörte Huftrappeln, als Crafter neben ihn ritt und Gameknight die Zügel seines Pferdes reichte.

„Komm, Gameknight, wir reiten", sagte Crafter.

Gameknight stieg in den Sattel. Er hatte geglaubt, von dort aus die andere Seite der Brücke sehen zu können, aber sie erstreckte sich nur immer weiter nach oben.

Mason kam mit zwanzig Kavalleristen im Schlepptau angeritten.

„Wir sind bereit", erklärte er entschlossen. „Führe uns an, Benutzer-der-kein-Benutzer-ist. Bring uns zur Eisenrose."

Bevor sich Gameknight in Bewegung setzen konnte, spürte er eine Hand an seinem rechten Bein. Als er hinabblickte, stellte er fest, dass Stitcher und Herder vor ihm standen.

„Ohne mich gehst du nirgendwohin", teilte ihm Stitcher in ihrem wie immer ernsten Tonfall mit. „Mein Platz ist an deiner Seite", fuhr sie fort, „und bis meine Schwester wieder zurück ist, muss ich dich davon abhalten, Dummheiten zu machen. Ich muss auf dich aufpassen, und genau das werde ich auch tun."

Gameknight blickte mit finsterer Miene auf sie herab, aber sie erwiderte seinen Blick entschlossen.

„Du kannst mich zurücklassen, aber dann werde ich dir folgen", knurrte sie.

„Ich auch", fiel Herder ein.

„Herder, dein Platz ist bei der …", begann Gameknight.

„Mein Platz ist an deiner Seite!", fiel ihm Herder ernst ins Wort und starrte ihn mit seinen unterschiedlichen Augen an. „Du hast gesagt, ich soll an mich glau… glauben. Das tue ich auch. Ich weiß, dass ich hel… helfen kann, und ich werde dich be… begleiten.“

Schon schwang er sich hinter Gameknight in den Sattel.

Gameknight sah hilfesuchend zu seinem Freund Crafter hinüber.

Der nickte und lächelte nur.

„Komm, Stitcher“, sagte Crafter. „Du kannst mit mir reiten. Gameknights Pferd ist ja schon voll besetzt.“

Das Mädchen lachte und ging zu Crafters Pferd. Während sie aufsaß, bewegte sich ihr Haar wie eine rote Woge durch die Luft. Sie zog ihren Bogen und legte einen Pfeil an.

„Dann mal los“, meinte sie und grinste Gameknight siegessicher an.

KAPITEL 16
BRÜCKE ZUM ZIEL

Sie ritten wenigstens zehn Minuten lang über die geschwungene Brücke. Der Bogen reichte so weit nach oben, dass sie den Fluss unter sich schon gar nicht mehr sehen konnten. Immer mehr eckige weiße Wolken schwebten um die hohen Säulen herum, die die mehrfarbige Decke stützten, und das Grün, Rot und Blau wurde vom umherwabernden Nebel halb verdeckt.

Gameknight konnte anhand des Musters, in dem die Blöcke ausgerichtet waren, erkennen, dass sie den höchsten Punkt der Brücke beinahe erreicht hatten. Schon bald würde es abwärts gehen. Doch anstelle einer flachen Stelle fanden sie etwas vor, mit dem sie nicht gerechnet hatten: ein Portal.

Ein riesiges lilafarbenes Rechteck aus Licht teilte die Brücke. Es reichte über die komplette Breite, und die Ränder des Portals waren in die Säulen eingearbeitet, die die bunte Decke stützten. Gameknight konnte kleine lilafarbene Teleportationspartikel am Rand des Portals erkennen, die immer wieder aus dem durchschimmernden Feld herausschwebten und wieder hineingezogen wurden. Er ritt nahe heran, stieg ab und ging an den Rand der Brücke. Dort hielt er sich an einer Säule fest und beugte sich vor. Als er um das Portal herumblickte, war dort nichts als Luft. Sie hätten zwar einen Weg um das Portal herumbauen können, doch auf der anderen Seite ging es nicht weiter. Ihnen blieb nur die Wahl, entweder durch das Portal zu gehen oder umzukehren.

Gameknight nahm die Zügel seines Pferdes und trat vor das Portal, aber das Tier widersetzte sich ihm.

„Ganz ruhig", murmelte er und tätschelte es beruhigend.

„Streichle es so", riet ihm Herder und strich dem Pferd sanft über den Nasenrücken.

Gameknight machte es ihm nach, und das Pferd schien sich ein wenig zu beruhigen.

„Wir müssen hindurchgehen", sagte Mason und stieg ab.

„Gameknight und ich sehen nach, was sich auf der anderen Seite befindet, und dann kommen wir zurück", schlug Crafter vor und ging mit den Zügeln seines Pferdes in der einen und seinem Eisenschwert in der anderen Hand zum Portal.

„Herder, Stitcher, ihr müsst hierbleiben", entschied Gameknight, klang dabei jedoch eher so, als würde er sie darum bitten.

Crafter schaute Stitcher an und nickte dem Mädchen zu, um zu bekräftigen, dass er dem Benutzer-der-kein-Benutzer-ist zustimmte.

„Wir müssen uns vermutlich beeilen, und das wird leichter, wenn wir allein auf den Pferden sitzen", sagte Gameknight, der jetzt schon selbstsicherer klang.

„Okay, wir bleiben hier", erwiderte Stitcher, „aber nicht lange. Also beeilt euch lieber."

Crafter lächelte sie an und drehte sich dann zum Portal um. Er trat vor das funkelnde lilafarbene Feld, sah Gameknight999 noch einmal in die Augen und ging dann mit seinem Pferd hindurch. Sein Bild waberte kurz, dann war er verschwunden.

Gameknight konnte spüren, dass alle Blicke auf ihn gerichtet waren. Die Soldaten warteten darauf, dass sich der Benutzer-der-kein-Benutzer-ist seinem Freund anschloss. Er umklammerte die Zügel seines Pferdes fest und ging zum Portal. Obwohl sich seine Angst wieder einmal lähmend um seinen Mut und seine Willenskraft legte, ignorierte er sie und ging durch das Portal.

Kurz war das lilafarbene Feld alles, was er sah, und ihm wurde ein wenig übel, aber dann hatte er die andere Seite erreicht. Erschrocken stellte er fest, dass ihn nicht etwa die sengende Hitze des Nether empfing, wie er es vom anderen Server kannte. Stattdessen war es hier kühl und irgendwie … angenehm.

Als er aufblickte, stellte er fest, dass Crafter in der Nähe bereits auf seinem Pferd auf ihn wartete.

„Danke, dass du gekommen bist", sagte der junge NPC lächelnd.

Gameknight war sich nicht sicher, ob das ernst oder sarkastisch gemeint war.

„Bringen wir's hinter uns", entgegnete er und schwang sich auf sein Pferd.

Sie wandten sich vom Portal ab und stellten fest, dass sich die andere Hälfte der Brücke vor ihnen erstreckte, die sanft nach unten führte. In der Nähe waren keine Gefahren zu erkennen.

„Warte hier", bat Gameknight Crafter und ritt hinunter.

Die Brücke war auf beiden Seiten gleich angelegt worden. Gameknight trieb sein Pferd an und galoppierte los. Unter ihm war Wasser zu erkennen, ein gewaltiger Ozean, der sich unter der Brücke erstreckte, bis ein Sandstrand in Sicht kam. Am Ende der Brücke befanden sich ebenfalls Stufen, die auf den Strand führten, doch dort erwartete ihn nicht etwa ein Wüstenbiom, sondern ein sehr farbloses Gebiet, in dem es nichts als Sand auf dem Boden gab. Anstelle von körnigem Sandstein oder felsigen Hügeln sah Gameknight nur weiß. Das war kein Schnee, sondern etwas anderes. Von der Brücke führte ein Kiesweg zwischen zwei hohen Säulen hindurch, die ebenfalls weiß waren. In die Säulen waren die Formen zweier NPCs eingraviert, die weite Roben trugen. Beide hielten ein Schwert in einer Hand und hatten die andere ausgestreckt, als würden sie jeden, der sich näherte, zum Anhalten auffordern.

Gameknight schaute sich um, konnte jedoch nichts Bedrohliches entdecken. Da waren nur die beiden hohen Statuen der Steinkönige, die den Eingang zu was auch immer bewachten. Er drehte wieder um und ritt die Brücke hinauf und zurück zu Crafter.

„Was ist da unten?", fragte der junge NPC. „Erwarten uns dort Monster?"

„Nein, da ist gar nichts", antwortete Gameknight. „Nur die andere Hälfte der Brücke."

Er stieg ab, um sich ebenso wie sein Pferd ein wenig auszuruhen.

„Hol die anderen", bat er Crafter. „Ich warte hier."

Crafter stieg ab und führte sein Pferd erneut durch das Portal. Nicht einmal eine Minute, nachdem sie verschwunden waren, tauchten sie auch schon wieder auf, dicht gefolgt von Mason und den anderen.

Herder trat aufgeregt zu Gameknight, während Stitcher bereits wieder auf Crafters Pferd saß.

„Was liegt vor uns?", wollte Mason wissen.

„Ein seltsames Land am Fuß der Brücke", berichtete Gameknight, „aber ich konnte nirgendwo Monster sehen."

„Das sind gute Neuigkeiten", sagte Mason laut. „Wir sind vor den Kreaturen der Nacht beim ersten Schlüssel. Brechen wir auf."

Die Krieger stürmten mit Mason und Crafter an der Spitze die Brücke hinunter, und Gameknight bildete die Nachhut. Als sie unten ankamen, verteilten sich die Soldaten und nahmen Verteidigungspositionen ein, während sie sich wachsam umschauten.

Gameknight ritt zu Crafter und Mason.

„Was jetzt, Benutzer-der-kein-Benutzer-ist?", fragte Mason.

Gameknight deutete den Kiesweg entlang und setzte sein Pferd in Bewegung. Er hatte sein Diamantschwert in der Hand, und Mason und Crafter ritten neben ihm. Der Weg führte sie zu den beiden gewaltigen Statuen, deren fließende Roben aus Sandstein geschaffen waren, während die ausgestreckten Arme anscheinend aus Eisenblöcken bestanden. Gameknight und Herder musterten die beiden Gestalten nervös, als sie dazwischen hindurchritten, und Gameknight betete, dass sie nicht zum Leben erwachen und sie zertrümmern würden.

„Wer hat diese Statuen wohl gebaut?", überlegte Gameknight laut.

„Der Schöpfer hat alles auf diesem Server gebaut", antwortete Crafter und klang, als würde er aus einem heiligen Buch zitieren. „Das ist sein privater Server, auf dem er auch den Großteil von Minecraft entwickelt hat. Alles, was du hier vor dir siehst, wurde vom Schöpfer geschaffen."

Gameknight knurrte nur.

„Ich wünschte, er hätte einen schnelleren Weg geschaffen, um diese dumme Rose zu finden", murmelte er genervt. Das brachte ihm böse Blicke von Crafter und Mason ein, die losgaloppierten, aber Stitcher lachte nur.

Der Weg führte jenseits der beiden Statuen zu einer Mauer, die etwa acht Blöcke hoch war und hinter der ein riesiger Berg aus schimmernden weißen Blöcken aufragte. Nirgendwo waren Pflanzen zu sehen, keine Bäume, kein Gras, keine Blumen; überall nur nackte weiße Blöcke. Vor ihnen befand sich eine etwa zwei Blöcke breite Öffnung in der Wand, auf die der Weg zulief. Als sie nahe genug waren, tippte Gameknight mit der Schwertspitze gegen einen der blassen Blöcke. Dieser klingelte wie eine Glocke, und das Geräusch ging auf die anderen Blöcke über, sodass ein harmonischer Klang durch die Luft hallte.

„Eisenblöcke", stellte Gameknight fest, als sie durch die Öffnung ritten, die so eng war, dass sie es im Gänsemarsch tun mussten. „Warum baut denn jemand eine Mauer und anscheinend auch den Berg vor uns aus Eisenblöcken?"

Nachdem sie den Durchgang hinter sich gelassen hatten, konnte Gameknight den Berg in der Ferne besser erkennen. Die Oberfläche war ebenfalls glänzend und glatt; er bestand also auch aus Eisen. Der Weg führte sie bald in ein Gebiet, das wie eine Arena aussah, in der steile vertikale Wände rings um ein flaches Becken angelegt waren. Die Wände der Arena mussten einen Abstand von bestimmt fünfzig Blöcken haben, und in der Mitte erhoben sich einige sanfte Hügel. Wie am Fuß der Brücke gab es auch hier kein Gras, das man eigentlich in einem Hügelbiom erwarten würde, ebenso keine Blumen. Die Landschaft war völlig karg.

Die einzigen sichtbaren Pflanzen in der Arena waren einige Ranken, die an den steilen Wänden wuchsen und ihre langen grünen Ausläufer in die Zwischenräume der Blöcke steckten.

In der Mitte der Arena befand sich ein etwa acht Blöcke hoher Hügel. Die Spitze leuchtete weiß, als hätte dort jemand eine weiße Fackel aufgestellt.

„Das muss die Rose sein", meinte Crafter und deutete auf den Hügel. „Kommt mit."

Er wollte sein Pferd schon antreiben, als ihn Mason zurückhielt.

„Warte", sagte Mason und blickte den Weg zurück. „Kommt alle her", rief er.

Hufgeklapper erfüllte die Luft, als die restlichen Krieger zu ihnen galoppiert kamen, und das Geräusch hallte von den Eisenwänden wider.

„Die Rose steht auf diesem Hügel", erklärte Mason. „Wir werden uns vorsichtig nähern. Steigt alle ab und zieht eure Waffen."

Die Soldaten stiegen schnell von ihren Pferden und zogen ihre Schwerter, um sich auf das vorzubereiten, was immer passieren mochte – doch es geschah nichts. Es blieb gespenstisch ruhig in der Arena. Man konnte keinen Laut hören, nicht einmal das Heulen des Windes … rein gar nichts.

„Herder, bleib du hier und pass auf die Pferde auf", ordnete Mason an. „Die anderen folgen mir."

Herder stieg aus dem Sattel und nahm die Zügel der anderen entgegen. Er sah enttäuscht aus, wusste aber auch, dass er für diese Aufgabe am besten geeignet war.

Mason marschierte los und blieb auf dem Weg, der jedoch bald endete. Der gefleckte braune Pfad reichte nur bis zum Rand der Arena, danach bestand der Boden aus Eisen. Nach einem kurzen Blick in die Runde verließ Mason zögernd den Weg und betrat den Eisenboden. Augenblicklich fing alles an, zu rumpeln und zu beben. Für Gameknight sah es so aus, als würden die Wände lebendig, da sich die mit den Ranken bedeckten Blöcke bewegten. Gestalten lösten sich aus den Mauern, Körper mit kurzen Beinen, breiten Schultern und langen Armen. Auf den großen Köpfen wurden Gesichter erkennbar, als die dunklen Augen geöffnet wurden, die Kreaturen die Eindringlinge anstarrten und die Stirn über der dicken Monobraue runzelten.

„Eisengolems", erkannte Gameknight und umklammerte sein Schwert noch fester, während er es mit der Angst zu tun bekam.

„Wir hatten früher einen davon in unserem Dorf", berichtete einer der Krieger und trat einen Schritt vor.

Er steckte sein Schwert weg und ging auf den nächsten Metallriesen zu.

„Wir haben nichts zu befürchten", versicherte er den anderen. „Golems sind NPCs freundlich gesinnt. Sie haben unser Dorf vor den Mobs beschützt und sind unsere Freunde. Seht nur her."

Der Soldat lief direkt auf den Golem zu. Er schien sich nicht im Geringsten zu fürchten, sondern sah eher aufgeregt aus, als würde er gleich auf einen alten Freund treffen. Aber als er nur noch zehn Schritte von dem Riesen entfernt war, stieß der Metallgoliath ein Knurren aus, das an das Geräusch knirschender Zahnräder erinnerte. Je näher der Soldat kam, desto lauter wurde das zornige Brummen.

Der Krieger blieb stehen und streckte die Arme aus, als wollte er ein Geschenk überreichen, während er darauf wartete, dass die Kreatur die letzten Schritte auf ihn zu machte. Sobald der Eisengolem vor dem Krieger stand, hob er schnell die Arme und schlug damit zu, um den NPC hoch in die Luft zu schleudern. Gameknight sah, wie der Krieger rot aufflackerte, auf dem Boden aufkam, erneut rot blinkte und dann verschwand. Er war tot.

„Was ist da gerade passiert?", rief einer der Soldaten.

„Er ist tot. Der Golem hat Carver getötet …“, sagte ein anderer.

„Was machen wir denn jetzt …“

„Wir sollten von hier verschwinden …“

Während sie dastanden und den Besitz des toten Kriegers anstarrten, der über dem Boden schwebte, tauchten immer mehr Metallriesen auf. Sie kamen langsam auf die Eindringlinge zu, und das Knirschen von Metall erfüllte die Luft. Die wütenden Blicke der Golems ruhten auf den NPCs … und auf Gameknight999.

KAPITEL 17

KAMPF GEGEN EISEN

Der Boden bebte, immer mehr Metallriesen kamen aus den Wänden hervor, und alle hielten auf die NPCs zu. In ihren dunklen Augen schien der Hass auf die Eindringlinge zu lodern, und sie verzogen die fratzenhaften Gesichter vor Zorn.

„Wir machen Folgendes", ordnete Mason an. „Wir reiten hinein, schnappen uns die Rose und verschwinden wieder. Der Benutzer-der-kein-Benutzer-ist wird uns anführen."

Die Krieger holten ihre Pferde von Herder und stiegen auf ... alle bis auf Gameknight, der gedankenverloren dastand.

„Auf die Plätze ...", befahl Mason.

Das ist Selbstmord, dachte Gameknight. *Kann ich das wirklich tun? Ich weiß nicht, ob ich klug genug bin. Stark genug, um es mit einem dieser Golems aufzunehmen, bin ich definitiv nicht. Was ist, wenn ich es nicht schaffe? Was ist, wenn ich versage?*

„... fertig", fuhr Mason fort.

Auf einmal wusste Gameknight, wie die Lösung

ihres Problems aussah … Er musste an seine Farm denken.

„Ich weiß, was wir tun müssen!“, rief er aufgeregt. „Geht alle schnell von den Eisenblöcken runter!“

Die Golems kamen immer näher.

Die Krieger wendeten ihre Pferde, verließen die Arena und kehrten auf den Kiesweg zurück. Sobald der letzte Soldat die Eisenblöcke verlassen hatte, blieben die Eisengolems stehen und drehten sich dann wieder um. Schon versanken sie erneut in den glatten Wänden und verschmolzen mit dem Metall, bis man nur noch ihre Umrisse erkennen konnte. Da stutzten die Krieger, und viele jubelten, weil die riesigen Kreaturen verschwunden waren. Sie ließen die Waffen sinken und schauten den Benutzer-der-kein-Benutzer-ist an.

„Wisst ihr, ich habe mal eine Golemfarm gebaut, um an ihr Eisen zu kommen, und …“

„Du hast was?“, hakte Crafter nach und steckte sein Schwert weg.

„Ich habe eine Golemfarm gebaut, um an ihr Eisen zu kommen …“

„Das heißt, du hast sie ge… getötet … wegen ihres Eisens?“, fragte Herder.

„Na ja … Das war damals, als ich noch ein … Ich meine, ich war nur …“ Gameknight verstummte und ließ beschämt den Kopf sinken. „Ja, ich habe sie damals als Griefer wegen ihres Eisens getötet, aber ich weiß, wie wir sie aufhalten können, ohne gegen sie zu kämpfen. Ich weiß, wie wir sie aus dem Weg schaffen können, ohne dass wir sie töten müssen ... Und ich weiß, wie wir an die Eisenrose herankommen können."

Alle musterten nervös die grünen Ranken an den Eisenwänden, hinter denen sich die Golems verbargen, die die Rose beschützen wollten – und es befanden sich richtig viele Ranken in der Arena. Danach schauten die Krieger erneut Gameknight999 an.

„Sag uns, was wir tun müssen", verlangte Mason, steckte sein Schwert weg und bedeutete den Kriegern, dasselbe zu tun.

„Wir brauchen bloß Wasser, allerdings sehr viel", erklärte Gameknight. „Hat einer von euch Eimer dabei?"

Mehrere Soldaten traten mit Eimern in den Händen vor.

„Gut. Holt Wasser aus dem Meer am Fuß der Brücke, und zwar, so viel ihr tragen könnt", trug Gameknight ihnen auf. „Ihr anderen nehmt eure Spitzhacken und fangt an zu graben. Wir dürfen keinen Fehler machen, denn wir haben ja gesehen, was passiert, wenn man sich einem dieser Monster stellen will."

„Das sind keine Monster", korrigierte Herder ihn.

„Stimmt, es sind keine Monster", gab Gameknight ihm recht, „aber sie sind dennoch tödlich. Dann werde ich euch mal erklären, was wir tun müssen …"

Die Krieger nickten, während Gameknight seinen Plan darlegte. Danach schaute der Benutzer-der-kein-Benutzer-ist jedem einzelnen in die Augen, um sich zu vergewissern, dass jeder wusste, was er zu tun hatte. Schließlich versammelten sie sich alle am Rand des Weges, aber es betrat keiner die Arena … noch nicht.

„Sind alle bereit?", erkundigte sich Gameknight.

Die Krieger nickten, und Angst und Unsicherheit spiegelte sich auf ihren eckigen Gesichtern wider.

„Okay", sagte Gameknight und stieg auf sein Pferd. Crafter saß ebenfalls auf. „Sei bereit, wenn wir zu dir kommen", meinte er zu Mason, der neben ihm stand. „Unser Leben hängt davon ab."

„Wir werden bereit sein", erwiderte der große NPC mit leuchtenden Augen.

„Und jetzt … FÜR MINECRAFT!", rief Gameknight und ließ sein Pferd losgaloppieren.

Sobald Crafters und sein Pferd den Boden der Arena betraten, setzte das Beben wieder ein, und die Golems traten erneut aus den mit Ranken bedeckten

Wänden hervor. Sie ragten hoch über den beiden Reitern auf.

Mason und die anderen Krieger warteten eine oder zwei Minuten, damit Gameknight und Crafter die Metallriesen vom Eingang weglocken konnten, dann sprinteten sie mit Spitzhacken und Wassereimern in den Händen los. Sie begannen sofort damit, ein großes Rechteck auf dem Eisenboden auszuheben, und ihre Eisenspitzhacken klapperten laut, während sie eine sechs mal zwölf Blöcke große Fläche freilegten.

Während die anderen gruben, ritten Gameknight und Crafter mit den Golems auf den Fersen zu dem leuchtenden Hügel.

„Denk daran, dass wir uns genauso bewegen müssen, wie wir es beim Kampf gegen Erebus auf deinem Server gemacht haben", ermahnte Gameknight Crafter. „Zuschlagen und wieder wegreiten, wie in ‚Wing Commander'."

„‚Wing Commander'?", wiederholte Crafter.

„Das ist unwichtig. Denk einfach daran, dass wir die Golems, die hinter uns her sind, von Mason und den anderen fernhalten müssen. Wir müssen sie beschäftigen, bis Mason bereit ist."

„Es sieht nicht so aus, als dürfte das ein großes Problem darstellen", erwiderte Crafter und deutete nach rechts.

Gameknight drehte sich um und stellte fest, dass sich ein Dutzend Golems hinter ihnen befanden und bedrohlich die Arme hoben. Von links näherten sich fünf weitere Eisengiganten, die sie zornig anstarrten.

„Schnell durch die Mitte!", rief Gameknight und trieb sein Pferd an.

Sie ritten zwischen den beiden Gruppen hindurch und blieben gerade so außerhalb ihrer Reichweite. Danach hielten sie auf die Wände der Arena zu, wobei Gameknight nach links und Crafter nach rechts ritt. So schnell ihre Pferde nur konnten, bewegten sie sich weiter, um alle Golems aus der Mitte der Arena an die Seiten zu locken und so ein großes Gebiet in der Mitte frei zu halten.

„Jetzt!", rief Gameknight.

Sofort drehten sie um und ritten direkt aufeinander zu, um die Golems zurück in die Arenamitte zu führen. Gameknight drehte sich um und galoppierte in Richtung der Rose weiter, während Crafter zu Mason eilte und versuchte, einen großen Golem von den verletzlichen Bodentruppen fernzuhalten.

Gameknight sprintete den sanften Hügel hinauf und blickte vom Gipfel auf die einzelne Rose hinab, die aus einem Eisenblock herausragte. Die metallischen Blütenblätter gaben ein hellweißes Licht ab, das ihm fast schon in den Augen wehtat. Er wandte den Blick ab und konzentrierte sich auf die eisernen Bestien, die sich ihm von allen Seiten näherten. Wenigstens ein Dutzend Golems kamen von der einen Seite der Arena auf ihn zu, eine weitere Gruppe näherte sich von der anderen Seite, und alle schwangen wild die Arme. Das knirschende, metallische Geräusch, das von den hoch aufragenden Monstern ausging, hallte durch die Arena und wurde von den polierten Eisenwänden zurückgeworfen, sodass es sich anhörte, als wären hier noch weitere, die er nicht sehen konnte.

Er wendete sein Pferd, änderte abrupt die Richtung und lockte sie weiter nach links. Dann ritt er direkt auf eine der Gruppen zu. Die Kreaturen schienen auf ihn zu warten und sich darauf zu freuen, diesen Eindringling zerschmettern zu können, aber er drehte im letzten Augenblick ab und konnte gerade noch einer Metallfaust ausweichen, die seinen Kopf nur knapp verfehlte.

Gameknight erschauderte. Er war dem Tod um Haaresbreite entgangen.

Das war zu knapp, dachte er.

Sofort riss er die Zügel herum und hielt auf die entgegengesetzte Seite der Arena zu, wodurch noch weitere der Metallriesen die Verfolgung aufnahmen. Ein schneller Blick zum Eingang verriet ihm, dass Mason und seine NPCs das Rechteck ausgegraben hatten und soeben das Wasser hineinfüllten.

Gut … Das wurde auch Zeit.

„Kommt, ihr Metallriesen!“, rief Gameknight, „folgt mir, wenn ihr könnt!“

Er verlangte seinem Pferd alles ab und galoppierte im Zickzack durch die Arena, um weiterhin die Aufmerksamkeit aller Golems auf sich zu ziehen, sie aber gleichzeitig in Richtung Eingang zu locken.

„Geht alle zurück“, schrie er, während er auf die nasse Falle zuritt.

Im Näherkommen konnte er erkennen, dass das Wasser an einem Ende des Rechtecks eingefüllt worden war. Es floss über die Länge der Fläche weiter und fiel dann in ein zwei Blöcke tiefes Loch. Gameknight ritt einmal im Kreis und danach direkt auf die Falle zu. Er ließ sein Pferd in das fließende Wasser springen und durch das Rechteck sprinten, wobei er aufpassen musste, nicht in das tiefe Ende gezogen zu werden. Sobald er auf der anderen Seite angekommen und wieder herausgesprungen war, wendete er sein Pferd und sah sich um. Die Golems kamen weiterhin direkt auf ihn zu und schwangen wild die Arme. Die knirschenden Geräusche der metallenen Riesen klangen wie Donnerschläge, die von den Wänden widerhallten, und Gameknight hätte sich am liebsten die Ohren zugehalten. Stattdessen zog er mit einer Hand sein Schwert und hielt mit der anderen die Zügel fest.

Die erste Golemgruppe ging ins Wasser und wurde von der Strömung sofort zur Seite gedrückt. Der Zorn in ihren Mienen wich Verwirrung, als sie vom Wasser immer weiter in das tiefe Ende und schließlich in den zwei Blöcke tiefen Kanal gedrückt wurden. Dort stellten sie fest, dass sie nicht mehr herauskamen und gefangen waren.

Die Krieger hinter Gameknight jubelten, als sie sahen, dass ihnen die ersten Opfer in die Falle getappt waren. Doch der Benutzer-der-kein-Benutzer-ist schrak zusammen, als Crafter mit mehreren Golems auf den Fersen ins Wasser galoppiert kam. Auch diese Eisenriesen gingen ihnen in die Falle und wurden langsam zu ihren Kameraden ans tiefe Ende gezogen. Die mächtigen Kreaturen wedelten mit den Armen und versuchten, sich der Strömung zu widersetzen, aber sie waren einfach zu langsam und konnten nicht entkommen.

Als Gameknight absaß, wurde das Jubeln hinter ihm noch lauter. Die Krieger riefen seinen Namen und salutierten ihm. Während sie ihrer Begeisterung Ausdruck verliehen, kamen die letzten Golems auf Gameknight zu und starrten ihn mit derart unverhohlener Abscheu an, als wünschten sie sich, dass Blicke töten können. Derart überwältigenden Hass hatte er bisher nur bei seinem Erzfeind Erebus erlebt. Diese Kreaturen wünschten ihm mit jeder Faser ihres Wesens den Tod und hätten dafür nur zu gern ihr Leben hingegeben.

Wenige Minuten später war nur noch ein einziger Golem übrig, doch der unterschied sich von den anderen und sah größer und viel gefährlicher aus. Anstelle von dunklen hatte er gelbe Augen, die aussahen, als würden sie aus Gold bestehen. Sie funkelten im rötlichen Licht der blass-purpurfarbenen Sonne. Überdies hatte die Kreatur nicht nur Ranken an der linken Seite und am Arm hängen, sondern auch um den Kopf. Für Gameknight sah es beinahe so aus, als würde er eine Krone tragen, und er wirkte auch irgendwie majestätisch.

Das muss ihr Anführer sein, der König der Golems, dachte er.

Die Kreatur blieb am Rand der Wasserfalle stehen und starrte Gameknight an. Er zog seinen Bogen und feuerte mehrere Pfeile auf den Eisenriesen ab, doch sie konnten seine Metallhaut nicht durchdringen und fielen einfach zu Boden. Der Golem rührte sich nicht. Der König der Golems blickte auf das Rechteck hinab und ging dann seitlich herum, anstatt hineinzulaufen.

Oh nein, er wird die Falle umgehen, dachte Gameknight entsetzt. *Ich muss irgendetwas unternehmen, damit er noch wütender wird und direkt auf mich zustürmt.*

Da sah Gameknight den leuchtenden Hügel hinter dem Golem.

Aber natürlich! Die Eisenrose.

Er sprang auf sein Pferd, galoppierte an der anderen Seite der Falle entlang und hielt direkt auf die Rose zu. Aus dem Augenwinkel sah er, dass ihm der König der Golems folgte.

Ich muss die Rose erreichen und ausgraben, bevor mich das Monster erwischt.

Er bohrte seinem Pferd die Fersen in die Seite und ließ es den Hügel hinaufsprinten. Oben angekommen hüpfte er herunter und hatte beim Aufkommen auf dem Boden bereits seine Eisenspitzhacke in der Hand. Er hämmerte auf den Block unter der Rose ein und grub, so schnell er konnte. Das Dröhnen des Golems kam immer näher.

„Verschwinde von da", rief Stitcher vom Eingang herüber. „Er kommt."

„Weg da, Gameknight“, schrie ein anderer. „HAU AB!“

Aber Gameknight ignorierte die Warnungen und konzentrierte sich aufs Graben.

Der Eisenblock war hartnäckig und schien seinen Schatz nicht hergeben zu wollen. Gameknight ließ nicht nach, auch wenn er bereits spürte, wie der Boden bei jedem Schritt des sich nähernden Riesen bebte.

„Er kommt immer näher! Sieh zu, dass du da wegkommst!“, rief jemand.

Doch Gameknight trieb seine Spitzhacke immer wieder in den Eisenblock, der bereits erste Risse bekam – ebenso wie seine Spitzhacke, die immer mehr an Haltbarkeit verlor.

BUMM … BUMM …

Die Schritte des Riesen ließen den Boden so heftig wackeln, dass Gameknight beinahe das Gleichgewicht verlor. Er hätte am liebsten aufgeblickt und nachgesehen, wie nahe er dem Tode bereits war – aber er wusste, dass er dann verloren hätte und die Rose niemals bekommen würde. Daher strengte er sich stattdessen nur noch mehr an und schwang sein Werkzeug mit aller Kraft.

KNACK! Die Spitzhacke war zersprungen … Er hatte verloren. Rein instinktiv duckte sich Gameknight, während eine mächtige Eisenfaust über seinen Kopf hinwegsauste. Gameknight richtete sich auf und blickte auf die Rose herab, wobei er feststellte, dass der Eisenblock ebenfalls zersprungen war und die Rose über dem Boden schwebte. Er griff rasch danach und rollte sich dann seitlich ab, da der Golem wieder zuschlug und die Faust seinen Kopf nur um wenige Zentimeter verfehlte.

Im nächsten Augenblick sprang Gameknight auch schon wieder auf und rannte zu seinem Pferd. Er sprang mit einer flüssigen Bewegung in den Sattel und ritt zurück zu dem rechteckigen Teich. Ein mechanisches Zornesgeheul hallte durch die Arena, als der König der Golems aufschrie. Der Eisenriese verfolgte Gameknight, so schnell er konnte, und starrte ihn hasserfüllt an.

Sobald er den Teich erreicht hatte, ließ Gameknight sein Pferd bis in die Mitte reiten, doch anstatt auf der anderen Seite wieder herauszuspringen, hielt er es dort und musste immer wieder gegen die Strömung ankämpfen. Als der Golem näher kam, griff Gameknight in sein Inventar, holte die Eisenrose heraus und hielt sie hoch in die Luft. Die Blütenblätter leuchteten weiß und warfen einen hellen Lichtschein auf den Benutzer-der-kein-Benutzer-ist, sodass es beinahe so aussah, als würde er von innen heraus glühen. Er konnte hören, wie die gefangenen Golems vor Wut brüllten, aber der Golemkönig übertönte sie noch. Sein lauter mechanischer Schrei ließ die Wände der Arena wackeln.

„Wenn du die Rose haben willst", rief Gameknight dem Riesen zu, „dann komm und hol sie dir."

Der König der Golems brüllte noch einmal, dieses Mal so laut, dass viele der NPCs die Waffen fallen ließen und sich zitternd vor Angst auf den Boden warfen.

„Gib zurück, was du gestohlen hast", verlangte der metallische Gigant, dessen Stimme klang, als würde sie von Zahnrädern erzeugt.

„KOMM DOCH HER UND HOL SIE DIR!", rief Gameknight zurück und näherte sich dem Rand des Teiches.

Dieses Mal sprang der Golem ins Wasser und schwang dabei wild die Arme. In letzter Sekunde riss Gameknight sein Pferd herum und bewegte sich zur Seite, aber die riesige Metallfaust traf ihn trotzdem am Arm, sodass er die Rose beinahe fallen gelassen hätte. Obwohl sein Arm und seine Schulter stark schmerzten, ließ er nicht los, sondern trieb sein Pferd an, um die andere Seite zu erreichen, wo es aus dem Wasser sprang und auf dem trockenen Eisenboden landete.

Der König der Golems jaulte laut auf, als das Wasser ihn immer weiter zum tiefen Ende des Teiches drückte, bis er dort ebenfalls festsaß.

Ich hab's geschafft, dachte Gameknight, *und ich habe es auch noch überlebt. Hurra!*

Dann verstummte das metallische Geschrei auf einmal, alle Golems drehten sich zum Benutzer-der-kein-Benutzer-ist um und hörten auf, wild um sich zu schlagen.

„Wir werden uns unser Eigentum zurückholen", sagte der König der Golems, dessen Stimme klang, als würde es in der Ferne donnern, „und nichts kann uns davon abhalten. Wir werden dich aufsuchen, wenn du es am wenigsten erwartest, und dann wird sich das Blatt wenden. Wir werden uns nehmen, was uns gehört, und es wird allein an dir liegen, ob du dabei dein Leben verlierst."

Gameknight zitterte und hatte das Gefühl, als wären die Worte des Golemkönigs eine Art Vorwarnung, aber dann hörte er das Jubeln hinter sich. Er wendete sein Pferd und stellte fest, dass alle Krieger angerannt kamen, um den Benutzer-der-kein-Benutzer-ist zu beglückwünschen. Gameknight stieg ab, und sofort schlugen ihm die NPCs auf den Rücken und die Schultern, da alle denjenigen berühren wollten, der die Eisenrose erobert hatte. Er hielt die Blume hoch in die Luft, sodass das Licht der silbernen Blütenblätter in die Arena fiel und manch einer seine Augen abschirmen musste.

„Wir müssen zurück zu den anderen und den zweiten Schlüssel finden", sagte Crafter laut.

„Ja, reiten wir zurück", stimmte Gameknight ihm zu.

Alle stiegen auf ihre Pferde und ritten los, wobei das Hufgeklapper von den Eisenblöcken der Arena widerhallte. Doch als sie wieder auf dem Kiesweg waren, hörten sie ein rhythmisches Geräusch: ein lautes Klingeln, als würde jemand mit einem Metallhammer gegen eine riesige Glocke schlagen. Als sich Gameknight nach dem Geräusch umdrehte, stellte er fest, dass Herder auf die Eisenblöcke einhieb, die die Wasserfalle umgaben. Gameknight ritt zu dem Jungen herüber.

„Was machst du denn da?", rief der Benutzer-der-kein-Benutzer-ist über das laute Dröhnen hinweg.

„Sie sind ge... gefangen. Wir können sie n... nicht so zurücklassen."

„Was?", fragte Gameknight und stieg vom Pferd ab.

Er trat neben den Jungen, wobei er darauf achtete, nicht von dessen Spitzhacke getroffen zu werden, legte ihm beruhigend eine Hand auf die Schulter und die andere an den Griff der Spitzhacke.

Sofort hörte das Dröhnen auf.

„Was tust du da, Herder?"

Der Junge ließ die Spitzhacke sinken und drehte sich zu seinem Vorbild um. Hinter ihm schlugen die Golems wieder um sich und hieben mit ihren Eisenfäusten auf das Wasser und gegen die Mauern. Bei jedem Schlag bebte der Boden, während die mächtigen Riesen versuchten, ihrem Gefängnis zu entrinnen. Nur der Golemkönig stand ganz still da, und in seinen Augen loderte der Hass auf denjenigen, der ihn und seinesgleichen eingesperrt hatte: Gameknight999.

„Sie sind gefangen ...", wiederholte Herder. „Sie können nicht r... raus."

„Darum haben wir das doch gemacht."

„Was ist denn los?", wollte jemand hinter ihnen wissen.

Gameknight drehte sich um und bemerkte, dass Crafter und Stitcher hinter ihnen standen. Mason kam ebenfalls näher und musterte sie ungeduldig.

„Wir müssen hier weg", sagte der große NPC mit seiner tiefen Stimme, die durch die Arena hallte.

Die Eisengolems in der Wasserfalle hörten seine laute Stimme und hielten plötzlich ganz still. Sie richteten die kalten Augen auf Mason und schauten den NPC an, wobei ihr Hass verflogen zu sein schien. Sogar der König der Golems schien Mason nicht schaden zu wollen, aber sein hasserfüllter Blick kehrte zurück, sobald er Gameknight999 erneut anschaute.

„Ich kann sie nicht hier lassen, s… so gefangen", sagte Herder mit tränenerstickter Stimme. „Wie beim Spl… Spleef. Das ist nicht richtig, sie müssen frei sein."

Mit diesen Worten hob Herder erneut seine Spitzhacke und zerbrach langsam die Eisenblöcke in der Nähe der Falle.

„Du weißt, wie es ist, gefangen zu sein, nicht wahr, Herder?", fragte Crafter leise und mitfühlend. „Aber wir müssen jetzt losreiten und den zweiten Schlüssel finden."

Der schlaksige Junge ignorierte ihn und grub weiter.

Stitcher nahm ihre Spitzhacke aus dem Inventar und half ihm, sodass sie kurz darauf einen Kanal geschaffen hatten, durch den die Metallriesen entkommen konnten. Seufzend trat auch Gameknight vor, um sie zu unterstützen. Sobald er näher kam, wurden die

Eisengolems wieder wütend und schlugen gefährlich mit den Armen um sich.

„Sie scheinen mich nicht zu mögen", erkannte er, trat wieder nach hinten und steckte seine Spitzhacke weg.

Mason tätschelte dem Benutzer-der-kein-Benutzer-ist die Schulter und zog seine glänzende Eisenspitzhacke hervor. Sobald er sich näherte, beruhigten sich die Golems wieder.

„Am besten reitest du zurück zur Brücke, Benutzer-der-kein-Benutzer-ist", schlug Mason vor und warf Gameknight über die Schulter einen Blick zu. „Du hast noch immer die Eisenrose. Sobald sie frei sind, werden sie dich angreifen, da wäre es besser, wenn du dann schon weit weg bist."

„Meinst du?", entgegnete er. „Kommst du mit, Stitcher?"

Das Mädchen lächelte, steckte die Spitzhacke weg und lief auf ihn zu. Sie sprang mit einem anmutigen Satz auf das Pferd, wobei ihr rotes Haar durch die Luft wirbelte.

Gameknight setzte sich hinter sie, und sie ritten über den Kiesweg zurück zur Brücke. Als er sich noch einmal umdrehte, sah er, wie Mason gerade den letzten Eisenblock mit seiner Spitzhacke zerbrach und schnell einige Schritte nach hinten machte, da die Eisenmonster langsam aus der Falle herausstiegen. Anstatt wieder in ihre Verstecke in den Arenawänden zu verschwinden und erneut zu schlafen, gingen sie alle langsam auf den Benutzer-der-kein-Benutzer-ist und ihre Eisenrose zu.

Er ritt schnell zur Brücke und hörte hinter sich, wie die anderen ihm folgten. Als Gameknight die verzierte Steinbrücke erreichte, warf er noch einen Blick über die Schulter. Die Eisengolems verließen langsam die Arena, und der König der Golems, dessen Rankenkrone im Sonnenlicht strahlte, starrte ihn mit derart hasserfüllter Miene an, dass er zusammenzuckte.

KAPITEL 18
FAST GESCHAFFT

Gameknight ritt als Erster durch das Portal, und die Eisenrose pulsierte in seinem Inventar, als wäre sie lebendig. Er konnte spüren, wie sie an ihm zerrte, als wollte sie ihn in den Norden ziehen, wo vermutlich der zweite Schlüssel zu finden war.

Er erschauderte, da er davon ausging, dass die Beschaffung des zweiten Schlüssels mindestens so gefährlich werden würde wie das, was er gerade erlebt hatte.

Stitcher reckte den Hals und versuchte, über die geschwungene Brücke zu schauen.

„Kannst du die Armee schon sehen?“, fragte sie.

„Ich glaube, wir sind noch zu hoch, aber sie kommt bestimmt bald in Sicht.“

Er ließ sein Pferd über die Brücke galoppieren. Als er über die Schulter sah, kamen die anderen gerade durch das Portal. Soeben verließ Crafter den lilafarbenen Nebel, und Herders große Gestalt ragte hinter ihm auf dem Pferderücken auf.

Als er sich wieder nach vorn umdrehte, fröstelte Gameknight mit einem Mal. Ihm war, als hätte jemand kleine Eissplitter auf seiner Haut verteilt, die sich schmerzhaft in sein Fleisch bohrten.

Irgendetwas stimmt nicht, dachte er.

Stitcher spürte, dass er sich verkrampfte, und schaute ihn fragend an.

„Was ist los?"

„Keine Ahnung", antwortete Gameknight, „aber ich glaube, es braut sich was zusammen."

Er trieb sein Pferd an, ließ es über die geschwungene Brücke sprinten und hielt dabei Ausschau nach Gefahren.

Mit einem Mal lief es ihm eiskalt den Rücken herunter. Er kannte dieses Gefühl. Dasselbe hatte er auch in seinem Traum gespürt, in dem er wieder zu Hause in ihrem Keller gewesen war, ebenso unzählige Male in dem herumwirbelnden Nebel im Land der Träume.

„Er ist hier … Ich kann es spüren."

„Wer ist hier?", hakte Stitcher nach.

„Er ist hier … Er ist hier."

Als sie sich dem Ende der Brücke näherten, sah er mit eigenen Augen, was er bereits geahnt hatte: Ein riesiges Monsterheer bestürmte ihre Verteidigungsanlagen. Gameknight konnte erkennen, dass dies nur ein kleiner Teil von Malacodas Armee war. Bei den meisten Angreifern handelte es sich um Monster der Oberwelt, unter die sich nur wenige Netherkreaturen gemischt hatten. Das hier war kein Angriff, sondern ein Test … ein äußerst tödlicher Test.

Zahlreiche Riesenspinnen attackierten die Verteidiger, die auf der Außenmauer aus Bruchstein standen. Immer wieder zuckten Blitze auf, wenn ein Creeper ein Loch in die steinerne Barrikade sprengte und weiteren Monstern den Durchlass ermöglichte.

Während Gameknights Abwesenheit waren mehrere Mauern errichtet worden. Die äußerste war jetzt gefallen, und die Monster strömten durch die Lücken und fielen über die NPCs her, die zu langsam oder zu unaufmerksam gewesen waren, um sich rechtzeitig in Sicherheit zu bringen. Glücklicherweise hatten sich die meisten Verteidiger längst von der Mauer zurückgezogen, bevor diese Löcher bekommen hatte … genau, wie sie es geplant hatten.

Nun ragte eine zweite Mauer vor den Monstern auf, die aus Erde und Sand bestand. Auf der irdenen Barriere waren Bogenschützen postiert, die die näherrückende Armee mit Pfeilen beschossen, doch die spitzen Projektile hielten sie nicht wirklich auf.

Gameknight erspähte im hinteren Teil der Monsterhorde zahlreiche Endermen, deren schwarze Haut auf dem hellen Sand deutlich auffiel. Das Schlusslicht der Gruppe bildete ein großes, schattenhaftes Wesen, das die Farbe von getrocknetem Blut hatte – ein derart dunkles Rot, dass es beinahe schwarz aussah – und seine bedrohlichen Augen leuchteten weiß. Das war Erebus, Gameknights Erzfeind … und sein schlimmster Albtraum.

„Ist er das?“, wollte Stitcher wissen.

Gameknight nickte, während es ihm ein weiteres Mal eiskalt den Rücken herunterlief.

„Vielleicht wird es Zeit, ihm zu zeigen, dass er sich vor uns fürchten sollte“, meinte sie, zog ihren Bogen aus dem Inventar und legte einen Pfeil an.

„Nein, steck deinen Bogen weg“, protestierte Gameknight.

Stitcher drehte sich um und sah ihn verwirrt an.

„Steck ihn weg“, wiederholte er, während sie die Brücke verließen.

Widerstrebend kam sie seiner Aufforderung nach und runzelte die Stirn über der Monobraue. Gameknight zog seinen verzauberten Bogen aus dem Inventar, dessen Schimmern sich auf ihren Gesichtern widerspiegelte.

„Den habe ich von deiner Schwester bekommen, aber ich denke, bei dir ist er besser aufgehoben.“

Er reichte ihr den funkelnden Bogen, der aussah, als würde sich die schimmernde Verzauberung in lilafarbenen Wellen auf der Waffe ausbreiten. Stitcher begutachtete den Bogen und legte einen Pfeil an. Im nächsten Augenblick zog sie die Bogensehne auch schon zurück und schoss. Der flammende Pfeil sauste über den blauen Himmel und die Brücke und landete darunter im Fluss. Sie drehte sich zu Gameknight um und schenkte ihm ein Lächeln, das ihm das Herz erwärmte.

„Sie wird sich sehr freuen, dass du ihn jetzt hast", sagte Gameknight.

„Du musst es ihr unbedingt sagen, sobald wir sie gerettet haben", erwiderte Stitcher. „Wir werden sie doch retten … oder?"

„Vorausgesetzt, wir überleben den heutigen Tag … Ja, dann retten wir deine Schwester."

Sie schenkte ihm ein strahlendes Lächeln, drehte sich dann um und starrte die näher kommende Armee mit finsterer Miene an.

Sobald die Monsterarmee die Erdmauer erreichte, bildete sich an ihrer Spitze eine Wolke aus lilafarbenen Partikeln. Plötzlich erschien eine Wand aus Endermen direkt vor der Barriere. Die schattenhaften Kreaturen streckten die Arme aus, packten die Sand- und Erdblöcke und teleportierten sich damit wieder weg, sodass ein Loch entstand. Im nächsten Augenblick waren sie auch schon wieder zurück und machten sich daran, die Mauer noch weiter zu zerstören. Sie teleportierten sich immer wieder hin und her. Die Verteidiger stellten das Feuer ein, während die Endermen langsam ihre Befestigung zerlegten. Sie wollten sie auf keinen Fall erzürnen und dazu bringen, in den Kampf einzugreifen. So entschieden sie sich für die einzige Option, die ihnen noch geblieben war: den Rückzug.

Die Verteidiger sprinteten zur letzten Mauer und postierten sich dort wie geplant. Diese letzte Mauer bestand rechts und links aus Bruchstein, in der Mitte jedoch nur aus Sand. Hohe Türme ragten in regelmäßigen Abständen auf, die mit Bogenschützen besetzt waren. Schwertkämpfer standen dahinter mit gezogen Waffen ebenso bereit wie die Kavallerie. Vor der Sandmauer war der normale Wüstensand durch Erdblöcke ersetzt worden. Gameknight konnte von seiner Position aus die Setzlinge erkennen, die dort überall gepflanzt worden waren und vermutlich eine Überraschung der Licht-Crafter darstellten.

Als er endlich am Fuß der Brücke angekommen war, ritt Gameknight auf einen kleinen Sandhügel, um zusammen mit Mason und Crafter die Schlacht zu beobachten. Die Monster näherten sich den sandigen Stellen, wobei explosionsbereite Creeper die vorderste Front bildeten. Das funkelnde blaue Feld, das die grün-gefleckten Kreaturen umgab, würde dafür sorgen, dass die Detonation doppelten Schaden bewirkte. Ihre sandige Barriere war so gut wie vernichtet.

„Bereit“, rief Gameknight.

Alle Blicke richteten sich auf den Benutzer-der-kein-Benutzer-ist.

„Zeigen wir es ihnen“, murmelte er und setzte sich dann im Sattel auf.

„JETZT!“

NPCs legten Hebel um und aktivierten auf diese Weise Redstone-Schaltkreise, die die Kolben unter den hohen Sandhaufen antrieben. Einen Sekundenbruchteil später stürzte die Sandmauer in ein Loch im Boden und gaben den Blick auf mehrere TNT-Kanonen frei. Die langen, rechteckigen Bruchsteinstrukturen, durch die in der Mitte Wasser hindurchfloss, wurden aktiviert. Redstone-Fackeln entzündeten TNT-Blöcke, und sofort hallte lauter Donner durch die Luft.

Im selben Augenblick setzen Grasbrin und Baumbrin ihre Licht-Crafter-Fähigkeiten ein und sorgten dafür, dass riesige Eichen aus dem Boden sprossen, die der angreifenden Horde die Sicht versperrten, während sich gleichzeitig lange Grashalme über das Schlachtfeld schlängelten, sich um die Füße der Monster wanden und den Ansturm verlangsamten.

Dann legten die Kanonen los. TNT-Blöcke explodierten und schleuderten blinkende Würfel in die Luft. Das entzündete TNT landete inmitten der Monster, die in dem langen Gras festsaßen, und explodierte so laut, dass der Boden bebte. Eine riesige Rinne entstand im Boden, während die Explosion zahlreiche Monster vernichtete.

„FEUER … FEUER!", rief Gameknight.

Immer mehr Kanonen wurden angezündet, und die Luft war mit einem Mal voller blinkender rot-weißer Würfel. Während diese abgeschossen wurden, machte sich die Kavallerie bereit für den Angriff.

„ATTACKE!", befahl Mason.

Die Reiter stürmten vor und griffen die Monster vor sich an. Schwerter schepperten, als sie gegen gerüstete Skelette und die Klingen der Schweinezombies prallten. Es war ein furchtbarer Kampf. Gameknight musste mit ansehen, wie viele NPCs, die er kannte, verschwanden und nur ihr Inventar zurückließen, sobald ihre Lebensenergie aufgebraucht war. Doch sofort nahmen andere Krieger die leer gewordenen Plätze ein. Da sich die NPCs nicht zurückziehen konnten, kämpften sie um ihr Leben … und das Leben ihrer Familien … und für Minecraft.

Sie standen kurz davor, das Blatt zu wenden … Die Monster zogen sich bereits zurück. Doch dann traf der fehlgeleitete Pfeil eines Verteidigers versehentlich einen der Endermen. Das dunkle Monster zitterte sofort, und seine Augen loderten weiß. Die anderen Endermen taten es ihm nach und zitterten ebenfalls, da sie wütend wurden.

Unverhofft hatte sich das Gleichgewicht erneut verändert, da die Endermen jetzt in den Kampf eingriffen. Die schattenhaften Kreaturen teleportierten sich von einem Ort zum anderen, griffen die NPCs gnadenlos an und hinterließen überall ein heilloses Chaos.

Das Ganze wurde noch schlimmer, als sich der Klang der TNT-Kanonen veränderte. Anstelle des hohlen Dröhnens gaben sie auf einmal ein metallisches Knirschen von sich, als würden Metallflächen übereinanderschaben. Gameknight drehte sich um, und ihm wurde das Herz schwer.

Die Eisengolems!

Sie waren durch das Portal gekommen und bewegten sich jetzt auf die NPCs zu. Überraschenderweise schienen die metallischen Riesen die Verteidiger jedoch nicht zu bemerken; sie hatten nur Augen für Gameknight999.

Der König der Golems stieß einen zornigen Schrei aus, der alle auf dem Schlachtfeld kurz erstarren ließ.

„Ich kann das nicht“, murmelte Gameknight. „Diesen Kampf kann ich nicht gewinnen.“

„Keine Sorge“, beruhigte ihn Stitcher, die vor ihm saß und deren Bogensehne sirrte, da sie die Monster vom Pferderücken aus beschoss. „Wir finden schon eine Lösung und …“

Aber er hörte sie gar nicht mehr, sondern spürte nichts als Angst, die seine Seele zu ersticken drohte … *Du bist nur ein Kind … Lauf weg … Versteck dich …*

Genau das tat er dann auch.

Gameknight drückte seinem Pferd die Fersen in die Seite und ritt direkt auf die angreifende Monsterhorde zu und zwischen den Zombies, Creepern und Spinnen hindurch. Im Galopp sah er, dass Erebus ihn überrascht anstarrte; aber er ritt einfach weiter, so schnell er konnte, und starrte nur noch geradeaus.

Stitcher jubelte, nachdem sie sich umgesehen hatte. Die Eisengolems folgten der Eisenrose und mähten dabei die Monster nieder. Die mächtigen Kreaturen rissen ihre Arme hoch und schleuderten die Angreifer in die Luft. Sobald sie auf dem Boden aufprallten, blitzten die Monster mehrmals auf und verschwanden, sodass nichts als Zombiefleisch, Spinnenfäden und Schwarzpulver zurückblieb. Die Golems stürzten sich zornentbrannt auf alle Monster, die ihnen im Weg standen, und die uralte Fehde zwischen Golems und Monstern lebte ein weiteres Mal auf.

Die Metallriesen zerstampften jedes Monster, das dumm genug war, sie anzugreifen, während sie gleichzeitig die Fäuste in Gruppen aus mehreren Kreaturen krachen ließen und diese in die Luft schleuderten. Nur wenige Minuten später hatten die Angreifer den Rückzug eingeleitet, und die wenigen Überlebenden versuchten, diesen Ort so schnell wie möglich zu verlassen.

Als Gameknight weit genug weg war, drehte er sich um und blickte auf das Schlachtfeld herab. Er konnte Erebus auf der anderen Seite sehen, und in den weißen Augen des Monsters loderten Hass und Bosheit. Doch dann war der König der Endermen auch schon in einer Wolke aus lilafarbenem Nebel verschwunden.

„Gameknight … Wir haben gewonnen", sagte Stitcher und schaute ihn staunend an.

„Was?"

„Sieh nur, wir haben gewonnen."

Gameknight wandte den Blick von der Stelle ab, an der Erebus eben noch gestanden hatte. Jetzt erst bemerkte er, dass die Monster in den Süden geflohen waren und die letzten Nachzügler von der Kavallerie ausgeschaltet wurden. Aber nun, da die Monster fort waren, kamen die Eisengolems dem Benutzer-der-kein-Benutzer-ist immer näher.

„Ich werde die Golems weglocken", sagte er zu Stitcher, „und dann später wieder zur Armee stoßen."

„Was hast du vor?"

„Die Golems werden erst Ruhe geben, wenn sie ihre Eisenrose zurückbekommen haben. Ich führe sie in den Süden, vielleicht vernichten sie dabei noch mehr Monster. Richte Mason aus, dass die Armee in den Norden gehen muss, da sich dort der zweite Schlüssel befindet. Ich hole euch wieder ein, wenn ich sie weit genug weggelockt habe. Und jetzt geh."

Er schubste sie sanft vom Pferd und galoppierte von dannen.

Stitcher landete in der Hocke auf dem Boden, rollte sich einmal ab und sprang sofort wieder auf. Sie sah Gameknight999 hinterher, der eilig davonritt, drehte sich dann um und machte sich auf den Rückweg zur Armee. Der Boden bebte, als die Eisengolems sich gen Süden wandten, um den Benutzer-der-kein-Benutzer-ist zu verfolgen – alle bis auf ihren König. Der majestätische Anführer blieb vor ihr stehen, und seine Rankenkrone hob sich dunkel von seinem Kopf ab. Stitcher wappnete sich für seinen Angriff, aber er schlug nicht etwa zu, sondern hob langsam eine Hand. In seiner gewaltigen Faust befand sich eine Rose, deren rote Blütenblätter auf seiner metallischen Haut umso deutlicher auffielen. Vorsichtig nahm Stitcher das Geschenk entgegen und sah den Golems dann hinterher, die Gameknights Spur folgten.

Während sie an der Blume roch, hörte sie hinter sich Hufgetrappel. Einige Kavalleristen, angeführt von Mason und Crafter, kamen auf sie zu. Stitcher ergriff Crafters Hand, schwang sich in den Sattel und warf den Eisengolems einen letzten Blick zu.

„Pass auf dich auf, Benutzer-der-kein-Benutzer-ist, und komm bald zurück", sagte sie. „Wir schaffen das nicht ohne dich."

Sie blickte lächelnd auf ihren verzauberten Bogen herab und dachte an ihre Schwester, dann schaute sie zu den schroffen Bergen hinüber, die in der Ferne aufragten.

„Irgendwie werde ich dich finden, Schwesterherz", versprach sie. Dann warf sie noch einen letzten Blick in die Richtung, in der Gameknight verschwunden war. „Wir werden dich finden … Das verspreche ich dir.“

KAPITEL 19
EREBUS

Erebus materialisierte sich am Fuß des Berges. Als sich der Nebel der lilafarbenen Teleportationspartikel verzog, blickte er zum steinigen Gipfel empor. Die schmale Felssäule erstreckte sich hoch in die Luft, und die benachbarten Berge waren nicht niedriger. Für Erebus sah es so aus, als würden klauenbewehrte Finger aus dem Boden ragen.

Bei diesem Anblick musste er grinsen.

Er schaute sich um und entdeckte die breite Tunnelöffnung am Fuß eines Berges. Kranke, blattlose Bäume standen überall herum und reckten in hoffnungsloser Verzweiflung die kahlen Äste gen Himmel. Anfangs hatte er sich in der Nähe dieser seltsamen Bäume unwohl gefühlt, aber inzwischen wusste er ihre gepeinigte Schönheit zu schätzen. Auf der rechten Seite sah der König der Endermen einige Bäume, an denen noch Blätter hingen. Doch noch während er hinschaute, verwelkten diese und starben ab, und als die grünen Blätter kränklich grau wurden und schließlich zu Asche zerfielen, wurde sein Grinsen noch breiter.

Während er auf die Tunnelöffnung zuging, bemerkte Erebus einen der Schatten-Crafter, der sich aus der Richtung des jetzt toten Baumes näherte. Es war derjenige, der nie etwas sagte, sondern immer nur zusah; der mit den leuchtenden Augen. Zombiebrine hatte ihm nie den Namen dieses Crafters verraten, aber er schien ihm irgendwie untergeben zu sein, und es machte den Anschein, als wäre dieser hier derjenige, der eigentlich das Sagen hatte … seltsam.

Erebus nickte dem Schatten-Crafter zu, während er sich der Tunnelöffnung näherte. Zum ersten Mal fiel ihm auf, dass dieser Crafter nicht wie alle anderen NPCs und Schatten-Crafter in Minecraft eine ausgeprägte Nase und eine Monobraue hatte. Erebus schaute rasch nach oben, aber da waren keine Buchstaben, die über dem dunklen Haar schwebten, und auch kein Serverfaden eines Benutzers. Dieser Crafter war eindeutig Teil dieses Servers, genau wie Erebus, jedes Monster und jeder NPC, aber dennoch war er irgendwie anders … mehr, als er zu sein vorgab.

Interessant.

Der Schatten-Crafter verschwand im Tunnel. Erebus wollte ihm schon folgen, blieb jedoch stehen, als es auf einmal hell im Tunnel wurde. Etwas Brennendes kam auf ihn zu. Erebus stockte und wartete, und kurz darauf kamen mehrere Lohen ins Freie, gefolgt von einigen Witherskeletten, deren dunkle Knochen im Licht der brennenden Lohen fast orangefarben aussahen. Als Nächstes kam Malacoda aus dem Tunnel. Der Netherkönig flog nach oben, sobald ihm das möglich war. Als er hoch genug schwebte, sodass niemand mehr an ihn herankommen konnte, wirkte er gleich viel ruhiger.

Schließlich verließen noch Zombiebrine und einige andere Schatten-Crafter den Tunnel. Erebus bemerkte den Crafter mit den leuchtenden Augen etwas weiter hinten im Tunnel, wo er nah genug war, um alles hören zu können, ohne entdeckt zu werden – außer vom König der Endermen, der ausgesprochen gute Augen hatte.

Rechts neben dem Eingang stand der Eisenkäfig auf einem Steinpodest, in dem die Gefangene noch immer festgehalten wurde. Erebus grinste sie breit an und wandte sich dann Malacoda zu.

„Wo sind deine Truppen, Enderman?", verlangte Malacoda zu erfahren.

„Der Großteil wurde vernichtet. Einige sind auf dem Rückweg, aber es sind nicht sehr viele."

Er senkte den Kopf, als würde er seinem Anführer Respekt zollen, da er wusste, dass Malacoda diese

Nachricht nicht gut aufnehmen würde. Vorsichtshalber machte er sich schon mal bereit, sich wegzuteleportieren, falls der Ghast ihn schlagen wollte – nur um festzustellen, dass er die lilafarbenen Partikel nicht um sich herum zusammenziehen konnte. Eine Teleportation war unmöglich.

Als er den Kopf hob, stellte er fest, dass der Netherkönig ihn böse angrinste. Die Augen des Ghasts glommen rot, und seine Tentakelspitzen leuchteten leicht orangefarben, als würde er eine Art Magie wirken.

„Wolltest du irgendwohin, Erebus?"

„Äh ... Nein ... Ich hatte nur ..."

„Lass die Ausreden", fiel Malacoda ihm ins Wort. „Ich kann dich noch gebrauchen, nur aus diesem Grund bist du noch am Leben. Jetzt erzähl mir, was aus dieser jämmerlichen Armee, die du befehligt hast, geworden ist."

„Es war der Benutzer-der-kein-Benutzer-ist", berichtete Erebus. Als er den Namen seines Erzfeindes aussprach, verzog er wütend das Gesicht. „Er hat eine große Streitmacht aus NPCs, die uns bereits erwartet hat. Irgendwie wussten sie, dass wir kommen. Ihre Befestigungen waren angemessen, hätten uns aber nicht aufhalten können."

„Und dennoch stehst du besiegt vor mir. Wie ist das möglich, Enderman?“

„Er hatte Eisengolems … äh … Hoheit.“

„Wie bitte?“, fragte Zombiebrine und trat vor. „Er hat Eisengolems? Wie haben sie ausgesehen? Waren sie alle identisch oder trug einer von ihnen eine Blätterkrone?“

„Ja, einer hatte in der Tat eine Krone aus Ranken und Blättern auf dem Kopf“, bestätigte Erebus.

Zombiebrine drehte sich um und starrte in die Tunnelöffnung. Erebus konnte mit seinen scharfen Enderman-Augen sehen, dass der Schatten-Crafter, der sich dort verbarg, irritiert aussah und dass seine Augen noch heller leuchteten als sonst. Es machte den Anschein, als würde sich Zombiebrine wortlos mit dieser Kreatur unterhalten. Als ihr lautloses Gespräch beendet war, drehte sich Zombiebrine wieder zu Malacoda um.

„Sie haben den ersten Schlüssel!“, teilte der grüne Schatten-Crafter ihnen mit. „Die Eisengolems waren die Wächter der Eisenrose, und der König der Golems hätte seinen Posten nur verlassen, wenn die Rose bereits geraubt wurde.“

Malacoda blickte wütend auf Erebus herab, als wäre das irgendwie seine Schuld.

„Sie müssen Hilfe gehabt haben", warf der König der Endermen ein. „Immerhin haben sie das Land manipuliert, um unsere Truppen zu besiegen, Bäume im Nullkommanichts wachsen lassen und meine Spinnen im letzten Kampf mit Grashalmen aufgehalten … Irgendjemand muss sie unterstützen."

„Warum weiß ich davon nichts?", fauchte Zombiebrine.

Wieder drehte er sich kurz zur Tunnelöffnung um.

„Die Licht-Crafter helfen ihnen", sagte er dann.

Der Schatten-Crafter hob die Hände vor den Mund und pustete durch seine grünen Finger, wodurch ein hohes Pfeifen entstand, das allen in den Ohren schmerzte. Im nächsten Moment ertönte ein Rascheln aus dem Tunnel und alle Schatten-Crafter traten daraus hervor.

„Wir müssen die Armee des Lichts verfolgen und zerstören", ordnete Zombiebrine an. „Sie haben den ersten Schlüssel und müssen vernichtet werden. Es ist Zeit für den Angriff."

„Nein!", rief Erebus.

Alle starrten den großen Enderman an.

„Wir lassen uns zuerst vom Benutzer-der-kein-Benutzer-ist zum zweiten Schlüssel führen. Soll er doch gegen die Monster kämpfen, die diesen Schlüssel bewachen. Wenn er den Weg zur Quelle für uns geebnet hat, dann greifen wir an."

„Du redest, als hättest du hier das Sagen", spottete Malacoda, klang jedoch sehr erzürnt.

Erebus versuchte erneut, seine Teleportationskräfte zu aktivieren, doch auch jetzt standen sie ihm nicht zur Verfügung. Er sah, dass Malacodas Tentakelenden leicht glühten – das musste der Grund dafür sein, dass er sich nicht teleportieren konnte. Und so schaute Erebus Malacoda in die hasserfüllten Augen, verbeugte sich tief und machte eine umschweifende Geste mit den langen Armen.

„Ich diene dem König des Nether", kreischte er.

Malacoda blickte zufrieden auf Erebus herab.

„Gut, dass du deinen Platz kennst, Enderman", sagte er. „Aber ich habe beschlossen, dass wir dem Benutzer-der-kein-Benutzer-ist folgen und ihn vernichten werden, wenn *ich* es für richtig halte." Er wandte sich an seine Witherskelette. „Versammelt die Truppen. Wir brechen so bald wie möglich auf."

„Was ist mit der Gefangenen?", wollte eine der Lohen wissen, deren Stimme von einem mechanischen Pfeifen untermalt wurde.

„Unser kleines Schoßtier bleibt hier. Meine Witherskelette werden sie bewachen, damit ihr auch nichts passiert."

„Das ist überaus weise", meinte Erebus kriecherisch. „Aber vielleicht wäre es besser, sie in den Tunnel zu bringen und mit Lava zu umgeben, damit ihr ein Entkommen unmöglich ist."

„Ich brauche keine Lava, um mein kleines Schoßtier nicht zu verlieren", fauchte Malacoda. „Ich lasse einige meiner Witherskelette hier, die auf sie aufpassen, und sie werden mich nicht wie du enttäuschen."

Malacoda warf seinem Witherskelett-General einen Blick zu und nickte. Das dunkle Monster hob salutierend den schimmernden Bogen, den es Hunter abgenommen hatte, und deutete auf seine finsteren Kameraden. Sofort bewegten sich zwanzig Skelette und stellten sich mit gezückten Waffen rings um den Käfig auf.

Der König der Endermen richtete sich ebenfalls auf, ging zu einem seiner Endermen und wandte sich leise an ihn.

„Du bleibst hier und wachst über die Gefangene, aber lass dich ja nicht entdecken. Erstatte mir Bericht, falls irgendetwas passiert", ordnete Erebus an. „Hast du verstanden?"

Der Enderman nickte, machte einige Schritte nach hinten und verschwand zwischen den blattlosen Bäumen.

Mit einem Mal spürte Erebus ein Kribbeln am ganzen Körper. Es fühlte sich irgendwie so an, als würde er stärker werden. Er schaute sich um, konnte jedoch nichts Ungewöhnliches entdecken, ebenso wenig schien irgendjemand die Veränderungen, die sein dunkelroter Körper soeben durchmachte, mitzubekommen. Aber als er einen Blick in den Tunneleingang warf, entdeckte er den Schatten-Crafter mit den leuchtenden Augen, der mit seinen stummeligen Fingern rasend schnell an irgendetwas arbeitete. Dann hielt er die Hände still, und das Kribbeln hörte ebenfalls auf. Der Schatten-Crafter starrte den König der Endermen aus dem dunklen Eingang heraus an, und seine Augen schienen förmlich zu lodern. Er grinste Erebus böse an, als wüsste er etwas, das dem Enderman unbekannt war …

KAPITEL 20

TAGTRÄUME

Gameknight hing seinen Tagträumen nach, während er wieder in Richtung Norden ritt. Er schonte sein Pferd ein wenig, nachdem er wegen der Eisengolems lange Zeit galoppiert war.

Er hatte die Metallriesen auf einen schmalen Weg gelockt, der über eine Felsspalte führte. Diesen Erdpfad hatte er so angelegt, dass er die Golems auf der anderen Seite einsperren konnte, und das hatte auch funktioniert. Sie waren ihm wie Mäuse gefolgt – gigantische, schreckliche Metallmäuse –, die einem Stück Käse auf der Spur waren, doch sobald sie die andere Seite erreicht hatten, war er zurückgeeilt und hatte die Brücke von der anderen Seite aus mit TNT gesprengt. Die Schlucht erstreckte sich in beide Richtungen, so weit das Auge reichte, daher würden die Golems dort festsitzen … nur für wie lange? Gameknight konnte sich noch sehr gut an den wütenden Blick des Golemkönigs erinnern, der ihn hasserfüllt angestarrt hatte. Er hörte auch noch deutlich die metallische, knirschende Stimme des Monsters in seinem Kopf.

„Du wirst unserem Zorn nicht entrinnen", hatte der König der Golems gesagt, *„und nichts wird uns aufhalten. Wir holen uns zurück, was unser ist, und ob du dabei dein Leben verlierst, liegt ganz bei dir."*

Gameknight erschauderte, da ihm bei dieser Erinnerung angst und bange wurde. Er wusste, dass der König der Golems erst Ruhe geben würde, wenn er die Eisenrose wieder in seinem Besitz hatte.

Im Rhythmus des trabenden Pferds schwankte er im Sattel sanft hin und her und döste irgendwann ein. Bilder von *Personen* aus *seiner* Vergangenheit kamen wieder aus dem Unterbewusstsein an die Oberfläche … von *seinen Eltern … seiner Schwester … Shawny …* dem *Minecraft-Team,* dem er früher angehört hatte: *Team Apokalypse …* bis er sie gegrieft hatte und rausgeworfen worden war. Aber während diese Erinnerungen *traumartig* vor seinem inneren Auge aufstiegen, *hörte er eine vertraute Stimme* in seinem Kopf. *Diese Stimme hatte er schon* seit sehr langer Zeit nicht mehr gehört; *es war die Stimme seines Freundes,* seines vermutlich einzigen Freundes.

Shawny.

Er rief Gameknight und schrieb seinen Namen immer wieder; ganz ähnlich wie damals, als Gameknight Shawny in Crafters Dorf kontaktiert hatte. Als er an dieses Dorf zu-

rückdachte, musste er seufzen. Er sehnte sich nach dieser Zeit, in der alles einfacher gewesen war. Damals hatte es nur Minecraft gegeben, nicht diese überlebensgroßen Schlachten, denen er sich stellen musste. Er wollte seinem Freund gerade antworten, als die Stimme verschwand und durch eine andere ebenso bekannte ersetzt wurde … durch Hunters.

Er sah vor seinem inneren Auge, dass Hunter in einem Eisenkäfig eingesperrt war. Sie rüttelte an den Gitterstäben und rief seinen Namen, während zahlreiche Witherskelette sie beobachteten und schallend lachten. Hinter ihr konnte er mehrere dünne Felsspitzen erkennen, deren Zacken hoch in die Luft reichten. Silbriger Nebel umgab die Gipfel und streckte seine Ausläufer langsam nach unten aus. Die Berge waren schmal und schief, sodass sie aussahen wie Steinsäulen, die von irgendetwas Gemeinem und Boshaftem verbogen worden waren. Am Fuß eines dieser Berge sah er eine große Öffnung, und die Dunkelheit in dem dahinter liegenden Tunnel war beängstigend.

Auf einmal hörte Hunter auf zu schreien und sah Gameknight direkt in die Augen. Auch sie war plötzlich von einem silbrigen Nebel umgeben, während die Witherskelette verblassten.

„Benutzer-der-kein-Benutzer-ist, du musst mich retten“, sagte sie ruhig, während auch die Gitterstäbe langsam verschwanden.

Sie schwebte jetzt in der Luft, und der silbrige Nebel wirbelte um sie herum. Ihr strahlend rotes Haar wurde von den Luftströmungen mitgezogen, sodass es aussah, als wäre sie in eine magische feurige Aura gehüllt. Sie schaute Gameknight mit ihren tiefbraunen Augen an, und er wusste, dass sie ihn ebenfalls sehen konnte.

„Es wird Zeit, dass du zu dem Benutzer-der-kein-Benutzer-ist wirst, der uns prophezeit wurde. Deine Zeit ist gekommen, aber zuerst musst du mich retten. Ich kenne ihre Pläne. Die Armee tappt in eine Falle. Erebus und Malacoda planen …"

Auf einmal wurde er ruckartig aus dem Land der Träume gerissen. Sein Pferd ging in den Galopp über, als ein Creeper hinter einem Baum hervorkam und den Explosionsvorgang einleitete. Nachdem er in die Luft geflogen war, hatte sich ein großer Krater im Boden gebildet, doch Gameknight war dank seines schnellen Pferdes nichts passiert.

„Ich muss sie retten, bevor es zu spät ist."

Er drückte seinem Pferd die Fersen in die Seite und sprintete gen Norden. Während er über die Landschaft ritt, konnte er vor sich bereits die Armee erkennen.

Dort befand sich die Nachhut.

Als die NPCs die einsame Gestalt entdeckten, die sich ihnen näherte, gingen sie in Verteidigungsformation: die Schwertkämpfer vorn, die Bogenschützen dahinter. Aber sobald die Krieger Gameknight erkannt hatten, jubelten sie.

„Der Benutzer-der-kein-Benutzer-ist ist zurückgekehrt!"

Während Gameknight an der Kolonne vorbei an die Spitze ritt, verbreitete sich die Kunde über seine Rückkehr wie ein Lauffeuer. Als er vorn ankam, waren alle bereits stehen geblieben.

Mason stieg vom Pferd, als Gameknight bei ihm eintraf. Stitcher saß vor Crafter im Sattel und hielt natürlich ihren verzauberten Bogen mit angelegtem Pfeil in der Hand. Gameknight saß direkt neben Mason ab und bedeutete Crafter und Stitcher, zu ihnen zu kommen.

„Wie ich sehe, hat der Benutzer-der-kein-Benutzer-ist seine Prüfungen mit den Golems überstanden und ist zu uns zurückgekehrt", sagte Mason. „Ich kann nur hoffen, dass du nicht alle Golems zerstört hast."

„Sie sind alle in Sicherheit", erwiderte Gameknight. „Ich habe sie nur aufgehalten, aber wenn wir uns nicht beeilen, könnten sie uns wieder einholen."

Er spürte, wie ihn jemand umarmte, blickte nach unten und und stellte fest, dass Stitcher ihn anstrahlte.

„Ich wusste, dass du wiederkommst", erklärte sie. „Ich habe Crafter gesagt, dass du …"

„Dafür ist jetzt keine Zeit", unterbrach Gameknight sie. „Malacoda und Erebus haben etwas vor, Mason. Du führst die Armee in eine Falle."

„In eine Falle", wiederholte der große NPC und zog mit einer flüssigen Bewegung sein Schwert.

Sofort taten es ihm alle Krieger in der Nähe nach und machten sich kampfbereit.

„Die Falle ist nicht hier … zumindest glaube ich das nicht", beruhigte Gameknight sie hastig.

„Aber wo ist diese Falle dann?", fragte Crafter, der ebenfalls sein Schwert in der Hand hielt.

„Ich weiß es nicht, aber Hunter sagte …"

„Hunter … Du hast mit meiner Schwester gesprochen?"

„Ja, ich habe sie im Land der Träume gesprochen. Sie hat gehört, was die Monster vorhaben. Wir müssen sie retten … sofort!"

„Augenblick mal", warf Mason ein und steckte sein Schwert wieder weg. „Du hast im Traum mit Hunter gesprochen und willst, dass die Armee sie rettet?"

„Ganz genau", bestätigte der Benutzer-der-kein-Benutzer-ist.

„Und wo ist sie?"

Da schwieg Gameknight. Das wusste er nämlich nicht genau. Als er sich umschaute, konnte er nichts entdecken, was darauf hindeutete, wo seine Freundin festgehalten wurde. Doch dann entdeckte er fünf Felsspitzen, die in der Ferne über den Baumwipfeln hervorragten. Diese schmalen Berge waren völlig deformiert und ragten steil in den Himmel. Er schloss die Augen und dachte an die Berge in seinem Traum mit den leblosen, kahlen Bäumen zurück, die krumm und krank ausgesehen hatten. Als er die Augen wieder aufschlug, zog er sein verzaubertes Diamantschwert und deutete damit auf die Berge.

„Sie ist dort", erklärte er zuversichtlich, „und ich werde sie retten."

„Hör mal … Gameknight … Ich verstehe ja, dass du dich schuldig fühlst, weil Hunter in Malacodas Festung im Nether entführt wurde", begann Mason, „aber wir können uns nicht einfach in ein wildes Abenteuer stürzen, nur weil du einen komischen Traum gehabt hast. Du kannst nichts mehr für sie tun."

„DOCH! Ich werde sie retten … notfalls allein, aber ich hole sie da raus."

„Nicht allein!", protestierte Stitcher und hatte schon wieder den Bogen in der Hand.

„Du auch?", murmelte Mason verzweifelt.

Stitcher nickte.

Gameknight holte die Eisenrose aus seinem Inventar. Die metallischen Blütenblätter glühten derart rein, dass sie das rötliche Licht der verderbten Sonne zurückdrängten und alles in weißes Licht tauchten. Er reichte Mason die Rose.

„Nimm du sie und folgte dem Weg zum zweiten Schlüssel", verlangte Gameknight. „Ich werde Hunter retten und danach zurückkehren."

„Wie willst du uns ohne die Rose finden?", fragte Mason.

„Ich werde ihn füh… führen, hin und wieder zurück", stammelte jemand.

Herder trat vor und stellte sich aufrecht neben Gameknight.

„Ich kann meine Tiere auch aus der Fer… Ferne spüren. So kann ich eu… euch wiederfinden."

Gameknight blickte auf den schlaksigen Jungen herab und tätschelte seine Schulter. Wieder hörte er das Kichern und die abfälligen Bemerkungen. Herder sackte ein wenig in sich zusammen und schaute zu Boden, während die gemeinen Soldaten ihn mit ihren geflüsterten Beleidigungen quälten. Dabei wollte er seinem Freund doch nur helfen, und Gameknight respektierte das. Der Benutzer-der-kein-Benutzer-ist musterte Herder und Stitcher und starrte dann Mason an.

„Wir drei werden Hunter retten."

„Nicht drei, vier", erklärte Crafter, trat vor und legte Herder einen Arm um die Schultern.

Gameknight hob vier Finger und grinste Mason an.

„Offenbar sind wir zu viert", korrigierte er sich.

„Die glorreichen Vier", spottete Mason, lächelte dann aber.

Nur hat keiner von uns eine Glatze, dachte Gameknight und erinnerte sich an den alten Film. „Wir sind bald mit unserer Freundin zurück, und dann kümmern wir uns um Malacoda und Erebus."

Mason nickte und wies einen der Soldaten an, frische Pferde zu holen. Als die vier aufstiegen, trat Mason zu Gameknight und raunte ihm ins Ohr: „Aber vergiss nicht, was unser wahres Ziel ist: Minecraft zu retten."

„Keine Sorge."

„Wenn du getötet wirst, weil du versuchst, einen NPC zu retten, scheitern wir."

„Ich lasse niemanden zurück", erwiderte Gameknight. „Unsere Treue zu unseren Freunden ist das, was uns von den Monstern unterscheidet."

Und den Mobbern, fügte er innerlich hinzu.

„Wir werden zurückkehren, das verspreche ich dir."

„Ich verlasse mich darauf", entgegnete Mason und strahlte ihn mit dem breiten Lächeln an, für das er bekannt war.

Gameknight erwiderte das Lächeln und hielt dann zusammen mit seinen drei Freunden auf die zerklüfteten Berge in der Ferne zu.

KAPITEL 21
DIE ZACKENBERGE

Sie ritten schweigend in Richtung der Berge, und jeder Reiter drängte sein Pferd zur Eile, ohne es jedoch zu sehr zu ermüden. Als sie den hohen Gipfeln näher kamen, stellte Gameknight fest, dass die Berge unten massiv und wenigstens einhundert Blöcke breit waren.

Woher soll ich wissen, vor welchem Hunter festgehalten wird und wo ich suchen muss?

Die Aufgabe schien unmöglich zu sein.

„Zu welchem Berg reiten wir?“, wollte Crafter wissen.

Gameknight zuckte mit den Achseln. „Das weiß ich nicht. Ich habe ihr Gefängnis nur aus der Nähe gesehen. Von Weitem sieht irgendwie alles gleich aus.“

„Meine Großtante Baker hat mal gesagt: ‚Wenn du dich verlaufen hast, musst du manchmal einfach nur die Augen schließen und lauschen … auf Minecraft und dich selbst‘“, sagte Crafter.

„Aber natürlich. Ich muss die Augen schließen.“ Gameknight lenkte sein Pferd zu einer hohen Eiche, hinter der einer der hohen Berge aufragte.

Er stieg ab und legte sich ins Gras.

„Was machst du da?“, fragte Stitcher.

„Ich gehe Hunter suchen“, antwortete Gameknight. „Ihr solltet euch ebenfalls ausruhen, ich weiß nämlich nicht, wie lange es dauern wird.“

Er rückte sein Schwert und seine Rüstung zurecht, machte es sich so bequem wie möglich und schloss die Augen. Das Letzte, was er sah, war Herder, der etwas vor sich hinmurmelte und im Wald verschwand. Da setzte sich Gameknight wieder auf und sah erst Crafter und dann den Jungen an.

„Wo willst du denn hin, Herder?“

„Mehr Freunde … Wir brauchen mehr Freunde“, erwiderte Herder, wandte sich ab und verschwand zwischen den dicken Baumstämmen.

„Wird er wiederkommen?“, fragte Gameknight.

„Na klar“, versicherte ihm Stitcher.

„Woher weißt du das?“

„Er würde dich niemals im Stich lassen“, meinte Stitcher. „Du bist für ihn wie ein Vater. Er respektiert dich und sieht zu dir auf, und er sehnt sich nach deiner Aufmerksamkeit … Siehst du das denn nicht? Alles, was er tut, macht er nur dir zuliebe. Du bist jetzt seine Familie, so wie Hunter meine ist. Herder und ich sind uns sehr ähnlich. Wir würden unsere Familie niemals aufgeben.“

Die Gedanken wirbelten durch seinen Kopf … *Wie ein Vater … Aber ich bin doch selbst noch ein Kind. Ich kann ihn nicht als meinen Sohn ansehen … Das wäre falsch … Gut, vielleicht als kleinen Bruder, ähnlich wie meine Schwester.* Er seufzte und spürte, dass die zusätzliche Verantwortung schwer auf seiner Seele lastete, schloss aber dennoch die Augen und versuchte zu schlafen. Da Herder unterwegs war und Stitcher und Crafter ihn beobachteten, fiel ihm das nicht gerade leicht. Doch er streckte mit geschlossenen Augen seinen Geist ins Land der Träume aus … *und auf einmal war er da.*

Der silbrige Nebel umgab ihn. Er zog sein Schwert und ging vorsichtig weiter. Dies war ebenso Erebus' Land wie das seine, und er musste sich vorsehen. Im Geiste suchte er nach Hunter, ihrem Mut und Lebenswillen … und da war sie auch schon.

Gameknight stand am Rand eines seltsamen Waldes, dessen Bäume völlig blattlos und kahl waren. Dadurch sahen die Bäume gequält und krank aus, und Gameknight wollte sie am liebsten gar nicht berühren. Er spähte um einen der Baumstämme herum und sah Hunter. Sie saß in einem Eisenkäfig, den man auf einer Steinsäule montiert hatte. Etwa ein Dutzend Witherskelette, vielleicht auch mehr, standen um sie herum Wache und trugen hasserfüllte Mienen zur

Schau. Der riesige Tunneleingang lag dunkel und bedrohlich neben ihrem Gefängnis, und in einiger Entfernung ragte darüber ein zackiger Felsvorsprung aus dem Berg. Auf der linken Seite konnte Gameknight einen Wasserfall sehen, der aus einer Felsöffnung wenigstens zwanzig Blöcke weit in einen großen Teich herabfiel.

Er schaute sich um und sah noch mehr dieser kranken Bäume. So würde er sie finden können.

„Wach auf … Wach auf … Wach auf …"

Gameknight schlug lächelnd die Augen auf.

„Hast du sie gefunden?", fragte Stitcher.

Er nickte und lächelte noch breiter.

Das Mädchen legte die Arme um den Benutzer-der-kein-Benutzer-ist und drückte ihn so fest, dass er froh war, eine Diamantrüstung zu tragen. Dann löste sie sich von ihm.

„Wo müssen wir hin?"

Gameknight schaute zu den fünf Gipfeln empor und sah, dass auf jedem einige Bäume standen, nur der nächste wies nichts als blattlose Baumstämme auf.

„Zu diesem Berg", antwortete er.

„Dann lass uns gehen", verlangte Stitcher.

„Aber was ist mit Herder?", gab Crafter zu bedenken, der mit den Pferden zu ihm kam.

„Er wird uns schon einholen", meinte Gameknight und saß auf. „Er kann uns garantiert finden. Ich glaube an ihn. Und jetzt kommt. Wir müssen vor Anbruch der Nacht bei Hunter sein."

Die drei Freunde hielten auf den Berg zu. Unterwegs blickte Gameknight immer wieder in den Wald, da er hoffte, Herder zu entdecken, aber er sah gar nichts. Hin und wieder hörte er das Heulen von Wölfen … sehr vielen Wölfen.

Seufzend ritt er weiter und hoffte, dass er die richtige Entscheidung getroffen hatte.

KAPITEL 22

ANGRIFF DER WÖLFE

Gameknight ritt den anderen voran am Waldrand entlang, und der Berg ragte über ihnen auf wie eine gewaltige Klaue. Sie konnten den Fuß des Berges zwar schon sehen, aber dieser war so riesig, dass sie ohne Gameknights Vision aus dem Land der Träume tagelang die Gegend hätten absuchen müssen.

Der Benutzer-der-kein-Benutzer-ist bewegte sich so lautlos wie möglich und hielt Ausschau nach Anzeichen darauf, dass sie ihrem Ziel näher kamen.

Da sah er ihn.

Es war ein lebloser, krank aussehender Baum mit kahlen Ästen. Als Gameknight direkt davor stand, konnte er auf dem Boden kleine Aschehäufchen sehen, als wären die Blätter irgendwie verbrannt. Crafter musterte die Asche und legte eine Hand ehrfürchtig an den Baumstamm. Während er die Borke streichelte, sah Gameknight, dass seinem Freund eine Träne über die Wange lief und er wütend wurde.

„Welche Kreatur würde einem unschuldigen Baum so etwas antun?", knurrte Crafter.

„Dann ist das kein natürliches Phänomen?", fragte Gameknight.

„Nein", fauchte der Junge. „Das wurde mit Absicht gemacht und aus Bosheit und Hass." Er schaute Gameknight999 an. „Wir müssen diese Kreatur finden und vernichten, bevor sie in Minecraft noch mehr Unheil anrichten kann."

„Wie wäre es, wenn wir zuerst Minecraft retten", erwiderte Gameknight, „und danach deinen Baummörder suchen?"

„Er hat die Bäume nicht umgebracht", fauchte Crafter. „Er hat sie verwundet, ihnen die Fähigkeit zu wachsen genommen und sie zu einem schmerzvollen, nutzlosen Dasein verdammt. Hier wird nichts mehr wachsen, selbst dann nicht, wenn wir diesen Baum fällen. Diese Kreatur hat Minecraft verletzt und muss aufgehalten werden."

„Der Benutzer-der-kein-Benutzer-ist hat recht", schaltete sich Stitcher ein, „lass uns zuerst Minecraft retten und tun, was wir tun müssen, um meine Schwester zu finden."

Gameknight stieg ab und band die Zügel an einen nackten Ast. Dann bedeutete er den anderen, dasselbe zu tun.

„Ab hier gehen wir zu Fuß weiter", flüsterte er. „Unauffälligkeit ist jetzt wichtiger als Schnelligkeit, und das Hufgeklapper könnte uns verraten."

Die anderen beiden nickten, stiegen ebenfalls ab und banden die Zügel der Pferde an den Ast. Gameknight zog sein Schwert und ging vorsichtig weiter, wobei er versuchte, auf keinen der herabgefallenen Äste und kein trockenes Blatt zu treten. Dabei dachte er an das Land der Träume zurück und wie es rings um Hunters Käfig ausgesehen hatte. Er konnte sich an die leblosen Bäume erinnern, aber auch noch an etwas anderes … einen Wasserfall am Berghang.

Gameknight blieb kurz stehen, schloss die Augen und lauschte.

„Was ist?", erkundigte sich Crafter und sah sich nach Gefahren um.

Aber Gameknight hob eine Hand, um seinen Freund zum Schweigen zu bringen, und legte den Kopf zur Seite. Er streckte all seine Sinne aus und horchte auf die Musik von Minecraft. In der Nähe gackerten Hühner … dort muhte eine Kuh … da war das Jaulen von Wölfen zu hören … und dann …

Das Geräusch herabfallenden Wassers.

„Da entlang", flüsterte er, schlug die Augen auf und deutete nach links.

Gameknight duckte sich und schlich weiter. Stitcher und Crafter sahen, dass die Buchstaben über Gameknights Kopf sehr viel blasser aussahen, wenn er sich duckte, und blieben ihm mit gezogenen Waffen dicht auf den Fersen. Während sie durch den Wald gingen, wurde das Geräusch des Wasserfalls immer lauter … genau wie das Klappern von Stöcken.

Skelette …

Gameknight drehte sich zu Crafter um und deutete in die Richtung.

„Hörst du sie?", flüsterte er.

„Ja."

„Es scheinen sehr viele zu sein", stellte der Benutzer-der-kein-Benutzer-ist fest.

„Wir brauchen einen Plan", schlug Crafter vor.

„Gehen wir erst einmal näher ran und sehen uns um."

Crafter nickte und deutete nach vorn. Vorsichtig schlichen die drei Gefährten von Baum zu Baum, um nicht entdeckt zu werden. Gameknights schimmerndes Schwert und Stitchers Bogen erzeugten ein schwaches bläuliches Licht um sie herum, und Gameknight fragte sich, ob sie sich dadurch verraten würden. Er steckte sein Schwert weg und bedeutete Stitcher, ihren Bogen verschwinden zu lassen. Sobald die magischen

Waffen verstaut waren, verschmolz das Trio mit den Bäumen, und das rötliche Licht, das durch die Äste zu ihnen herunterdrang, erzeugte wirre Schatten auf ihren Körpern.

Als sie sich dem Klappern der Skelette näherten, bemerkte Gameknight, dass immer mehr Bäume krank aussahen und überall kleine Aschehäufchen auf dem Boden lagen. Crafter berührte im Vorbeigehen die Borke jedes Baums und murmelte einige Worte, während seine Miene immer grimmiger wurde.

Gameknight999 blieb kurz stehen, drückte den Rücken gegen einen toten Baum und lauschte. Stitcher und Crafter taten es ihm nach. Inzwischen konnten sie die Skelette deutlich hören und ihre kehligen, klappernden Stimmen verstehen. Sie schienen gleich hinter dem nächsten Hügel zu sein. Gameknight duckte sich wieder und schlich vorwärts, bedeutete seinen Freunden jedoch, an Ort und Stelle zu bleiben. Er versteckte sich hinter einer großen, blattlosen Eiche und schaute um den Baumstamm herum. Jenseits der Hügelspitze lag die große Tunnelöffnung, über der ein Felsvorsprung aus dem Berg ragte. In der Ferne war der hohe Wasserfall zu sehen, der über den glatten Berghang in einen großen Teich fiel. Dies war der richtige Ort.

Nachdem er zum nächsten Baum gehuscht war, konnte er das Gebiet besser überblicken. Vor dem dunklen Tunneleingang erstreckte sich eine Lichtung, auf der mehrere Witherskelette zu sehen waren. Neben dem Eingang stand der Käfig, in dem Hunter gefangen war, auf drei Bruchsteinblöcken, aber dann sackte Gameknight das Herz in die Hose. Nun konnte er die Witherskelette deutlich erkennen, und es mussten mindestens zwanzig sein. Alle waren mit einem Eisenschwert und einem verzauberten Bogen bewaffnet.

Wie sollen wir zu dritt mit zwanzig dieser Monster fertig werden?

Wenn sie wenigstens den Käfig öffnen und Hunter einen Bogen in die Hand drücken konnten, dann wären sie schon zu viert, und Hunter zählte so viel wie zwei Krieger. Da fiel ihm ein weiteres Zitat ein, das in Mr Plancks Klassenzimmer hing, eines von Sun Tzu aus *Die Kunst des Krieges*: „Inmitten des Chaos gibt es auch Gelegenheiten." Genau das brauchten sie jetzt: Chaos … eine Ablenkung. Irgendwie mussten sie die Skelette weglocken, damit jemand Hunter befreien und ihr einen Bogen in die Hand drücken konnte.

Er ging zurück zu den anderen und bedeutete Stitcher, näherzukommen.

„Ich habe Hunter gesehen … Sie ist da."

Stitcher strahlte und schaute ihn hoffnungsvoll an.

„Aber sie wird von mindestens zwanzig Witherskeletten bewacht."

Das Leuchten in ihren Augen ließ ein wenig nach.

„Daher brauchen wir ein Ablenkungsmanöver", fuhr Gameknight fort, „um die Skelette wegzulocken, damit wir den Käfig öffnen können. Aber das Problem ist, dass wir …"

Auf einmal war rings um sie herum das Knurren von Wölfen zu hören, die wütend klangen … und hungrig. Gameknight konnte erkennen, dass sie noch weit weg waren, aber schnell näher kamen.

„Wölfe?", fragte Stitcher. „Was machen wir denn jetzt?"

Ein wütendes Wolfsrudel stellte einen gefährlichen Gegner dar. Die Tiere griffen von allen Seiten an und bissen ihre Feinde mit gnadenloser Effizienz. Dummerweise klang es ganz so, als käme dieses Rudel direkt auf sie zu.

„Kommt schnell hinter mich", forderte Gameknight seine Freunde auf und zog sein Diamantschwert. „Wir stellen uns Rücken an Rücken."

Stitcher und Crafter traten hinter den Benutzer-der-kein-Benutzer-ist, zogen ihre Waffen und machten sich kampfbereit.

Dann hörten sie auch schon das Geräusch der zahllosen Pfoten, die durch den Wald liefen, Zweige zerbrachen und Blätter rascheln ließen. Wie ein aufziehender Sturm kamen sie immer näher. Das Heulen wurde lauter und war nun von wütendem Knurren begleitet … Diese Tiere waren sehr, sehr zornig.

Kleine Schweißwürfelchen bildeten sich auf Gameknights Stirn, als er sein Schwert umklammerte und sich der nahenden Gefahr stellte. Er konnte sich noch gut daran erinnern, wie er damals, als Minecraft noch ein Spiel gewesen war, einmal gegen ein Wolfsrudel gekämpft hatte. Die Sache war nicht gut ausgegangen. Und jetzt bekam er es schon wieder mit einem ganzen Rudel zu tun. Er drehte sich kurz zu Crafter und Stitcher um und schenkte ihnen ein, wie er hoffte, aufmunterndes Lächeln. Sie sahen beide völlig verängstigt aus, da sie genau wussten, wie eine Konfrontation mit einem Wolfsrudel üblicherweise ausging.

Im nächsten Augenblick waren die Wölfe da.

Riesige, weiße Kreaturen kamen direkt auf sie zugelaufen. Gameknight konnte erkennen, dass sie wütend waren, da ihre Augen rot glühten. Seiner Meinung nach bestand das Rudel aus bestimmt dreißig Tieren – sie hatten nicht die geringste Chance, diese Auseinandersetzung zu überleben. Zwar hatten alle Tiere ein farbiges Halsband um, aber Gameknight registrierte diese Tatsache nur beiläufig, da sein Denkvermögen von Angst und Panik beherrscht war. Er hielt sein Schwert fest und wappnete sich für den ersten Beißangriff.

Doch dann liefen die Wölfe einfach vorbei.

Sie sahen aus wie kleine weiße Geschosse, als sie an ihnen vorbeirannten und zwischen den blattlosen Bäumen hindurchhuschten. Wie eine unaufhaltsame weiße Woge preschten die Wölfe den Hügel hinauf und verschwanden auf der anderen Seite.

Auf einmal schrie Stitcher: „Da ist Herder!"

Gameknight drehte den Kopf und bemerkte, dass Herder dem letzten Wolf folgte.

„Hallo, Gameknight", sagte der Junge im Vorbeilaufen mit breitem Grinsen.

„Was ist hier los?", fragte Gameknight verwirrt.

„Jetzt komm schon. Sie greifen die Skelette an!", rief Crafter und rannte den Hügel hinauf.

Gameknight stand zwar noch immer unter Schock, folgte seinem Freund jedoch und blieb an der Hügelspitze stehen. Von dort bot sich ihm ein verblüffender Anblick. Auf der Lichtung herrschte ein heilloses Chaos: Weiße Wölfe kämpften gegen aschfarbene Witherskelette. Scharfe Zähne schnappten nach dunklen Knochen, während sich Eisenschwerter in fellbedecktes Fleisch bohrten.

„Kommt! Wir müssen ihnen helfen!", schrie Stitcher.

„Nein, befreie deine Schwester!", rief Gameknight und warf ihr eine Diamantspitzhacke zu.

Stitcher fing das Werkzeug und lief auf den Eisenkäfig zu. Gameknight folgte ihr und stürzte sich in den Kampf, wobei er sein verzaubertes Schwert mit aller Kraft schwang. Er duckte sich unter einer Eisenklinge hindurch, schlug nach einem Skelett, wirbelte herum und blockte einen Angriff mit seinem Schwert ab. Nachdem er sich unter einer anderen Klinge hindurchgerollt hatte, schlug er einem Skelett die Beine weg und spießte ein weiteres dunkles Monster auf.

Als er über die Schulter schaute, sah er Crafter, der mit einem Monster in einen Kampf auf Leben und Tod verwickelt war. Das große Skelett trieb seinen Freund immer weiter nach hinten, doch dann stürzten sich zwei Wölfe auf die Bestie und attackierten ihre Arme und Beine. Das Monster verschwand in einer Wolke aus Skelettknochen und Erfahrungskugeln. Es sah ganz danach aus, als würden die Skelette den Kampf verlieren, auch wenn noch immer viel zu viele da waren und eines allein einen schon töten konnte.

Gameknight stürzte vor und packte den Schwertarm eines Skelettes, das gerade einen verwundeten Wolf erstechen wollte. Er entriss dem Monster das Schwert und stieß es zu Boden. Sofort stürzten sich zwei Wölfe darauf und schalteten es aus.

Klonk!

Ein Pfeil prallte von seiner Diamantrüstung ab, und er musste drei Schritte zurückweichen. Jemand hatte mit einem Bogen auf ihn geschossen … einem verzauberten Bogen.

Er drehte sich um und schaute über das Schlachtfeld zu einem Witherskelett hinüber, das einen verzauberten Bogen in der Hand hielt und mit dem angelegten Pfeil direkt auf ihn zielte. Das Skelett schoss, und Gameknight konnte genau sehen, wie der Pfeil durch die Luft und auf ihn zuflog. Es war, als würde er sich einen Film in Zeitlupe ansehen. Er war wie gelähmt, doch auf einmal wurde er zu Boden geschleudert, und Herder landete auf ihm. Der Pfeil sauste an seinem Ohr vorbei, als er bereits hinfiel. Gameknight schaute zu dem Skelett hinüber und stellte fest, dass es bereits den nächsten Pfeil anlegte und auf seinen Kopf zielte.

Der Benutzer-der-kein-Benutzer-ist hatte seinen Helm und sein Schwert beim Sturz verloren und konnte sich nicht verteidigen. Das Witherskelett grinste bedrohlich und zog die Bogensehne zurück. Doch bevor es seinen Pfeil abschießen konnte, drang ein anderer in die Seite des Monsters ein und brachte es ins Schwanken. Das Skelett schoss, doch schon ragte ein weiterer Schaft aus seiner Brust.

„Du wirst nicht auf meine Freunde schießen!", schimpfte Hunter. „Und ich habe dir ganz bestimmt nicht die Erlaubnis gegeben, meinen Bogen zu benutzen!"

Der Pfeil des Skeletts segelte neben Gameknight zu Boden, während Hunter das Monster erneut in die Brust traf … wieder und immer wieder, bis es in einer Wolke aus Knochen und Kohle verpuffte.

„Ja, so gefällt mir das!", jubelte Hunter.

Sie kam zu Gameknight gelaufen, während die Wölfe die letzten Witherskelette vernichteten.

„Alles okay?", erkundigte sich Hunter und half ihm beim Aufstehen.

Gameknight nickte, drehte sich um und hielt Ausschau nach Herder. Der Junge lag mit einem Pfeil in der Seite auf dem Boden. Gameknight half ihm auf die Beine.

„Geht es dir gut?“, fragte er.

Herder berührte den Pfeil und zuckte zusammen, grinste dann aber breit.

„Ich hab doch ge… gesagt, dass ich mehr Freunde brau… brauche“, stammelte Herder.

„Und du hast die richtigen mitgebracht“, lobte ihn Gameknight und schlug ihm auf den Rücken, woraufhin Herder erneut zusammenzuckte.

„Gut, dass du ein Wolfsrudel und keine Schweineherde gefunden hast“, meinte Crafter, der sich breit grinsend näherte.

Da musste Gameknight zum ersten Mal seit einer Ewigkeit lachen. Das Bild einer Schweineherde, die zu Hunters Rettung beitrug, war einfach zu witzig.

Dann kam Stitcher angelaufen und warf die Arme um ihre Schwester. Hunter ließ sofort den Bogen fallen, erwiderte die Umarmung und weinte vor Freude. So standen sie reglos da, hielten einander fest und waren froh, sich wiedergefunden zu haben.

„Ich hatte solche Angst, als ich im Nether gesehen habe, wie dich dieser schreckliche Ghast mitgenommen hat“, flüsterte Stitcher Hunter ins Ohr. „Ich habe nach dir gerufen, war aber zu weit weg. Als ich die Festung endlich verlassen hatte, warst du weg.“

„Du warst da? Wo denn?“

„Sie haben mich gefangen genommen, nachdem sie unser Dorf zerstört hatten“, erklärte Stitcher, deren Freude über das Wiedersehen von Traurigkeit durchbrochen wurde. „Unsere Eltern …“

„Ja … Ich weiß … Sie sind tot.“

Da weinten Stitcher und Hunter wieder, als ihnen plötzlich bewusst wurde, dass ihre Eltern tatsächlich nicht mehr am Leben waren. Ihre Familie war durch Malacodas böse Pläne zerstört worden, und nun hatten sie nur noch einander. Sie hielten einander lange in den Armen, bis sich Stitcher irgendwann von ihrer Schwester löste und sie ansah.

„Gameknight999 musste mir versprechen, dass er dich retten wird“, sagte Stitcher und wischte sich die Tränen aus den Augen. Sie lächelte den Benutzer-der-kein-Benutzer-ist an. „Und wir haben es geschafft.“

„Ich bin sehr froh, dass er sein Versprechen gehalten hat“, erwiderte Hunter und grinste Gameknight an. „Aber wer ist der Neuling? Ich glaube, wir kennen uns noch nicht.“

Als sie Herder die Hand geben wollte, sah sie den Pfeil, der aus seiner Seite ragte.

„Oh nein, du bist verletzt!“, rief sie aus.

„Ach, das i… ist nichts“, behauptete Herder. „Ich hatte schon schlim… schlimmere Verletzungen.“

„Herder, du Angeber“, zischte Stitcher. „Willst du mir etwa erzählen, du hättest schon etwas Schlimmeres erlebt, als von einem Witherskelett angeschossen zu werden?“

Der schlaksige Junge wandte betreten den Blick ab.

„Hab ich's mir doch gedacht“, sagte Stitcher. „Aber du warst trotzdem super, Herder. Ohne deine Wölfe hätten wir meine Schwester bestimmt nicht retten können. Vielen Dank.“

Sie gab ihm einen Kuss auf die Wange und umarmte ihn.

Der dünne Junge lief puterrot an und sah verlegen zur Seite. In diesem Augenblick packte Hunter den Pfeilschaft und zog ihn heraus. Herder schrie vor Schmerz und Überraschung auf. Sofort fingen die etwa zwanzig Wölfe, die den Kampf überlebt hatten, an zu knurren und gingen auf Hunter zu. Herder ging schnell mit ausgestreckten Armen dazwischen.

„Das sind Herders Freunde“, sagte der Junge. „Ihr müsst sie so behandeln, wie ihr mit mir umgeht.“

Die roten Augen wurden langsam wieder gelb, als sich die Tiere beruhigten und entspannten.

„Wir müssen jetzt los!“, ermahnte Hunter sie. „Ich weiß, was Malacoda vorhat, und wir sollten uns beeilen.“

„Was denn?“, fragte Crafter.

„Das erkläre ich euch unterwegs. Hoffentlich habt ihr Pferde dabei, denn es eilt.“

„Sie stehen da drüben“, sagte Gameknight und deutete mit seinem schimmernden Schwert in die Richtung.

„Dann los“, verlangte Hunter.

Sie sprinteten durch den Wald, und das Wolfsrudel begleitete sie zu den Pferden.

Keiner von ihnen bemerkte den dunklen Enderman, der sich den ganzen Kampf vom Felsvorsprung aus angesehen hatte. Das finstere Monster schaute der Gruppe hinterher, bis sie nicht mehr zu sehen war, und verschwand danach in einem lilafarbenen Partikelnebel, um sich zu seinem König zu teleportieren … Erebus.

KAPITEL 23

MALACODAS PLAN

Nachdem der Enderman die Nachricht von Hunters Flucht überbracht hatte, schäumte Malacoda vor Wut, und seine donnernde Stimme hallte über die Ebene. Die katzenartigen, schaurigen Schreie bewirkten, dass sich alle Monster in der Nähe mit ihren klauenbewehrten Händen die Ohren zuhielten.

Erebus rührte keinen Finger, achtete jedoch darauf, außerhalb von Malacodas Reichweite zu bleiben, als dieser die schlechte Nachricht bekam. Schließlich wusste er, wie schnell der Ghast mit seinen neun Tentakeln zuschlagen konnte, und wollte nicht deren nächstes Ziel sein.

„Was meinst du damit, dass sie weg ist?", brüllte Malacoda.

„Er hat sie gerettet", antwortete Erebus, dessen Stimme vor Nervosität noch schriller klang.

„Er … Du meinst …"

„Ja, der Benutzer-der-kein-Benutzer-ist hat deinen Witherskeletten die Gefangene abgenommen. Erinnerst du dich, dass ich dir in deiner Netherfestung gesagt habe, dass dieser Gameknight999 zur ungünstigsten Zeit etwas Unerwartetes tun kann?"

Malacoda knurrte nur und sah zur Seite.

„Genau das hat er jetzt wieder getan", fuhr Erebus fort. „Er hat seine Suche nach dem zweiten Schlüssel unterbrochen, um diesen NPC zu retten."

„Aber das ergibt doch keinen Sinn", erklärte Malacoda und schwebte noch höher in die Luft, während in seinen Augen der Zorn loderte. „Warum sollte er seine ganze Armee vom Weg abbringen, nur um diesen einen NPC zu befreien?"

„Er hatte nicht seine ganze Armee dabei", teilte Erebus ihm mit schiefem Grinsen mit. „Da waren nur der Benutzer-der-kein-Benutzer-ist und drei NPCs."

Der Enderman, der neben Erebus stand, raunte seinem König etwas ins Ohr.

„Aha, und ein Wolfsrudel", ergänzte er.

„Vier Krieger und ein paar Hunde haben meine Witherskelette besiegt?" Malacoda wollte seinen Ohren nicht trauen. Die tränenartigen Narben unter seinen Augen schienen vor unbändigem Zorn zu glühen.

„Ach ja … Ich hatte noch vergessen zu erwähnen, dass Gameknight999 der einzige Benutzer war, und die anderen drei NPCs waren Kinder."

„WAS?"

Erebus grinste.

Malacoda war außer sich vor Zorn. Er schwebte zu einer Lohe, schlug blitzartig zu und rammte seine neun Tentakel in den feurigen Körper. Es klang, als hätte es laut geblitzt, und die Gesundheit der Kreatur war innerhalb weniger Sekunden aufgebraucht, sodass nur noch einige glühende Stäbe zurückblieben.

„Wie konntest du das zulassen?“, schrie Malacoda Erebus an.

Der Enderman trat vor und sagte so leise, dass nur der Netherkönig ihn verstehen konnte: „Falls du dich erinnerst … Hoheit … Ich hatte vorgeschlagen, die Gefangene in die Tunnel zu bringen und mit Lava zu umgeben.“ Erebus machte eine kurze Pause, trat dann zurück, um nicht mehr in Reichweite zu sein, und fuhr so laut fort, dass ihn jeder hören konnte. „Der Benutzer-der-kein-Benutzer-ist verspottet alle Monster der Oberwelt und des Nether mit dieser Beleidigung. Aber wir werden uns schon sehr bald an ihm rächen.“

„Ich will mich *jetzt* rächen! Er soll auf der Stelle vernichtet werden!“, brüllte Malacoda. „Wir werden diese NPCs aus der Oberwelt augenblicklich angreifen und ausschalten!“

„Nein“, erwiderte Erebus schnell und trat lieber noch einen Schritt zurück.

„Was hast du gesagt?“, knurrte Malacoda, in dessen katzenhafter Stimme Zorn mitschwang.

„Das wäre ein Fehler … erhabene Königlichkeit.“ Erebus wagte es, etwas näherzukommen, und senkte erneut die Stimme. „Wir sollten uns von diesen dummen NPCs zum zweiten Schlüssel führen lassen. Sollen sie doch gegen die Wächter kämpfen. Wenn sie den Schlüssel für uns besorgt haben, dann rächen wir uns an ihnen.“ Vorsichtshalber machte er zwei Schritte nach hinten und erhob die Stimme. „Wir werden den unbedeutenden NPCs die Schlüssel zur Quelle stehlen, und dann steht uns der Weg offen … der Weg zur Zerstörung.“

Erebus teleportierte sich auf einen kleinen Hügel, sodass er sich auf einer Höhe mit Malacoda befand. Er blickte auf die gewaltige Monsterarmee herab und streckte die Arme aus.

„Meine Brüder und Schwestern, der Sieg ist nahe. Diese NPCs sind uns nicht gewachsen. Wir werden wie ein unaufhaltsamer Sturm über sie hereinbrechen und sie mit solcher Gewalt bezwingen, dass sie sich wünschen werden, ihr Schöpfer Notch hätte sie nie in den Code von Minecraft integriert.“

Die Monster jubelten.

Erebus sah zu Malacoda hinüber. Der Netherkönig wirkte erzürnt, und der Enderman wusste, dass er sich zusammenreißen musste ... vorerst zumindest.

Grinsend fuhr er fort: „Der König des Nether wird uns alle in die größte Schlacht führen, die es je gegeben hat ... die letzte Schlacht um Minecraft. Wenn wir hier siegreich gewesen sind, gehen wir in die physikalische Welt und übernehmen ALLES!"

Wieder jubelten die Monster.

„Aber wir müssen geduldig sein und auf den richtigen Moment warten", setzte er hinzu, während Malacoda ihn wütend anstarrte. „Gepriesen sei Malacoda, der König des Nether!"

Erebus deutete auf den schwebenden Ghast und hob dann eine Faust in die Luft. Das jubilierende Stöhnen und Jaulen der Monster hallte durch die Luft. Als er auf die Armee herabblickte, stellte er fest, dass viele Monster Malacoda mit ihren kalten, toten Augen ansahen, deutlich mehr jedoch ihn anschauten. Aus dem Augenwinkel bemerkte er, dass der Ghast die Bewunderung genoss und seine Augen selbstzufrieden funkelten.

Du Narr.

Schon bald würden das seine Soldaten sein, und er wäre diesen dummen Ghast endlich los. *Malacoda, deine Tage sind gezählt*, dachte er und fiel zum Schein in den Jubel mit ein. Während der König der Endermen seinen Plan zur Beseitigung des Ghasts ersann, umspielte ein böses Grinsen seine Lippen.

KAPITEL 24
SHAWNY

Sie ritten schnell in den Nordwesten zu Mason und seiner Armee. Gameknight übernahm mit Herder an seiner Seite die Führung und legte das erschreckend hohe Tempo vor. Dabei waren sie die ganze Zeit über von einem schützenden Ring aus weißen Wölfen umgeben. Stitcher, die Hunter nicht von der Seite weichen wollte, ritt mit ihr auf einem Pferd, und die beiden unterhielten sich die ganze Zeit, um einander alles zu erzählen, was seit dem Angriff auf ihr Dorf geschehen war. Crafter bildete das Schlusslicht und hielt nach Monstern Ausschau.

Irgendwann am Nachmittag verließen sie den Wald mit den hohen Hügeln und gelangten in die einzigartige, trockene Savanne. Die seltsamen, oben flachen Akazien mit ihren grau-grünen Blättern standen überall in der Landschaft herum und sahen im rötlichen Sonnenlicht irgendwie krank aus. Im Vergleich zu den hohen, majestätischen Eichen und den üppig grünen Kiefern des Waldes wirkten diese Bäume mit der grauen Borke fast schon fremdartig. Gameknight mochte dieses flache Terrain allerdings, da er die Monster hier schon von Weitem sehen konnte. Hin und wieder entdeckten sie einen Zombie oder eine Spinne, die sich durch das hohe gelbliche Gras der Savanne schlängelten wie Haie durch einen Ozean, aber Hunter machte ihnen mit ihrem Bogen schnell den Garaus, sodass die Monster nicht einmal auf Schwertreichweite an sie herankamen.

Sie ritten den Rest des Tages und die ganze Nacht und kamen gut voran. Als die Sonne schließlich hinter Gameknights Schulter im Osten aufging, war er trotzdem erleichtert, da die Nacht den Monstern gehörte, auch wenn sie nur wenige zu Gesicht bekommen hatten.

Während es um sie herum heller wurde, drehte sich Gameknight lächelnd zu Crafter um.

„Ich habe den Sonnenaufgang schon immer gemocht", sagte er zu seinem Freund, der nun zu ihm nach vorn gekommen war.

„Ja, ich auch", erwiderte Crafter lächelnd und drehte sich zu der aufgehenden eckigen Sonne um. „Mein Urgroßonkel Taylor hat immer gesagt: ‚Der Sonnenaufgang ist Notchs Gruß an jene, die die Nacht überlebt haben. Er ist eine Wiedergeburt, bei der alle Sünden der Nacht durch das strahlend gelbe Antlitz der Sonne weggewaschen werden.'"

Doch sein Lächeln verwandelte sich rasch in eine finstere Miene.

Gameknight spürte die Anspannung seines Freundes und blickte gen Osten. Die Sonne stand wie immer tiefrot am Horizont, aber als sie weiter aufging, blieb die Verfärbung bestehen. Sie warf ein dunkelrotes Licht auf die Landschaft und verfärbte alles so, wie es sonst nur bei Sonnenaufgang aussah.

„Es wird schlimmer“, stellte Crafter fest.

„Diese gemeinen Schatten-Crafter“, sagte Hunter. „Sie sind es, die Minecraft das antun.“

„Aber warum?“, wollte Gameknight wissen, der sein Pferd noch etwas mehr antrieb.

„Das haben sie nicht erwähnt“, antwortete Hunter. „Der grüne, Zombiebrine, hat fast als Einziger gesprochen, aber ich hatte den Eindruck, dass er nicht das Sagen hat. Da war noch ein anderer mit leuchtenden Augen … Er war der Anführer, hat aber nie etwas gesagt.“

„Wir sollten davon ausgehen, dass die Schatten-Crafter den Monstern in Minecraft helfen“, meinte Stitcher, die vor Hunter saß. „Schließlich haben wir die Licht-Crafter auf unserer Seite … Da ist es nur naheliegend, dass die Schatten-Crafter sie unterstützen.“

Gameknight nickte und schaute sich in der Landschaft um. Abgesehen von den Pferden waren nur wenige lebendige Kreaturen zu entdecken, aber sie schienen hier in der Savanne natürlich zu spawnen. Er war immer ein wenig ängstlich, dass plötzlich ein Monster unerwartet aus einem Loch oder einem Tunneleingang auftauchen und sie überraschen könnte, aber heute fühlte er sich ungewöhnlich gelassen. Das konnte natürlich auch an den Wölfen liegen, die sie umringten. Das Rudel befolgte gehorsam Herders Befehle und beschützte sie. Sollten unverhofft eine Spinne oder ein Zombie auftauchen, würden die Wölfe kurzen Prozess mit ihnen machen, daher konnte sich Gameknight ein wenig entspannen.

Die sanften Bewegungen seines Pferdes lullten ihn immer mehr ein, und seine Augenlider wurden schwer. Er war müde nach dem Kampf und dem langen Ritt, aber er wusste, dass sie nicht rasten durften. Sie mussten zur Armee gelangen, bevor diese beim zweiten Schlüssel eintraf. Daher dämmerte er beim Reiten im Halbschlaf vor sich hin und war mit einem Mal wieder im Land der Träume.

Silbriger Nebel schien aus dem Boden aufzusteigen, sodass es aussah, als würde sein Pferd auf einer Wol-

ke laufen. Nach und nach bedeckte der umherwirbelnde Dunst das hohe Gras und die Büsche, bis nur noch die hohen Wipfel der flachen Akazien herausragten. Gameknight saß auf seinem Pferd, sodass sich sein Kopf direkt über dem silbernen Schleier befand, während sich der Rest seines Körpers kalt und feucht anfühlte. Zu seiner Linken und Rechten konnte er seine Gefährten auf ihren Pferden sehen, aber sie wirkten irgendwie durchscheinend, als wären sie nicht ganz da.

Er war allein im Land der Träume.

Gameknight schaute sich gründlich um, da er hier in dieser dunstigen Landschaft nicht von Monstern überrascht werden wollte. Aber er konnte keine anderen Kreaturen erkennen … Er war wahrhaftig allein. Doch dann hörte er etwas. Aber auch als er sich umdrehte, sah er nichts. Doch er war sich sicher, etwas gehört zu haben.

„Gamekni…"

Da war es wieder, dieses Mal allerdings lauter und zu seiner Rechten. Er lenkte sein Pferd in diese Richtung. Doch da war nur die Landschaft mit ihrem hohen Gras und den seltsamen Bäumen. Hier war niemand.

„Gameknight …"

Das Geräusch kam aus seinem Rücken. Er drehte sich um und zog sein Diamantschwert.

Nichts.

Er ließ sein Pferd galoppieren, um seine Freunde wieder einzuholen. Offenbar wurde er langsam verrückt, da er sich schon einbildete, die Stimme würde klingen wie …

„Gameknight, bist du da?“

Shawny … Das klang wie Shawny, sein einziger Freund in der physikalischen Welt. Er hatte Gameknight dabei geholfen, Crafters Server zu retten; doch das schien eine Ewigkeit her zu sein. Wie war das möglich …

„Gameknight999, bist du da irgendwo?“

Er nahm sein ganzes Minecraft-Können zusammen und stellte sich den Computer im Keller seines Elternhauses bildlich vor. Während er vor seinem inneren Auge seine Hände über der Tastatur sah, lenkte er seine Gedanken und seinen Verstand auf die Tasten und malte sich aus, wie er etwas eingab.

„S … H … A … W … N … Y.“

„Bist du das, Gameknight? OMG … Wir haben nach dir gesucht. Alle haben …“

Es war Shawny. Es war so wunderbar, seine Stimme zu hören, wenn man es denn hören nennen konnte. Der Klang schien aus dem silbrigen Nebel zu kommen, aber auch aus seinem Verstand. Wenn er die Augen schloss, konnte Gameknight die Buchstaben in seinem Kopf sehen, als würde er den Text auf seinem Bildschirm lesen.

„Bist du das wirklich, Shawny, oder träume ich nur?“

„Natürlich bin ich es. Ich bin so froh, dass du nicht tot bist, nach allem, was beim letzten Kampf passiert ist. Wo steckst du ... Was machst du gerade?"

Gameknight betrachtete den silbrigen Nebel, der ihn umgab, und lächelte. Er hatte Shawny gefunden ... ER HATTE SHAWNY GEFUNDEN! Er war so froh ... und erleichtert. Vielleicht konnte sein Freund ihm ja helfen.

„Erinnerst du dich daran, dass Crafter sich im Kampf gegen Erebus und die Monster der Oberwelt geopfert hat?", fragte Gameknight.

„Klar."

„Und weißt du auch noch, wie ich das ganze TNT in die Luft gejagt habe und in Stücke gesprengt wurde?"

„Natürlich. Inzwischen haben alle Benutzer davon gehört."

„Tja, wir sind offensichtlich nicht gestorben, sondern wurden auf die nächste Serverebene versetzt. Wir kämpfen noch immer, um Minecraft zu retten."

„Wir?", hakte Shawny nach. „Was meinst du damit? Ist Crafter auch noch am Leben?"

„Ja, Crafter ist noch am Leben, aber er ist jetzt ein Junge ... Er wurde im Körper eines kleinen Jungen wiederbelebt."

„Minecraft macht manchmal seltsame Sachen", meinte Shawny.

Gameknight nickte und grunzte zustimmend.

„Und was macht ihr jetzt?“, wollte Shawny wissen.

„Wir haben auf dem letzten Server gegen Erebus und Malacoda gekämpft, konnten sie aber nicht aufhalten.“

„Erebus hat überlebt?“, fragte Shawny.

„Ja, und sein neuer Ghast-Freund Malacoda ist sogar noch schlimmer als er“, berichtete Gameknight.

„Du ziehst ja seltsame Leute an“, stellte Shawny lachend fest. „Wo steckst du denn jetzt?“

„Wir sind Erebus, Malacoda und ihrer Monsterarmee auf diesen Server gefolgt, auf dem sich die Quelle befindet.“

„Dann bist du tatsächlich an der Quelle? Wie ist es da so? Wie sieht es aus? Kann ich es mir mal ansehen? Wie ist deine IP?“

„Nun mal langsam, Shawny. Die Sache ist kompliziert. Erstens weiß ich nicht, wo die Quelle ist – wir suchen noch danach. Zweitens wollen Erebus und Malacoda sie ebenfalls finden, und sie haben viel mehr Monster als wir NPCs, daher stecken wir in großen Schwierigkeiten. Ich könnte einen Strategen wie dich hier gut gebrauchen.“ Gameknight hielt kurz inne und sah sich um. Er konnte seine durchsichtigen Freunde auf ihren Pferden sehen, während Herders Wölfe vollständig im Nebel verschwunden waren. Aber es schienen keine Monster in der Nähe zu sein. „Wo bist du, und was ist mit den anderen Benutzern?“

„Wir sind alle in Crafters Dorf. Du kannst ihm ausrichten, dass seine Leute in Sicherheit sind. Und die anderen …"

„Wir?", unterbrach ihn Gameknight. „Wen meinst du mit wir?"

„Alle Benutzer. Sie sind alle hier bei mir."

„Was? Das verstehe ich nicht. Alle Benutzer sind da?"

„Selbstverständlich." Shawny lachte. „Alle Benutzer haben von deinem Opfer gehört. Ob du es glaubst oder nicht, Gameknight999 ist jetzt ein Held." Wieder lachte er auf. „Außerdem ist Crafters Server der einzige, der noch online ist. Wir kommen auf keinen anderen Minecraft-Server mehr drauf. Wer Minecraft spielen will, muss also hierherkommen. Aber wir spielen nicht, wir bereiten uns vor."

„Worauf?", fragte Gameknight.

„Auf den Krieg", antwortete Shawny. „Wir haben gesehen, dass alle Minecraft-Server verschwunden sind. Das war die einzige Erklärung für das, was gerade passiert."

„Du hast es geschafft, dass dir die anderen Benutzer helfen?" Gameknight staunte. „Nachdem ich sie früher gegrieft habe, war ich nicht gerade besonders beliebt."

„Machst du Witze? Nach deiner Einlage mit dem TNT, bei der du die ganzen Monster gesprengt hast … Du bist jetzt ein Held. Jeder will dem großen Gameknight999 helfen."

„Was?"

„Ja, ob du es nun glaubst oder nicht, alle wollen dir helfen. Freiwillig. Aus diesem Grund sind wir hier in Crafters Dorf und bereiten uns auf die letzte Schlacht vor. Wir wollen mitkämpfen und Minecraft retten."

„Ich weiß aber nicht, ob ich euch alle auf diesen Server holen kann", erwiderte Gameknight. „Aber wenn es irgendwie möglich ist, werde ich es tun. Wir könnten eure Hilfe gegen diese gewaltige Monsterarmee gut gebrauchen."

„Was sollen wir tun?"

Gameknight überlegte kurz und versuchte, sich die letzte Schlacht vorzustellen, aber noch hatte er nicht alle Puzzleteile beisammen. Er wusste weder, wie das Schlachtfeld aussehen würde, noch, wo die Armeen stehen würden … Es gab zu viele Unbekannte, zu viele Variablen. Er wusste zwar, dass sie mit all diesen Monstern Probleme bekommen würden, aber er hatte noch keine Lösung parat. Doch da fiel ihm etwas ein, das Crafter gesagt hatte, und er musste lächeln, als auf einmal alle Teilchen an ihren Platz rutschten.

„Du kannst Folgendes tun …"

Dann erklärte Gameknight ihm den ersten Teil seines Plans für die letzte Schlacht um Minecraft.

KAPITEL 25

EINFACH DU SELBST SEIN

Gameknight kehrte aus dem Land der Träume zurück, als er Gelächter hörte. Er schaute sich um und stellte fest, dass Stitcher ihn breit grinsend musterte.

„Bist du wieder bei uns?“, erkundigte sie sich.

„Was ist denn los?“

„Du hast komische Dinge vor dich hingemurmelt“, erwiderte Crafter.

„Ich habe was?“, fragte er verwirrt.

„Du warst im Land der Träume, richtig?“, wollte Hunter wissen.

Gameknight nickte.

„Du bist wach durch das Land der Träume gewandelt“, stellte sie fast schon ehrfürchtig fest. „Gameknight999, du bist nun ein vollwertiger Traumwandler, so wie ich, meine Großmutter Healer und ihr Großvater Woodcutter. Das ist eine sehr seltene Gabe, die nur wenige besitzen.“

„Das klingt fast so, als würde deine halbe Familie aus Traumwandlern bestehen“, bemerkte Gameknight. „Gilt das auch für Stitcher?“

Hunter tätschelte ihrer kleinen Schwester kopfschüttelnd die Schulter. „Nein, es kommt so gut wie nie vor, dass zwei Familienmitglieder diese Gabe besitzen. Ich habe sie schon seit meiner frühesten Jugend, und nun ist es meine Aufgabe, dafür zu sorgen, dass es im Land der Träume sicher ist. Denn wenn man dort getötet wird, dann ist man wirklich tot. Aus diesem Grund müssen Traumwandler nach zufälligen Besuchern Ausschau halten und für ihre Sicherheit sorgen … So, wie ich es getan habe, als du zum ersten Mal von Erebus in deinem Elternhaus geträumt hast."

„Wie meinst du das?"

„Du erinnerst dich doch bestimmt daran … Du hast geträumt, dass du zurück in der physikalischen Welt bist und dass die Monster der Oberwelt in dein Haus eindringen", erläuterte Hunter. „Du hast gegen Erebus gekämpft und ich ein Stockwerk höher gegen seine Monster. Es war ein großartiger Kampf. Meine Bogensehne hat nahezu andauernd gesummt, während ich Zombies, Spinnen und Creeper ausgeschaltet habe. Als mir jedoch die Pfeile ausgingen, habe ich das Land der Träume verlassen und bin in die Wachwelt zurückgekehrt, wo ich dich geweckt habe, indem ich dich aus dem Bett geschubst habe. Weißt du das denn nicht mehr?"

Er nickte. Das war in der ersten Nacht passiert, nachdem sie Hunter in ihrem Dorf begegnet waren. Gameknight rieb sich den Hals, als er sich daran erinnerte, wie Erebus ihn gewürgt hatte, auch wenn seine Haut längst verheilt war.

„Was fange ich jetzt mit dieser Fähigkeit an?", wollte er wissen.

„Du beschützt jene, die sich im Land der Träume aufhalten. Das ist deine Aufgabe."

Gameknight nickte erneut und dachte darüber nach. Als er gerade etwas sagen wollte, hallte Herders Stimme über die Savanne.

„Die Ar... Armee ist da vorn."

Als er den Kopf hob, stellte Gameknight fest, dass Herder ein Stück voraussgeritten war, um nach der Armee Ausschau zu halten. Jetzt schwenkte er die dünnen Arme und rief, so laut er konnte, während seine Wölfe aufgeregt heulten. Er kehrte zu den anderen zurück und ritt neben Gameknight.

„Die Armee ist gleich hinter dem nächs... nächsten Hügel. Es sieht aus, als würden sie ras... rasten. Wir kön... können sie einholen."

Gameknight blickte auf und stellte fest, dass sich die Sonne dem Horizont näherte und immer roter wurde. Da er bei Anbruch der Nacht bei der Armee sein wollte, trieb er sein Pferd an.

„Na los, lasst uns zur Armee stoßen, bevor es dunkel wird", forderte er die anderen auf.

Sie erreichten das Lager, als die Sonne gerade hinter dem Horizont versank und die Savanne in tiefrotes Licht tauchte, bevor Dunkelheit die Landschaft umfing. Während sie durch das Lager ritten, jubelten die Krieger und riefen Gameknights Namen, als wäre er ein mythischer Held.

„Gameknight999 ist hier! Nehmt euch in Acht, ihr Monster ..."

„Der Benutzer-der-kein-Benutzer-ist wird uns zum Sieg führen ..."

„Unser Anführer ist zurückgekehrt!"

Die Lobeshymnen waren Gameknight noch immer unangenehm und peinlich. Er war nicht der wahre Anführer, das war Mason. Der große NPC war der geborene Anführer und besaß die Selbstsicherheit und das entschlossene Auftreten, die nötig waren, damit sich die anderen Krieger sicher fühlten. Gameknight war hingegen nur ein feiger Junge, der Angst vor dem hatte, was passieren könnte, wenn er die falsche Entscheidung traf oder nicht das Richtige tat. Und jetzt, wo sie zurück waren und er all die NPCs sah, die von ihm erwarteten, dass er sie beschützte, lag die Last der Verantwortung schwer auf seinen Schultern …

„Benutzer-der-kein-Benutzer-ist!“, rief jemand.

Gameknight drehte sich um und stellte fest, dass Mason auf ihn zukam. Er hielt sein Pferd an und stieg ab, und die anderen machten es ihm nach.

„Wie ich sehe, bist du mit einem Gast zurückgekehrt“, stellte Mason strahlend fest. „Willkommen zurück, Hunter.“

„Das habe ich nicht dir zu verdanken, wie ich gehört habe“, fauchte Hunter.

„Wir mussten uns darauf konzentrieren, den letzten Schlüssel zur Quelle zu finden“, entgegnete Mason. „Aber wir sind alle froh, dass du wieder da bist. Viele von uns sehen zu dir auf. Deine Schießkünste sind während deiner Abwesenheit zur Legende geworden.“

„Du kannst mir ja viel erzählen“, knurrte sie, wandte sich ab und stürmte mit Stitcher auf den Fersen von dannen.

„Ihr solltet lieber alle etwas essen, bevor wir aufbrechen“, sagte Mason.

„Aufbrechen? Wohin denn?“, fragte Crafter.

„Vor uns liegt eine unterirdische Festung“, berichtete Mason. „Die Eisenrose hat uns hergeführt.“ Er holte die Metallblume aus seinem Inventar und reichte sie Gameknight. Ihre leuchtenden Blütenblätter erhellten die Umgebung, als würden sie sich mitten in einer grellen Supernova befinden. „Du solltest derjenige sein, der sie bei sich hat."

Gameknight nahm Mason die Rose ab. Sobald er die Finger um den Stängel legte, konnte er spüren, dass sie vibrierte, als wäre sie lebendig. Gameknight schloss die Augen und spürte ein leichtes Brummen im Kopf, als würde es in der Nähe donnern. Als er die Rose in seinem Inventar verstaute, merkte er, wie sie ihn gen Norden zu der Festung zog, die dort unter der Erde verborgen war.

„Ich möchte wissen, wohin uns dieser Schlüssel führt", erklärte Gameknight und griff nach den Zügeln.

„Ich werde dir den Weg zeigen", bot Mason an.

„Nein, ich muss allein gehen." Gameknight stieg bereits auf sein Pferd.

Mason warf ihm einen skeptischen Blick zu und nickte dann.

„Besorg dir was zu essen, Crafter", sagte Gameknight. „Du auch, Herder."

„Ich ka… kann dich begleiten."

„Nein, ich reite allein. Außerdem musst du nach deiner Herde sehen und dich vergewissern, dass es den Tieren gut geht. Du hast eine Verantwortung, und man verlässt sich auf dich."

Herder nickte und kniete sich hin, um einem der Wölfe etwas ins Ohr zu flüstern. Dann lief er mit seinen tierischen Gefährten im Schlepptau zu seiner Herde.

„Ich bin bald wieder da", versprach Gameknight Mason. „Sorge dafür, dass die Armee dann aufbrechen kann. Wir dürfen nicht zu lange im Freien bleiben, so geben wir nur ein gutes Ziel für Erebus und Malacoda ab."

Gameknight ritt direkt neben Mason und fügte leise hinzu: „Hunter hat ihre Pläne mit angehört. Sie haben vor, sich von uns zum zweiten Schlüssel führen zu lassen, und uns anzugreifen, wenn wir dessen Wächter besiegt haben."

„Dann sollten wir uns den Schlüssel lieber schnell holen und zur Quelle weitergehen", meinte Mason und ging ein Stück weiter, um seinen Truppen Befehle zu erteilen.

Gameknight verließ das Lager in der Richtung, in die die Eisenrose ihn führte. Er konnte ihr Ziehen aus seinem Inventar spüren und wusste ganz genau, wo er hinmusste. Als er das Lager verließ, schloss sich ihm auf einmal Hunter hoch zu Ross an, und auch mehrere Wölfe kamen angelaufen, die Herder ihm anscheinend mitgeschickt hatte.

Gameknight blickte lächelnd auf die Wölfe herab, bedachte Hunter jedoch mit einem wütenden Blick.

„Ich wollte allein reiten … um nachzudenken."

„So ein Pech. Aber ich werde nicht zulassen, dass du irgendwelche Dummheiten machst, nachdem du mich gerade erst gerettet hast, also gewöhn dich lieber an meine Gesellschaft. Wo reiten wir denn hin?"

„Ich wollte mir ansehen, was uns beim zweiten Schlüssel erwartet. Mason sagte, er wäre in einer Festung, und die möchte ich mir anschauen."

„Das klingt ja nach einer *Superidee*", murmelte sie spöttisch und verdrehte die Augen.

Gameknight knurrte nur und ritt weiter in die Richtung, die ihm die Eisenrose vorgab. Nach etwa zehn Minuten gelangten sie zu einem Loch im Boden, das mit Fackeln erhellt war. Mehrere Bogenschützen hielten in der Nähe Wache; wahrscheinlich hatte Mason sie hier postiert. Als sie Gameknight kommen sahen, warfen sie sich in die Brust und hoben salutierend eine Faust, beäugten die Wölfe jedoch misstrauisch. Hunter bemerkte ihren zackigen Salut und starrte Gameknight lachend an.

„Ach, sei still", flüsterte der Benutzer-der-kein-Benutzer-ist ihr grinsend zu. „Ich bin hier, um mir die Festung anzusehen", teilte Gameknight den Wachen mit und stieg ebenso wie Hunter vom Pferd. „Ist schon jemand da drin gewesen?“

„Nein, Benutzer-der-kein-Benutzer-ist“, antwortete einer der Bogenschützen. „Mason hat den Eingang mit Fackeln markiert und uns befohlen, hier bis zu seiner Rückkehr aufzupassen.“

Einer der Soldaten musterte die Wölfe, lachte und raunte seinem Kameraden etwas zu, der ebenfalls zu lachen anfing.

„Was hast du gesagt?“, fragte Gameknight den NPC.

„Ich habe nur festgestellt, dass der Schweinejunge dir offenbar seine besten Freunde mitgeschickt hat“, antwortete der Bogenschütze. „Das war wirklich vorausschauend von ihm.“ Die Krieger kicherten und verzogen das Gesicht, als wollten sie Herder nachahmen.

Gameknight knurrte leise und versuchte, die Soldaten zu ignorieren, aber die Kommentare ärgerten ihn dennoch. Nach einem wütenden Blick auf den NPC näherte er sich dem Eingang. Dabei handelte es sich um ein unauffälliges Loch im Boden, in dem Stufen nach unten führten. Gameknight setzte einen Fuß auf die oberste Stufe und schaute sich um. Alle beobachteten ihn und schienen irgendeine Heldentat oder weise Worte vom Benutzer-der-kein-Benutzer-ist zu erwarten. Er konnte sich allerdings denken, was ihn da unten in der Festung erwartete, und erschauderte.

Als er die Stufen hinunterging, hörte er Hunter direkt hinter sich, und ihre selbstsicheren Schritte beruhigten ihn ein wenig. Nach etwa dreißig Stufen hatten sie die Festung erreicht. Wie viele andere bestand sie aus Bruchstein- sowie einigen bemoosten Bruchsteinblöcken. Hier unten roch es so, wie man es von etwas erwartete, das uralt und selten war – wie ein Schatz, der jahrhundertelang verborgen geblieben war. Der Geruch erinnerte ihn an uralte Gebäude, die ein ebenso altes Geheimnis in ihren dunklen Gängen bargen, aber das stimmte nicht ganz. Gameknight holte tief Luft und versuchte, den Geruch genauer zu bestimmen, der jedoch trügerisch war und sich veränderte ständig. Er schüttelte den Kopf, da er sich nicht davon ablenken lassen wollte, und ging weiter.

Die Festung war wie ein Labyrinth angelegt, was bedeutete, dass einige Tunnel Sackgassen waren, während andere Schleifen bildeten, sodass man im Kreis lief. Als er endlich einen langen Gang entdeckte, kam er an einer Truhe vorbei, die ein wenig Kleinkram, aber nichts Wichtiges enthielt. Kurze Zeit darauf passierten sie einige Räume, die wie Gefängniszellen aussahen. Neben den eisernen Gitterstäben jeder Zelle befand sich eine Tür, die mit einem Schalter außerhalb der Zelle verbunden war. Gameknight hatte nie verstanden, warum es in einer Festung immer einen Kerker geben musste, aber es gab anscheinend keine, in der das nicht so war.

Da er wusste, dass die Zellen leer waren, ging er daran vorbei und weiter durch den Hauptgang. Hin und wieder hingen Fackeln an den Wänden und erzeugten Lichtkreise, die die Dunkelheit zurückdrängten, aber sie erhellten nicht alles. Einige Räume lagen weiterhin im Dunkeln, und Gameknight mied sie. Er stellte jedes Mal einen Erdblock vor den Eingang, um zu verhindern, dass etwas herauskommen konnte.

Etwas weiter den gewundenen Gang entlang stießen sie auf eine Bibliothek. Diese bot einen beeindruckenden Anblick: Unzählige Bücherregale säumten die Wände und standen in der Mitte des Raumes. Gameknight trat vor eines der Regale und stellte fest, dass er die Titel auf den Buchrücken lesen konnte, wozu er zuvor, als er Minecraft aus Spaß gespielt hatte, nie in der Lage gewesen war. Früher waren die Bücher mit den seltsamen, rätselhaften Buchstaben des „Standard Galactic Alphabet" beschriftet gewesen, die für ihn keinen Sinn ergeben hatten – doch das war jetzt anders.

Er zog zwei Bücher heraus und pustete den Staub herunter. Das eine trug den Titel *Die große Zombieinvasion*, das andere *Die Vereinigung*. Er hätte sich am liebsten hingesetzt und beide Bücher gelesen, um mehr über die Geschichte von Minecraft zu erfahren, wusste aber, dass dafür keine Zeit war.

„Hast du schon mal solche Bücher gelesen, Hunter?“, fragte Gameknight.

Sie schüttelte den Kopf und schien sich nicht im Geringsten für diese gigantische Wissensansammlung in den uralten Regalen zu interessieren. Er stellte die Bücher wieder weg, durchquerte die Bibliothek und gelangte auf der anderen Seite in einen langen, staubigen Gang. Auf beiden Seiten des Gangs befanden sich Eisentüren, durch die man in andere Teile der Festung gelangte. Während er von Tür zu Tür ging, spürte er, wie die Eisenrose immer heftiger vibrierte. Es war, als wüsste sie, dass der zweite Schlüssel in der Nähe war, und könnte es kaum abwarten, wieder mit ihm vereint zu werden. Sie waren ganz in der Nähe. Gameknight zog sein Schwert und ging vorsichtig weiter.

Schließlich erreichten die beiden den tiefsten Teil der Festung. Es kam ihnen so vor, als wäre hier etwas Uraltes und Böses seit langer Zeit eingesperrt, und genau hier führte die Rose sie hin. Gameknight warf

Hunter einen Seitenblick zu und ging durch einen langen Korridor und an einer weiteren verzierten Truhe vorbei zum letzten Raum. Sobald er ihn betreten hatte, sackte ihm das Herz in die Hose. Er wusste sofort, was er vor sich hatte.

Ein drei Blöcke breiter und langer Lavasee erstreckte sich vor ihm auf dem Boden. Die Hitze der Lava rief schreckliche Erinnerungen an den letzten großen Kampf gegen Malacoda und die Netherkreaturen hervor. Eine Treppe führte zu einer zweiten Ebene aus Blöcken, die ringförmig zwei Blöcke über der Lava angeordnet waren. Sie lagen immer in Dreiergruppen zusammen und sahen merkwürdig aus. In der Mitte jedes Blocks befand sich eine dunkle Öffnung, die aussah, als müsste etwas hineingelegt werden. Mit ihrer grünlichen Farbe und den blassgelben Linien wirkten sie beinahe, als wären sie einer fremden Welt entsprungen.

„Was ist das?", wollte Hunter wissen.

Gameknight seufzte.

Auf einmal ertönte ein schabendes, schiebendes Geräusch, als wäre etwas aus einem engen Raum entwichen. Ein Silberfischchen kam vom anderen Ende der Kammer schnell auf sie zu. Die spitzen Dornen auf dem Rücken des Monsters reflektierten das Licht der Lava, sodass es so aussah, als würde es von einer magischen Macht angetrieben. Die Kreatur zog ihren langen, unterteilten Schwanz hinter sich her und erzeugte ein Geräusch, das in der Steinkammer widerhallte und bewirkte, dass Gameknight nach weiteren Tieren Ausschau hielt.

Er zog sein Schwert und ging die Stufen hinunter. Ihm war klar, dass er das Silberfischchen schnell töten musste, denn wenn er es nur verwundete, würde es seine Brüder rufen und viele weitere würden aus ihren verborgenen Blöcken schlüpfen. Ein solcher Schwarm dieser kleinen Monster griff jeden NPC und Benutzer in Sichtweite an. Das zu überleben, war nicht leicht. Er umklammerte fest den Schwertgriff und bereitete sich auf den Angriff vor, aber bevor er zuschlagen konnte, gab Hunter zwei schnelle Schüsse ab. Die Kreatur flackerte rot auf, kippte um und verschwand.

„Guter Schuss", sagte Gameknight. Es war sehr schwer, ein Silberfischchen mit einem Pfeil zu treffen.

Hunter lächelte nur und legte den nächsten Pfeil an.

Gameknight schaute die Stufen hinunter, die auf den Absatz vor dem Lavateich führten, und wusste nun, woher die widerliche kleine Kreatur gekommen war: Dort befand sich ein Monsterspawner. Ein kleiner blockgroßer Metallkäfig stand direkt vor der Treppe, und Funken und Asche stoben davon auf, während etwas

Unerkennbares darin rotierte. Gameknight zog seine Spitzhacke, ging näher und zertrümmerte den Spawner mit sechs Schlägen, wobei er es gerade so schaffte, bevor das nächste Silberfischchen herausschlüpfen konnte.

Er schaute sich um und entdeckte eine Truhe in einer Ecke der Portalkammer. Sofort ging er hinüber und öffnete die uralte Holzkiste. Eine Staubwolke stieg auf, und die verrosteten Scharniere quietschten laut, sodass er husten und sich abwenden musste. Als er wieder hinsah, fiel sein Blick auf zwölf seltsame grüne Kugeln. Es sah so aus, als würden ihn ein Dutzend Alienaugen anstarren.

Er griff in die staubige Truhe hinein, nahm alles an sich, drehte sich um, ging wieder die Treppe hinauf und stellte sich vor die merkwürdigen Blöcke.

„Was sind das für Blöcke?", fragte Hunter, aber Gameknight seufzte nur, anstatt ihr zu antworten.

Er wusste genau, was er da vor sich hatte, und diese Erkenntnis jagte ihm eine Heidenangst ein.

Vorsichtig platzierte er in jeder dunklen Öffnung der Blöcke eine grüne Kugel, wobei die Alienaugen eckig wurden, sobald sie darin versanken. Als die letzte Kugel an ihrem Platz war, wurde ein Portal aktiviert und erfüllte die Kammer mit grünem Licht. Gameknight schaute nach unten und konnte erkennen, dass dieses Portal nicht lilafarben war wie jene, die in den Nether führten. Nein, das hier war etwas anderes. Es war voller Sterne, als würde man ins All blicken.

„Gameknight … Was ist das?"

Er drehte sich um und sah Hunter in die Augen, wobei er unglaublich verängstigt und am Boden zerstört wirkte.

Ich kann das nicht, dachte er.

Er konnte das Monster auf der anderen Seite des Portals spüren und war nahezu panisch. Es würde ihn verfolgen, ihn angreifen, quälen, vernichten wollen. Es würde hinter ihm her sein wie die gemeinen Kinder in der Schule, die Starken gegen die Schwachen.

Warum kann ich nicht mutig sein?

„Ist alles okay?", wollte Hunter wissen.

Gameknight zuckte seufzend mit den Achseln. Er konnte spüren, dass ihn die Eisenrose zum Portal zog, und das machte die Sache nur noch entsetzlicher.

„Ich schaffe das nicht, Hunter. Ich bin nicht der Anführer, den sie in mir sehen … Der war ich nie."

„Was soll das heißen? Du hast uns doch in Malacodas Festung zum Sieg geführt."

„Das war etwas anderes. Dieses Portal führt uns zu etwas Schrecklichem, und es will mich vernichten."

„Ach, Gameknight, das weißt du doch gar nicht."

„Und ob ich es weiß. Ich kann es spüren, und ich habe Angst. Ich habe immer Angst … Bei den Monstern hier in Minecraft muss ich immer an die Mobber aus der Schule denken … Ich kann meine Furcht einfach nicht überwinden."

Hunter seufzte und musterte ihn mitfühlend.

„Du umklammerst deine Ängste so fest, dass sie dein wahres Ich verbergen", erklärte sie. „Sie halten dich davon ab, du selbst zu sein … der wahre Gameknight999 … der wahre Benutzer-der-kein-Benutzer-ist. Solange du nicht gelernt hast, diese Ängste zu bewältigen, wirst du nie der Mensch sein, der du sein sollst." Sie steckte ihren verzauberten Bogen weg und legte ihm eine kantige Hand auf die Schulter. „Du weißt nicht, wie gut du sein kannst, wie sehr du anderen helfen kannst, was für ein guter Freund du sein kannst, weil du aufgrund all der Furcht und Unsicherheit pausenlos an dir zweifelst."

Gameknight seufzte schwer, ließ den Kopf sinken und nickte.

„Ich wollte mich für die anderen Kinder einsetzen, die gemobbt wurden …, aber ich habe mich so gefürchtet. Ich dachte immer, wie furchtbar es wäre, wenn sie aufhören, die anderen zu ärgern, und stattdessen mich nehmen, daher habe ich nie etwas gesagt, obwohl ich wusste, dass es falsch war. Ich habe mich einfach vor meinen Ängsten versteckt."

„Genau so, wie du es hier in Minecraft tust. Du verbirgst den wahren Anführer, der du sein kannst, aufgrund deiner Angst. Ich habe vorhin gesehen, wie die Krieger Herder gehänselt haben – du hast weggesehen und so getan, als würdest du es nicht mitbekommen, weil du Angst hattest."

Gameknight nickte und schämte sich sehr. Es tat ihm leid, dass er sich nicht für all die Kinder eingesetzt, sondern sich im Schatten versteckt hatte … ebenso wie bei Herder. Seine Angst hatte verhindert, dass er ein guter Freund war, und er wusste, dass er sich mehr anstrengen musste.

„Was ist, wenn ich nicht stark genug bin, um diesen Kampf bis zum Ende durchzustehen?", fragte er. „Was ist, wenn mir genau in dem Moment die Kraft ausgeht, in dem die Zerstörung bevorsteht? Was ist, wenn ich im kritischen Augenblick, wenn alle Augen auf mir ruhen und sich alle auf mich verlassen, Angst bekomme und weglaufe? Was ist …"

Hunter stieß einen dramatischen Seufzer aus.

„Gameknight!", rief sie, und ihre Stimme hallte von den Wänden wider.

Er drehte sich zu seiner Freundin um. Sie stand aufrecht vor ihm, und ihr rotes Haar leuchtete im Licht des Portals. Er konnte die Selbstsicherheit und den Stolz in ihrer Haltung sehen; ihre Ausstrahlung verriet, dass sie hier in Minecraft eine Aufgabe hatte und sich vor nichts fürchtete.

Warum kann ich nicht so stark sein wie sie?

Ihm war klar, dass Hunter ihm die Unsicherheit und Angst ansehen konnte.

„Gameknight, du weißt, was du tun musst, das hast du immer gewusst, aber du erkennst es nicht im Vorfeld." Sie trat näher an ihn heran und senkte die Stimme. „Tu einfach, was du am besten kannst."

„Und was soll das sein?", wollte er wissen. „Was kann ich besser als jeder andere?"

„Du kannst Gameknight999 sein! Du kannst der beste Gameknight sein, den es je gegeben hat … Sei einfach der Rätsellöser … der Krieger … der Anführer … der Griefer. Sei einfach all das und gib dein Bestes. Kämpfe mit allem, was du hast, und griefe Malacodas und Erebus' Armee, wie du noch nie zuvor gegrieft hast." Sie ließ ihre Worte kurz sacken. „Du musst einfach du selbst sein."

Hunter trat vor das Portal und blickte in die sternenerfüllte Leere. „Wirst du mir jetzt vielleicht verraten, was das hier ist?"

Er seufzte und versuchte, selbstsicher und stark zu klingen, was ihm jedoch nicht gelang. „Das ist ein Portal ins Ende."

„Ins Ende? Was soll das sein?"

„Etwas, das nur für Benutzer ist … und Endermen … und einen Drachen, den schrecklichsten Drachen, den du dir nur vorstellen kannst. Dort muss der zweite Schlüssel zur Quelle sein, daher müssen wir diesen Ort aufsuchen."

Sie stand einen Augenblick schweigend da und dachte darüber nach. „Tja, ich habe noch nie einen Drachen getötet …", meinte sie dann achselzuckend. „Klingt doch spaßig."

Sie schlug ihm lachend auf den Rücken. Dann drehte sie sich zum Portal um und hielt ihren verzauberten Bogen mit angelegtem Pfeil in der Hand. Während sie so dastanden, hörten sie Mason und mehrere Krieger durch die Festung näher kommen, die anscheinend alle bereit waren, dem Benutzer-der-kein-Benutzer-ist erneut in die Schlacht zu folgen. Aber Gameknight dachte nicht an die Armee, das Ende oder den Drachen, sondern nur an Hunters Ratschlag. Ihre Worte hallten wieder und wieder durch seinen Kopf.

Vielleicht … nur vielleicht … kann ich es ja doch schaffen!

KAPITEL 26

HERDERS ENTSCHEIDUNG

Mason kam mit gezogenem Schwert in den Portalraum gestürmt, mit Crafter an seiner Seite, beide bereit für die Schlacht. Gameknight hob eine Hand, um ihnen zu zeigen, dass keine Gefahr drohte, und steckte sein Schwert weg.

„Es geht uns gut“, versicherte er ihnen, während mehrere Krieger hinter ihnen den Raum betraten, deren Rüstungen klapperten, als sie sich durch die Tür drängten. Inmitten der in Eisen gekleideten Soldaten sah er Herder, der mit panischem Blick hinter der Gruppe und neben Stitcher stand.

„Es droht keine Gefahr“, versicherte Gameknight ihnen. „Ihr könnt eure Waffen wegstecken.“

Crafter trat neben Gameknight und sah die Stufen hinauf, die zum Endportal führten. Die Wände der Kammer waren in grün-gelbes Licht getaucht.

„Wo ist der Rest der Armee?“, fragte Gameknight Mason.

„Die anderen warten oben am Eingang“, antwortete der große NPC und deutete mit einem eckigen

Finger zur Decke. „Alle warten auf deinen Befehl, Benutzer-der-kein-Benutzer-ist. Wir sind nur runtergekommen, weil wir dachten, ihr schwebt in irgendeiner Gefahr."

Gameknight nickte Mason lächelnd zu.

In irgendeiner Gefahr … Was für ein Witz … Ihr habt ja keine Ahnung, welche schreckliche Gefahr uns erwartet!

„Was ist das hier für ein Ort?", fragte Crafter.

„Wir sollten uns lieber außerhalb des Portalraums unterhalten", schlug Holzbrin vor. Alle schauten erschrocken zu ihm herüber. Der Licht-Crafter war lautlos hereingekommen und hatte sich unbemerkt zwischen den gerüsteten Soldaten hindurchgedrängt, sodass es fast den Anschein machte, als hätte er sich einfach hier materialisiert. „Kommt mit in den Versammlungssaal."

„In den Versammlungssaal?", wiederholte Crafter.

Gameknight zuckte mit den Achseln.

Der Licht-Crafter drehte sich um und bahnte sich einen Weg zwischen den Soldaten hindurch, die im Türrahmen standen, sodass sie alle nur seinen Rücken anstarren konnten. Selbstsicher marschierte er durch die Tunnel, die zum Versammlungssaal führten, als wüsste er genau, wo er langgehen musste, und wirkte, als wäre er hier zu Hause.

Die anderen verließen die Portalkammer und folgten Holzbrin durch das Labyrinth der Gänge zurück zur zentralen Kammer. Sie mussten sich beeilen, da der Licht-Crafter ein forsches Tempo vorlegte. Nachdem sie endlich mehrere abbröckelnde und rissige Steinstufen hinaufgegangen waren, erreichten sie ihr Ziel: den Versammlungssaal. Gameknight erkannte die hohe Säule in der Raummitte sofort wieder. Sie war mit Fackeln an allen Seiten verziert, die ein warmes gelbes Licht in den Raum warfen und die Schatten zurückdrängten. In Minecraft fühlte er sich bei Licht immer gleich viel sicherer.

Mason und die Krieger betraten den Raum, dicht gefolgt von Crafter und Stitcher. Sie verteilten sich in der Kammer, schauten mit gezogenen Waffen in die angrenzenden Gänge und blieben wachsam. Auf einer Seite hielt sich Herder in einer dunklen Ecke verborgen und sah sehr ängstlich aus.

„Was ist das hier für ein Ort?“, fragte Crafter. „Ich wüsste nicht, dass NPCs schon einmal derartige Gebäude gebaut hätten.“

„Festungen werden nicht von NPCs errichtet“, erklärte Holzbrin. „Sie stammen aus uralter Zeit und wurden vor der Zeit der Kriege und Konflikte gebaut. Sogar vor der *Vereinigung*.“ Er sprach das Wort andächtig aus und erweckte den Anschein, jeder müsse wissen, wovon er da sprach. Doch einige NPCs schauten einander verwirrt an und hatten keine Ahnung, worauf er sich bezog. „Damals in uralter Zeit waren Festungen ein Ort des Lernens. Hier kamen die NPCs zusammen, um sich auszutauschen, weiterzubilden und zu debattieren."

„Aber warum gibt es hier Gefängniszellen?", warf Hunter ein. „Das passt doch nicht zu einem freundlichen Ort, an dem man ein paar nette Stunden verbringt."

Ein Soldat lachte, was ihm einen wütenden Blick von Holzbrin einbrachte.

„Ja, es stimmt, dass es hier Gefängniszellen gibt", bestätigte Holzbrin. „Es fing zur Zeit der *Großen Schande* an, dass immer mehr NPCs nur an sich dachten und aufhörten, anderen zu helfen. Es wurden Verbrechen begangen." Seine kurzen, abgehackten Worte hallten wie Maschinengewehrsalven durch den Raum. „Die Verbrecher wurden in den Festungen verurteilt und notfalls eingekerkert."

„Klingt nach keinem netten Ort", erwiderte Hunter.

Wieder lachten einige und wurden von Holzbrin mit einem Blick zum Schweigen gebracht.

„Nach der *Großen Schande* und der *Vereinigung*", fuhr der Licht-Crafter fort, „brauchte man die Zellen und die Festungen nicht mehr. Wie ihr sehen könnt, sind viele inzwischen stark verfallen."

Gameknight schaute sich um und entdeckte Spinnweben in den Ecken und hier und da fehlende Blöcke. Dieses Gebäude zerfiel langsam und wurde von Minecraft zurückerobert, und da begriff er auch, woher der Geruch hier unten stammte. Er beruhte nicht etwa auf alten Mysterien oder verborgenen Geheimnissen, sondern auf Verfall. So roch die Vergangenheit. Als er den Kopf hob, stellte er fest, dass Holzbrin ihn ansah.

„Du bist schon einmal in einer Festung gewesen, richtig?"

„Ja", gab Gameknight zu.

„Dann weißt du auch, was jenseits der Portalkammer liegt."

Gameknight nickte und seufzte.

„Was denn?", hakte Crafter nach. „Was befindet sich auf der anderen Seite des seltsamen Portals?"

„Ein Drache!", rief Hunter.

Die Krieger keuchten auf.

„Stimmt das, Gameknight?", fragte Crafter.

„Ja. Man nennt ihn den Enderdrachen, und er existiert nur in einem Land, das ‚Das Ende' genannt wird.

Er wird der Wächter des zweiten Schlüssels zur Quelle sein, und ich kann mir auch denken, was der zweite Schlüssel ist." Er hielt inne, um sicherzustellen, dass ihm auch alle zuhörten. „Der zweite Schlüssel ist das Ei des Enderdrachen. Habe ich recht, Holzbrin?"

Der Licht-Crafter nickte.

„Wir müssen das Ende aufsuchen und den Enderdrachen besiegen, damit wir das Ei an uns nehmen können", erklärte Gameknight. „Das ist die nächste Herausforderung auf dem Weg zur Quelle."

„Das verstehen wir nicht", gestand Crafter, dessen Stimme die angespannte Stille brach. „Was ist das *Ende*? Davon haben wir noch nie etwas gehört."

„Das ist ein Ort für Benutzer, nicht für NPCs", antwortete Gameknight. „Ich bin bei meinen Abenteuern als Benutzer schon sehr oft dort gewesen. Manchmal habe ich den Enderdrachen besiegt und manchmal nicht." Einige der Krieger keuchten auf. „Der Enderdrache ist die gefährlichste Kreatur in Minecraft, und das Ende ist der seltsamste Ort, den ihr je zu Gesicht bekommen werdet. Diese Herausforderung wird euren Mut und eure Entschlossenheit auf die Probe stellen. Aber wir müssen dieses Hindernis überwinden, wenn wir zur Quelle gelangen und sie vor Malacoda und seiner Monsterhorde beschützen wollen."

Gameknight999 schaute sich im Raum um und sah jedem Einzelnen in die Augen. Die NPCs wirkten aufgeregt, hoffnungsvoll, unsicher, verwirrt … jede nur mögliche Emotion spiegelte sich in ihren Augen wider, aber die vorherrschende war Furcht.

„Ich gebe offen und ehrlich zu, dass ich mich davor fürchte, ins Ende zurückzukehren. Als Benutzer hatte ich jede Verzauberung, die ich kriegen konnte, die besten Waffen, die ich anderen stehlen konnte, und jeden Software-Hack, der irgendwo zu finden war, und dennoch ist es mir nicht immer gelungen, dieses fliegende Monster zu besiegen." Er dachte an die zahllosen Kämpfe zurück, an die gewaltigen Krallen, die nach ihm griffen, das riesige Maul voller Zähne … und an diese Augen … die schrecklichen lilafarbenen Augen … Erst jetzt bemerkte er, dass er zitterte, und er holte zur Beruhigung tief Luft. „Aber wir haben keine Wahl. Wir müssen ins Ende gehen und uns dem Enderdrachen stellen, ob wir nun wollen oder nicht. Ich weiß nicht, ob wir diese Bestie besiegen können, aber wir müssen es versuchen, ansonsten ist alles verloren."

„Aber das klingt, als wäre es unmöglich", rief jemand.

„Nein, ich habe nicht gesagt, dass es unmöglich ist, nur, dass ich es oft versucht und nicht immer geschafft habe."

„Wie oft konntest du ihn besiegen?“, wollte eine hohe Stimme wissen.

Gameknight stutzte und reckte den Hals, um zu erkennen, wer die Frage gestellt hatte. Es war Stitcher, die mit dem Bogen in der Hand dastand und ihn anstarrte. In ihren Augen lag grimmige Entschlossenheit, als wollte sie den Enderdrachen auffordern, nur herauszukommen, damit sie ihn vernichten konnte.

„Einmal“, gab er betreten zu. „Ohne Cheats habe ich ihn nur einmal besiegen können.“

Daraufhin hallten lauter Fragen durch die Luft, einige an Gameknight999, andere allgemeiner Natur. Der Versammlungssaal drohte, nach Gameknights Geständnis völlig im Chaos zu versinken, während die Stärke und der Mut der Krieger zu schwinden drohten.

„Warum sollen wir das dann überhaupt machen?“, rief einer.

„Wie können wir das überleben?“, fragte ein anderer.

„Wir sind verloren …“

Gameknight ließ sie gewähren. Sollten sie doch toben, ihn beschuldigen und von Angst und Unsicherheit zerfressen werden. Nachdem sie einige Zeit debattiert hatten, hob er die Hände, um sie zum Schweigen zu bringen.

„Ich weiß, warum ich so oft keinen Erfolg hatte und warum es mir dann doch gelungen ist, den Drachen zu besiegen."

„Warum, Benutzer-der-kein-Benutzer-ist?", fragte Crafter. „Erzähl uns, was du aus den Kämpfen mit dem Enderdrachen gelernt hast."

„Ich wurde besiegt, weil ich ganz allein ins Ende gegangen bin."

„Warum hast du das getan, wo du die Gefahr doch kanntest?"

„Weil ich Gameknight999 war, der König der Griefer. Aus diesem Grund hatte ich keine Freunde und somit niemanden, der mir beistehen und helfen konnte. Ich habe versucht, den Enderdrachen ganz allein zu besiegen, weil mir nichts anderes übrig geblieben ist."

„Und warum hast du es dann einmal geschafft?", fragte Stitcher.

„Weil ich endlich einen Freund gefunden hatte. Shawny war bereit, mich zu unterstützen, auch wenn ich nicht immer nett zu ihm gewesen bin." Er musste lächeln, als er an seinen Freund dachte. „Ich konnte … Nein, *wir* konnten den Enderdrachen besiegen, weil wir zusammengearbeitet und einander geholfen haben. Das ist das Geheimnis beim Kampf gegen den

Enderdrachen." Er zog sein Schwert und deutete damit auf die Anwesenden. „Seht euch um … Seid ihr allein? Nein! Gibt es jemanden, der euch beistehen wird? Ja!" Er wartete, während die NPCs jene neben sich betrachteten, bevor sie ihn wieder ansahen. „Ich gebe zu, dass ich noch immer Angst habe, aber wir müssen ins Ende gehen und gegen den Enderdrachen kämpfen. Wir müssen diese Kreatur besiegen, um Minecraft zu retten."

Und meine Familie.

„Ich weiß nicht, wie dieser Kampf enden wird." Er sah Hunter in die Augen und musterte die anderen Krieger. „Aber ich kann euch versprechen, dass ich der beste Benutzer-der-kein-Benutzer-ist sein werde, der ich nur sein kann, und dass ich Minecraft mit allem, was ich habe, verteidigen werde. Ich fürchte mich ebenso wie ihr, aber wir müssen …"

„N… N… Nein …", stotterte Herder.

Gameknight sah den Jungen an, der unkontrollierbar zitterte, sodass sein dunkles Haar wackelte.

„Was ist los, Herder?"

„Ge… Gefährlich", sagte Herder mit vor Angst zittriger Stimme. „Ich brauche m… mehr. Das dunkle Portal ins Ende ist ge… gefährlich. M… mehr …"

Gameknight ging zu ihm und redete leise auf ihn ein. „Was redest du da? Sieh mich an."

Er drehte Herders Kopf so, dass der Junge ihn anschauen musste. Herder sah fast schon panisch aus, und sein Blick wirkte, als wäre er kurz vor dem Durchdrehen.

„Ich kann ihn spüren", flüsterte Herder mit zittriger Stimme. „Der Drache … Ich kann … kann ihn spü… spüren … und das, was dahinter liegt." Er hielt sich den Kopf und presste sich dann die Hände auf die Augen.

„Es ist alles gut, Herder. Hier sind wir in Sicherheit", beruhigte Gameknight ihn, aber der Junge schien ihn gar nicht zu hören. Gameknight steckte sein Schwert weg und zwang Herder, ihm in die Augen zu sehen.

„Der Drache … m… mehr …", stammelte Herder. Es klang, als würde er den Verstand verlieren.

„Beruhige dich, Herder. Es wird alles gut, wir werden diesen Kampf zusammen durchstehen. Du kannst ganz hinten bleiben, wo es sicher ist", sagte Gameknight.

Ganz langsam gelang es Herder, sich auf Gameknight zu konzentrieren, und das Zittern ließ etwas nach.

„Ja, vorne wäre der Schweinejunge uns sowieso nur im Weg“, sagte jemand.

Gameknight starrte die Krieger an und wartete nur darauf, dass derjenige fortfuhr, sagte jedoch nichts. Danach wandte er sich erneut an Herder und sagte so leise, dass nur der Junge es hören konnte: „Du kannst die ganze Zeit an meiner Seite bleiben, Herder. Zusammen werden wir den Kampf überleben. Hast du verstanden?“

„Das dun… dunkle Portal ist ge… gefährlich“, murmelte Herder und klang, als wäre er ein Orakel, das die Zukunft vorhersagte. „Der Drache ist bö… böse. Brauche m… mehr. Herder kann helfen. Herder weiß, w… was zu tun ist.“

Bevor Gameknight noch etwas erwidern konnte, drehte sich Herder um und rannte durch den Versammlungssaal und in den Tunnel, der zur Oberfläche führte.

„Herder … warte!“

Gameknight rannte dem Jungen hinterher und zwängte sich zwischen den Kriegern hindurch, doch aufgrund seiner klobigen Diamantrüstung war er deutlich langsamer.

„Wo will der Benutzer-der-kein-Benutzer-ist hin?“, fragte jemand.

„Läuft er etwa weg?“

„Was ist passiert?“

„Wo will er denn hin?“

Gameknight lief durch die Korridore und konnte die Verwirrung und die Angst der NPCs spüren. Er wusste, dass er Herder einholen und herausfinden musste, was los war. Irgendetwas sagte ihm, dass das wichtig war und sie Herder brauchten, wenn sie Erfolg haben wollten.

Als er Schritte hinter sich hörte und sich umdrehte, sah er, dass Mason und Stitcher ihm folgten. Sie hielten ihre Waffen in den Händen und sahen verunsichert und verwirrt aus. Hinter ihnen waren die anderen NPCs zu sehen, die sich in den engen Gang quetschten.

„Bleibt hier. Ihr müsst mir nicht folgen“, rief er ihnen zu, aber aufgrund des Getrappels so vieler Füße und des Klapperns der Rüstungen konnte ihn niemand verstehen.

Er ignorierte seine Verfolger und lief noch schneller, weil er hoffte, Herder einholen zu können, der offenbar genau wusste, wie er aus der Festung gelangte, und ohne zu zögern immer wieder abbog. Schließlich erreichten sie die lange Treppe, die an die Oberfläche führte. Herder hatte schon die Hälfte erklommen, als Gameknight unten ankam.

„HERDER … BLEIB STEHEN!“, rief er.

„Böse … gefährlich … mehr …“

Herders Schritte übertönten seine letzten Worte.

„Kann nicht gehen … muss …“

„Herder, warte!“

Gameknight lief die Stufen hinauf und jagte dem jungen NPC hinterher, bis er den Eingang der Festung erreicht hatte. Dort blieb er schwer atmend stehen und sah Herder hinterher, der in die Savanne sprintete und direkt auf den Wald in der Ferne zuhielt, wobei er von seinen weißen Wölfen begleitet wurde.

KAPITEL 27

DAS ENDPORTAL

„Ja, Schweinejunge, renn nur weg“, rief einer der Bogenschützen Herder hinterher.

Gameknight zuckte zusammen.

„HALT DEN MUND!“, fuhr Stitcher den NPC an.

Sie kam auf den Krieger zugeschossen, der den Kommentar abgegeben hatte, baute sich direkt vor ihm auf und starrte ihm in die Augen. Er ließ betreten den Kopf sinken und machte einige Schritte nach hinten. Hunter kam aus dem Tunnel und ging zu ihrer Schwester, um sie mit zu Gameknight zu ziehen.

Er blickte auf das Mädchen herab und versuchte sich an einem Lächeln.

„Wo will der Junge denn hin? Warum läuft er weg?“, fragte Mason, der gerade ins Freie trat.

„Keine Ahnung“, antwortete Gameknight. „Ich weiß auch nicht, was hier los ist.“ Seufzend warf er noch einen Blick über die Savanne und beobachtete, wie Herder immer kleiner wurde und schließlich verschwand.

„Vielleicht hat ihn der Mut verlassen, und er sah keinen anderen Ausweg mehr, als wegzulaufen", mutmaßte Crafter, der keuchend neben seinem Freund auftauchte.

„Nein … Er läuft nicht weg", erwiderte Gameknight leise.

„Wie meinst du das?", fragte Mason. „Sieh doch … Er läuft im wahrsten Sinne des Wortes weg. Der Junge ist abgehauen, er hat uns verlassen."

Die Soldaten gaben wütende Kommentare ab, bezeichneten Herder als feige, als Versager, als Verräter. Lauter böse Anschuldigungen flogen durch die Luft.

„Ihr irrt euch", erklärte Gameknight. „Ich weiß nicht, was er vorhat, aber er lässt uns nicht im Stich. So etwas würde er nie tun. Was immer er vorhat, er will uns damit helfen."

Aber keiner hörte auf den Benutzer-der-kein-Benutzer-ist, und er klang auch nicht gerade sehr überzeugend.

Vielleicht ist er ja doch weggelaufen, dachte er. *NEIN, das würde er niemals tun. Er würde seine Freunde nicht hängen lassen. Ich sollte für ihn eintreten, ihn verteidigen, aber sie verabscheuen ihn so sehr … Und sie sind so wütend. Wie soll ich ihre Meinung ändern? Ich bin doch nur ein Kind, eine Stimme … Aber ich muss es zumindest ver-*

suchen. Er ist mein Freund und würde dasselbe für mich tun.

„Er gibt sein Bestes … Er ist der beste Herder, der er sein kann, und wir müssen ihm vertrauen", sagte Gameknight. „Er hat uns nicht im Stich gelassen, als wir Hunter gerettet haben, und er wird es auch jetzt nicht tun … denke ich … hoffe ich." Doch keiner hörte ihn, da er viel zu unsicher und zu leise sprach.

„Er hat uns in der Stunde der Not im Stich gelassen", verkündete Mason. „Wir werden jeden Soldaten brauchen, um da unten mit dem Drachen fertig zu werden, und sogar dieser dünne Junge hätte uns helfen können … Er kann mir den Buckel runterrutschen."

„Urteile nicht vorschnell über ihn, Mason", warf Crafter ein. „Herder könnte uns noch überraschen. Du musst Vertrauen haben und verstehen, dass das, was er gerade tut, seiner Meinung nach sehr wichtig ist. Wir müssen uns als wahre Freunde erweisen und ihm helfen, wo immer wir können."

Gameknight sah Crafter an und nickte, war aber selbst nicht ganz überzeugt.

Herder … Was machst du nur?

Dann drehte sich Gameknight um und ging einige Schritte auf den Eingang der Festung zu, wo er vor Mason stehen blieb.

„Wie lautet dein Plan, Benutzer-der-kein-Benutzer-ist?“, wollte Mason wissen.

Gameknight musterte die NPCs, die um ihn herumstanden. Es waren starke Krieger in allen Variationen, Männer und Frauen, junge und alte. In dem Meer aus Gesichtern sah er Fleischer, Bäcker und Fackelmacher. Farmer standen neben Holzfällern, Minenarbeiter neben Bootsbauern und Hirten neben Jägern. Jeder Aspekt des Lebens in Minecraft war hier vertreten, und alle sahen ihn an, als würde er ihnen gleich erklären, wie er sie zu retten gedachte.

Ich weiß nicht, ob ich das schaffe. Ich bin so müde, ich kann kaum noch denken. Der Enderdrache … Er ist so groß, so gefährlich, so …

Auf einmal wurde ihm etwas klar, das er schon die ganze Zeit gewusst hatte: Er würde seine Angst nur überwinden, indem er sich ihr stellte. Damit würde er bei dem Drachen anfangen.

Das Stimmengewirr holte ihn aus seinen Gedanken in die Wirklichkeit zurück. Er schaute sich um und sah die hoffnungsvollen Augen der NPCs, deren Überleben vom Benutzer-der-kein-Benutzer-ist abhing. Aber alle wirkten auch entschlossen und gewillt, die Sache gemeinsam anzugehen. Dies war nicht nur eine Armee, es war eine Gemeinschaft, nein, eine Familie, und jeder war bereit, dem anderen zu helfen.

Er war nicht allein, und das war der Schlüssel.

Solange er nicht allein war, konnte er sich seiner Angst stellen, solange er andere bei sich hatte, die ihm vertrauten, konnte er mutig und stark sein. Gameknight999 schloss die Augen und malte sich aus, wie er sich dem Enderdrachen stellte und ihm direkt in die lilafarbenen Augen schaute, wobei seine Freunde an seiner Seite standen.

Ich werde nicht aufgeben, Drache, dachte er. *Ich gebe mich ganz bestimmt nicht meinen Ängsten geschlagen!*

Zu seiner eigenen Überraschung richtete er sich ein wenig auf. Das bedeutete noch lange nicht, dass Gameknight keine Angst mehr hatte – weit gefehlt! Er fürchtete sich noch immer sehr vor den rasiermesserscharfen Zähnen des Drachen. Nur ein Narr hätte keine Angst vor diesem Monster gehabt. Aber er fühlte sich nicht mehr von seiner Furcht gefangen. Vielmehr war er bereit, sich ihr zu stellen, zusammen mit seinen Freunden an der Seite, und irgendwie fühlte er sich dadurch mehr wie er selbst.

Da fielen ihm Hunters Worte wieder ein, die den letzten Rest der Unsicherheit und Angst verdrängten.

Sei einfach nur du selbst.

Gameknight holte tief Luft und dachte an all die Male, die er das Ende aufgesucht hatte. Vor seinem inneren Auge sah er die Drachenkrallen, die nach ihm schlugen. Sie zertrümmerten alles, was er jemals dort gebaut hatte, jeden Block mit Ausnahme von Grundgestein, Obsidian und Endstein. Und die Endermen, die vielen, vielen Endermen, die im Ende lebten, waren gnadenlos in ihren Angriffen. Wie sollten sie das bloß schaffen?

Da rutschte eines der Puzzleteile an seinen Platz … die Enderkristalle … Ja, vielleicht würde das funktionieren. Warum war ihm das nicht schon früher eingefallen?

Aber wie … Natürlich, so würde es auf jeden Fall klappen. Was ist mit … Ja, das könnte funktionieren, wenn … So rutschten die Puzzleteile nach und nach an die richtige Stelle …

Während der Plan in seinem Kopf Gestalt annahm, wurde ihm auch bewusst, wie riskant er war. Sie würden sich auf einem schmalen Grat bewegen, und jeder noch so kleine Fehler konnte ihr Ende bedeuten. Sollte auch nur ein Schritt scheitern, dann wäre die ganze Strategie fehlgeschlagen … und viele würden sterben. Aber irgendetwas fehlte … und es hatte mit Herder zu tun. Noch hatte er nicht alle Antworten, und er war sich nicht sicher, ob sie das wirklich schaffen konnten.

Aber er war Gameknight999 … Er musste es versuchen.

Er schlug die Augen auf und sah die NPCs an, in deren Augen Hoffnung schimmerte. „Okay, ich weiß, was wir tun müssen. Als Erstes brauchen wir Wassereimer … sehr viele sogar. Als Zweites …"

Dann erklärte Gameknight999 ihnen, wie er sich den Kampf gegen den Enderdrachen vorstellte.

* * *

Während die NPCs alles aus der Oberwelt besorgten, was sie brauchten, wartete Gameknight ungeduldig am Festungseingang. Während er dort stand, ging er im Geist alle anderen Kämpfe im Ende noch einmal durch. Bei den zahllosen Reisen, auf denen er sich dem Enderdrachen gestellt hatte, war Gameknight nie ängstlich gewesen, denn er hatte gewusst, dass er keinen Schmerz spüren würde – schließlich war das nur ein Spiel gewesen.

Dieses Mal sah die Sache jedoch anders aus.

Gameknight schloss die Augen und sah die riesigen, scharfen Klauen des Drachen vor sich, die die

Eisenrüstung eines Kriegers durchdringen konnten, als wäre sie aus Papier. Viele würden sterben, und es gab nichts, was er dagegen tun konnte.

Sei einfach du selbst.

Er verdrängte die Gedanken an das, was passieren konnte, und konzentrierte sich auf das Hier und Jetzt, so wie sein Vater es ihm beigebracht hatte.

Inzwischen waren viele NPCs mit den Vorräten zurückgekehrt und warteten am Eingang, da die meisten Angst hatten, die fremdartige Festung allein zu betreten. Sie traten von einem Fuß auf den anderen, waren angespannt und unterhielten sich nervös. Er konnte hören, dass sich einige fragten, warum der „Schweinejunge" weggelaufen war.

Ich hasse diesen Namen, dachte Gameknight. *Wieso habe ich nie etwas gesagt? Ich hätte sie schon vor langer Zeit daran hindern sollen, ihn so zu nennen.*

Es war schon seltsam, wie tapfer und stark er sich jetzt fühlte, nachdem derjenige, den man gehänselt hatte, nicht mehr da war. Das erinnerte ihn viel zu sehr an die Schule, an die Kinder, die ihn gemobbt, geärgert, getriezt hatten … An all die kleinen Dinge, die auf den ersten Blick unbedeutend und wie ein Spiel wirkten, aber dem Opfer das Gefühl gaben, es wäre unbedeutend und weniger wichtig als die Mobber, wenn man das große Ganze betrachtete.

Ich kann diese Tyrannen nicht ausstehen … Ich hasse es, wie ich mich ihretwegen fühle.

Immer mehr NPCs kamen zurück, und sie waren fast bereit.

Ich hätte etwas sagen sollen … Ich hätte den anderen verbieten sollen, Herder zu ärgern und zu verspotten, dann hätte er sich nicht so allein gefühlt.

Immer mehr Stimmen erklangen, und weitere NPCs sprachen über den feigen „Schweinejungen", der nach Hause zu seiner Mami gelaufen war. Gameknight wurde immer wütender. Er hörte, wie Hunter etwas zu den Kriegern sagte, konnte jedoch nichts verstehen, weil das Blut in seinen Ohren rauschte.

Ich kann diese Mobber nicht leiden! Jetzt hacken sie auch noch hinter seinem Rücken auf ihm rum.

„SEIN NAME IST HERDER", rief Gameknight. Seine Stimme hallte durch die Luft, als wäre er David, der Goliath herausfordern wollte. Er drehte sich zu den NPCs um, und seine Wut brach sich wie ein unaufhaltsamer Vulkan Bahn. „Sein Name ist Herder, und er ist MEIN FREUND! Er hat es nicht verdient, dass ihr ihn so schlecht behandelt. Er hat nie etwas getan, das eure Gemeinheiten rechtfertigen würde, und immer nur anderen geholfen. Und ich sage euch hier und jetzt, dass ich Herder so akzeptiere, wie er ist, selbst wenn er anders ist als ich. Herder ist mein Freund."

Gameknights Stimme klang wie ein Donnerschlag. Die NPCs verstummten sofort und starrten den Benutzer-der-kein-Benutzer-ist an. Er wiederum bedachte alle, die unmittelbar in seiner Nähe standen, mit einem wütenden Blick, legte dann einen Bruchsteinblock auf den Boden und stellte sich darauf, damit er wirklich alle sehen konnte. Sein eckiges Gesicht wirkte noch immer zornig.

„Er ist mein Freund, und sein Name ist Herder und nicht Schweinejunge. Er hat es nicht verdient, von euch so behandelt zu werden. Schließlich ist er immer der Erste, der zu kämpfen bereit ist oder anderen zu Hilfe eilt." Er warf Hunter kurz einen Blick zu. „Wäre Herder nicht gewesen, hätten wir Hunter vermutlich nicht retten können. Das ist uns nur dank seiner Hilfe gelungen. Ihr habt uns alle bei unserer Rückkehr gelobt, aber keinen Ton zu Herder gesagt. Ihr solltet euch schämen."

Ich sollte mich schämen.

„Die Monster von Minecraft haben jeden von euch irgendwann einmal tyrannisiert, daher solltet ihr wissen, wie sich das anfühlt und es erst recht keinem anderen antun." Gameknight ließ den Blick über die Menge schweifen. „Der einzige Grund, aus dem wir kämpfen und Minecraft retten wollen, ist, dass wir genug von Tyrannen wie Erebus und Malacoda haben. Nur weil sie stärker sind als wir, haben sie nicht das Recht, mit uns zu machen, was sie wollen. Wir werden nicht zulassen, dass uns die Monster noch länger so behandeln … und doch sagt keiner von euch einen Ton, wenn auf Herder herumgehackt wird … Ich habe ebenfalls geschwiegen." Gameknight schaute beschämt zu Boden. „Keiner von uns hat zu Herder gehalten, und das war falsch. Wir hatten alle die Gelegenheit, ihn zu unterstützen und ihm zu zeigen, dass er Freunde hat, aber wir haben nichts unternommen." Er hob seufzend wieder den Kopf und sah nun entschlossen aus. „Dabei ist er besser als wir und verdient es, besser behandelt zu werden, auch jetzt, wo er nicht da ist. Wenn ihr das nicht akzeptieren könnt, dann solltet ihr vielleicht lieber umdrehen und mir nicht ins Ende folgen."

Schweigen senkte sich über die Menge, während er vom Block heruntertrat. Er konnte sehen, dass sich viele schämten und den Blick abwandten, den Boden oder einander anstarrten und nicht wussten, was sie tun sollten. Stitcher sagte etwas zu ihm, aber er hörte sie gar nicht, sondern wandte sich einfach ab und stürmte die Stufen zur Festung hinunter. Es war ihm völlig egal, ob ihm irgendjemand folgte. Er war entschlossen, es notfalls auch allein durchzuziehen, auch wenn er dann zum Scheitern verdammt war, aber er würde es nicht länger dulden, dass jemand, der schwach, anders oder unschuldig war, tyrannisiert wurde.

Gameknight hörte, wie seine Schritte von den Wänden widerhallten. Es klang wie ein Trommelschlag, allerdings der einer sehr einsamen Trommel. Er war so wütend, weil Herder von allen so behandelt worden war, auch von ihm selbst. Das erinnerte ihn viel zu sehr an sein Verhalten in der Schule. *Ich bin so sauer!* Außerdem wollte er nicht mehr länger hier sein, hier in Minecraft, ständig um sein Leben fürchten müssen, Angst zu haben, weil er der Anführer war, weil er scheitern konnte, immerzu Angst zu haben … sich die ganze Zeit wie ein Feigling zu fühlen.

Hinter ihm waren weitere Schritte zu hören, erst wenige, dann immer mehr. Er wusste, dass man über ihn redete, konnte die Worte jedoch nicht verstehen. Doch er stürmte einfach weiter in Richtung Portalraum. Die trommelnden Schritte gingen ineinander über, als immer mehr NPCs Gameknight folgten, und die Echos klangen jetzt, als würde es donnern. Als er unten angekommen war und durch die breiten Gänge eilte, schaute er zur Seite. Sein Freund Crafter war da und hielt ein Schwert in der Hand. Auf seiner anderen Seite liefen Hunter und Stitcher, die ihre verzauberten Bögen in den Händen hielten und schon einen Pfeil angelegt hatten. Sie wirkten wild entschlossen, als sie so durch den Korridor liefen. Er wusste, dass sie bereit waren, mit dem Benutzer-der-kein-Benutzer-ist in die Schlacht zu ziehen, und dass sie notfalls ihr Leben geben würden, um ihn und Minecraft zu schützen. Als er über die Schulter schaute, stellte Gameknight fest, dass ihm sehr viele NPCs folgten. Große und kleine Soldaten liefen hinter ihm durch die Festung, mit gezückten Waffen und ebenso entschlossen wie seine Freunde. Sie folgten ihrem Anführer, dem Benutzer-der-kein-Benutzer-ist, und sie waren bereit, zu tun, was nötig war, und alles Notwendige zu opfern, um ihre Freunde und Minecraft zu schützen.

Er würde sich nicht vom Enderdrachen tyrannisieren lassen, ebenso wenig wie von Malacoda oder Erebus.

„Ich bin Gameknight999, der Benutzer-der-kein-Benutzer-ist“, rief er laut, wobei es ihm völlig egal war, wer ihn hören konnte, „und ich habe jetzt KEINE

ANGST MEHR!“ Hinter ihm jubelten die NPCs so laut, dass ihm die Ohren klingelten. „Ich werde nicht zusehen, wie andere schlecht behandelt werden, und ich sehe auch nicht tatenlos zu, wie Minecraft untergeht.“ Der Jubel hinter ihm wurde noch lauter. „Ich bin der Benutzer-der-kein-Benutzer-ist, und ich stehe für jeden ein, die Kleinen, die Großen, die Tapferen und die Ängstlichen. Die Monster der Nacht werden weder eure noch meine Welt übernehmen!“

Gameknight betrat den leuchtenden Portalraum. Er blieb vor den Stufen stehen und drehte sich zur Armee um ... seiner Armee.

„Ich werde ins Ende gehen, um den Enderdrachen zu vernichten und sein Ei zu erbeuten. Danach gehe ich zur Quelle. Malacoda und Erebus werden uns wahrscheinlich folgen, und ihre Armee ist riesig, aber ich lasse mich nicht davon abhalten. Ich werde diesen Krieg beenden und die Monster ein für alle Mal aufhalten. Und wenn es meinen letzten Atemzug und meinen letzten Lebensfunken kostet, ist mir das egal. Ich bin es leid, mich vor ihnen zu fürchten und Angst davor zu haben, für das einzutreten, was richtig ist. Folgt mir, wenn ihr wollt, aber denkt daran, dass das Ende euch jedes Quäntchen Mut abfordern wird – und an der Quelle wird es bestimmt noch schlimmer werden. Aber ich kann euch eins versichern: Ich *werde* Minecraft retten.“

Mit diesen Worten drehte er sich zum Portal um und zog sein verzaubertes Schwert.

„Dann komm, Drache … Lass uns tanzen.“

Gameknight trat ins Endportal und war nicht mehr zu sehen.

KAPITEL 28

EREBUS WIRD GECRAFTET

Die Lohe drängte sich durch die anderen Monster, bis sie vor ihrem König Malacoda schwebte.

„Hoheit, die NPC-Armee ist weg", meldete die brennende Kreatur, wobei jedes Wort von einem mechanischen Keuchen begleitet wurde.

„Was?"

„Sie sind weg", wiederholte das Monster. „Wir haben gesehen, wie sie rumgelaufen sind und alles Mögliche eingesammelt haben. Wie befohlen haben wir uns versteckt, damit sie uns nicht sehen, aber als wir aus unserem Versteck kamen, waren sie nicht mehr da. Doch wir haben noch ein Kind bemerkt, das weggelaufen ist."

Einige Monster lachten daraufhin und meinten, dass der feige NPC bestimmt Angst vor dem Netherkönig gehabt hatte. Malacoda hob einen Tentakel, um sie zum Schweigen zu bringen.

„Wahrscheinlich sind sie in diesen Tunnel gegangen, der unter die Erde führt", meinte Erebus mit seiner kreischenden Stimme. „Sie wollen zum zweiten Schlüssel."

„Natürlich", erwiderte Malacoda. „Genau wie geplant."

Erebus kicherte. *Als hätte dieser Dummkopf irgendeinen Plan.*

Malacoda warf dem Enderman einen Blick zu und sah dann wieder die Lohe an.

„Sind noch welche an der Oberfläche?"

„Nein, Hoheit, sie sind alle weg."

„Dann sollten wir jetzt angreifen!", rief Malacoda. „Damit werden sie nicht rechnen. Nachdem wir sie zerschmettert haben, werden wir ..."

„Nein!", kreischte Erebus.

Malacoda schaute den Enderman wütend an, und ein orangefarbener Feuerball erschien zwischen seinen Tentakeln.

„Äh, ich meine ... Das ist vielleicht keine so gute Idee ... Hoheit", sagte Erebus schnell. „Wir sollten warten, bis die NPC-Armee den nächsten Wächter besiegt hat. Sollen sie doch den zweiten Schlüssel holen und uns den Weg zur Quelle ebnen."

„Aber damit werden sie rechnen", widersprach Malacoda ihm.

„Sieh dich doch um. Diese Armee können sie unmöglich besiegen. So viele Monster hat noch niemand auf einem Haufen gesehen. Wir sind eine unaufhaltsame Macht, die wie ein heftiger Sturm über sie hereinbrechen wird. Gegen uns sind sie machtlos, und dieses Mal hat Gameknight999 auch nicht die Hilfe der Benutzer. Sie sitzen in der Falle und werden schon bald vernichtet sein."

Malacoda schwebte nachdenklich etwas weiter nach oben. Während der Netherkönig überlegte, sah sich Erebus ihre Armee an. Die Monster gierten nach einem Kampf und wollten die NPCs töten, aber vor allem wollten sie zur Quelle gelangen und diese zerstören. Diese Armee aus Oberwelt- und Nethermonstern konnte es kaum erwarten, von den Einschränkungen, die Minecraft ihnen auferlegte, befreit zu sein. Sie sehnte sich nach der physikalischen Welt. Sein Blick schweifte über die Kreaturen und fiel auf die Schatten-Crafter. Sie standen alle beisammen und schienen etwas zu besprechen, aber ihre Worte waren nicht zu verstehen, da die Zombies stöhnten, die Spinnen klackerten und die Lohen keuchten. Erebus teleportierte sich mitten zwischen eine Gruppe Magmawürfel und bemerkte, dass der seltsame Schatten-Crafter mit den leuchtenden Augen im Zentrum stand. Er stellte etwas her, aber Erebus konnte nicht erkennen, was es war. Es schien irgendein dunkles Ding zu sein, aber Zombiebrines grüner Körper versperrte die Sicht darauf.

Während er hinschaute, spürte Erebus ein komisches Kribbeln am ganzen Körper, als würde etwas in ihm verbessert, auch wenn er nicht wusste, was es war. Dann sah er, wie sich lilafarbene Teleportationspartikel um ihn herum zusammenzogen, obwohl er seine Kräfte gar nicht aktiviert hatte … Was ging hier vor sich? Als er wieder zu den Schatten-Craftern hinüberschaute, war der mit den leuchtenden Augen anscheinend gerade fertig. Das Kribbeln hörte abrupt auf, und die Partikel verschwanden. Erebus wollte sich schon abwenden, als der Schatten-Crafter ihm auf einmal direkt in die Augen sah.

„Der Held der einen Seite ist der Bösewicht der anderen", erklärte der seltsame Schatten-Crafter mit rauer Stimme.

„Was?", fragte Erebus, aber es war zu spät, der geheimnisvolle Schatten-Crafter war verschwunden.

Er war einfach weg, ohne dass man Teleportationspartikel sehen oder das charakteristische Ploppen hören konnte, das immer ertönte, wenn die Gesundheit einer Kreatur aufgebraucht war. Der Schatten-Crafter war schlichtweg nicht mehr da. Erebus schaute sich um, konnte die Kreatur aber nirgendwo entdecken … Als er erneut zu den Schatten-Craftern hinüberschaute, sahen sie ihn alle mit einem merkwürdigen unheilvollen Grinsen an. Zombiebrine nickte ihm zu, als hätten sie eine Übereinkunft getroffen, um dann zu Malacoda zu gehen. Erebus stellte fest, dass die schwebende Monstrosität gerade dabei war, Befehle zu erteilen.

Ich sollte lieber rübergehen und dafür sorgen, dass der Idiot keinen Blödsinn macht.

Er nutzte seine Teleportationskräfte und materialisierte sich im nächsten Moment vor dem Netherkönig. Dabei bemerkte er nicht einmal, wie sich die Teleportationspartikel bildeten – oder ob sie es überhaupt getan hatten … Interessant.

Malacoda blickte auf den Enderman herab.

„Ich habe beschlossen, dass wir warten, bis die NPCs den zweiten Schlüssel in ihrem Besitz haben", teilte Malacoda ihm mit. „Danach werden wir sie kurz vor der Quelle vernichten."

„Was für ein brillanter Plan, Königlichkeit", spottete Erebus.

Malacoda starrte ihn wütend an.

Schon bald bin ich diesen Idioten los, dachte Erebus und testete vorsichtig seine Teleportationskräfte. Aber dieses Mal spürte er, dass dort mehr zu finden war, als wären sie irgendwie verbessert worden. Dieser Unterschied veränderte alles.

Oh ja, ich werde diesen Narren schon bald abservieren, und dann bin ich der König aller Monster … Und Minecraft und die physikalische Welt werden mir gehören.

Erebus stieß sein schauriges Enderman-Kichern aus und grinste Malacoda an.

KAPITEL 29

DAS ENDE

Gameknight999 materialisierte sich in einer seltsamen Landschaft aus blassgelben Blöcken und hohen dunklen Säulen. Obwohl Landschaft eigentlich nicht das richtige Wort war. Er wusste, dass dieser Ort tatsächlich eine riesige Insel war, geschaffen aus den beigefarbenen Endsteinblöcken. Darunter befand sich die finstere Leere, die sich in alle Richtungen erstreckte. Rings um die Insel war nichts … keine Sterne, rein gar nichts.

Als er nach unten blickte, stellte Gameknight fest, dass er auf einer Obsidianplattform stand, die fünf mal fünf Blöcke groß war. Zu seinem Glück befand sich die Plattform auf der Insel und schwebte nicht im Raum – es hätte auch anders kommen können.

Er trat an den Rand der Plattform und sah sich um. Ein zehn bis zwölf Blöcke hoher Berg ragte vor ihm auf und versperrte ihm die Sicht. Gameknight reckte den Hals und konnte dahinter Obsidiansäulen erkennen, auf deren Spitzen Flammen loderten. Er sprang von der Plattform zwei Blöcke weit nach unten auf den

Endstein und zog dabei sein Schwert. Da sich keine Gefahren in der Nähe befanden, steckte er die Waffe wieder weg und lief schnell eine Anhöhe hinauf. Von dort blickte er über das Ende und entdeckte überall auf der blassgelben Insel die dunklen Gestalten von Endermen, da die schattenhaften Gestalten umherwanderten und sich immer wieder teleportierten. Es mussten sich wenigstens einhundert dieser furchterregenden Monster auf der schwebenden Insel aufhalten. Einige standen in Gruppen zusammen, andere waren allein, und ihre kleineren Vettern, die Endermiten, huschten auf dem Boden umher. Während er sich umsah, hörte er, wie sich die anderen hinter ihm materialisierten, da sich die Armee nach und nach aus der unterirdischen Festung in dieses seltsame und unheimliche Land begab. Als er spürte, wie jemand neben ihn trat, drehte er sich um und sah Crafter in die Augen.

„Willkommen im Ende", sagte Gameknight und klopfte seinem Freund auf die Schulter.

Crafter sah sich um und erschauderte.

„Sieh dir die ganzen Endermen an … Sie sind überall."

Gameknight sah sich erneut um. Von der Hügelspitze konnte er ungehindert über das ganze Ende hinwegblicken. Die Endermen waren in der Tat überall, aber das, was Gameknights Aufmerksamkeit erregte, waren die dunklen Türme. An vielen Stellen ragten hohe, dunkle Obsidiansäulen wie riesige Wachposten in die Luft. Gameknight wusste aus Erfahrung, dass es ungefähr zwanzig davon gab, auch wenn er momentan nur sechs sehen konnte. Auf der Spitze jeder Säule befand sich ein lilafarbener Enderkristall, der in einem Feuerring schwebte, aus dem Asche und Rauch in den dunklen, leeren Himmel aufstiegen. Die Flammen sahen wunderschön aus und erinnerten Gameknight an die Kerzen auf seinem letzten Minecraft-Geburtstagskuchen. Er lächelte. Diese lilafarbenen Kristalle waren die Enderkristalle und das, was dem Enderdrachen Kraft verlieh.

Somit waren sie ihre ersten Ziele.

Gameknight drehte sich um und ging den Hügel hinunter zur Armee.

„Freunde, der Drache hat uns noch nicht gesehen, aber das wird schon bald passieren", sagte er. „Ihr habt gegen diesen Dämon keine Chance, auch wenn ihr euch für sehr stark haltet. Wenn ihr versucht, gegen ihn zu kämpfen, könnt ihr vielleicht etwas Schaden verursachen, aber dann wird er einfach zu den Enderkristallen auf den Obsidiansäulen fliegen und sich heilen. Daher ist unser erstes Ziel nicht etwa der Drache … sondern diese Kristalle.

Die Bogenschützen bilden einen Ring um die Säulen und schießen auf die Kristalle. Ein Schuss lässt sie explodieren. Wir müssen sie so schnell wie möglich zerstören. Die Schwertkämpfer bewachen die Bogenschützen. Hebt einen drei Blöcke breiten Graben aus und füllt ihn mit Wasser. Die Bogenschützen stellen sich ins Wasser, dann sind sie vor den Endermen geschützt. Und vergesst nicht, wenn ihr den Drachen auf euch zukommen seht … Lauft weg! Bleibt nicht stehen und kämpft, es sei denn, ihr habt sämtliche Hoffnung und euren Lebenswillen verloren. Dann mal los."

Er zog sein Schwert und lief zur nächsten Säule.

„FÜR MINECRAFT!", schrie er dabei.

„FÜR MINECRAFT!", brüllte die riesige Armee und folgte ihm in die Schlacht um das Ende.

Sie stürmten über die Landschaft, und die Endermen unterbrachen ihre sinnlose Wanderschaft und drehten sich zu den Eindringlingen um, wobei ihre Augen im schwachen Licht glühten. Einige der dunklen Kreaturen näherten sich den NPCs, da ihre Neugier zu groß war.

Die ersten Bogenschützen erreichten eine Säule und eröffneten das Feuer. Es war nicht leicht, die Entfernung richtig einzuschätzen. Anfangs zielten sie zu kurz, sodass die Pfeile in der Obsidiansäule stecken blieben.

„Höher, zielt höher", befahl Gameknight und lief an ihnen vorbei zum nächsten Turm. „Verteilt euch, Bogenschützen, und zerstört schnell alle Enderkristalle. Beschützt sie, Krieger."

Da traf der erste Pfeil einen Enderkristall. Die Explosion erschütterte das Ende, als der lilafarbene Block in die Luft flog. Die NPC-Armee jubelte, verstummte jedoch sofort wieder, als wütendes Gebrüll zu hören war … Jetzt wusste der Drache, dass sie da waren.

„Da kommt er!", rief jemand.

Gameknight hob den Kopf und bemerkte eine Bewegung am Himmel. Aber es war schwer zu erkennen, was genau da nahte, da der Rauch und die Asche, die von den Kristallen aufstiegen, den Himmel verklärten. Doch dann sah er sie, diese schrecklichen, hasserfüllten lilafarbenen Augen.

Mit einem lauten Brüllen sauste der Drache über ihre Köpfe hinweg und starrte die Eindringlinge mit seinen furchterregenden Augen an. Als er vorbeiflog, konnte Gameknight seinen langen, stachelbewehrten Schwanz erkennen, der wie eine riesige schwarze Schlange aussah. Die grauen Stacheln darauf glänzten im schwachen Licht des Endes, und die rasiermesserscharfen Spitzen glitzerten leicht. Gameknight wusste, dass einer dieser Stacheln bereits den Tod bringen konnte, und er erschauderte.

Das große Monster flog einen Bogen und breitete die Flügel aus. Gameknight wusste, dass von den Flügelspitzen ebenfalls Gefahr drohte. Aber das Monster flog ein weiteres Mal über die Armee hinweg. Dieses Mal konnte Gameknight999 ihm direkt in die gemeinen Augen sehen. Der Drache brüllte und riss das Maul weit auf. Ein lilafarbenes Glühen entstand tief im Inneren des Monsters, da das seltsame lavendelfarbene Feuer, das hinter diesen Augen loderte, in seinem ganzen Körper zu finden war. Plötzlich klappte er das Maul wieder zu, sodass seine Zähne lautstark aufeinanderprallten.

Im Vorbeifliegen ließ das Monster Gameknight999 nicht aus den Augen. Das Reptil konzentrierte sich allein auf den Benutzer-der-kein-Benutzer-ist, und seine scharfen, grauen Hörner funkelten gefährlich.

Nachdem es noch einmal gebrüllt hatte, verschwand das schreckliche Wesen in der Dunkelheit – vermutlich, um sich auf seinen ersten Angriff vorzubereiten.

Gameknight lief es kalt den Rücken herunter, und er wandte den Blick schnell vom Himmel ab. Er nahm seinen ganzen Mut zusammen und lief weiter zur nächsten Säule. Hunter und Stitcher schossen bereits mit ihren verzauberten Bögen auf einen anderen Enderkristall. Die spitzen Geschosse flogen wie brennende Raketen durch die Luft und bohrten sich in die Säule. Die beiden zielten erneut und schossen wieder. Schon flogen weitere leuchtende Projektile nach oben und trafen den Kristall, woraufhin die Spitze der Säule in Flammen aufging und die Explosion das Ende erschütterte. Der zweite Kristall war zerstört.

Als Gameknight sich umdrehte, sah er weitere Bogenschützen, die einen dritten Turm angriffen und von einem Ring aus Schwertkämpfern bewacht wurden. Holzbrin war bei ihnen und platzierte Erdblöcke auf dem Boden, aus denen Grasbrin sofort langes Gras sprießen ließ. Sie schützten die eine Flanke und die Krieger die andere. In diesem Augenblick tauchte einer der Endermen direkt hinter einem der Soldaten auf. Der Schwertkämpfer wirbelte herum und traf den Enderman in die Brust.

„Oh nein", hörte Gameknight einen der NPCs sagen.

Die Augen der erzürnten dunklen Kreatur glühten mit einem Mal leuchtend weiß. Sie trat einen Schritt zurück und kreischte, so laut sie konnte. Der Schrei hallte durch das Ende und wirkte wie eine Klinge, die in Fleisch getrieben wurde. Viele NPCs ließen ihre Waffen fallen und hielten sich die Ohren zu. Alle Endermen im Ende fingen an zu zittern und zu beben, und ihre Augen loderten weiß vor Hass, da sie alle ebenfalls in Rage gerieten. Der erste Enderman wandte sich wieder dem NPC zu und hieb immer wieder mit den Fäusten auf ihn ein, bis nur noch sein Inventar übrig war.

„Es hat begonnen", murmelte Gameknight, der sah, wie sich die Endermen-Horde zur Armee teleportierte. „Die Endermen greifen an! PASST AUF!"

„Runter, Gameknight!", schrie Hunter.

Er ging rasend schnell zu Boden, als vier rasiermesserscharfe Krallen dicht über seinen Kopf hinwegglitten. Sofort rollte er sich auf die Seite, sprang auf und sprintete auf mehrere Bogenschützen zu, die von Endermen angegriffen wurden. Als er zum Himmel blickte, stellte er fest, dass Hunter auf den Drachen schoss und in seiner Seite bereits Pfeile steckten. Doch das Monster ignorierte die Wunden und flog zu einem Enderkristall. Sobald es nahe genug heran war, drang ein Strahl lilafarbener Energie aus dem Kristall und heilte den Drachen auf einen Schlag. Das Monster machte in der Luft eine anmutige Drehung und stürzte sich auf eine Gruppe aus Bogenschützen.

„LAUFT!“, schrie Gameknight, aber er war zu weit weg.

Der Drache fiel über die unvorbereiteten Krieger her und raste mit ausgestreckten Krallen durch die Menge. Dabei zerfetzte er ihre Rüstungen, als bestünden sie aus Papier, und hatte innerhalb weniger Sekunden die Hälfte der Bogenschützen vernichtet. Während der Drache fortflog, teleportierten sich Endermen zu den letzten Bogenschützen und griffen sie mit einer Wildheit an, wie Gameknight sie noch nie bei ihnen gesehen hatte. Die schwarzen, albtraumhaften Kreaturen teleportierten sich direkt neben die Bogenschützen und erschlugen sie mit ihren Fäusten. Gameknight sah sich das Gemetzel an und fühlte sich für jeden einzelnen Gefallenen verantwortlich.

Sie sind meinetwegen hergekommen, und ich konnte sie nicht beschützen … Ich bin ein Niemand.

Aber dann hörte er eine Stimme in seinem Kopf, die ihm Kraft verlieh … *Sei einfach du selbst.*

Nein, ich werde nicht in Selbstmitleid versinken. Ich bin Gameknight999, der Benutzer-der-kein-Benutzer-ist, und ich werde nicht aufgeben.

„Schwertkämpfer, baut Wassergräben rings um die Bogenschützen und beschützt sie“, rief er.

Ein Enderman tauchte direkt neben Gameknight auf. Er wirbelte herum und griff die Kreatur an. Nachdem er zwei kraftvolle Schläge gelandet hatte, teleportierte sich das Monster weg. Gameknight drehte sich, entdeckte die neue Position seines Gegners und stürmte los. Sobald er in Reichweite war, duckte er sich unter den dunklen Fäusten hindurch und stach immer wieder zu, bis sich der Enderman wieder wegteleportierte. Sobald Gameknight ihn wiedergefunden hatte, stürzte er sich erneut auf ihn und griff ihn an, bis die Gesundheit der Kreatur aufgebraucht war und nur noch eine lilafarbene Sphäre am Boden zurückblieb.

„Schwertkämpfer, bleibt in Bewegung, wenn ihr gegen die Endermen kämpft", rief Gameknight. „Steht nicht still … Immer weiterlaufen. Bogenschützen, feuert weiter auf die Enderkristalle!"

Ein Kichern ertönte links neben ihm, und er drehte sich sofort um und griff den nächsten Enderman an, aber als er auf ihn zurannte, sah er den Drachen von rechts kommen. Gameknight ging zu Boden und rollte sich zur Seite, um den dunklen, funkelnden Krallen zu entgehen.

Weitere Explosionen hallten durch die Luft, als es den Bogenschützen, die jetzt durch das Wasser geschützt waren, gelang, immer mehr Enderkristalle zu zerstören. Gameknight blickte zum Himmel und stellte fest, dass der Drache nur noch wütender wurde und seine Augen greller loderten. Er fuhr auf eine Gruppe aus Schwertkämpfern herab, die gegen mehrere Endermen kämpften. Die dunklen Kreaturen teleportierten sich gerade noch rechtzeitig weg, bevor die Drachenkrallen durch die Reihen der NPCs fuhren. Die Krieger hatten keine Chance, da ihre Eisenrüstungen nicht robust genug waren. Gameknight seufzte und wurde immer trauriger, aber er hatte keine Zeit, um stehen zu bleiben und den Toten die letzte Ehre zu erweisen. Jetzt musste er das tun, was er am besten konnte: griefen.

Er sprintete auf einige Endermen zu, die sich gerade einem Schwadron Bogenschützen näherten, und griff sie im Vorbeilaufen an. Als sich die Kreaturen zu ihrem Angreifer umdrehten, schlug Gameknight einen großen Bogen und attackierte sie von der anderen Seite. Gleichzeitig explodierten weitere Enderkristalle. Die Endermen wandten sich jetzt alle dem Benutzer-der-kein-Benutzer-ist zu und kamen immer näher, während er vor ihnen zurückwich.

„Greift sie von hinten an!", forderte Gameknight die Bogenschützen auf.

Augenblicklich ging ein Pfeilhagel auf die schattenhaften Kreaturen nieder. Sobald sie sich umdrehten, stürzte Gameknight999 vor und schlug mit seiner schimmernden Diamantklinge eine Schneise der Verwüstung in ihre Ränge. Weitere Endermen verschwanden und hinterließen lilafarbene Enderperlen. Die Monster, die seinen Angriff überlebt hatten, teleportierten sich aus diesem Teil des Schlachtfelds weg.

Die Bogenschützen jubelten, verstummten jedoch abrupt, als der Enderdrache über sie herfiel und sie mit seinen mächtigen Klauen vernichtete.

„Neiiin!", schrie Gameknight und duckte sich unter einem gigantischen Flügel hindurch.

Der Drache setzte den Bodentruppen weiterhin schwer zu und zerfetzte Schwertkämpfer wie Bogenschützen, während Letztere unaufhörlich auf die Bestie schossen. Aber nach jedem Pfeilhagel flog das Monster hoch in die Luft und zu einem der letzten Enderkristalle, um sich zu heilen. Sie mussten erst alle Kristalle vernichten, bevor sie dem Drachen schaden konnten. Gameknight drehte sich um und stellte fest, dass Hunter und Stitcher zu ihm gekommen waren.

„Es sind nur noch zwei Kristalle übrig, aber die Türme sind zu hoch für unsere Bögen", erklärte Hunter.

„Wo sind sie?"

Hunter deutete mit ihrem verzauberten Bogen ans andere Ende der schwebenden Insel. Gameknight sah die beiden breiten, hohen Obsidiansäulen in der Ferne, an deren Spitzen noch das lilafarbene Leuchten zu erkennen war. Er sprintete los und tauschte im Laufen sein Schwert gegen die Schaufel aus.

„Beschützt mich", rief er über die Schulter und baute etwas vom blassen Endstein ab.

So schnell er konnte platzierte er zwanzig Blöcke in seinem Inventar. Sie ließen sich problemlos herausheben, fühlten sich jedoch schwer an. Danach steckte er die Schaufel weg und lief zu den letzten beiden Kristallen.

„Stitcher, die Bogenschützen sollen auf die andere Seite des Endes gehen und den Drachen angreifen, sobald er in ihre Nähe kommt. Ihr müsst ihn für eine Weile beschäftigen und ablenken." *Inmitten des Chaos gibt es auch Gelegenheiten,* dachte Gameknight und zitierte eine der Weisheiten an Mr. Plancks Wand. „Schützt sie durch sehr viel Wasser vor den Endermen. Hunter, du kommst mit mir."

Stitcher wandte sich ab und rannte in die andere Richtung, wobei sie bereits lautstark Befehle erteilte. Innerhalb von Sekunden hatte Mason das Kommando übernommen und leitete den Rest der Armee.

„Was hast du vor?“, wollte Hunter wissen.

Gameknight schaute zu den beiden gewaltigen Säulen hinüber, auf die sie zurannten, und überlegte, was er tun sollte. Die Säulen standen direkt nebeneinander und berührten sich fast. Eine war etwas höher als die andere; dort mussten sie anfangen ... Aber wie? Dann fiel ihm die erste Spinne wieder ein, gegen die er gekämpft hatte, nachdem er ins Spiel versetzt worden war, und ihm kam eine Idee.

„Du musst Folgendes tun“, sagte er und erklärte Hunter seinen Plan.

Als sie bei der Obsidiansäule ankamen, lief Hunter weiter, während Gameknight eine Säule aus Endstein errichtete. Er sprang immer wieder hoch, platzierte seine Blöcke und gelangte auf diese Weise nach oben.

Wenn der Drache mich hier erwischt, bin ich tot, dachte er. *Einen Sturz aus dieser Höhe überlebt niemand.*

„Hoffentlich bist du bereit, Hunter“, sagte er laut, auch wenn ihn niemand hören konnte.

Er schaute sich am Himmel um und sah einen von Stitchers Flammenpfeilen durch die Luft segeln. Dort befand sich also gerade der Drache.

Gameknight musste sich beeilen.

Indem er die Blöcke noch schneller platzierte, kam er immer weiter nach oben und der Spitze der unfassbar hohen Säule immer näher. Das Leuchten des brennenden Enderkristalls wurde greller, je weiter er nach oben gelangte, und erhellte die Obsidianspitze auf unheimliche Weise. Er hatte es fast geschafft, musste aber noch schneller werden. Gameknight beeilte sich, aber dann … gingen ihm die Endsteinblöcke aus.

Oh nein!

Der Drache zerstörte alle Blöcke, die er berührte, mit Ausnahme von Obsidian, Grundstein und Endstein. Ein anderes Material zu verwenden, wäre riskant, aber Gameknight hatte keine andere Wahl. Er öffnete sein Inventar, zog einen Stapel Bruchstein heraus und baute weiter. Wenn der Drache ihn jetzt erwischte, konnte er dank seiner Diamantrüstung zwar die scharfen Krallen überleben, aber die Bruchsteinblöcke, die er gerade platzierte, würden zerstört. Dann würde er in den Tod stürzen. Er musste sich also noch mehr sputen.

Gameknight bewegte die Hände so schnell, dass sie verschwammen, während er die grauen Bruchsteinblöcke platzierte und dabei immer wieder geschickt hochsprang. Er hatte es fast geschafft … nur noch fünf Blöcke. *Hoffentlich können sie den Drachen ablenken.* Noch drei Blöcke. Er wurde noch schneller … Springen, Block platzieren … Springen, Block platzieren …

Dann war er endlich oben angekommen. Gameknight schaute über den Rand der Säule und erschauderte, als ihm klar wurde, wie weit oben er sich befand. Diese Säule musste mindestens dreißig Blöcke hoch sein. Einen Sturz aus dieser Höhe würde er nicht überleben. Er musste sich vorsehen.

Dann bewunderte er staunend den Anblick, der sich ihm bot. Direkt vor ihm lag der Enderkristall; ein lilafarbener, von Flammen umgebener Würfel, der über einem Grundsteinblock schwebte. Rings um den Kristall war ein seltsamer, metallisch aussehender Rahmen angebracht, der unfassbar komplex wirkte … Nein, es waren zwei Rahmen, die sich um den Kristall drehten, als würden sie die Schwerkraft ignorieren. Auf dem Kristall war eine merkwürdige Schrift zu erkennen, seltsame Symbole, die schwer zu lesen waren, die er aber schon einmal gesehen hatte – wahrscheinlich Buchstaben aus dem Standard Galactic Alphabet … Eine seltsame Hommage, die Notch da ins Spiel integriert hatte. Gameknight bewunderte die Schönheit dieses Kristalls und bedauerte das, was er gleich tun musste.

Er umklammerte sein Schwert und zertrümmerte den Enderkristall. Dieser explodierte in einer Wolke aus Hitze und Rauch, die Gameknight ein Stück zurückwanken ließ. Seine Diamantrüstung knackte, zerbrach jedoch nicht. Im gleichen Augenblick hörte er den Drachen auf der anderen Seite des Endes brüllen. Sehr weit unten schrie Hunter etwas, das er jedoch nicht verstehen konnte.

Er ging zum Rand der Säule und sah zur anderen hinüber. Diese war vier oder fünf Blöcke kleiner und etwa sechs Blöcke weit entfernt. Er holte seinen Bruchstein heraus und überlegte, ob er eine Brücke bauen sollte, als vom Boden erneut ein Schrei heraufhallte.

„D…"

Zwar konnte er Hunters Worte nicht verstehen, aber er duckte sich instinktiv genau in dem Moment, in dem sich vier scharfen Krallen in seine Diamantrüstung bohrten. Sein Arm tat sofort höllisch weh. Gameknight rollte sich seitlich ab und sah, wie der Drache einen großen Bogen flog und erneut auf ihn zuhielt. Er stürzte sich auf ihn, und in seinen lilafarbenen Augen loderte der Hass, während seine weißen Zähne im klaffenden Maul des Monsters schimmerten. Das war vermutlich sein Ende. Gameknight nahm seinen ganzen Mut zusammen und starrte dem näher kommenden Monster entschlossen entgegen. Doch in letzter Sekunde sauste ein brennender Pfeil durch die Luft und traf den Drachen in die Brust, dicht gefolgt von zwei weiteren Geschossen. Das Monster drehte bei und versuchte, Hunter und ihren tödlichen Projektilen zu entkommen.

Er muss sich heilen, dachte Gameknight.

Er schaute zum letzten Enderkristall hinüber. Dann ging er zum anderen Ende der Säule, sprintete auf den Rand zu und legte seine ganze Kraft in den Sprung. Während er durch die Luft segelte, konnte er Hunter ganz klein am Boden erkennen. Ihr fiel das rote Haar auf die Schultern, als sie fassungslos zu ihm aufblickte. Sein Aufprall war heftig und zehrte an seiner Gesundheit, aber das war vorerst unwichtig. Gameknight zog sofort sein Schwert, stellte sich neben den letzten Enderkristall und wartete.

„Zerstöre ihn … Schnell, er kommt!", rief Hunter vom Boden herauf.

Gameknight wartete.

„Zerbrich ihn, bevor er den Drachen heilt!"

Während er wartete, lief es ihm vor Angst eiskalt den Rücken herunter.

In der Ferne konnte er bereits das Brüllen der Bestie hören, und als er sich umdrehte, sah er das schreckliche Monster auch.

„BEEIL DICH … ZERSTÖRE DEN KRISTALL!", kreischte Hunter.

Gameknight rührte sich nicht.

Der Drache kam im Tiefflug angeflogen und wich dabei Hunters Pfeilen aus. Als er näher herankam, drang ein greller Lichtstrahl aus dem Enderkristall und hielt auf den Drachen zu.

Das war die Gelegenheit.

Gameknight umklammerte den Schwertgriff und zerbrach den Enderkristall. Auch dieser explodierte und schleuderte ihm Hitze und Rauch entgegen, aber der Drache brüllte vor Schmerz auf, da ihm der explodierende Kristall ebenfalls Schaden zugefügt hatte.

Als Gameknight nach dem Monster Ausschau hielt, sah er zwei lilafarbene Flecken auf sich zukommen. Das Monster brüllte und raste direkt auf ihn zu – mit ausgestreckten Krallen und weit geöffnetem Maul, um seinen Feind zu verschlingen. Die letzte Explosion hatte Gameknights Gesundheit drastisch reduziert, und er war sich nicht sicher, ob er diese Krallen überleben würde.

Er machte einen Schritt nach hinten, sodass er direkt am Rand der Säule stand. Es gab keinen Fluchtweg. Und so steckte er sein Schwert weg, ging direkt bis zur Kante, und seine Füße spürten bereits die Leere, die dahinter lauerte. Dann drehte er sich um und blickte dem Monster entgegen, während ihn seine Panik zu ersticken drohte.

„Ich kann nur hoffen, dass du bereit bist, Hunter", sagte er, auch wenn ihn niemand hören konnte.

Der Drache drehte mit lautem Gebrüll, legte die Flügel an und raste direkt auf seine Beute zu. Er kam wie eine Rakete auf Gameknight zugeschossen, wie ein unaufhaltsamer Tornado … wie der Tod. Als der Drache die scharfen Krallen ausstreckte, machte Gameknight999 einen Schritt nach hinten und stürzte vom hohen Turm.

KAPITEL 30

DAS ENDE DES ENDERDRACHEN

Die Zeit schien stillzustehen, während Gameknight zu Boden stürzte. Er sah, wie Hunter zu ihm hinaufschaute, und auf ihrem Gesicht spiegelten sich Schock und Entsetzen wider. Als er den Kopf drehte, stellte er fest, dass Stitcher und Crafter auf ihn zugelaufen kamen. Der Wind wehte ihm ins Gesicht, und er dachte an seine Schwester und die Geburtstagskarte, die sie ihm vor einigen Wochen gebastelt hatte. Sie hatte ein Bild von ihm gemalt, auf dem er ihre Hand hielt und mit ihr über ein rosafarbenes Feld voller lilafarbener und blauer Blumen ging. Seine Schwester malte und zeichnete so gern und würde bestimmt mal eine große Künstlerin werden … wenn sie die Gelegenheit dazu bekam.

Jeder konnte auf irgendeine Weise etwas im Leben erreichen. Einige von Gameknights Lehrern wie Mr. Planck taten es vermutlich, indem sie auf ihre Schüler einwirkten. Das Vermächtnis seiner Eltern waren ihre Kinder. Aber die Schulhoftyrannen, die die Kleinen und Schwachen ärgerten … Was hinterließen sie? Die einzigen Menschen, die sich später an sie erinnerten, waren ihre Opfer, die ihre Peiniger als armselig und schwach im Gedächtnis behielten, als Feiglinge, die sich nicht trauten, sie selbst zu sein.

Gameknight war vor langer Zeit in Minecraft ebenso ein Fiesling gewesen. Aber jetzt wollte er das, was von ihm blieb, verändern. Er wollte als jemand in Erinnerung bleiben, der tat, was richtig war, und nicht den einfachen und bequemen Weg ging. Er wollte als die Person im Gedächtnis bleiben, die sich den Monstern in den Weg gestellt hatte, den Kreaturen, vor denen sich des Nachts alle fürchteten. All das ging ihm durch den Kopf, während er zu Boden stürzte. Er machte sich nicht die Mühe, nach unten zu sehen, denn das war ohne Bedeutung. Entweder er überlebte diesen Sturz oder nicht. Er konnte nur hoffen, dass er genug getan hatte, um sein Vermächtnis zu beeinflussen, und dass seine Freunde die Sache überstanden.

Auf einmal platschte es laut und Gameknight stand knietief im Wasser.

Ich habe überlebt … ICH HABE ÜBERLEBT!, dachte er.

Hunter hatte sich an den Plan gehalten und den Teich genau an der richtigen Stelle ausgehoben. Gameknight schaute sich um und stellte fest, dass sich fast kein Wasser im Teich befand … gerade genug, um seinen Aufprall abzufangen. Als er zu der Säule hinaufblickte, von der er soeben heruntergestürzt war, wurde ihm erst bewusst, was er für ein Glück gehabt hatte und wie knapp er dem Tod entronnen war. Er schüttelte sich ein wenig, als ihm das klar wurde.

Ich bin so tief gefallen und habe es irgendwie geschafft, in diesem Teich zu landen. Ich bin wirklich ein Glückspilz. Er konnte sich noch gut daran erinnern, dass sein Vater einmal gesagt hatte: „Manchmal ist Glück nur die Kombination aus gründlicher Planung und harter Arbeit." Tja, was immer es auch gewesen war, das ihn in diesem Teich hatte landen lassen, er war sehr dankbar dafür …

„Ich konnte den Teich gerade noch rechtzeitig füllen", sagte Hunter und hielt einen leeren Eimer hoch. „Gut, dass ich mir deinen Plan genau angehört habe." Sie klopfte ihm grinsend auf den Rücken.

Er zuckte zusammen, als er aus dem Teich stieg. In diesem Augenblick kamen Stitcher und Crafter völlig außer Atem bei ihnen an. Stitcher zog ihren Bogen und hielt am Himmel nach dem Enderdrachen Ausschau.

„Er ist irgendwo da draußen", meinte sie. „Ich kann ihn spüren."

„Kommt, wir müssen zurück zu den anderen", forderte Gameknight seine Freunde auf und zog sein Schwert. „Das ist unsere Chance. Der Drache kann sich nicht mehr heilen. Er ist verletzlich. Jetzt kriegen wir ihn!"

Gameknight sprintete in die Mitte des Endes und wartete gar nicht auf die Reaktion der anderen. In einiger Entfernung entdeckte er Mason, der auf ihn zugelaufen kam. Die ganze Armee folgte ihm dicht auf dem Fuß. Als sie einander näher kamen, hörte er den Drachen brüllen. Gameknight zog seine Schaufel, blieb stehen und grub schnell senkrecht nach unten – etwas, das er in Minecraft normalerweise nie tun würde, aber unter diesen Umständen blieb ihm keine andere Wahl. Nachdem er vier Blöcke tief gegraben hatte, hockte er sich hin und machte sich so klein wie möglich. Er hob vorsichtig den Kopf und sah vier scharfe Klauen, die über den Endstein glitten und seinen Kopf knapp verfehlten. Der Drache hatte die Tiefe des Lochs falsch eingeschätzt.

Im nächsten Augenblick krabbelte Gameknight auch schon wieder heraus und lief mit dem Schwert in der Hand weiter auf die Armee zu. Nur wenige Sekunden später umringten ihn die NPCs jubelnd und Mason stand neben ihm.

„Wir sind sehr froh, dass du noch am Leben bist, Benutzer-der-kein-Benutzer-ist“, sagte Mason und sah zum Himmel empor.

„Ich bin auch sehr froh darüber“, erwiderte Gameknight. Alle um ihn herum lachten.

„Wie lautet der Plan?“, wollte der große NPC wissen.

„Bildet schnell Gruppen, die Bogenschützen in der Mitte, die Schwertkämpfer außen. Die Bogenschützen sind die Einzigen, die den Enderdrachen ausschalten können, und sie müssen vor den Endermen beschützt werden … und vor dem Drachen. Jetzt werden wir …“

„Er kommt!“, rief Hunter.

Der Drache kam auf die Armee zugesaust.

„VERTEILT EUCH!“, schrie Gameknight.

Die Krieger stoben in alle Richtungen davon. Der Enderdrache streckte die Krallen aus, packte die Soldaten, zerfetzte ihre Eisenrüstungen und brachte ihre HP auf null. Innerhalb von Sekunden schwebten mehrere Gegenstandshaufen an den Stellen über dem Boden, an dem eben noch NPCs gestanden hatte.

Sie sind meinetwegen gestorben!, dachte Gameknight.

„Bildet Gruppen … SOFORT!“, ordnete der Benutzer-der-kein-Benutzer-ist an.

Die Krieger leisteten dem Befehl sofort Folge. Die Schwertkämpfer umringten die Bogenschützen und wehrten die Flut an Endermen ab, die sie attackierte. Die Bogenschützen in der Mitte schossen auf den Drachen, wann immer das albtraumhafte Monster auf der Suche nach den Enderkristallen, die nicht mehr existierten, vorbeiflog.

Gameknight rannte über das Schlachtfeld und griff die Endermen bei jeder sich bietenden Gelegenheit an. Zu seiner Rechten liefen Stitcher und Hunter, beschützt von Mason und Crafter, auf den Drachen zu. Er hielt auf seine Freunde zu und attackierte im Vorbeilaufen immer wieder die Endermen. Als er näher kam, konnte er das Sirren von Hunters und Stitchers Bögen hören, die unaufhörlich auf den Drachen schossen und die Endermen anvisierten, sobald dieser nicht in Schussweite war. Mason lief vor den beiden her und schuf mit seinem mächtigen Schwert eine Schneise der Zerstörung inmitten der schattenhaften Monster, und Crafter tat es ihm gleich.

Über die blasse Landschaft hinweg sah Gameknight, wie der Drache mehrere Bogenschützen und Schwertkämpfer angriff, jedoch rot flackerte, als er sich auf die NPCs stürzte. Einige Dorfbewohner verschwanden und hinterließen ihr Inventar, während die wenigen Überlebenden ihr Glück kaum fassen konnten.

Der Drache reißt uns in Stücke, dachte Gameknight, als er das Gemetzel mit ansah. *Es reicht … ES REICHT!*

„Es wird Zeit, dass wir angreifen!“, rief er.

Er sprintete zu den letzten Kriegern hinüber und stellte sie in zwei Reihen auf, zwischen denen er eine breite Lücke ließ.

„Hockt euch alle hin und wartet“, rief Gameknight. Danach wandte er sich an Hunter und Stitcher, die ihm gefolgt waren. „Ich führe den Drachen zu dir, Hunter. Halte dich bereit. Wenn ich ihn treffe, wird er kurz stehen bleiben, und in diesem Augenblick müsst ihr Bogenschützen so viele Pfeile abschießen, wie ihr nur könnt. Verstanden?“

Bevor sie ihm antworten konnte, lief er auch schon los. Er wusste, dass das Monster es noch immer auf ihn abgesehen hatte und irgendwo da draußen lauerte.

„Wo steckst du, Drache?“, rief er. „Komm und hol mich.“

Gameknight lief durch das Ende und hielt am dunklen Himmel Ausschau nach den lodernden Augen. Er wusste, dass das Monster irgendwo war, und dann sah er etwas Lilafarbenes aufblitzen. In der Ferne glaubte Gameknight etwas zu sehen, das ihn an einen Traum erinnerte … nein, an das Land der Träume. Es war die hasserfüllte Kreatur mit den leuchtenden Augen – kein NPC und auch kein Benutzer. Das Wesen stand einfach nur da und sah zu. Es schien sich weder vor den Endermen noch vor dem Drachen zu fürchten, und in seinen Augen loderte ungezügelter Hass.

Wer ist das?

Hoch in der Luft ertönte ein Brüllen. Gameknight wandte den Blick von der seltsamen Kreatur ab und bewegte sich langsam zurück zu den Bogenschützen, wobei er den Drachen nicht aus den Augen verlor. Jetzt kam alles auf sein Timing an. Als er sich genau zwischen den beiden Kriegerreihen befand, blieb er stehen.

„Ich habe keine Angst vor dir", rief er der fliegenden Bestie zu, „und ich werde nicht zulassen, dass du meinen Freunden noch mehr schadest. Das endet hier", er zog eine Linie über den Endstein. „UND DU KANNST NICHT VORBEI!"

Der Enderdrache stieß als Erwiderung einen lauten Schrei aus und flog direkt auf den Benutzer-der-kein-Benutzer-ist zu. Mit einem Mal rannte Gameknight los. Er sprang hoch in die Luft, schwang sein schimmerndes Schwert und bohrte es tief in den rechten Flügel des Monsters. Verblüfft über Gameknights heftigen Angriff, verharrte der Drache eine Sekunde lang in der Luft.

„JETZT!"

Auf einmal standen einhundert Bogenschützen auf und feuerten gleichzeitig. Die Pfeilspitzen bohrten sich in die Haut des Drachen, der vor Schmerz aufschrie. Er schlug wild mit den Flügeln, erhob sich in die Luft und flog schnell außer Reichweite.

„Macht euch bereit. Er kommt gleich zurück", rief Mason und führte die Schwertkämpfer beim Angriff auf die Endermen an, um den Bogenschützen Rückendeckung zu geben.

„Ich sehe ihn", schrie Stitcher. „Der Drache ist da drüben!"

Gameknight schaute in die Richtung, in die das Mädchen deutete, und konnte die lilafarbenen Augen erkennen, die ihn misstrauisch anstarrten.

„Sieht aus, als hätte er Angst", meinte Hunter. „Er kommt nicht näher."

„Das ist nicht gut. Wir müssen ihn vernichten", erwiderte Gameknight.

Er stellte sich auf einen kleinen Hügel und drehte sich zu dem Drachen um. Die lodernden Augen schauten ihn aus der Dunkelheit an, wenn sie nicht gerade nach den Enderkristallen suchten, die es nicht mehr gab.

„Komm zurück. Ich bin hier!“, rief Gameknight. „Ich habe deine ganzen Enderkristalle zerstört. Was willst du deswegen unternehmen, du fliegender Wurm?“

Der Drache schien zu zögern, während er in der Luft schwebte und Gameknights Beleidigungen hinnahm. Doch dann drehte er den langen, mit Schuppen bedeckten Hals und starrte Gameknight an. Seine Augen glichen lilafarbenen Lasern. Sobald der Drache ihn ansah, warf Gameknight sein Schwert auf den Boden.

„Was ist los ... Hast du etwa Angst vor mir?“

Er nahm seinen Helm ab und ließ ihn fallen, dann zog er seinen Diamantbrustpanzer aus und warf ihn beiseite, als könne ihm der Drache auch so nichts anhaben.

„KOMM HER, DU WERTLOSE KREATUR!“, rief der Benutzer-der-kein-Benutzer-ist, so laut er konnte. Er breitete die Arme aus, als wollte er den Drachen willkommen heißen, und schloss die Augen. „LASS UNS TANZEN!“

Der Drache brüllte so laut, dass der Boden bebte. Dann drehte die fliegende Monstrosität den Kopf und raste direkt auf Gameknight zu, doch sobald das Monster in Reichweite war, tauchten Hunter und Stitcher auf und feuerten ihre verzauberten Projektile ab. Ihre Bogensehnen sirrten, während sie die Kreatur mit einem Pfeil nach dem anderen beschossen. Kurz darauf flogen noch weitere Pfeile durch die Luft, als die anderen Bogenschützen angriffen. Bäcker, Weber, Minenarbeiter, Läufer, Farmer … Eine ganze Gemeinde trat vor, um sich ihr Leben zurückzuholen. Als der gewaltige Pfeilhagel den Enderdrachen traf, brüllte dieser ein letztes Mal. Nur war es nicht mehr das wütende, hasserfüllte Geräusch, das er ausgestoßen hatte, seit die NPCs in dieses Land eingefallen waren. Jetzt klang er eher niedergeschlagen und traurig, als wüsste er, was gleich passieren würde. Mit einem Mal glühte das Monster lilafarben und weiß. Lichtstrahlen schossen aus dem durchbohrten Körper und erfüllten das Ende mit dem hellsten Licht, das je hier zu sehen gewesen war. Die Endermen teleportierten sich rasch weg, während der Drache immer heller leuchtete. Die Lichtstrahlen erstreckten sich in alle Richtungen und in den leeren Himmel, bis das Monster plötzlich explodierte und verschwand.

Der Enderdrache war tot.

KAPITEL 31

DER ZWEITE SCHLÜSSEL

Die Armee jubelte.

Nach dem Tod des Drachen schienen die Endermen genug vom Kämpfen zu haben. Sie teleportierten sich auf die andere Seite des Endes und verschwanden in einer Wolke aus lilafarbenem Nebel. Die Krieger atmeten erleichtert auf, steckten ihre Waffen weg und grölten noch lauter. Sie jauchzten und feierten ihren Sieg, Gameknight999 und Minecraft. Aber Gameknight teilte ihre ausgelassene Stimmung nicht. Stattdessen schaute er sich auf dem Schlachtfeld um. Hunderte von Inventarhaufen schwebten über der blassgelben Landschaft, ebenso wie die lilafarbenen Sphären, die ihr Feind gedroppt hatte – die Hinterlassenschaften der Toten. Niedergeschlagen stellte er fest, dass sie bestimmt die Hälfte ihrer Leute verloren hatten.

Dieser Kampf war sie teuer zu stehen gekommen.

Gameknight hob eine Hand mit gespreizten Fingern in die Luft. Als die NPCs das sahen, verstummten sie augenblicklich. Alle hoben ebenfalls die Hand zur Ehrung der Toten und ballten die Faust über dem

Kopf, während sie sich an jene erinnerten, die ihnen lieb und teuer waren und die ihr Leben verloren hatten. Auch wenn sie einen großen Sieg errungen hatten, war es doch ein trauriger Tag.

Er senkte den Kopf, wischte sich eine Träne von der Wange und musterte die Umstehenden. Er hob seine Rüstung und sein Schwert wieder auf und drehte sich zu Hunter und Stitcher um.

„Danke, dass ihr auf mich aufgepasst habt", sagte er.

„Was hätten wir denn sonst tun sollen?", entgegnete Hunter. „Wir konnten dir doch nicht den ganzen Spaß lassen."

„Hunter!", schimpfte Stitcher.

Ihre große Schwester zuckte nur grinsend mit den Achseln.

Unter dem explodierten Drachen war ein weiteres Portal entstanden, eine drei Blöcke hohe Säule aus Grundgestein, die von weiteren dieser dunklen, undurchdringlichen Steinblöcke umgeben war. Das Ganze schwebte in sechs Blöcken Höhe in der Luft und stieß kleine Asche- und Rauchwölkchen aus, als stünde es in Flammen. Oben auf der Säule lag ein schwarzes Ei, dessen lilafarbene Facetten glitzerten.

Hunter keuchte auf.

„So wunderschön", murmelte Stitcher, die zum zweiten Schlüssel zur Quelle hinaufblickte.

Einer der Soldaten zog einen Stapel Bruchstein hervor und errichtete Stufen zu der geheimnisvollen Struktur. Dann trat er an den Rand des Portals und wollte nach dem Ei greifen.

„Halt!", rief Gameknight.

Der Krieger erstarrte.

„Wir müssen ganz vorsichtig sein. Das Drachenei teleportiert sich weg, sobald man es aufheben will. Wir müssen die Sache richtig angehen."

Gameknight ging die Stufen hinauf und stellte sich neben den wartenden Krieger. Das Portal zu seinen Füßen sah genauso aus wie das Endportal in der Festung. Ein Sternenmeer lag dahinter, einige blau, andere grau, manche weiß. Als er am Rand entlangging, veränderte sich der Blick auf die Sterne, als würde er eine dreidimensionale Projektion betrachten.

Er schaute zum Ei hinauf und wusste, dass er sich sehr vorsehen musste, damit dieser ganze Kampf nicht noch einmal durchgestanden werden musste, denn das würde ihre Armee bestimmt kein zweites Mal schaffen. Dabei musste er daran denken, dass er schon so viele Male versucht hatte, das Ei an sich zu nehmen, nur um mit anzusehen, wie es verschwand und an einer anderen Stelle des Endes wieder auftauchte. Doch dann fiel ihm ein Video ein, in dem er mal gesehen hatte, wie jemand das Ei mithilfe eines Kolbens an sich nahm. Er begutachtete das Podest, auf dem sich das Ei befand, und überlegte, wie sich das realisieren ließ. Dann blickte er auf das Portal zu seinen Füßen hinab, in dem die Sterne einladend funkelten.

Wenn das Ei ins Portal fällt, haben wir verloren, dachte er.

„Bedeck das Portal mit Bruchstein", forderte er den Krieger auf.

Der NPC sah ihn verwirrt an.

„TU ES EINFACH!"

Rasch setzte sich der Dorfbewohner in Bewegung. Er holte einen Stapel Bruchstein hervor und pflasterte damit vorsichtig das Portal zu.

Sie hatten nur einen Versuch, und sie mussten sich beeilen. Gameknight vermutete, dass Malacoda und Erebus schon bald auftauchen würden, und der König der Endermen konnte sich einfach mit dem Ei wegteleportieren, daher mussten sie es richtig machen, und zwar schnell.

Er half dem NPC, bis das Portal nicht mehr zu sehen war. Derweil drängte sich Crafter durch die Menge und kam zu ihnen herauf. Als sie fertig waren, sah man nur noch die grauen Bruchsteinblöcke, und die Rauchwölkchen des Portals blieben darunter verborgen. Gameknight trat auf die so entstandene Oberfläche, um seinem Freund Platz zu machen.

„Was machst du da?“, erkundigte sich Crafter.

„Wir müssen das Enderdrachenei sehr vorsichtig an uns bringen. Es darf erst berührt werden, wenn es als Gegenstand gedroppt wird.“

Gameknight trat an den Rand des Portals und blickte auf die Soldaten herab. Mason stand neben Hunter und schaute ihn mit seinen grünen Augen an.

„Ich brauche etwas Redstone und einen Eisenbarren. Hat jemand …“

Bevor er den Satz beendet hatte, wurden ihm die Gegenstände bereits zugeworfen.

„Hast du deine Werkbank dabei, Crafter?“

„Aber natürlich. Was wäre ich denn für ein Crafter, wenn ich sie nicht bei mir hätte?“

„Super“, erwiderte Gameknight. „Bau mir schnell einen Kolben.“

Er sah hinüber zu der Stelle, an der die Armee im Ende erschienen war, und rechnete jede Sekunde damit, dass sich dort eine riesige Monsterhorde materialisierte.

„Okay, fertig", verkündete Crafter und reichte Gameknight den Kolben.

„Ich brauche ein paar Bruchsteinblöcke hier direkt neben dem Ei."

Der Krieger trat zu Gameknight und platzierte zwei Blöcke aufeinander direkt neben der Grundgesteinsäule.

„Das reicht", erklärte Gameknight.

Er ging auf die andere Seite und stellte den Kolben so hin, dass er zum Ei zeigte.

„Redstonefackel", rief er.

Crafter zog eine hervor und gab sie ihm.

„Befestige sie am Kolben."

Crafter stellte sich neben den Kolben und tat, wie ihm geheißen. Der Kolben wurde sofort aktiviert, und seine flache Oberfläche bewegte sich vorwärts, wodurch das Drachenei vom Grundgesteinportal in Gameknights Hände geschoben wurde. Von unten drang Jubel hervor, und als Gameknight die Soldaten musterte, sah er nicht nur Freude in ihren Gesichtern, sondern auch etwas, das er schon lange nicht mehr gesehen hatte: Hoffnung.

„Okay, entfernen wir die Abdeckung vom Portal und begeben uns zur Quelle", ordnete Gameknight an.

Sie zerbrachen die Steinabdeckung und stellten überrascht fest, dass das Portal keinen sternenerfüllten Nachthimmel, sondern nur noch völlige Dunkelheit anzeigte. Gameknight blickte ins Portal und glaubte, etwas in seinen Tiefen zu erkennen. Es sah aus wie eine Art Leuchtfeuer. Er konnte den Lichtstrahl, den es in den dunklen Himmel schickte, kaum ausmachen. Als sich seine Augen jedoch an die Dunkelheit gewöhnten, erkannte er auch die Umgebung, die von diesem Leuchtfeuer erhellt wurde. Da waren noch andere, kleinere Leuchtfeuer neben diesem großen und hellen, aber sie waren alle deaktiviert und gaben somit kein Licht ab. Was hatte das zu bedeuten? Gameknight wusste auf einmal, dass er genau das vor sich hatte, was er hier beschützen sollte. Das war die Quelle.

Plötzlich hallte ein kreischendes Keckern durch die Luft. Gameknight hob den Kopf und stellte fest, dass sich Malacoda und Erebus soeben materialisierten.

Sie waren hier.

„Geht alle schnell durch das Portal", verlangte er und sprang auch schon selbst hinein. Das Letzte, was er vom Ende sah, waren die leuchtend weißen Augen seines Erzfeindes Erebus, der ihn unheilvoll angrinste.

KAPITEL 32

AUFEINANDERTREFFEN DER KÖNIGE

Erebus und Malacoda standen auf dem kleinen Hügel aus Endstein, der vor der Obsidianplattform aufragte. Sie schauten sich im Ende um und sahen die NPC-Armee, die um eine Insel aus Grundgestein mit einer hohen Säule in der Mitte herumstand.

„Das ist vermutlich das Portal zur Quelle", kreischte Erebus.

Der lästige Benutzer-der-kein-Benutzer-ist stand direkt am Rand der Insel und warf kurz einen Blick zu ihnen herüber, bevor er im Portal verschwand.

„Wir sollten sie sofort angreifen!", verlangte Malacoda. Er drehte sich zur Obsidianplattform um und sah mit einem Mal verwirrt aus. „Wo ist meine Armee?"

„Was ist? Vermisst du deine kostbaren Monster?" Erebus keckerte. „Meine Wither halten die andere Seite des Portals. Sie lassen niemanden hindurch, bis ich einen anderslautenden Befehl erteile."

„Dann sag ihnen, dass alle schnell herkommen sollen. Ich befehle es. Wir können den Benutzer-der-kein-Benutzer-ist erwischen", sagte Malacoda.

„Bildest du Narr dir tatsächlich ein, du hättest hier das Kommando?"

Malacoda wirbelte zu Erebus herum.

„Deine Tage sind gezählt, Malacoda. Die Zeit der Endermen bricht jetzt an."

Erebus aktivierte seine Teleportationskräfte, und sofort war er in eine Wolke lilafarbener Partikel gehüllt.

„Du kannst dich nicht teleportieren, ich verbiete es", donnerte Malacoda. „Erinnerst du dich noch, wie ich dich bei unserer ersten Begegnung daran gehindert habe, vor mir zu fliehen? Das werde ich jetzt wieder tun." Seine Tentakelenden glühten leicht. „Knie vor mir, deinem König, oder das ist dein Ende."

Erebus starrte den Ghast nur grinsend an. Malacoda schrie vor Zorn und bildete einen leuchtenden Feuerball zwischen seinen zuckenden Tentakeln.

„Du gehst mir langsam auf die Nerven, Enderman."

Die tödliche leuchtende Sphäre raste auf Erebus zu, der sich jedoch im letzten Augenblick wegteleportierte und direkt neben dem Netherkönig wieder auftauchte.

„Du hast keine Kontrolle mehr über meine Teleportationskräfte, du Narr“, kreischte Erebus. „Ich wurde verbessert und muss dich nicht länger ertragen.“

Er stieß ein schrilles Kreischen aus, bei dem Malacoda zusammenzuckte. Es hallte durch das ganze Ende und bewirkte, dass alle Endermen stutzten und sich ihrem König zuwandten. Im nächsten Augenblick materialisierten sie sich direkt neben Erebus. Er befahl drei Endermen, zu Malacoda zu gehen und ihre langen schwarzen Arme um ihn zu legen, sodass er sich nicht mehr rühren und wegfliegen konnte. Der Netherkönig versuchte, sich dem Griff zu entwinden, aber es kamen weitere Endermen hinzu und hielten den Ghast fest. Dann hoben sie ihn hoch und trugen ihn zum Rand der schwebenden Insel, wo der Endstein endete und die gewaltige dunkle Leere begann. Erebus blickte über den Rand der Insel in die Finsternis hinab. Sie sah endlos aus. Er wusste, dass man irgendwann das Ende des Minecraft-Universums erreichte, wenn man nur weit genug fiel, und dass einen an diesem Punkt der Tod erwartete. Genau dort wollte er den Netherkönig hinschicken.

„Werft ihn runter“, befahl Erebus. „Und sorgt dafür, dass er nie mehr zurückkehrt.“

Die Endermen teleportierten sich in den leeren Raum, wobei sie den König des Nether weiter mit ihren klammen Armen festhielten. Malacoda versuchte, nach oben zu schweben, aber es kamen immer mehr Endermen hinzu, sodass die Gruppe zunehmend schwerer wurde. Als immer mehr schattenhafte Monster den Ghast umklammerten, fielen sie schließlich nach unten.

„Das kannst du nicht machen … Ich bin der König des Nether“, brüllte Malacoda.

„Wir sind nicht mehr im Nether, du Narr“, kreischte Erebus. „Leb wohl, Malacoda. Genieß die Unendlichkeit.“

Der Enderman stieß sein manisches Lachen aus, während der kreischende Ghast langsam in die Leere stürzte. Malacodas Augen brannten rot vor Zorn, und er hatte den Mund panisch aufgerissen. Je länger Erebus hinschaute, desto kleiner und schwächer wurden die roten Lichtpunkte, bis sie irgendwann nicht mehr zu sehen waren.

Der Netherkönig hatte aufgehört zu existieren.

Die Endermen, die mit dem Ghast nach unten gestürzt waren, materialisierten sich plötzlich wieder, und ihre dunkle Haut rauchte, nachdem sie mit dem Ende des Universums in Kontakt gekommen waren.

Aber es war ihnen gelungen, sich zu teleportieren und zu überleben.

„Und so endet Malacodas Regentschaft", verkündete Erebus und stieß das lauteste Enderman-Lachen aus, das je in Minecraft gehört worden war.

„Meine Pläne sind fast erreicht." Er drehte sich zu einem der dunklen Endermen in seiner Nähe um. „Geht zurück und sagt meinen Withergenerälen, sie sollen alle durchlassen. Es wird Zeit, dass die Monster Minecrafts ihr Schicksal erfüllen."

Die Kreatur verschwand in einer Wolke aus lilafarbenen Partikeln, und im nächsten Moment erschienen mehrere dreiköpfige Wither auf der Obsidianplattform, gefolgt von der riesigen Monsterhorde, die dazu in der Lage war, jede andere Armee zu vernichten, die sich ihr in den Weg stellte.

Erebus grinste, als er zusah, wie *seine* Armee durch das Endportal kam und sich im Ende ausbreitete. Doch dann fiel sein Blick auf den Schatten-Crafter, dessen leuchtende Augen ihm noch immer unheimlich waren. Diese Kreatur hatte etwas an sich, das ihm nicht gefiel. Es war nicht die Aura des Bösen, die sie ständig zu umgeben schien … Nein, diesen Teil mochte er sogar. Es war etwas anderes. Irgendwie hatte er den Eindruck, dass dieses dunkle Wesen, der Anführer der Schatten-Crafter, etwas anderes plante, und bisher wusste Erebus noch nicht, was das war. Aus diesem Grund traute er der Kreatur nicht. Er kannte ja noch nicht einmal ihren Namen … und das war wirklich höchst verdächtig.

Was hat er gesagt?, überlegte Erebus, und da fielen ihm die Worte auch schon wieder ein. *Der Held der einen Seite ist der Bösewicht der anderen.*

„Was craftest du?", murmelte Erebus vor sich hin, während er die verdächtige Kreatur beäugte.

Ich muss ihn im Auge behalten, ebenso wie die anderen Schatten-Crafter, nahm Erebus sich vor. *Man kann keinem von ihnen trauen.*

Aber zuerst war es Zeit, Minecraft und den lästigen Benutzer-der-kein-Benutzer-ist zu zerstören.

„Auf zur Quelle, Monster", befahl Erebus und ging auf das Grundgesteinportal zu, durch das Gameknight und die Krieger Minecrafts verschwunden waren. „Ich komme dich holen, Benutzer-der-kein-Benutzer-ist", kreischte er. „Und dieses Mal kann dir keiner dieser widerlichen Benutzer helfen."

Erneut stieß er sein Keckern aus, das durch die Grundfesten von Minecraft hallte.

KAPITEL 33
DIE QUELLE

Gameknight999 materialisierte sich in einem anderen seltsamen Land. Der Himmel sah genauso aus wie im Ende: eine verschwommene, dunkle Decke, die die Sterne verbarg und ihm das Gefühl gab, in einer Art Leere gelandet zu sein. Anstelle des blassgelben Endsteins, aus dem das Ende bestand, war hier jedoch alles aus Grundgestein. Es gab keine Obsidiantürme, keine Enderkristalle, keinen Drachen … Nur nichtssagendes Grundgestein. Die dunklen Blöcke erstreckten sich in alle Richtungen und verschmolzen in der Ferne mit dem sternenlosen schwarzen Himmel. Die in diesem Land vorherrschende Dunkelheit war erdrückend und schien ihm sämtlichen Mut zu rauben.

Als er sich umdrehte und seine Umgebung in Augenschein nahm, entdeckte er einen dünnen Lichtstrahl, der in den Himmel reichte: die Quelle. Aufgrund des dunklen Steins und des schwarzen Himmels wirkte sie wie ein Leuchtfeuer der Hoffnung. Gameknight konnte sehen, dass das Licht vom

Gipfel eines hohen Berges ausging, der aufgrund der Entfernung allerdings nicht genauer zu erkennen war.

„Hier entlang … schnell", rief Gameknight und eilte auf das Leuchtfeuer zu.

Er sprintete in die Richtung und bewegte sich so schnell über die eintönige Landschaft, wie er nur konnte. Das war es, was es zu beschützen galt, und sie mussten dort angekommen und vorbereitet sein, wenn Malacoda mit seinen Monstern hier eintraf.

Die Größe des Berges war nur schwer einzuschätzen, da es nirgendwo Bäume oder Gebäude zum Vergleich gab, aber je näher Gameknight herankam, desto mehr verblüfften ihn die Ausmaße. Er musste am Fuß wenigstens dreihundert und am Gipfel bestimmt noch zweihundert Blöcke breit sein. Dieses Bergmassiv stellte sogar Malacodas Netherfestung in den Schatten. Etwas so Großes hatte Gameknight in Minecraft bisher noch nie gesehen.

Er blieb kurz stehen, um wieder zu Atem zu kommen, betrachtete den Berg aus Grundgestein und suchte nach einem Weg, auf dem man nach oben gelangen konnte. Die Seiten waren beinahe vertikal. An vielen Stellen würde man zwei oder drei Blöcke überspringen müssen. Da alles aus Grundgestein bestand, gab es auch nicht die Möglichkeit, Stufen hineinzuschlagen.

Doch dann bemerkte er auf der linken Seite am Fuß des Berges etwas Auffälliges. Es sah aus, als wäre ein riesiges Dreieck aus Grundgestein errichtet worden, dessen Spitze im Berghang verschwand. Gameknight lief darauf zu und stellte fest, dass es sich dabei um eine Treppe handelte, über die man auf den Berg gelangen konnte.

„DA DRÜBEN!", rief er, als er Schritte hinter sich hörte.

Er sprintete zu der gigantischen Treppe und schaute dabei über die Schulter. Die gesamte Armee – Männer, Frauen und Kinder – folgte ihm auf dem Fuß. Alle sahen zugleich staunend und entschlossen aus, als wäre dies der unglaublichste Ort der Welt … und gleichzeitig der entsetzlichste.

Sie alle wussten, was hier passieren würde, und dieser Gedanke ängstigte sie.

Als er endlich am Fuß der Treppe angekommen war, blieb Gameknight stehen. Die Stufen führten steil nach oben und waren etwa ab der Hälfte in den Berg eingelassen. Die glatten Wände zu beiden Seiten konnten höchstens Riesenspinnen erklimmen. Gameknight schätzte, dass die Treppe wenigstens dreißig Blöcke breit war; man konnte sie also nicht wirklich verteidigen. Sie brauchten einen Ort, an dem sie sich verschanzen konnten, denn die NPCs waren drastisch in der Unterzahl.

„Wir müssen eine Stelle finden, an der wir die Quelle verteidigen können", rief er seinen Freunden zu. „Lauft schnell nach oben." Schon sprintete er auf den grellen Lichtstrahl zu, der von der Bergspitze in den Himmel leuchtete. Je höher er kletterte, desto besser konnte er das riesige Leuchtfeuer erkennen, und er begriff schließlich, dass es sich nicht etwa um einen, sondern um sehr viele Lichtstrahlen handelte, die etwas erschufen, das aus der Ferne wie eine einzige strahlende Lichtsäule wirkte.

„Wir sind gleich oben", schrie er und lief noch schneller.

Sobald Gameknight den Gipfel erreicht hatte, stockte ihm der Atem. Hier befand sich nicht etwa nur ein Leuchtfeuer, sondern gleich neun nebeneinander, deren diamantene Mitte hell strahlte. Sie waren auf einer Pyramide aus Diamantblöcken platziert worden, die in drei Schichten über dem Boden aufragte.

Das hätte Herder bestimmt gern gesehen, schoss es ihm durch den Kopf, und er seufzte.

Es war so gut wie unmöglich, direkt in das Licht zu schauen, das von den Leuchtfeuern ausging. Gameknight musste seine Augen abschirmen, und sobald er das getan hatte, stellte er erstaunt fest, dass sich hinter der Quelle ein ganzes Feld aus Leuchtfeuern befand, das sich bis in die Unendlichkeit auszustrecken schien. Vorsichtig ging er um die gewaltige Diamantpyramide herum und überblickte den Berggipfel. Eigentlich war es eher ein gigantisches Plateau, das völlig flach und mit unzähligen einzelnen Leuchtfeuern bedeckt war, die in einem Abstand von jeweils vier Blöcken zueinander standen. Aber das Seltsamste war, dass diese Leuchtfeuer bis auf eines deaktiviert waren. Irgendwie machte ihn das traurig, als würde jedes einzelne eine ganze Welt voller Lebewesen repräsentieren, die für immer verloren war.

Er drehte sich zur Armee um, die gerade oben ankam, aber als ihm die Größe dieses Plateaus bewusst wurde, begriff er erst, wie wenige sie waren. Zu Beginn dieser Reise hatte es den Anschein gemacht, als wären unzählige NPCs bereit, gegen den Schatten des Bösen zu kämpfen, der sich in Minecraft ausbreitete, aber als er jetzt die Überreste dieser Streitmacht sah, kam sie ihm so erschreckend klein vor.

Sie hatten so viele verloren.

Dann dachte er an all die Kämpfe, die sie hinter sich hatten: Crafters Dorf gegen Erebus' Oberweltmonster, die Benutzer in der Lavakammer, der gescheiterte Kampf im Nether, bei dem sie Crafter gerettet hatten, Hunter jedoch in Gefangenschaft geraten war, der Kampf um die Eisenrose und schließlich der um das Ei des Enderdrachen.

All diese Schlachten hatten sie hierhergeführt, zur letzten Schlacht um Minecraft, dem Kampf um die Quelle. Bei allen vorherigen Kämpfen hatten NPCs ihr Leben verloren und Familien waren entzweit worden. Ihre Armee war auf gerade einmal einhundert Krieger dezimiert worden. Wie viele Monster würden sich ihnen entgegenstellen? Konnten sie das überhaupt schaffen?

Als er Geräusche hinter sich hörte, wirbelte er herum. Crafter stand mit offenem Mund vor der hohen Pyramide aus Diamantblöcken und sah sowohl schockiert als auch beeindruckt aus.

„Sie ist wunderschön", murmelte er und riss die blauen Augen weit auf.

Dann erschien Hunter neben ihm. Auch sie war von dem Anblick überwältigt. Sie alle konnten die Macht spüren, die diesem Lichtstrahl innewohnte, und sie wussten, dass dies die Quelle, das Herz von Minecraft, war. Wenn die Monster hierherkamen und das zerstörten, dann würde Minecraft aufhören zu existieren. Gameknight stieg auf die zweite Ebene der

Pyramide. Er hielt sich eine Hand vor die Augen, um sie vor dem grellen Licht zu schützen, und versuchte, hineinzusehen. Irgendetwas schwebte darin und bewegte sich in langen Strängen. Dann begriff er, was er da vor sich hatte: Das waren Nullen und Einsen, die sich durch die Quelle bewegten – der Computercode, der an die anderen Server weitergegeben wurde.

„Vorsicht", sagte Holzbrin. „Das ist der reine Datenstrom. Keiner in Minecraft kann ihn berühren und das überleben. Er wird dich zerlegen und in einzelnen Bits zu allen Servern schicken, mit dem er verbunden ist." Holzbrin trat neben den Benutzer-der-kein-Benutzer-ist und holte einen Holzblock hervor. Er lächelte Gameknight an und warf den Block in den Lichtstrahl. Sofort löste sich der Block in Nullen und Einsen auf. „Im Datenstrom kann nichts überleben. Diesen Strahl zu berühren wäre Selbstmord."

„Was ist mit den anderen Leuchtfeuern?", fragte Gameknight.

„Sie wurden von den Monstern Minecrafts gelöscht", antwortete Holzbrin wie immer mit abgehackter Stimme.

Als Gameknight sich umschaute, stellte er fest, dass noch ein Leuchtfeuer brannte.

„Und was ist mit dem da?"

„Das ist der Server, den du gerettet hast“, erklärte Holzbrin.

Crafters Server!

Gameknight nickte und machte einen Schritt nach hinten, stieß dabei jedoch gegen Hunter. Als er sich umdrehte, staunte er, wie hell und strahlend ihr rotes Haar im weißen Licht aussah. Es war wunderschön, und für einen Augenblick vergaß er all seine Sorgen, seine Ängste, die Tatsache, dass er für alle in Minecraft und der physikalischen Welt die Verantwortung trug … All das schien kurzzeitig unwichtig zu sein, als er Hunter in die Augen sah. Doch dann bahnte sich Mason den Weg durch die Soldaten, die jetzt auf dem Plateau standen, und seine Stimme hallte durch die Luft.

„Wie lauten deine Befehle, Benutzer-der-kein-Benutzer-ist?“

Gameknight blickte auf das Plateau, das schon bald zum Schlachtfeld werden würde, und dachte nach. Er konnte spüren, wie die Puzzleteile in seinem Kopf umherwirbelten, aber noch sah er sie nicht. Plötzlich rutschte eines an seinen Platz und er kannte einen Teil der Lösung, die es ihnen ermöglichen würde, diesen Kampf zu überleben und Minecraft zu retten. So ganz verstand er es allerdings noch nicht. Er schloss die

Augen und konzentrierte sich auf dieses Teil, aber er sah nur einen schmalen Lichtstahl. Dann hallte eine ätherische Stimme durch die dunklen Bereiche seines Verstandes. Er kannte diese Stimme, sie war tröstlich und beruhigend.

G … A … M … E … K …

Aber er konnte sie nicht verstehen. Daher konzentrierte er sich noch mehr und lauschte nur auf diese Stimme.

G … A … M … E … K … N … I …

Auf einmal schrie einer der NPCs auf. Gameknight öffnete die Augen und drehte sich in die Richtung um. Ein Soldat deutete über die Grundgestein-Ebene auf das Portal. Als Gameknight hinüberschaute, sah er, dass die Obsidianplattform, auf der sie sich materialisiert hatten, lilafarben leuchtete und Monster erschienen. Links neben sich hörte er ein Knurren. Er drehte sich um und stellte fest, dass Mason mit gezogenem Schwert neben ihm stand und wütend brummte.

Immer mehr Monster kamen aus dem Portal und hielten direkt auf den Berg und die Quelle zu. Es glich einer endlosen Welle aus Lohen, Zombies, Spinnen, Ghasts, Magmawürfeln, Schleimen … Jedes Monster, das es in Minecraft gab, erschien auf dieser Insel. Die Flut nahm kein Ende.

„Sie kommen“, stellte Mason grimmig fest. „Es müssen fünfhundert Monster sein, wenn nicht gar tausend, die Erebus folgen.“ Er hob eine kantige Hand und strich sich über den ordentlich gestutzten Bart, während er die Gesichter seiner Krieger musterte. „Ich fürchte, dass wir diese Horde nicht aufhalten können.“ Seine Stimme klang traurig, als würde er über den Tod eines guten Freundes sprechen. „Minecraft ist verloren.“

Gameknight seufzte.

„Verzweifle nicht, Benutzer-der-kein-Benutzer-ist“, sagte Crafter, dessen altersweise Stimme über den Berg hallte. „Du hast getan, was du tun konntest. Es ist keine Schande, zu versagen, nachdem man sein Bestes gegeben hat.“

„Was redet ihr denn da?“, fauchte Hunter wütend. „Wenn wir verlieren, dann verlieren wir. Das ist nichts, worauf man stolz sein kann. Sollten wir diesen Kampf verlieren, dann ist alles aus … Alle auf den unzähligen Serverebenen müssen sterben, alles wird vernichtet! Ich werde unsere Niederlage erst akzeptieren, wenn wir alle tot sind!“

Sie legte einen Pfeil an und trat an den Rand des Plateaus, sodass sie zwischen dem Feld aus Leuchtfeuern und der näher kommenden Horde stand. Mason trat neben sie, und sein Diamantschwert schimmerte. Alle Soldaten auf dem Plateau stellten sich hinter ihren Kommandanten, zogen Schwert oder Bogen und wappneten sich für die letzte Schlacht.

Gameknight drehte sich um und schaute Crafter an. Der Junge mit den alten Augen blickte traurig zu ihm auf.

„Es tut mir leid, dass wir nicht mehr tun konnten", murmelte Crafter, dessen Worte nur für Gameknight bestimmt waren. „Du hast die Horde da unten gesehen und weißt, dass wir Erebus und die Monster der Nacht dieses Mal nicht besiegen können. Wir haben nicht einmal mehr einhundert Soldaten. Sie können die nahende Woge der Zerstörung nicht aufhalten."

Crafter drehte sich zu dem riesigen Leuchtfeuer, der Quelle, um und seufzte.

„Uns bleibt wohl nichts anderes übrig, als zu kämpfen und zu sterben", stellte Crafter fest und zog seine Klinge.

Als Gameknight sich umschaute, überkam ihn eine überwältigende Traurigkeit. *Habe ich sie zu dieser Niederlage geführt? Kann ich denn gar nichts tun?* Er ertrug es nicht, den Untergang seiner Freunde mit anzusehen … und den von Minecraft. Das alles kam ihm wie ein Déjà-vu vor, als hätte er das schon einmal erlebt. Dann fiel es ihm wieder ein: Genau das hatte er vor vielen Wochen geträumt. Er hatte dieses Ereignis im Land der Träume vorausgesehen und auch das Ergebnis … seine Feigheit … sein Versagen.

Inzwischen konnte er das Stöhnen der Monster hören, die den Fuß der Treppe erreicht hatten: das Klackern der Spinnen, das Keuchen der Lohen und das Jammern der Ghasts.

NEIN, er würde es nicht so enden lassen. Er war der Benutzer-der-kein-Benutzer-ist, und er war nicht hergekommen, um sich besiegen zu lassen!

Gameknight schloss die Augen und konzentrierte sich erneut auf die Puzzleteile. Da war die ferne, ätherische Stimme wieder, doch dieses Mal war sie klarer, sodass er sie beinahe erkennen konnte.

GAMEKNIGHT999, BIST DU DA?

Mit einem Mal wusste er, wer das war: Shawny. Sofort rückten die einzelnen Puzzleteile an ihren Platz.

Rasch ging er zu dem einsamen Leuchtfeuer, das noch immer strahlte, und stellte sich neben Crafters Server.

„Da gibt es noch etwas, das ich tun kann“, sagte Gameknight an alle NPCs gewandt.

Der Benutzer-der-kein-Benutzer-ist steckte sein Schwert weg und stellte sich neben das Leuchtfeuer, sodass der Lichtstrahl nur wenige Zentimeter von seinem Gesicht entfernt war. Er spürte die unglaubliche Hitze, die sich anfühlte, als wäre die ganze Glut des Nether in diesem leuchtenden Strahl vereint worden. Sofort bildeten sich kleine eckige Schweißperlen auf seinem Gesicht.

Er hatte Angst. Die furchtbare Energie in diesem Lichtstrahl ließ sein ganzes Wesen erzittern, und die Furcht, die er tief in seiner Seele vergraben hatte, erwachte von Neuem.

„Was machst du denn, Gameknight?", schrie Crafter.

„Das ist Selbstmord ... So was machen nur Feiglinge", brüllte Hunter. „Gib nicht auf, kämpfe mit uns ... mit mir." Ihre Stimme klang unfassbar traurig, und sie sah ihn flehentlich an, um ihn von seinem Weg abzubringen.

„Nein, ich muss das tun", erwiderte Gameknight999 laut.

Als Gameknight seine Freunde ansah, musterten ihn diese ungläubig. Sie hatten alle gehört, was Holzbrin über die grelle Lichtsäule gesagt hatte – dass niemand eine Berührung überleben würde –, aber Gameknight wusste trotz seiner überwältigenden Angst und Panik, dass er die Sache durchziehen musste.

Während er näher an den grellen, tödlichen Lichtstrahl herantrat, entfernte sich Mason von den anderen NPCs und kam mit einem seltsamen, wissenden Lächeln zu Gameknight.

„Nein, nicht du auch noch!", kreischte Hunter ungläubig.

„Du wirst es zur rechten Zeit verstehen", erwiderte Mason.

Danach trat Mason auf die andere Seite des Leuchtfeuers, hob sein Schwert hoch in die Luft, sodass die Spitze nach unten zeigte, und packte den Griff mit beiden Händen. Er ließ es mit all seiner Kraft nach unten sausen und rammte es in den Boden. Es hörte sich an wie ein Donnerschlag, als die Klinge das Grundgestein durchbohrte und die ganze Gegend zu beben begann. Während er den Griff mit einer Hand festhielt, streckte er die andere zum Benutzer-der-kein-Benutzer-ist aus und sah ihn an.

„Du musst mit ganzer Kraft an dich glauben, damit du etwas Erstaunliches erreichen kannst", raunte Mason ihm zu. „Um etwas aus dem Nichts zu erschaffen, nur aus einer Idee, einer Fantasie, braucht man Stärke und Mut, aber vor allem den unerschütterlichen Glauben daran, dass man es trotz aller Widrigkeiten schaffen kann." Er sah zu den Kriegern hinüber, die immer noch fassungslos wirkten. Dann beugte er sich zu Gameknight hinüber. „Und wenn du an deine Grenzen gelangst und feststellst, dass du nicht mehr kannst, musst du dich ganz fest an deinen Mut klammern. Du legst die Arme um dein wahres Ich und weigerst dich, loszulassen, denn nur das wäre das wahre Versagen." Der große NPC klopfte Gameknight999 auf die Schulter. „Und jetzt lass uns eine Brücke bauen."

Mason richtete sich auf, umklammerte den Schwertgriff noch fester und sagte mit überraschend sanfter und beruhigender Stimme: „Für Minecraft."

„Für Minecraft", erwiderte der Benutzer-der-kein-Benutzer-ist, nahm Masons Hand und trat in den grellen, heißen Lichtstrahl.

Augenblicklich wurde es gleißend hell um ihn herum und sein ganzer Körper schmerzte. Es fühlte sich an, als würde jeder Nerv brennen und als würde sein Körper von reiner Energie verzehrt. Er sah die Nullen und Einsen im Licht an sich vorbeisausen, während sich sein Körper langsam auflöste, aber Masons Worte gingen ihm noch immer durch den Kopf.

Ich muss daran glauben, dass ich es schaffen kann!

Er nahm seinen ganzen Mut zusammen, verdrängte die Furcht, die seine Seele zu erdrücken drohte, richtete sich auf und gab nicht nach. Es gab ihm Kraft,

Masons Hand in seiner zu spüren, denn er wusste aus irgendeinem Grund, dass diese Verbindung wichtig war und dass er auf keinen Fall loslassen durfte. Daher hielt er die Hand fest und legte den anderen Arm um seinen Körper … um seinen Mut … um seine Seele. Er weigerte sich, loszulassen. Ein Teil von ihm löste sich in einzelne Bits auf, in winzige Nullen und Einsen, aber seine Willenskraft war einfach zu stark. Er durfte nicht scheitern. Mit einem Mal sah er seine Schwester vor seinem inneren Auge. Sie saß auf ihrem Bett, spielte mit ihren Stofftieren … war hilflos. Er durfte sie nicht aufgeben. Er dachte an seine Freunde auf dem Plateau, an Crafter, Hunter und Stitcher, und wollte sie nicht aufgeben. Auch an all die anderen in Minecraft dachte er, an den neuen Crafter Digger und an Fisher – keinen von ihnen wollte er aufgeben. Er musste an alle in beiden Welten denken, die sich in diesem Augenblick auf ihn verließen, und weigerte sich, auch nur eine Person aufzugeben. Während er sich mit ganzer Kraft zusammenriss, packte er den Lichtstrahl und legte seinen Mut, seine Wut, seinen Zorn und seine Hoffnung hinein … und drückte zu.

Auf einmal hörte er Stimmen, Hunderte von Stimmen. Sie sangen seinen Namen und jubelten Gameknight999 zu. Eckige Gesichter tauchten rings um das

Leuchtfeuer auf, danach klobige Körper, als Aberhunderte von Individuen durch ihn hindurchgingen.

Er bildete eine Brücke. Nein, er *war* die Brücke.

Gameknight gab alles und ließ diese Gestalten durch sich hindurchfließen, bis er völlig ermattet war. Aber selbst dann klammerte er sich noch etwas länger fest, bis auch der Letzte die andere Seite erreicht hatte. Als er schließlich nicht mehr konnte, ließ Gameknight das Leuchtfeuer los und fiel in die Dunkelheit.

KAPITEL 34
FREUNDE

Gameknight stürzte benommen zu Boden. Um ihn herum ploppte es ständig, und die NPC-Armee hörte gar nicht mehr auf zu jubeln. Als er sich auf dem Plateau umschaute, sah er, wie sich Aberhunderte von Benutzern materialisierten. Ihre Namen standen leuchtend über ihren Köpfen, und ihre Serverfäden erstreckten sich in den Himmel. Direkt neben ihm stand sein Freund Shawny, der auf ihn herabschaute und dessen schwarzer Ninja-Skin im hellen Licht der Quelle erstrahlte.

„Hi, Gameknight“, meinte Shawny amüsiert. „Hast du in letzter Zeit was Spannendes erlebt?“

Er klopfte Gameknight auf die Schulter, woraufhin dieser zum ersten Mal seit einer gefühlten Ewigkeit lächeln musste. Dann half Shawny ihm auf.

Gameknight sah sich um und entdeckte lauter Benutzer, die er kannte … Da war sein alter Bautrupp „Team Apocalypse“: Nanozine, UltraFire9000, Gustobot2000, David769101 und ScottishRHere. Gameknight lächelte. Er hatte sehr oft mit ihnen Minecraft gespielt … bis er einige von ihnen gegrieft hatte. Außerdem entdeckte er Phaser_98 und King_Creeperkiller. Sobald die beiden Gameknight sahen, sprangen sie vergnügt in die Luft. Etwas näher hüpfte ein Benutzer namens Wormican ebenfalls auf und ab – das war eine der wenigen Methoden, auf die man mit Minecraft-Charakteren Emotionen zeigen konnte.

„Die Sache ist die, Shawny", begann Gameknight, „da ist eine Monsterarmee …"

„Ich kann sie bereits sehen."

Shawny deutete auf die nahende Horde. Sie war auf der Hälfte der Treppe stehen geblieben und anscheinend schockiert, dass plötzlich so viele Benutzer aufgetaucht waren. Gameknight konnte an der Spitze des Mobs einen Haufen Zombies erkennen – Kanonenfutter, entbehrliche Kreaturen. Dahinter kamen die Riesenspinnen, deren rasiermesserscharfe Klauen ungeduldig über das Grundgestein klapperten und die nervös mit den Kauwerkzeugen wackelten. Es klang, als würden eine Million Kastagnetten gleichzeitig geschlagen, und die Geräusche hallten vom Grundgestein wider. An den Seiten der Treppe hatten sich Lohen aufgereiht, die ihre brennenden Körper an die Wände drückten und die Feuerbälle bereits wurfbereit hatten. Hinter ihnen vermengten sich weitere Nethermonster mit Kreaturen aus der Oberwelt. Das war die größte Ansammlung an Monstern, die Minecraft je gesehen hatte.

Während Gameknight999 nach unten blickte, kam Unruhe auf dem Plateau auf. Er drehte sich um und sah Benutzer in alle Richtungen laufen, wo sie an beiden Seiten der Treppe etwas bauten.

„Baut sie hier, hier und hier, so, wie wir es geübt haben", rief jemand.

Er folgte der Stimme und gelangte zu Shawny, der über das Plateau eilte und den Benutzern und NPCs Befehle erteilte.

„Wir brauchen hier eine Mauer mit Schießscharten und höhere Plattformen hier und hier", ordnete Shawny an. „Beeilt euch, die Verwirrung der Monster wird nicht lange anhalten." Dann eilte er an die Seiten. „Artillerie … Ich will die Artillerie hier am Rand sehen und die Bogenschützen dahinter. Na los … Bewegung!"

Mason trat an Gameknights Seite.

„Geht es dir gut?", erkundigte sich der große NPC.

„Ja, aber ich bin mir nicht sicher, ob ich das ohne dich überlebt hätte. Irgendwie hast du mich in Minecraft verankert. Vielen Dank."

Mason nickte und grinste schief.

„Aber … Etwas verstehe ich noch nicht“, gab Gameknight zu und schaute in Masons grüne Augen. „Warum hat sich deine Hand nicht aufgelöst … Sie war doch mit mir im Leuchtfeuer und hätte ebenso wie dieser Block, den Holzbrin reingeworfen hat, in der Quelle in Bits zerfallen müssen.“

Mason zuckte mit den Achseln und grinste schelmisch. „Minecraft macht manchmal, was es will.“

„GAMEKNIGHT!“, rief Shawny.

Er sprintete zu seinem Freund.

„Was ist?“

„Etwas passiert da unten bei den Monstern.“

Gameknight blickte über die glatte Wand, die neben der breiten Treppe nach unten verlief. Da unten standen die Monster, sahen nach oben und schienen nicht zu wissen, was sie tun sollten. Aber dann materialisierte sich eine dunkle Gestalt im hinteren Teil der Armee, eine große Kreatur in einem so dunklen Rot, dass es fast schon schwarz war. Ihre Augen loderten so grell, als würden in ihrem Inneren eine Million Kerzen brennen. Das Monster verzog derart hasserfüllt das Gesicht, dass es schon fast wehtat, es anzusehen.

Das war Erebus.

Der König der Endermen starrte die Verteidiger finster an und hielt Ausschau nach Gameknight. Als er ihn gefunden hatte, leuchteten seine Augen noch heller.

Gameknight erschauderte.

„Ist das der, für den ich ihn halte?", fragte Shawny, der gerade die NPC-Bogenschützen aufstellte, damit sich ihre Feuerbereiche überlappten.

Gameknight nickte.

„Anscheinend hast du dich ja mit ihm ausgesprochen", stellte Shawny lachend fest. „Gut gemacht."

„Sie rücken weiter vor", rief einer der Benutzer. Gameknight vermutete, dass es Disko42 war, der Redstone-Experte.

Er wandte sich erneut der Monsterhorde zu und sah, wie sich Erebus innerhalb seiner Armee teleportierte und die Monster antrieb, die sich nicht vorwärtsbewegten. Er war wie ein schwarzer Blitz und tauchte unfassbar schnell mal hier und dann wieder ganz woanders auf. Während er bedrohlich kreischte, trieb er seine Armee die Stufen hinauf und auf die Benutzer und NPCs zu.

Als sie sich näherten, bemerkte Gameknight, dass Malacoda nicht unter ihnen war. Zwar konnte er mehrere Ghasts entdecken, aber der riesige Netherkönig war nirgendwo zu sehen. Außerdem war Erebus der einzige Enderman. Irgendetwas musste mit der Monsterarmee geschehen sein.

Gut, dachte Gameknight. *Weniger Monster sind ein gutes Zeichen.*

Sobald die Horde in Reichweite war, eröffneten die NPC-Bogenschützen das Feuer. Ein Pfeilhagel ging auf die Zombies nieder, die ihre klauenbewehrten Hände vor sich ausstreckten und stöhnten. Viele wurden vernichtet, aber es liefen trotzdem noch welche weiter. Dann schossen die Lohen zurück. Eine Welle aus brennenden Sphären flog durch die Luft und schaltete alle aus, die nicht schnell genug vom Rand des Plateaus zurückgetreten waren. Schmerzensschreie hallten durch die Luft, als Lebensenergie vom Feuer verzehrt wurde.

„BENUTZER … ZIEHT EURE BÖGEN!“, rief Shawny.

Die Benutzer zückten gleichzeitig ihre Bögen, und auf einmal erstrahlte die Bergspitze in kobaltblauem Licht. Die verzauberten Bögen funkelten und schillerten. Offensichtlich hatten die Benutzer die Wartezeit, bis Gameknight sie auf die Quelle holen konnte, gut genutzt.

„FEUER!“

Der Himmel leuchtete auf, als Hunderte brennender Pfeile durch die Luft flogen und auf die Monsterhorde herabprasselten. Die spitzen Geschosse setzten den Kreaturen schwer zu, und die gigantische Skelettkolonne erwiderte das Feuer. Dreihundert Skelettpfeile sausten auf die Verteidiger zu und bohrten sich in Rüstungen und nacktes Fleisch.

Auf einmal stieß Erebus einen ohrenbetäubenden Schrei aus, und die ganze Horde rannte los. Spinnen und Lohen überholten die langsameren Zombies und hasteten die Stufen hinauf.

„Feuer frei", rief Shawny. „TNT-Kanonen aktivieren."

Sofort wurden zahllose TNT-Kanonen abgefeuert und schleuderten blinkende schwarz-weiß gestreifte Würfel in die Monsterarmee. Die Blöcke fielen zu Boden und detonierten, wobei sie gewaltige Löcher in die Horde rissen, die jedoch schnell von nachfolgenden Monstern gestopft wurden. Doch das Dröhnen hielt an, da die TNT-Kanonen immer weiter schossen, auch wenn es zu viele Monster waren und diese dem Plateau immer näher kamen.

„Erste Kompanie, zieht die Schwerter!"

Einhundert Benutzer steckten ihre Bögen weg und zogen die verzauberten Schwerter. Sie stellten sich an den Seiten der Treppe auf, da sie genau wussten, dass die Spinnen bei der erstbesten Gelegenheit versuchen würden, über die Wände zu krabbeln. Weitere Feuerbälle flogen durch die Luft und vernichteten Benutzer und NPCs gleichermaßen, wobei einige von den Lohen, andere von fliegenden Ghasts abgefeuert wurden.

„NPC-BOGENSCHÜTZEN!", rief Mason. „SCHALTET DIE GHASTS AUS!"

Wie Gameknight es sie bei der Schlacht gegen Malacoda im Nether gelehrt hatte, schossen Gruppen aus jeweils sechs Bogenschützen auf die Ghasts und konzentrierten sich dabei auf ein spezielles Monster. Obwohl diese weit oben flogen, fanden zahlreiche Pfeile ihr Ziel. Nach und nach drängten sie die Ghasts zurück, da die schwebenden Monster lieber auf Abstand gingen, als von einem halben Dutzend Pfeilen durchbohrt zu werden. Das war in Ordnung. Wenn sie sich außerhalb der Schussreichweite befanden, dann konnten sie auch keine Feuerbälle werfen. Sobald sich die Ghasts zurückgezogen hatten, konzentrierten sich die Bogenschützen auf die Lohen, aber es waren so viele, dass ihre Schüsse kaum etwas bewirkten.

Das Klackern der Spinnen wurde immer lauter, und die ersten kamen bereits oben an. Gameknight zog sein Diamantschwert und stürmte vor. Er stand Schulter an Schulter mit den anderen Benutzern und hieb mit seiner scharfen Klinge wild auf die Spinnen ein. Neben ihm kämpfte Kuwagata498, jemand, den er seines Wissens nach in einem Kampf schon einmal gegrieft hatte. Aber das war Vergangenheit. Jetzt zählte nur, dass Gameknight sich den Monstern mit aller Kraft entgegenstellte und seinem Nachbarn nach Möglichkeit den Rücken freihielt. Während er kämpfte, sah er, wie PaulSeerSr auf die Lohen feuerte, die immer näherrückten. Neben ihm hatten auch HoneyDon't und Zefus die Bögen in der Hand, während Lamadia und InTheLittleBush sie mit ihren schimmernden Schwertern beschützten. Die Krieger hieben auf die Monster ein und schossen Pfeile ab, aber die Horde war einfach zu groß und drängte die Verteidiger immer weiter zurück.

„Alle an die Wände!", brüllte Shawny.

Die Bogenschützen steckten die Bögen weg und zogen die Schwerter. NPCs standen neben Benutzern und wehrten die achtbeinigen Monster ab. Aber während sie gegen die Spinnen kämpften, rückten die Zombies und Creeper weiter vor. Die Creeper hatten es auf die gewaltige Mauer abgesehen, die vor der Treppe errichtet worden war. Krieger schossen durch die Löcher in der Wand und versuchten, die grün gefleckten Monster fernzuhalten, aber es waren einfach zu viele. Die Creeper zischten und blähten sich auf, um dann vor der Bruchsteinmauer zu detonieren und sie nach und nach einstürzen zu lassen.

Gameknight hörte, wie die Monster brüllten, als die ersten Zombies aufs Plateau stürmten. Einer der Benutzer stellte sich ihnen in den Weg und schwang seine Klinge in weitem Bogen. Sein Name – Imparfa – leuchtete hell über den dunkelgrünen Zombies, aber er war deutlich unterlegen und nahm rasch Schaden. Jeder Klauenschlag, der über seine Rüstung fuhr, ließ ihn rot blinken, und Gameknight war klar, dass er das nicht lange durchhalten konnte. Aber dann tauchte Mason an seiner Seite auf und mähte die Zombies mit seinem mächtigen Schwert nieder. Gameknight rannte zur vordersten Front, sprang mitten zwischen die Monster und wirbelte mit ausgestrecktem Diamantschwert herum, sodass er gleich mehrere Gegner traf. Neben ihm ertönte das ständige Sirren von Hunters Bogen, die einen Pfeil nach dem anderen abfeuerte.

„RÜCKZUG! RÜCKZUG!“, rief Shawny, der die Stufen hinaufgelaufen war und neben Gameknight auftauchte.

„Wir brauchen langsam ein Wunder, Gameknight“, stellte Shawny fest. „Es sind einfach zu viele.“

„Ich weiß, aber wenn wir …“

Er sprach nicht weiter, da der Boden auf einmal bebte, als würde ein Riese mit einem Hammer daraufschlagen. Es passierte wieder und wieder. Gameknight schaute zum anderen Ende der Treppe hinab und sah eine Gruppe silberner Riesen, die über die Grundgestein-Ebene kam und diese bei jedem Schritt beben ließ. Die Metallriesen waren von weißen, haarigen Tieren umgeben – es mussten Hunderte sein, und sie trugen alle ein rotes Halsband. Die Neuankömmlinge wurden von Herder angeführt, der ebenso wütend wie entschlossen wirkte.

„HERDER!", rief Gameknight und reckte sein Schwert in die Luft. „JA!!!"

Herder schien ihn nicht gehört zu haben und wies sein riesiges Wolfsrudel an, sich auf die Monster zu stürzen, während die gigantischen Eisengolems dasselbe taten. Die Riesen hoben die Arme und wateten durch die Monsterarmee, wobei sie gleich mehrere Kreaturen auf einmal in die Luft schleuderten. Die Wölfe griffen im Rudel an, bissen mit ihren scharfen Zähnen zu und attackierten die Monsterhorde von hinten.

Die Monster wussten nicht, wie sie darauf reagieren sollten. Der Angriff der Neuankömmlinge war verheerend. Viele Monster stürmten nach hinten, um die Reihen dort zu verstärken, sodass der Andrang an der Plattform nachließ.

„Die Zeit ist gekommen", schrie Gameknight. „Angriff ... FÜR MINECRAFT!"

„FÜR MINECRAFT!", brüllten die Verteidiger und stürmten auf die Monsterarmee zu.

Das Stöhnen und die Schreie der Monster hallten durch die Luft, als die Verteidiger sie von beiden Seiten attackierten. NPCs und Benutzer standen dicht nebeneinander, um den Monstern den Garaus zu machen. Gameknight fand sich erneut an vorderster Front wieder. Eine Spinne sprang rechts neben ihm vor und griff Slamacalf an. Gameknight stieß sein Schwert in den aufgeblähten Körper des Monsters und verpasste ihm einen Tritt, damit Slamacalf ihm den Rest geben konnte. Kurz darauf zerrte ihn jemand nach hinten und von den Beinen, und das gerade rechtzeitig, da ein Feuerball dicht an seinem Kopf vorbeiflog. Er drehte sich um und sah Stitcher hinter sich, deren Hand noch auf seiner Schulter ruhte.

„Danke", sagte Gameknight.

„Du bist ..." Bevor sie den Satz beenden konnte, hatte sie schon einen Pfeil angelegt, auf einen heranrückenden Schweinezombie abgeschossen und die Lebensenergie des Monsters ausgelöscht. Sie sprang sofort auf und rannte weiter, wobei ihre Bogensehne summte.

Gameknight rappelte sich auf und schaute sich um. Die Monster saßen zwischen den beiden Verteidigergruppen in der Zange. Die Eisengolems bahnten sich einen Pfad der Zerstörung durch die feindliche Streitmacht, und die Feuerbälle und Skelettpfeile prallten einfach an ihrer Eisenhaut ab. Die Metallriesen bewegten sich wie eine unaufhaltsame Macht die Stufen hinauf und durch die Monstergruppen auf etwas zu … auf Gameknight999. Die Wölfe zerfetzten die Arme und Beine der Monster und waren viel zu flink, um selbst getroffen zu werden.

„Ich glaube fast, wir können hier doch gewinnen", sagte jemand zu Gameknights Linken.

Er drehte sich um und stand SkyKid gegenüber, der eine dunkle Sonnenbrille trug.

„Sag das nicht, das könnte ein böses Omen sein …"

Mit einem Mal bekam Gameknight eine Gänsehaut, als ein keckerndes Lachen über das Schlachtfeld hallte. Es war Erebus, doch seltsamerweise klang er anders, irgendwie selbstsicherer. Der König der Endermen lachte lauter, als Gameknight es je gehört hatte, und darin schwang eine böse, manische Freude mit.

Gameknight trat einen Schritt zurück und blickte nach unten. Lilafarbener Nebel bedeckte den Boden der Stufen und breitete sich über die Grundgestein-Ebene aus, und darin waren Bewegungen zu sehen. Zwar konnte Gameknight nichts Genaues erkennen, da der Nebel zu dicht war, doch als die Teleportationspartikel langsam verflogen, kam etwas in Sicht. Zuerst erinnerte ihn der Anblick an kleine weiße Punkte, doch diese wurden rasch zu lodernden weißen Augen: Endermen … Hunderte von Endermen. Im nächsten Augenblick standen Aberhunderte der großen, schattenhaften Kreaturen auf der Ebene, wütend und kampfbereit. Erebus hatte anscheinend alle Endermen von den letzten Servern und aus dem Ende mitgebracht, die nun in die Schlacht eingriffen.

Die Verteidiger waren verloren.

KAPITEL 35

DIE LETZTE SCHLACHT UM MINECRAFT

Gameknight steckte sein Schwert weg und ging langsam die Stufen hinauf und von den Kämpfenden weg. Oben angekommen, drehte er sich um und schaute auf das sinnlose Gemetzel hinunter.

„Was machst du denn?", fragte Hunter, die zu ihm gelaufen kam.

„Es ist vorbei … Siehst du es denn nicht? Wir haben versagt."

„Solange wir noch atmen, haben wir auch eine Chance. Und jetzt kämpf weiter."

Aber Gameknight seufzte nur und ließ den Kopf hängen. Die Endermen würden die Eisengolems irgendwann besiegen, wodurch die anderen Monster die Gelegenheit bekämen, die Verteidigungsmaßnahmen zu überrennen und die Quelle zu zerstören. Danach konnten sie in die physikalische Welt eindringen … in seine Welt. Wahrscheinlich würden sie im Keller seines Elternhauses rauskommen, genau wie in seinem Traum.

Er dachte an seine kleine Schwester.

Ich habe versagt, Schwesterherz … Es tut mir so leid.

„Die Monster versammeln sich um Erebus und seine dunklen Kreaturen." Das war Stitchers Stimme, die ihn aus seinem Selbstmitleid riss. „Die Endermen ermutigen die anderen, noch erbitterter zu kämpfen. Wir müssen sie irgendwie aufhalten."

Stitchers Worte brachten Gameknight zum Nachdenken. Erneut setzten sich die Rädchen in seinem Kopf in Bewegung. Die Lösung war irgendwo da draußen.

Die Monster kämpfen, weil sie noch Hoffnung haben, dachte er. *Diese Hoffnung beruht auf ihrem Anführer.*

Gameknight erinnerte sich an die Blicke, die ihm die NPCs vor der Schlacht im Nether zugeworfen hatten. Sie waren alle mit ihm gegangen, weil er ihnen Hoffnung gegeben hatte. Und jetzt musste er den Monstern irgendwie die Hoffnung nehmen.

Aber wie?

Seine Gedanken rasten, dass er sie beinahe hören konnte. Irgendwo gab es eine Lösung. Er musste sie nur sehen. Als er in Stitchers verschwitztes Gesicht blickte, wusste er auf einmal Bescheid.

„Ich weiß, was ich tun muss", sagte Gameknight. „Hunter, Stitcher, kommt mit."

Er drehte sich um und rannte über das Plateau, wo er zwischen den erloschenen Leuchtfeuern verschwand. An einer Stelle, die weit vom Schlachtfeld entfernt war, blieb er stehen und schaute seine Freunde an.

„Was machst du denn? Gekämpft wird da drüben", beschwerte sich Hunter.

„Nein, die Schlacht findet hier statt", erwiderte Gameknight. „Denn die eigentliche Schlacht führen wir gegen Erebus. Ich kann das Rückgrat dieser Armee brechen und ihren Kampfeswillen gleich dazu, aber ihr müsst genau das tun, was ich sage."

Dann erläuterte er ihnen seinen Plan. Während er sein Vorhaben beschrieb, wurde ihm angst und bange. Er sah vor seinem inneren Auge, was passieren konnte, doch anstatt das zuzulassen, konzentrierte er sich auf das Hier und Jetzt – auch wenn ihn weiterhin Furcht und Unsicherheit belasteten. Da fiel ihm etwas ein, das Crafter vor langer Zeit mal gesagt hatte.

Taten machen keine Helden aus … sondern die Angst, die sie überwinden müssen. Crafters Stimme hallte durch seinen Kopf und bewirkte, dass er sich irgendwie … stärker fühlte.

Ich werde meine Angst überwinden.

Er blickte in Hunters eckiges Gesicht und sah die Sorge in ihren Augen. Sie wussten beide, wie gefährlich es war, aber es war auch ihre einzige Hoffnung.

Dann legte sich der Benutzer-der-kein-Benutzer-ist auf den Boden und schlief ein.

* * *

Silbriger Nebel waberte über das Schlachtfeld und legte sich sanft um die Kämpfenden. Gameknight setzte sich auf und konnte Hunter und Stitcher neben sich sehen, die beide ihre verzauberten Bögen in den Händen hielten und einen Pfeil angelegt hatten. Sie sahen leicht durchsichtig aus, als wären sie nicht ganz da und nicht im Land der Träume. Er stand auf, ging zur Treppe und schaute hinunter auf die schreckliche Schlacht, die dort tobte. Die Monster und Verteidiger, die auf der steilen Treppe kämpften, sahen ebenfalls leicht durchsichtig aus.

Gameknight ging die Stufen hinunter und marschierte ungehindert an Zombies und Spinnen vorbei seinem Ziel entgegen. Er konnte die Kreatur schon in der Ferne sehen, wo sie mit bösem, breitem Feixen stand. Erschaudernd dachte er an seine Aufgabe, aber er wusste, dass er keine Wahl hatte – er musste es tun, um seine Freunde und seine Familie zu beschützen.

So nahm er seinen ganzen Mut zusammen und ging auf seinen Feind zu. Vorsichtig lief er die Stufen hinunter und bahnte sich um Monster und Verteidiger herum einen Weg über das Schlachtfeld. Wenn ihm nichts anderes übrig blieb, ging er auch einfach durch die Wesen hindurch, und seine feste Gestalt schritt durch die durchsichtigen, schattenhaften Körper, als bestünden sie aus Rauch. Er befand sich im Land der Träume, hier war alles möglich. Nachdem er mehrere Riesenspinnen umrundet hatte, näherte er sich seinem Feind. Auf einmal drehte sich Erebus zum Benutzer-der-kein-Benutzer-ist um. Während Gameknight näher herankam, drehte der König der Endermen den Kopf, als würde er den Traumwandler beobachten, und richtete die lodernden weißen Augen die ganze Zeit auf Gameknight.

Er zitterte.

Endlich war er nur noch zehn Blöcke von ihm entfernt. Er blieb stehen und sah das dunkle Monster an. Der silbrige Nebel waberte um Erebus' durchsichtigen Körper, sodass es fast so aussah, als würde er schweben. Das Leuchten seiner Augen erhellte die herumwirbelnden Wolken auf unheimliche Weise.

Auf einmal wurde der Enderman fest. Nun befand auch er sich im Reich der Träume, und er starrte Gameknight999 an.

„So, Benutzer-der-kein-Benutzer-ist, hast du also endlich den Mut gefunden, dich mir zu stellen", kreischte Ere-

bus. „Hervorragend." Er stieß sein keckerndes Lachen aus, bei dem Gameknight zusammenzuckte. „Ich werde dich persönlich vernichten und es genießen."

„Das werden wir ja sehen, Enderman", erwiderte Gameknight.

Er zog sein Diamantschwert und hielt es vor sich. Erebus lachte nur. Doch dann tat der Benutzer-der-kein-Benutzer-ist etwas, das den Enderman verstummen ließ: Er warf sein Schwert zu Boden. Gefolgt von seiner Axt, seiner Schaufel … von allem, was sich als Waffe benutzen ließ. Der Benutzer-der-kein-Benutzer-ist stand vor Erebus, biss die Zähne aufeinander und starrte den König der Endermen trotzig an. Jeder in Minecraft wusste, dass man einen Enderman nie direkt ansah, um seinen Zorn nicht auf sich zu ziehen, aber das war Gameknight egal. Er war es leid, sich vor Erebus und seinen Oberweltmonstern zu fürchten.

Ich ertrage das nicht mehr. Ich habe genug davon, das Opfer zu sein, *dachte er.* Ich will einfach nur ich selbst sein.

Es wurde Zeit, dass er sich seinem Albtraum stellte und ihn zurück in den Schatten schickte.

„Ich habe keine Angst mehr vor dir, Erebus", sagte Gameknight und starrte das Monster weiterhin an. „Ich werde nicht zurückweichen und auch nicht weglaufen."

„Dann ist das dein Untergang“, kreischte der Enderman.

„Ach ja?“, konterte Gameknight trotzig. „Lass uns tanzen.“

Erebus stürmte auf Gameknight zu, aber der Benutzer-der-kein-Benutzer-ist blieb einfach stehen und rührte sich nicht. Stattdessen sah er dem nahenden Enderman mit verächtlicher Miene entgegen. Mit vier großen Schritten war Erebus bei ihm. Er griff sofort an und hämmerte mit seinen Fäusten auf Gameknight ein, aber der versuchte gar nicht, sich zu schützen. Er spürte, wie seine Diamantrüstung nachgab, aber er blieb einfach stehen. Seine Angst wurde nahezu übermächtig, als die dunklen Fäuste ihn trafen, aber er musste das aushalten … für seine Freunde.

Ich glaube daran, dass ich es schaffen kann, *dachte er.* Ich bin stark genug.

Sein Helm zerbrach und verschwand, da er Erebus' Zorn nicht gewachsen war. Die dunkle Kreatur schlug nun auf Gameknights Beine ein, bis auch die Diamanthose Risse bekam. Der Benutzer-der-kein-Benutzer-ist zitterte immer heftiger, da ihn seine Angst zu übermannen drohte. Da gab seine Hose nach.

Ich glaube, dass ich es schaffen kann, *dachte er erneut.* Ich bin stark und tapfer genug.

Erebus schlug ihn wieder und wieder und traf ihn mit seinen gnadenlosen Attacken am ganzen Körper. Die dunk-

len Fäuste und Füße verschwammen vor Gameknights Augen, da der Enderman sich so schnell bewegte. Die Furcht legte sich immer enger um Gameknights Seele und ließ seinen Mut schwinden. KNACK … *Auch seine Diamantstiefel zerbrachen. Nun war er nahezu schutzlos.*

Die Angst wurde beinahe übermächtig, nagte an seinem Mut und ließ Zweifel daran aufkommen, ob er wirklich gut genug war. Aber nein, er würde nicht nachgeben.

Ich glaube, dass ich es schaffen kann, *dachte er.* Ich bin stark genug. Ich bin tapfer genug. ICH BIN GAMEKNIGHT999!

Gameknight betrachtete seine zerstörte Diamantrüstung am Boden und sah dann das Monster an, als wollte er es herausfordern, nur weiterzumachen. Erebus hielt inne, machte einen Schritt nach hinten und betrachtete sein Opfer.

„Was tust du da?“, kreischte Erebus.

„Du kannst mich nicht besiegen“, erklärte Gameknight. „Weil ich endlich begriffen habe, was meine wahre Stärke ist, und das ist etwas, das du niemals verstehen wirst.“

„Was … Was ist das, was du weißt und ich nicht?“, verlangte der König der Endermen zu erfahren. „Ich weiß alles über Minecraft und das Land der Träume. Ich weiß alles, was man über die Prophezeiungen, den Nether und das Ende wissen kann. Ich verstehe jede Facette von Minecraft.“

„Und doch kannst du nicht begreifen, woher wahre Stärke kommt."

„Woher soll deine legendäre Stärke denn kommen, Loser-der-ein-Loser-ist?", fauchte Erebus.

„Du tust anderen weh, damit du dich besser fühlst und dir einbilden kannst, du hättest die Kontrolle, aber dadurch entfernst du dich nur immer weiter von wahren Freunden und echten Beziehungen. Du tyrannisierst die, die kleiner, schwächer oder ängstlicher sind als du, und das beweist nur deine Feigheit. Keiner, der dich kennt, respektiert dich, weil sie alle wissen, wie feige du bist. Sie mögen dich eigentlich gar nicht. Sie halten dich für armselig und schwach, aber sie haben zu große Angst, um es dir ins Gesicht zu sagen. Denn eigentlich sind sie nur froh, dass du dich nicht gegen sie gewandt hast … noch nicht. Du bist ein Nichts. Du bist allein in deinem erbärmlichen Leben und merkst es nicht einmal." Gameknight hielt kurz inne, damit Erebus seine Worte verdauen und noch wütender werden konnte. „Meine Stärke … Sie kommt von meinen Freunden, die an meiner Seite sind, weil ich anderen geholfen habe. Das ist etwas, das du nie verstehen wirst, weil du nur ein Mobber bist, ein jämmerlicher einsamer Tyrann, und dafür tust du mir leid."

„Du bemitleidest mich … EREBUS, DEN KÖNIG DER ENDERMEN?", kreischte das Monster.

Die dunkle Kreatur stieß einen schrillen Schrei aus, stürzte sich wieder auf den Benutzer-der-kein-Benutzer-ist und bearbeitete ihn mit den Fäusten und Füßen … Aber auch jetzt hielt Gameknight stand. Je länger er das durchhielt, desto wütender wurde Erebus, der irgendwann die Kontrolle verlieren würde.

KNACK … Die Brustplatte zerbarst.

Die Schläge trafen Gameknight nun direkt. Es tat unglaublich weh, doch er wehrte sich noch immer nicht. Während Gameknights Gesundheit schwand, fing er an zu lachen, was Erebus fast wahnsinnig machte. Als sein Angreifer völlig außer sich vor Zorn war, sprang Gameknight vor, legte die Arme um das Monster und drückte den klammen dunklen Körper an sich. Er streckte seine Gedanken durch das Land der Träume aus und stellte sich vor, wie seine Arme immer länger wurden und sich wie Stahlrohre um den König der Endermen legten. Wieder und wieder wickelten sich Gameknights Arme um Erebus und drückten seine langen Arme an die Seiten, bis die Kreatur gefangen war, sich nicht mehr bewegen und sich – zu Erebus' Entsetzen – auch nicht wegteleportieren konnte.

„Hunter … JETZT … WASSER!", schrie Gameknight, dessen Stimme durch das Land der Träume hallte.

Auf einmal schwebte Hunter über dem Enderman und hatte einen Wassereimer in der Hand. Sie goss die kal-

te Flüssigkeit über den beiden Kontrahenten aus, ließ den Eimer fallen und leerte einen weiteren. Erebus blinkte rot, als das Wasser seine Haut traf. Sofort stiegen Rauchsäulen von seinem dunklen Körper auf, da Wasser zu den wenigen Dingen gehört, die einem Enderman schaden können. Plötzlich tauchte auch Stitcher neben ihrer Schwester auf und übergoss das Monster mit Wasser, wobei sie breit grinste, während Erebus immer schneller rot blinkte. Der Enderman wehrte sich und versuchte, sich aus Gameknights Armen zu befreien, was ihm jedoch nicht gelang. Der Benutzer-der-kein-Benutzer-ist hielt ihn fest umklammert und stand wie ein Fels im Wasserstrahl. Er konnte die zunehmende Panik in Erebus' Augen sehen, während dessen Gesundheit beständig abnahm.

„Weißt du, warum mir der Sieg und dir die Niederlage bestimmt ist, Erebus?", fragte Gameknight und schaute dem Monster tief in die Augen. „Weil ich gelernt habe, auf mich und meine Freunde zu vertrauen. Ich würde alles tun, um ihnen zu helfen, und andersrum ist es genauso." Der nächste Wassereimer wurde ausgegossen … Platsch … Platsch … Platsch … „Ich musste nur warten, bis du vor Zorn und Hass nicht mehr klar denken kannst und vergisst, dass das hier nur ein Traum ist … Aber du weißt ja, wenn man im Land der Träume stirbt, dann stirbt man auch in Minecraft." Noch mehr Wasser … Platsch … Platsch …

Platsch … „Und heute ist der Tag, an dem du stirbst. Ich werde nicht länger mit ansehen, wie du meinen Freunden wehtust." Erebus' Zorn verwandelte sich zuerst in Furcht und dann in Panik. Das dunkle Monster versuchte noch einmal, zu entkommen, um dann zu wimmern und zu betteln, aber der Benutzer-der-kein-Benutzer-ist ließ ihn nicht los.

„Game over, Erebus."

Der Enderman blinkte noch ein letztes Mal und verschwand, sodass nichts als eine bläuliche Sphäre am Boden zurückblieb.

Erebus, der König der Endermen, war Geschichte.

KAPITEL 36

NACH HAUSE

Gameknight setzte sich auf und stellte fest, dass Hunter und Stitcher noch immer neben ihm standen. Er erhob sich, lief zur Treppe und blickte auf die Schlacht hinab. Die Endermen hatten den Untergang ihres Anführers mit angesehen und verloren zunehmend an Mut.

Ich muss die Monster dazu bringen, mit dem Kämpfen aufzuhören.

Er griff in sein Inventar und nahm die seltsame bläuliche Sphäre heraus. Sie sah komisch aus, beinahe wie eine blaue Perle, doch in der Mitte befand sich irgendetwas. Gameknight schaute genauer hin und stellte fest, dass ihn grellweiße Augen anstarrten.

Dies war Erebus' Enderperle.

Gameknight hielt sie hoch in die Luft und ging über das Schlachtfeld. Sobald die Monster die Enderperle in seiner Hand erblickten, hielten sie inne und sahen sich panisch nach ihrem Anführer um. Das Entsetzen breitete sich immer weiter in der Monsterarmee aus, je weiter der Benutzer-der-kein-Benutzer-ist ging. Die Endermen zogen sich als Erste zurück. Zuerst verschwanden nur wenige in Wolken aus Teleportationspartikeln, aber dann gingen immer mehr dieser dunklen Kreaturen in lilafarbenem Nebel auf und materialisierten sich neben dem Portal auf der anderen Seite der Grundgestein-Ebene. Die Schweinezombies und ihre Oberweltvettern folgten ihnen und drängten die NPCs und Benutzer zur Seite, während sie zum Portal rannten, das sie von hier wegbringen würde.

Inzwischen spürte Gameknight, dass sich immer mehr NPCs und Benutzer hinter ihm befanden, die ebenfalls die Stufen hinuntergingen und bereit waren, den Benutzer-der-kein-Benutzer-ist zu verteidigen. Eine Spinne kam auf ihn zugelaufen, aber Hunters und Stitchers Pfeile bohrten sich bereits in den behaarten Körper, bevor sie auch nur in seine Nähe kommen konnte. Das überzeugte die anderen achtbeinigen Monster davon, ebenfalls den Rückzug anzutreten, und so drehten sie um und huschten die Stufen hinunter. Kurz darauf waren alle Monster auf dem Weg zum Portal und flohen vor demjenigen, der ihren Anführer vernichtet hatte. Gameknight drehte sich um und lächelte den Leuten hinter sich zu, von denen viele anfingen zu jubeln. Die Monster der Oberwelt und des Nether ergriffen vor dem Benutzer-der-kein-Benutzer-ist die Flucht.

Doch dann donnerte es laut, und die Stufen bebten. Gameknight drehte sich um und stand mit einem Mal dem Golemkönig gegenüber, der ihn mit seinen dunklen Augen ansah. Sofort öffnete er sein Inventar, nahm die Eisenrose heraus und reichte sie dem metallischen Riesen. Er rechnete schon damit, von den gewaltigen Eisenfäusten zerquetscht zu werden, doch anstatt anzugreifen, nahm der Golemkönig die Rose entgegen, machte kehrt und ging zurück zum Portal.

Während Gameknight den Metallkreaturen hinterhersah, bemerkte er plötzlich Herder, der inmitten der Überlebenden seines Wolfsrudels auf ihn zugeeilt kam. Gameknight nahm ihn fest in die Arme.

„Ich bin so froh, dass es dir gut geht", sagte Gameknight. Er blickte auf die Wölfe hinab und klopfte dem schlaksigen Jungen auf die Schulter. „Du hast uns mit deinem Wolfsrudel und den Golems gerettet. Ohne dich hätten wir nie überlebt."

Herder lief puterrot an.

„Wie ich schon in der Festung gesagt habe", fuhr Gameknight fort und wandte sich an die Krieger, „das ist mein Freund, und sein Name ist Herder!"

Die Krieger jubelten und traten vor, um den Jungen und seine Wölfe zu loben.

„Ich dachte, du wärst weggerannt, Herder. Bitte entschuldige."

„Schon gut. Ich habe nur getan, was ich tun musste, damit ich euch und Minecraft helfen kann", erklärte der Junge. „Als ich zur Festung zurückkam, war der Golemkönig mit seinen Anhängern bereits da. Er mochte mich wegen meiner vielen Wölfe und war einverstanden, mir bei der Vernichtung der Monster zu helfen."

„Niemand außer dir hätte den König der Golems davon überzeugen können, Herder", stellte Crafter fest. „Wenn du nicht gewesen wärst, hätten wir die Schlacht verloren. Ich spreche wohl für alle hier, wenn ich sage, dass du nie jemand anders sein sollst als Herder, weil du der beste Herder bist, den es jemals geben kann."

Die ganze Armee jubelte, und die NPCs riefen Herders Namen.

Crafter trat zu Gameknight. „Ist dir was aufgefallen?", fragte er seinen Freund.

„Was denn?"

„Er hat nicht gestottert", bemerkte der junge NPC mit den weisen Augen. „Ich glaube, Herder hat während seiner Abwesenheit nicht nur sein erstaunliches Wolfsrudel gefunden, sondern auch sich selbst."

Gameknight drehte sich um und musterte den Jungen, der ihm ein breites Lächeln schenkte.

„Ich habe entschieden, der zu sein, der ich bin: Herder, der Behüter der Tiere. Und ich werde der beste Herder sein, der ich sein kann. Das müssen die anderen akzeptieren, da ich mich nicht ändern werde, nur um dazuzugehören. Ich kann auch einer von ihnen sein, indem ich ich bin."

„Du bist weiser, als dein Alter vermuten lässt, Herder", meinte Stitcher und nahm den Jungen in den Arm. „Ich glaube, von dir können wir noch eine Menge lernen."

Herder strahlte sie an.

Gameknight legte dem Jungen lächelnd einen Arm um die Schultern. Die Wölfe heulten, als Herder sich umdrehte und seinen Freund umarmte.

„Kommt zur Quelle", sagte Holzbrin, der sich an Gameknight vorbeidrängte und die Stufen hinaufhastete.

Die Armee folgte dem seltsamen Licht-Crafter, und als sie oben ankamen, stellte Gameknight fest, dass Holzbrin vor der Quelle stand, den Kopf in den Nacken gelegt hatte und ehrfürchtig den Lichtstrahl ansah.

Gameknight trat neben Holzbrin. „Wie sollen die NPCs wieder nach Hause kommen?“

Holzbrin wandte den Blick von der Quelle ab und sah Gameknight999 in die Augen.

„Sie werden auf ihren Serverleuchtfeuern zurückreiten.“ Er deutete auf das Feld voller dunkler Leuchtfeuer. „Du musst sie aktivieren.“

„Was?“, hakte Hunter nach.

„Der Benutzer-der-kein-Benutzer-ist muss die Leuchtfeuer aktivieren, damit alle wieder nach Hause kommen“, erläuterte der Licht-Crafter.

„Wie soll ich das machen?“, fragte Gameknight.

„Leg das Drachenei in die Quelle und halt es dort fest“, antwortete Holzbrin. „Minecraft übernimmt den Rest.“

Hunter baute sich vor Gameknight auf und sah ihn fragend an. „Bist du nach dem Kampf gegen Erebus noch stark genug dafür?“

Gameknight blickte ihr in die dunkelbraunen Augen und versuchte, sie beruhigend anzulächeln … was ihm allerdings nicht besonders gut gelang.

„Ich muss überleben. Sieh dich nur um. Hier gibt es nichts zu essen und kein Wasser. Diese NPCs können hier nicht überleben. Sie müssen zurück auf ihre Server, zurück nach Hause. Ich muss das tun.“

Er wandte sich ab, stieg die Diamantblöcke hinauf und stellte sich vor den grellen Lichtstrahl. Dann nahm er das Drachenei aus seinem Inventar und hielt es langsam in die Quelle. Zuerst kribbelte nur seine Haut, aber es fühlte sich immer mehr so an, als würden ihn Nadeln stechen, bis aus den Nadeln Feuer wurde. Ihm war, als würde er in Flammen stehen und zugleich von außen wie von innen heraus verbrennen.

„Ich schaffe das", sagte er laut und legte seine letzte Kraft in diese Tat.

Er machte einen Schritt nach vorn und streckte die Arme in die Lichtsäule. Sie war so hell, dass er nichts mehr sehen konnte, dennoch spürte er, wo er das Ei ablegen musste. Und so trat er noch etwas weiter in den Lichtstrahl, streckte die Arme aus und platzierte das Ei genau in der Mitte.

Auf einmal zuckte ein greller Blitz auf ihn zu, er wurde nach hinten geschleudert, und das Drachenei rutschte ihm aus den Fingern. Gameknight flog durch die Luft, prallte gegen mehrere Benutzer und warf dabei Pips, Shin und SgtSprinkles um. Sein ganzer Körper kribbelte, als hätte er gerade einen Stromschlag bekommen. Er schaute nach unten und rechnete schon damit, seine Arme vernarbt und verbrannt vorzufinden, aber sie sahen ganz normal aus.

Kräftige Hände zogen ihn auf die Beine. Er sah in Masons grüne Augen, der ihn breit angrinste.

„Sieh nur, was du geschafft hast", sagte der große NPC.

Gameknight blickte zur Quelle hinauf und entdeckte das Enderdrachenei, das dort schwebte. Lichtstrahlen spiegelten sich auf seiner von Facetten übersäten Oberfläche und breiteten sich auf dem ganzen Plateau aus. Jeder Strahl war auf ein anderes inaktives Leuchtfeuer gerichtet; sobald er den dunklen Würfel berührte, ging dieser plötzlich an, als hätte jemand einen Schalter umgelegt. Als Gameknight sich umschaute, sah er keine dunklen Leuchtfeuer mehr – nein, sie waren alle aktiviert worden, und ihre Lichtstrahlen reichten hoch in den Himmel. Das erinnerte ihn an die Kornfelder in der Nähe seiner Schule, auf denen die Ähren kurz vor der Ernte immer ähnlich aufrecht standen. Er bekam Heimweh und seufzte schwer.

„Alle Serverebenen wurden wieder mit der Quelle verbunden", teilte der Licht-Crafter ihnen voller Freude und Stolz mit. Er drehte sich lächelnd zu Gameknight um, und seine Augen leuchteten, als hätte jemand in seinem Inneren ein Feuer entzündet. „Der Benutzer-der-kein-Benutzer-ist hat die Prophezeiung erfüllt. Minecraft ist gerettet!"

Lautes Jubeln hallte über den Berggipfel, und die Krieger und Benutzer reckten ihre Schwerter und Bögen in die Luft. Gameknight lächelte, als er in die erfreuten Gesichter sah, doch dann bemerkte er die Waffen und Ausrüstungsgegenstände am Boden; das Inventar einer verlorenen Seele. Dies war der Ort, an dem einer von vielen NPCs den ultimativen Preis bezahlt hatte und gestorben war, um Minecraft zu beschützen. Gameknight wischte sich eine Träne von der Wange, hob langsam eine Hand mit gespreizten Fingern und sah die Überlebenden dieser schrecklichen Schlacht ernst an. Das Jubeln erstarb, und immer mehr Hände erschienen in der Luft. Alle hoben die Hand und ballten sie dann zur Faust, während sie zu Boden blickten und an Freunde und Angehörige, Partner und Kinder, Nachbarn und Fremde dachten … an all jene, die diesen furchtbaren Krieg nicht überlebt hatten. Sie pressten die Finger aufeinander, bis ihnen die Knöchel wehtaten. Gameknight hob den Kopf und ließ die Hand langsam wieder sinken, nachdem sie die Toten geehrt hatten.

Doch mit einem Mal materialisierte sich ein Lichtkreis auf dem Plateau: Ein Portal wurde geöffnet. Das lilafarbene Feld knisterte und zischte, als es Form annahm, und alle starrten es gebannt an. Dann kamen

NPCs aus dem Portal – nein, das waren keine NPCs, sondern Schatten-Crafter, was man an ihrem dunklen Haar und ihren dunklen Augen erkennen konnte. Gameknight bemerkte, dass einer, der die Farbe eines Zombies hatte, aus dem Portal sprang, gefolgt von einem anderen mit winzigen schwarzen Haaren an den Armen und Beinen. Schatten-Crafter aller Art strömten auf den Berggipfel und liefen auf das Meer aus Leuchtfeuern zu, die jetzt überall brannten. Jeder griff in einen Lichtstrahl und ging in einem Nebel aus Nullen und Einsen auf, und die Zahlenwolke glitt in das Leuchtfeuer und verschwand im Mechanismus von Minecraft.

Keiner rührte sich. Die Krieger waren schockiert über das, was sie gerade gesehen hatten. Zwanzig Sekunden später kamen Licht-Crafter aus dem Portal gerannt, die offenbar die soeben verschwundenen NPCs verfolgten. Sie blieben am Rand des erleuchteten Felds stehen, sahen einander an, schnappten sich das nächste Leuchtfeuer und lösten sich ebenfalls auf.

Plötzlich war ein Zischen in einer Ecke des Plateaus zu hören, als ein neues Portal entstand. Während sich der lilafarbene Ring bildete, trat bereits ein niederträchtig und böse aussehender Schatten-Crafter heraus. Er sah sich auf dem hellen Plateau um, und als er Gameknight999 entdeckte, leuchteten seine Augen strahlend weiß. Dann machte er drei Schritte, griff in den Lichtstrahl, der zu Crafters Server führte, und war fort. Alle blickten diesem dunklen Schatten-Crafter hinterher, dessen leuchtende Augen nach und nach verblassten und schließlich ganz verschwanden, während er das Leuchtfeuer auf Crafters Server ritt. Es war totenstill auf dem Plateau.

„Der Krieg, der seit einer Ewigkeit tobt, ist noch nicht zu Ende", sagte Holzbrin. „Die Schatten-Crafter sind auf die verschiedenen Serverebenen entkommen, aber die Licht-Crafter werden sie finden. Irgendwann haben wir sie alle." Er wandte sich an Gameknight und fügte leise hinzu: „Diese NPCs können die Strahlen zu ihren Servern ebenso reiten, wie es die Schatten-Crafter getan haben. Jetzt, wo Minecraft gereinigt wurde, kann man sie wieder sicher benutzen."

„Was ist mit mir … Wie komme ich nach Hause?", wollte Gameknight wissen.

„Das musst du ihn fragen", antwortete Holzbrin und deutete auf Mason.

Gameknight wollte sich schon erkundigen, was er damit meinte, aber der Licht-Crafter stürzte sich bereits in den Strahl zu Crafters Server, um den finsteren Schatten-Crafter mit den leuchtenden Augen zu verfolgen. Crafter stellte sich auf einen der Diamantblöcke, auf denen die Quelle ruhte, und hob die Hände.

„Ich bin mir nicht ganz sicher, was das eben zu bedeuten hatte, aber anscheinend können wir jetzt alle nach Hause."

Die Armee jubelte, und Benutzer klopften NPCs auf den Rücken. Crafter kam wieder herunter, ging zu seinem Leuchtfeuer, stellte sich dicht neben den Lichtstrahl und lächelte.

„Ich kann die Musik meines Servers hören. Das ist eindeutig meine Serverebene. Lauft herum, bis ihr euren Server gefunden habt."

Die NPCs verteilten sich und ließen die Benutzer zurück. Shawny kam zu Gameknight und klopfte ihm auf die Schulter, während ein anderer Benutzer namens Imparfa neben ihn trat. Gameknight sah die vielen Benutzer an, die ihm zu Hilfe gekommen waren, und entdeckte viele bekannte Namen, die von berühmten Minecraft-Spielern und YouTubern – einige der besten Spieler waren jetzt hier. Er war gerührt, und eine Träne lief ihm langsam über die Wange. Vielleicht hatte er ja doch endlich Freunde gefunden.

„Danke, dass ihr gekommen seid", sagte Gameknight mit tränenerstickter Stimme zu den Benutzern und musste dann kichern. Die Benutzer lachten, aber nicht *über* den Benutzer-der-kein-Benutzer-ist, sondern *mit* ihm. „Ohne euch alle wäre Minecraft verloren gewesen. Ihr habt Minecraft gerettet."

„Nein!", rief jemand von weiter hinten. Alle klappten den Mund zu, während der Benutzer sich den Weg nach vorn bahnte. Gameknight sah den Namen über seinem Kopf: Es war der berühmte AntPoison. „Nein", wiederholte er. „Wir haben Minecraft nicht gerettet … Das warst du, Gameknight999, und dadurch hast du uns alle ein wenig gerettet."

Er blieb vor dem Benutzer-der-kein-Benutzer-ist stehen und steckte sein Schwert weg.

„Früher hast du dich als König der Griefer bezeichnet, aber das ist jetzt vorbei." Er wandte sich an die anderen und schrie, so laut er konnte: „Ich sage, dass Gameknight999 nicht länger der Grieferkönig von Minecraft ist, vielmehr ist er der Retter von Minecraft." Er zog sein Diamantschwert, reckte es in die Luft und jubelte laut. Die anderen Benutzer stimmten mit ein.

„FÜR MINECRAFT!!", riefen sie.

Nach und nach meldeten sie sich ab und kehrten in die physikalische Welt zurück, bis nur noch Shawny übrig war.

Gameknight grinste seinen Freund an und blickte dann über das Meer aus Leuchtfeuern hinweg. Die meisten NPCs hatten ihre Server gefunden und tauchten ins Licht, wobei sich ihre Körper in Nullen und Einsen auflösten, als sie sich von den Lichtstrahlen nach Hause bringen ließen. Der Großteil der Krieger stammte vom letzten Server, daher drängten sie sich um einen Block und warteten, bis sie an der Reihe waren. Nur noch wenige NPCs standen bei Gameknight999.

„Was wird der Benutzer-der-kein-Benutzer-ist jetzt machen?", fragte Crafter, der bereits neben seinem Leuchtfeuer wartete.

„Keine Ahnung. Noch habe ich es nicht herausgefunden, aber keine Sorge – ich werde es bald wissen. Und dann komme ich zurück und besuche dich, Crafter, mein Freund."

Der junge NPC lächelte, griff in den Lichtstrahl und verwandelte sich in einzelne Bits, um sich auf seinen Server bringen zu lassen. Die einzigen NPCs, die jetzt noch bei Gameknight standen, waren Hunter, Stitcher, Herder und Mason.

„Was wirst du jetzt machen, Hunter?", erkundigte sich Gameknight.

Sie wischte sich einige rote Locken aus dem Gesicht und sah ihm in die Augen.

„Stitcher und ich haben beschlossen, dass wir auf Crafters Server einen Neuanfang wagen werden", antwortete sie fröhlich. „Außerdem muss ja jemand auf ihn aufpassen."

Sie trat vor und drückte Gameknight fest an sich. Er spürte, wie ihm Stitcher die schmalen Arme um die Taille schlang, und hatte das Gefühl, dass die Schwestern ihn gar nicht mehr loslassen wollten. Daher half er ihnen, indem er die Arme sinken ließ und einen Schritt nach hinten machte.

„Ich werde sie begleiten", erklärte Herder mit breitem Lächeln. „Mein Platz ist bei meinen neuen Freunden. Leb wohl, Benutzer-der-kein-Benutzer-ist. Wir sehen uns bestimmt bald wieder."

„Ihr drei solltet lieber gehen, bevor die nächste Monsterarmee es auf mich abgesehen hat", sagte er grinsend.

Die Schwestern lachten, und Herders Lächeln wurde noch breiter.

„Mach's gut, Gameknight999, Benutzer-der-kein-Benutzer-ist. Ich hoffe, wir sehen uns in Minecraft wieder", meinte Hunter und wischte sich eine Träne von der Wange.

Gameknight nickte und lächelte weiter, auch wenn er jetzt ebenfalls weinte. Stitcher winkte ihm noch einmal zu, nahm schließlich die Hand ihrer Schwester, und sie traten beide ins Licht und lösten sich in Bits auf. Herder und seine Wölfe folgten ihnen im nächsten Augenblick.

Gameknight drehte sich um und stellte fest, dass nur noch Shawny und Mason bei ihm waren.

„Ich werde dann auch mal verschwinden", erklärte Shawny. „Sehen wir uns bald?"

Gameknight zuckte mit den Achseln, und da war Shawny auch schon weg. Seufzend sah er Mason an.

„Was wirst du nach diesem ganzen Chaos machen?", fragte er den großen NPC.

„Inmitten des Chaos gibt es auch Gelegenheiten", erwiderte Mason.

Ich kenne dieses Zitat … Es stammt aus Sun Tzus Die Kunst des Krieges.

„Du bist kein NPC, das ist unmöglich. Ich habe diese Worte schon einmal gehört, sie sind von Sun Tzu. Mein Lehrer Mr. Planck hat ein Poster mit diesem Zitat an der Wand hängen. All die klugen Sprüche, die du von dir gegeben hast, stammen von Sun Tzu. Wer bist du?"

Mason lächelte nur.

„WER BIST DU?"

Mason schloss kurz die Augen und erstarrte, als wäre er AFK, dann veränderte sich sein Skin. Aus dem großen, kräftigen Steinmetz wurde ein kleinerer, glatzköpfiger NPC mit schmalem Schnurr- und Backenbart. Er hatte einen dunklen Hut in einer Hand, der wie ein Filzhut aussah – und so einen Hut trug nur ein einziger Benutzer. Dann bemerkte Gameknight auch die Buchstaben, die über Masons Kopf schwebten. Der Name bestand nur aus fünf Buchstaben, aber sie bildeten den Namen des größten Minecrafters aller Zeiten: N … O … T … C … H.

KAPITEL 37
IN DIE QUELLE

„Du bist er … Ich meine, du bist … Äh … Du bist Notch“, stammelte Gameknight.

„Ja, das weiß ich.“

„Aber wenn du er bist, warum hast du den Krieg dann nicht einfach beendet und alle gerettet?“, verlangte Gameknight wütend zu erfahren. „Warum mussten all die NPCs sterben? Warum hast du das nicht verhindert? Schließlich hast du das alles hier geschaffen!“

„Na ja, die Sache ist die, dass vor einiger Zeit etwas in Minecraft passiert ist. Ein Virus ist ins System eingedrungen.“

„Ein Virus?“, wiederholte Gameknight. „Was für ein Virus?“

„Einer, der künstliche Intelligenz besitzt.“

„Was bedeutet das?“

Notch strich sich über den dunklen Schnurrbart, drehte sich dann um und blickte über das Plateau, auf dem jetzt eintausend Lichtstrahlen zu sehen waren.

„Minecraft basiert auf einer eigenen Software mit künstlicher Intelligenz. So werden die Landschaften erschaffen, die Dörfer, die Tiere und …"

„Die Dorfbewohner", fiel Gameknight ihm ins Wort.

„Ganz genau", bestätigte Notch. „Aber bevor Minecraft herauskam, wurde noch ein anderes Segment mit künstlicher Intelligenz ergänzt."

„Der Virus?"

„Ja, der Virus. Er verschmolz mit meinem KI-Code und erschuf etwas Unerwartetes: einen Fehler in der Software. Als meine KI das kompensieren wollte, ist sie durchgedreht und wir haben die Kontrolle über das System verloren."

„Warum hast du die Software nicht einfach gelöscht und alles neu gestartet?", fragte Gameknight.

„Weil ich gemerkt habe, dass kleine Teile dieser Software sich ihrer selbst bewusst und empfindungsfähig geworden waren."

„Was? Das verstehe ich nicht."

Wieder strich sich Notch über den Schnurrbart. Er kam auf Gameknight zu und sagte leise: „Sie sind lebendig geworden."

„Die Dorfbewohner?"

Notch nickte.

„Daher konnte ich das System nicht herunterfahren … Das habe ich einfach nicht übers Herz gebracht. Wir haben versucht, den Virus durch Patches und Updates einzudämmen, aber er ist uns immer wieder entwischt und hat alles durcheinandergebracht. Ich habe ein eigenes KI-Antivirusprogramm in Minecraft integriert, aber das hat die Sache nur noch schlimmer gemacht. Nach einer Weile ist mir klar geworden, dass ich das System nicht mehr vollständig kontrolliere … Ich konnte nur versuchen, zu helfen, wo ich konnte, und dabei so wenig Schaden wie möglich anzurichten."

„Aber warum hast du den Dorfbewohnern nicht einfach gesagt, wer du bist?"

„Ich habe es einmal, vor langer Zeit getan, aber das war keine gute Idee. Sie haben sich vor mir auf die Knie geworfen und mich wie einen Gott behandelt. Die Dorfbewohner funktionieren nicht, wenn sie wissen, dass ich ihr Schöpfer bin. Daher bin ich stattdessen als einer von ihnen durch die Dörfer gezogen … als jemand aus einem fernen Dorf."

„Du meinst, als Mason."

Notch nickte.

„Ohne dich hätte ich Minecraft nicht retten können", erklärte Notch ernst. „Ich habe dich lange Zeit im Spiel beobachtet und war sehr unzufrieden mit dem, was ich da mit ansehen musste."

Gameknight ließ den Kopf hängen und nickte.

„Ich weiß ... Ich habe schlimme Dinge gemacht."

„Das ist wahr, aber sieh nur, wie weit du gekommen bist. Du stellst die Bedürfnisse anderer über deine eigenen. Du hast Leuten geholfen, die du nicht einmal kennst, und du hast allen NPCs in ganz Minecraft Hoffnung gegeben."

Gameknight hob den Kopf und schaute in Notchs grüne Augen.

„Die NPCs von Minecraft brauchten Mason, um sie zur Quelle zu führen, aber auch die unerwartete Tapferkeit, Kreativität und den Erfindungsreichtum von Gameknight999. Dank dir konnten sie wieder hoffen und sogar glauben, sie wären stärker, als sie es je für möglich gehalten hatten. Gameknight999, der Benutzer-der-kein-Benutzer-ist, hat die NPCs von Minecraft noch lebendiger gemacht."

Gameknight lächelte, schaute aber verlegen zu Boden.

Notch klopfte ihm auf die Schulter, und zum ersten Mal hatte Gameknight wirklich das Gefühl, das Lob auch verdient zu haben.

Vielleicht bin ich ja nur ein Kind … aber ich kann viel mehr sein, dachte er und sah Notch wieder an.

„Jetzt kenne ich deine Geschichte", meinte er, „und ich weiß, wer du wirklich bist und worum es hierbei ging – aber was jetzt? Was ist mit mir? Wie willst du mir helfen?"

„Das ist eine interessante Frage", erwiderte Notch und fuhr sich mit den Fingern über den ordentlich gestutzten Bart. „Aber die eigentliche Frage lautet doch: Weißt du, wer du bist?"

„Was?"

„Ich kann mich einfach ausloggen und bin wieder in meinem Haus in Schweden, aber du … Du bist jetzt ein Teil des Spiels. Sieh doch, du hast keinen Serverfaden."

Gameknight konnte über Notchs Kopf die dünne Linie aus Licht erkennen, die bis in den Himmel reichte. Aber über seinem Kopf gab es so etwas nicht – er hatte keinen Serverfaden.

„Du bist jetzt Teil des Codes, der Minecraft lenkt, Gameknight999. Du könntest auf jeden Server hier gehen, wärst jedoch immer noch in Minecraft gefangen."

Gameknight schaute zu den unzähligen Leuchtfeuern auf dem Plateau hinüber und schüttelte den Kopf.

„Ich möchte nach Hause."

„Dann frage ich dich noch einmal: Weißt du, wer du bist?"

„Natürlich. Ich bin Gameknight999, und ich möchte nach Hause zu meinen Eltern und meiner nervigen kleinen Schwester, die ich sehr vermisse. Ich will einfach nach Hause."

Notch trat neben Gameknight und legte ihm eine Hand auf die Schulter.

„Bist du dir sicher, dass du wieder nach Hause willst?"

„NATÜRLICH BIN ICH DAS!"

„Du musst dir ganz sicher sein, da ich nicht weiß, was passieren wird, wenn du in den Quellstrahl trittst. Der Code von Minecraft wurde auf eine Art und Weise verändert, die ich nicht begreife. Es wurden Dinge erschaffen, die nie geplant waren."

„Wie meinst du das?"

„Beispielsweise die Schatten-Crafter und die Licht-Crafter … Ich habe sie nicht geschaffen … Das war der Minecraft-Code. Die KI-Segmente in Minecraft haben ein Eigenleben entwickelt und machen Dinge, die ich nicht vorhergesehen habe. Ich weiß nicht, was die KI tun wird, wenn du in die Quelle gehst. Damit du nach Hause gelangen kannst, musst du dich zusammenhalten, solange du im Strahl bist. Ich vermute, dass dabei dein ganzer Mut und deine Selbstsicherheit auf die Probe gestellt werden. Selbst der kleinste Funken Selbstzweifel könnte dich das Leben kosten." Notch ließ seine Worte kurz wirken. „Es tut mir sehr leid, dass dir das alles widerfahren ist, aber ich kann es nicht ändern."

Er sah Gameknight mit einem seltsamen Lächeln an und zitierte zum letzten Mal Sun Tzu.

„Kenne deinen Feind, dann kennst du dich selbst." Mit diesen Worten verschwand Notch, der Schöpfer von Minecraft, und Gameknight war ganz allein.

Wieder blickte er über das Plateau mit den Serverstrahlen hinweg, doch dann drehte er sich zur Quelle um.

„Kenne deinen Feind, dann kennst du dich selbst, das ist das bekannteste Zitat von Sun Tzu … Aber was hat er damit gemeint?"

Gameknight ging um die Quelle herum und stellte sich davor. Die Hitze, die von ihr ausging, bewirkte, dass ihm kleine Schweißwürfel auf der Stirn standen und nur von seiner Monobraue daran gehindert wurden, ihm in die Augen zu laufen. Er spürte, wie seine Angst und seine Unsicherheit immer größer wurden.

Als er das Drachenei in den Strahl gelegt hatte, waren nur seine Arme darin gewesen, doch jetzt musste er ganz in die Quelle gehen.

Er stellte sich direkt vor den grellen Lichtstrahl.

Kenne deinen Feind. Er dachte darüber nach … Sein Feind, das war Erebus – nein, nicht nur Erebus, jeder, der dafür gesorgt hatte, dass er sich klein und nutzlos fühlte. Sein Feind war jede Person, die Gameknight an seinem Wert hatte zweifeln lassen.

„Aber auch *ich* habe an meinem Selbstwert gezweifelt … Ich war mein größter Feind."

Kenne deinen Feind, dann kennst du dich selbst.

„Ich werde nicht an mir zweifeln", sagte er und ging noch näher an die Quelle heran. Die sengende Hitze trocknete den Schweiß in seinem Gesicht sofort. „Ich weiß, wer ich bin, und ich bin der beste Mensch, der ich sein kann."

Kenne deinen Feind, dann kennst du dich selbst.

Er machte einen weiteren Schritt. „Ich sollte nicht an das denken, was passieren könnte. Ich darf keine Angst davor haben, es überhaupt zu versuchen." Nun stand er direkt vor der Quelle. „Ich bin Gameknight999, und ich möchte nach Hause!"

Er schloss die Augen und trat in den Lichtstrahl. Sofort spürte er starke Schmerzen, und jeder Nerv in seinem Körper protestierte. Aber anstatt sich zurückzuziehen, legte er die Arme fest um sich.

Ich schaffe das … Ich glaube daran, dass ich es schaffe und überleben werde. Ich bin Gameknight999.

Er spürte, wie er sich langsam in Nullen und Einsen auflöste, als die Quelle seinen Code umwandelte. Daher schlang er die Arme noch fester um seinen Oberkörper und ließ sich noch schneller auflösen. Ein Hauch von Furcht flackerte tief in seinem Inneren auf, aber er verdrängte ihn.

„Ich schaffe das", sagte er zu niemandem im Besonderen. „Ich kenne mich."

„Ich kann das überleben", meinte er noch lauter.

„Ich bin Gameknight999, der BENUTZER-DER-KEIN-BENUTZER-IST."

Dann umfing ihn Dunkelheit.

* * *

Gameknight fror. Sein Arm fühlte sich ein bisschen taub an, und er spürte ein heftiges Prickeln und Kribbeln darin, als die Blutzufuhr langsam wiederhergestellt wurde. Er setzte sich auf und streckte den vom krummen Sitzen schmerzenden Rücken. Seine Wange fühlte sich warm und ebenfalls etwas taub an – als wäre er wieder einmal im Geschichtsunterricht eingeschlafen. Er streckte die Arme aus und rieb sich dann die Wange, bis langsam das Gefühl zurückkehrte.

Es war finster und kalt. Er glaubte beinahe, irgendwo unter der Erde zu sein, und die klamme Kälte kroch ihm bis in die Knochen. Ohne nachzudenken und ohne es bewusst zu tun, streckte er den rechten Arm aus. Seine Hand stieß gegen etwas Hartes, und er spürte eine scharfe Kante unter seinen Fingerspitzen. Er legte den altbekannten Schalter um, wie schon unzählige Male zuvor, und schaltete seine Schreibtischlampe ein, woraufhin Licht den Raum durchflutete. Als Gameknight999 die Lampe genauer betrachtete, konnte er erkennen, dass sie aus alten Flugzeugtriebwerksteilen bestand, die so kunstvoll miteinander verschweißt worden waren, dass eine Spirale entstanden war. Sein Vater hatte dieses Werk „CFM56-Lampe“ getauft. Gameknight hatte keine Ahnung, was das bedeutete.

Die Schreibtischlampe … seines Vaters … Er war wieder zu Hause!

Gameknight stand auf und trat vom Schreibtisch zurück. Er drehte sich um die eigene Achse und warf dem Digitalisierer einen misstrauischen Blick zu. Das

Gerät war ausgeschaltet, kein Licht brannte, und es summte auch nicht mehr.

Gut!

Von oben drangen Geräusche herunter, ein fröhliches Kinderlied hallte bis in den Keller hinab, und Gameknight lächelte. Er war zu Hause ... Er war wirklich wieder zu Hause.

„Mom, Dad, Schwesterherz ... Ich bin zu Hause!"

Er sah sich im Keller um und spähte in die Ecke, in der er sich während des schrecklichen Traums vor Erebus versteckt hatte. Der alte Spiegel mit dem Sprung lehnte noch immer an der Wand ... Er erschauderte, hörte aber nicht auf zu lächeln.

Er war zu Hause, er hatte Minecraft endlich verlassen.

Immer zwei Stufen auf einmal nehmend, rannte er die Treppe hinauf, aber dann blieb er stehen und schaute zum Computerbildschirm zurück. Darauf war ein Bild aus Minecraft zu sehen – sein Charakter, der an Ort und Stelle erstarrt war –, aber überraschenderweise auch seine Freunde. Crafter stand neben Gameknight und hatte ihm eine Hand auf die Schulter gelegt. Rechts daneben war Herder zu sehen; der schlaksige Junge grinste breit und hatte einen Arm gehoben, als wollte er ihm zuwinken. Links neben

Crafter standen die Schwestern Hunter und Stitcher. Ihr strahlend rotes Haar sah zwar nicht so lockig aus, aber es leuchtete noch immer, und ihr Lächeln ließ sein Herz aufgehen.

Das waren seine Freunde, seine engsten Freunde. Und diese Freundschaften hatte er nicht etwa als Griefer geschlossen, nicht, indem er den harten Kerl gespielt und andere tyrannisiert hatte, sondern einfach, indem er er selbst gewesen war. Gameknight lächelte und spürte, wie ihm eine Träne die Wange herunterlief.

„Meine Freunde", sagte er laut in den leeren Keller hinein und lächelte erneut. „Ich komme euch bald wieder besuchen, versprochen."

Er ging zurück zum Schreibtisch und streckte eine Hand aus, um mit seinen jetzt wieder runden Fingern sanft über die Gesichter seiner Freunde zu fahren. Immer mehr Tränen liefen ihm über die Wangen, und sein Lächeln wurde noch breiter, als er sich abwandte und die Treppe hinauflief.

„Ich muss dir was erzählen, Schwesterchen!", rief er und nahm immer zwei Stufen auf einmal.

Eines war Gameknight auf dem Monitor jedoch nicht aufgefallen: In weiter Ferne stand noch eine andere Gestalt, ein dunkles, unheilvolles Wesen, hinter einer Eiche, deren Blätter zu Asche geworden waren und in kleinen Häufchen auf dem Boden lagen. Diese Kreatur hatte ein gemeines Grinsen auf den Lippen und sah aus wie eine Schlange, die sich gleich ihr nächstes Opfer suchen wollte. Aber schlimmer noch waren ihre Augen ... Sie leuchteten strahlend weiß und hasserfüllt, und ihr Blick war geradewegs auf die Mitte des Bildschirms gerichtet – genau auf Gameknight999.

Dann bewegte sich das Wesen, und die Computerlautsprecher knisterten.

„Ich werde auf dich warten, Gameknight999. Ich warte hier in Minecraft. Und wenn wir uns wiedersehen, werde ich mich an dir rächen und diesem Gefängnis endlich entkommen." Dann stieß er ein manisches Lachen aus, das jeden in Entsetzen versetzt hätte, bevor er verschwand und den blattlosen Baum als unheilvolles Omen zurückließ.

ANMERKUNG DES AUTORS

Ich habe ja bereits erwähnt, dass es bei der Gameknight999-Reihe um etwas geht, das mein Sohn in Minecraft erlebt hat, aber ich behandle darin auch ein Thema, das mich leider während meiner gesamten Grundschulzeit beschäftigt hat: Mobbing. Ich wurde als Kind gemobbt, und zwar meist an der Bushaltestelle. Die größeren Kinder hielten es für witzig, mich in Mülltonnen zu stopfen, mir die Mütze zu klauen und damit zu spielen oder sie in einen Baum zu werfen, oder …

Wie ich diese Busfahrten gehasst habe!

Aber dann lernte ich meinen Freund Dave kennen, der ein paar Häuser weiter wohnte. Wir gingen zu Fuß zur Schule, anstatt den Bus zu nehmen, und damit war das Problem gelöst … dachte ich zumindest. Natürlich waren die gemeinen Kinder trotzdem in der Schule und wollten andere triezen, vor allem in den Pausen. Manchmal nahm ich ein Buch mit in die Pause, um mich unter einen Baum zu setzen und zu lesen, aber so allein auf dem Pausenhof hätte ich mir auch gleich eine große Zielscheibe auf den Rücken malen können.

Allein zu bleiben ist keine Lösung! Das musste ich auf die harte Tour lernen. Such dir ein paar Freunde und bleibt zusammen. Das mag einigen sehr schwerfallen, da es nicht immer einfach ist, neue Freunde zu finden. Aber das ist der erste Drache, dem du dich stellen musst. Sei tapfer, konzentriere dich auf das Hier und Jetzt und frag sie, was sie gern machen. Du wirst überrascht sein, wie gern andere über sich reden, und das kann euch dabei helfen, gemeinsame Interessen zu finden, so wie bei Gameknight und Shawny. Auf diese Weise findest du im Nullkommanichts neue Freunde, mit denen du zusammen sein kannst.

Meine Eltern haben nie erfahren, was ich durchmachen musste, als ich noch klein war. Das habe ich immer für mich behalten, da ich nicht wollte, dass sie sich da einmischen. Aber das war falsch. Stillschweigend zu leiden, löst das Problem definitiv nicht. Es sorgt vielmehr dafür, dass die Situation nur noch viel länger andauert und sich viel schrecklicher anfühlt. Denn wenn du allein leidest, können dir nur die Gedanken in deinem Kopf Gesellschaft leisten.

Und wenn man erst einmal damit anfängt, sich Sorgen zu machen, dann werden sie schnell immer größer.

Wenn du also gemobbt wirst, dann ist Schweigen der absolut falsche Weg. Rede mit jemandem darüber, dem du vertraust, einem Freund, einem Lehrer, einem Angehörigen … wem auch immer. Wenn du das nicht tun kannst, dann schreib alles auf, so wie ich es getan habe. Bring deine Gefühle zu Papier. Du wirst überrascht sein, wie hilfreich das ist. Schreib deine eigene Minecraft-Geschichte über das Mobben, über Essstörungen oder darüber, nicht dazuzugehören … oder was auch immer dir auf der Seele liegt.

Schweigen hilft dir nicht!

Du musst dich deinem eigenen Drachen stellen, damit du frei sein kannst, aber nicht durch Gewalt, die gegen andere gerichtet ist, und erst recht nicht, indem du dir selbst etwas antust. Du erreichst gar nichts, wenn du dir selbst oder anderen wehtust; so müssen nur noch mehr Menschen leiden. Du darfst nicht vergessen, dass sich viele gemobbt fühlen, oder dass sie glauben, sie wären nicht gut genug oder Außenseiter, aber wenn man keinen Ton sagt, bekommt man den Eindruck, man wäre weit und breit der Einzige, dem es so geht, dabei stimmt das gar nicht. Um dich herum gibt es viel zu viele Menschen, die genau dasselbe durchmachen.

Du bist nicht allein!

Kenne deinen Feind, dann kennst du dich selbst – wenn du schweigst, dann ist das ein- und dieselbe Person.

Sei stark, mach den Mund auf, sei nicht allein und nimm dich vor Creepern in Acht.

Mark Cheverton

WIE ALLES BEGANN ...

Der 12-jährige Gameknight999 liebt es, in Minecraft zu griefen und andere Benutzer zu trollen. Mitgefühl und Hilfsbereitschaft sind ihm fremd – schließlich ist

alles nur ein Spiel. Doch als eine Erfindung seines Vaters ihn auf geheimnisvolle Weise in die Welt von Minecraft befördert, ist er plötzlich Teil eines lebensgefährlichen Abenteuers.

Gameknights Ankunft löst einen Krieg in der Würfelwelt aus. Eine Existenz jenseits von Gut und Böse bedroht nicht nur die Welt des Games, sondern auch die wirkliche Welt! Um diesen Kampf zu gewinnen, muss er Zombies, Spinnen und Creepern immer einen Schritt voraus sein und neue Freunde gewinnen.

ISBN 978-3-7415-2176-8

Überall im Buchhandel und unter
www.ullmannmedien.com erhältlich.

DIE FORTSETZUNG DES ABENTEUERS …

Gameknight999 und sein Freund Crafter finden sich auf einem neuen Server wieder. Doch der Kampf um Minecraft ist noch nicht vorbei. Auch der König des

Nether, der furchtbare Ghast Malacoda, will mit seiner Armee aus Lohen, Magmaschleimen, Schweinezombies und Witherskeletten das Game zerstören. Doch gegen ihn wirkt Erebus, der König der Endermen, wie ein harmloses Stofftier.

Um das Leben aller in Minecraft – und in der wirklichen Welt – zu retten, müssen Gameknight und Crafter eine neue NPC-Armee zusammenstellen. Aber die letzten Kämpfe haben Gameknight an seinen Fähigkeiten zweifeln lassen. Kann er genug Mut aufbringen, um auch diesen Kampf zu bestreiten?

ISBN 978-3-7415-2177-5

NEUE ABENTEUER FÜR GAMEKNIGHT999 …

Nach der Schlacht um die Quelle schwor sich Gameknight999, nie wieder die Welt von Minecraft zu betreten – bis seine kleine Schwester, Monet113, versehentlich ins Spiel gezogen wird und seine Hilfe braucht.

Gemeinsam mit alten und neuen Freunden macht sich Gameknight auf den Weg in die Zombiestadt, um seine Schwester vor dem furchtbaren Zombiekönig Xa-Tul zu retten. Dieser wurde von einer Kreatur mit weißglühenden Augen gecraftet, die alles Lebende und insbesondere Gameknight hasst. Um gegen ihn zu bestehen, muss sich Gameknight ein paar neue Tricks einfallen lassen, denn Gefahren lauern hinter jeder Ecke …

ISBN 978-3-7415-2258-1

Ab September 2017 überall im Buchhandel und unter www.ullmannmedien.com erhältlich.